대지

홍　신
세 계 문 학
0　　1　　6

# 대지
## The Good Earth

펄 벅 지음
이강빈 옮김

홍
신
문
화
사

# 차례

**왕룽**   농부. 결혼할 돈도 없던 돼지 꼬리(변발) 촌뜨기였다가, 그 지역 최고의 대지주로 거듭난다.

**오란**   왕룽의 아내. 어릴 때 부잣집에 종으로 팔려 갔다가, 가난한 농부 왕룽의 아내가 되어 묵묵히 내조한다.

**련화**   왕룽의 첩. 찻집 기녀일 때 왕룽을 만나서 첩이 되는데, 왕룽에게 애욕의 고통을 안긴다.

**리화**   왕룽의 첩. 부자가 되었지만 마음의 평화를 잃은 왕룽에게 안정감을 준다.

**장남**   세련된 외모에 유약한 성격을 가졌다. 부잣집 아들로서의 체면을 지키려고 돈을 물 쓰듯 한다.

**차남**   외모는 평범하지만 행동이 민첩하고 붙임성이 좋다. 잇속에 밝아서 체면을 불고하고 돈을 지킨다.

**삼남**   쌍둥이 중 하나로 남자답게 잘생겼다. 내성적이고 이상주의적이어서 혁명을 꿈꾸며 군인이 된다.

# 1

왕룽王龍이 결혼하는 날이었다.

휘장을 둘러친 껌껌한 침상에서 눈을 떴을 때, 그는 왜 이날 새벽이 여느 날과 다르게 생각되는지 처음에는 몰랐다. 집 안은 고요했다. 그의 방 맞은편 가운뎃방에서 노인이 쿨룩거리는 소리만 들렸다. 아침마다 맨 처음 듣는 것이 이 기침 소리였다. 여느 때의 왕룽이라면 그것을 흘려듣고 그냥 누워 있다가, 아버지 방문의 돌쩌귀가 삐걱하고 열리고 기침 소리가 다가오면 일어났다.

그러나 오늘 아침의 왕룽은 그때까지 기다리지 않았다. 벌떡 일어나 침상의 휘장을 밀어젖혔다. 아직 어둡지만 발그레한 기운이 감도는 새벽이었다. 창문 구실을 하는 네모진 작은 구멍에 붙인 종이가 찢겨져 펄럭거리는 틈으로 엷은 구릿빛 하늘이 희미하게 엿보였다. 그는 종이를 잡아 찢으며 중얼거렸다.

"이제 봄인데, 이런 게 무슨 소용이야."

오늘은 집 안이 깨끗해 보이기를 바랐지만 왠지 입 밖에 내어 말하기는 부끄러웠다. 그는 겨우 손을 내밀 수 있을 정도 크기의 창문으로 손을 쑥 내밀었다. 동녘에서 살랑살랑 불어오는 산들바람이 느껴졌다. 부드럽고, 소곤대는 듯한 촉촉한 바람이다. 좋은 징조였다. 밭곡식이 익으려면 비가 필요하다. 아마 오늘도 비는 오지 않겠지만 이 바람이 계속된다면 내일이나 모레쯤 물을 구경할 수 있으리라. 잘됐다. 그는 어제 아버지에게 햇볕이 이렇게 계속 뜨겁게 내리쬐어서야 어디 밀 이삭이 익겠느냐고 말했었다. 그런데 오늘은 하늘이 그의 행복을 축복하기 위해서 이날을 고른 것 같다. 대지大地는 결실을 맺을 것이다.

그는 늘 입는 푸른색 바지를 입고 푸른색 무명 허리띠를 매면서 급히 가운뎃방으로 나갔다. 몸을 씻을 물이 데워질 때까지 윗도리는 벗은 채였다. 그는 본채에 붙여 지은 헛간으로 들어갔다. 그 어두침침한 곳이 부엌이었다. 부엌은 본채와 마찬가지로 그의 밭의 흙을 뭉친 큼직한 진흙 벽돌을 쌓고, 그가 농사지은 밀짚으로 지붕을 이었다. 오랜 세월의 불질로 단단하고 꺼멓게 그을린 부뚜막 역시 그의 할아버지가 젊었을 때 자기 땅의 흙으로 만든 것이다. 부뚜막에는 우묵하고 둥그런 무쇠솥이 걸려 있었다.

그는 옆에 있는 질항아리에서 바가지로 물을 퍼서 무쇠솥을 반쯤 채웠다. 물이 귀했기 때문에 조심스럽게 펐다. 그러다가 그는 한참을 망설인 후 항아리를 번쩍 들어 물을 전부 무쇠솥에 부었다. 오늘은 온몸을 씻을 참이다. 어머니 무릎에서 놀던 어린 시절 이후로 아무도 그의 알몸을 본 사람이 없다. 오늘은 누군가 본다. 깨끗이 씻어야 했다.

그는 부뚜막 뒤로 돌아가서 구석에 쌓아 놓은 마른풀과 나뭇가지를 한 아름 안고 와서, 이파리 하나도 버리지 않게 차곡차곡 아궁이에 넣었다. 낡은 부싯돌로 짚에 불을 붙였다. 불이 금세 타올랐다.

그가 불을 지피는 일도 오늘이 마지막이다. 6년 전 어머니가 돌아가신 뒤로는 그가 아침마다 불을 지펴왔다. 불을 지피고 물을 끓여 찻잔에 뜨거운 물을 담아 아버지 방으로 들고 가곤 했다. 그러면 아버지는 침상에 앉아 기침을 하며 마룻바닥 위의 신발을 찾아 신었다. 지난 6년 동안 매일 노인은 아침 기침을 가라앉히는 더운 물을 아들이 가져오기를 기다렸다. 이제야 겨우 아버지도 아들도 편하게 되었다. 집에 여자가 들어오는 것이다. 이제 왕룽은 여름이든 겨울이든 두 번 다시 꼭두새벽에 일어나 불을 지피지 않아도 될 것이다. 그는 침상에 드러누워서 기다릴 수 있을 것이다. 풍년이 들면 끓인 물에 찻잎을 띄울 수도 있을 것이다. 몇 해 전에 한번 그랬던 것처럼.

여자가 늙으면 아이들이 불을 지피겠지. 여자는 왕룽에게 아이를 많이 낳아 줄 것이다. 왕룽은 세 개의 방 안팎을 뛰어다니며 놀 아이들 생각에 일손을 멈췄다. 어머니가 돌아가시자 집이 거의 비다시피 되어 방 세 개도 많게 느껴졌었다. 그들은 식구 많은 친척들이 밀고 들어오려는 것을 막아야 했다. 아이만 잔뜩 낳은 숙부는 구변 좋게 이런 말을 늘어놓았다.

"홀아비 둘이서 이리 많은 방이 왜 필요하지. 부자가 함께 자면 안 되나. 젊은 몸뚱이의 온기가 늙은이 기침에 여간 좋은 게 아닐 텐데."

그럴 때마다 아버지는 대답했다.

"나는 내 손자를 위해서 잠자리를 비워두는 거야. 손자가 내 늙은 뼈다귀를 녹여 주겠지."

이제 그 손자가 태어날 것이다. 그것도 많은 손자가! 벽을 따라서, 가운뎃방에도 손자들의 침상이 나란히 놓이겠지. 집 안은 침상으로 가득 찰 것이다. 왕룽이 반쯤 빈 집이나 같은 이 집이 침상으로 가득 찰 생각에 빠진 사이에 부뚜막의 불이 꺼지고 솥의 물이 식기 시작했다. 웃옷을 걸치고 단추는 채우지 않은 노인의 모습이 그림자처럼 문간에 나타났다. 노인은 기침을 하고 가래침을 뱉으며 숨찬 목소리로 말했다.

"어찌 된 거냐, 내 가슴을 녹일 뜨거운 물이 아직 안 끓었냐?"

왕룽은 아버지를 쳐다보고서 제정신으로 돌아오자 사뭇 무색해졌다.

"땔감이 누져서요. 축축한 바람에……."

노인은 줄기차게 기침을 계속했다. 물이 끓기까지는 그칠 것 같지가 않았다. 왕룽은 끓인 물을 찻잔에 부은 후, 부뚜막 위 선반에 얹힌 반들거리는 항아리에서 돌돌 말린 찻잎 열두어 잎을 집어 끓인 물에 떨어뜨렸다. 노인의 눈이 휘둥그레지더니 이내 잔소리를 늘어놓았다.

"그 웬 헤픈 짓이냐? 차를 마신다는 건 돈을 먹는 것과 같다."

"오늘은 다르니까요." 왕룽은 씨익 웃으며 대꾸했다. "마시세요. 기분이 좋아질 테니까요."

노인은 투덜거리며 앙상하고 마디진 손가락으로 찻잔을 움켜잡았지만, 그 귀중한 것을 차마 마실 수 없다는 듯 물 위로 말린 찻잎이 퍼져 가는 것을 지켜보았다.

"다 식어요."

"그렇군……. 그렇지……."

깜짝 놀란 듯 노인은 이렇게 말하고는 뜨거운 차를 불어서 마시기 시작했다. 맛있는 음식을 얻은 어린아이처럼 만족스러운 얼굴이었다. 그러나 그러면서도 왕룽이 솥의 끓인 물을 나무통에 퍼담는 것을 예사롭게 보지 않았다. 노인은 얼굴을 쳐들어 아들을 쏘아보다가 소리를 질렀다.

"그 물이면 밭에 줘서 곡식을 영글게 하고도 남겠다."

왕룽은 잠자코 남은 마지막 한 방울까지 통에 옮겼다.

"어쩌자는 거냐!"

"설 쇠고는 한 번도 몸을 씻지 않았어요."

왕룽은 나직이 대답했다. 색시에게 보이기 위해서 몸을 깨끗이 하고 싶다고 아버지에게 말하기가 부끄러웠다. 그는 얼른 물통을 들고 자기 방으로 갔다. 문틀이 휘어서 문짝이 꼭 닫히지 않았다. 노인은 뒤뚱거리며 가운뎃방까지 따라와서는 문틈에 대고 떠들었다.

"처음부터 여편네한테 이런 꼴로 시작하면 안 된다, 안 돼. 아침에 끓이는 물에 찻잎을 안 넣나, 몸뚱아리를 씻어대질 않나."

"오늘뿐이에요." 왕룽은 큰 소리로 되받고, 다시 덧붙였다. "씻고 난 물을 밭에 줄 테니까, 그럼 영 버리는 것도 아니잖아요."

이 말에 노인은 입을 다물었다. 왕룽은 허리띠를 풀고 옷을 벗었다. 구멍을 통해 네모꼴로 들어오는 아침 햇빛 아래서 조그만 수건을 뜨거운 물에 담갔다가 꼭 비틀어 짜서는 검고 마른 몸뚱이를 쓱쓱 문질렀다. 공기가 따뜻하다고 생각했었는데 몸이 젖으니 서늘해졌다. 수건을 계속 더운 물에 담갔다 꺼냈다 하면서 열심히 문지르는 사이 몸에서 김이 모락모락 피어올랐다. 그것이 끝나자 그는 어머니가 쓰시던 상자에서 푸른색 무명옷을 꺼냈다. 솜이 든 겨울 것이 아니면 오늘은 좀 추울 것 같았지만 몸뚱이가 깨끗해지니 갑자기 낡은 솜옷을 걸치기 싫어졌다. 겨우내 입은 솜옷은 해진 곳으로 때묻은 잿빛 솜이 비어져 나왔다. 아내 될 여자와의 첫 대면에 해진 옷을 입고 싶지 않았다. 앞으로는 그녀가 빨고 기워 주겠지만 첫날은 아무래도 싫었다. 왕룽은 푸른색 무명 웃옷과 바지 위에 같은 감의 두루마기를 걸쳤다. 한 해에 모두 해야 열흘 가량, 명절날밖에 입지 않는 유일한 긴 옷이다. 길게 땋은 변발辮髮은 풀어서, 기우뚱한 작은 책상 서랍에서 꺼낸 나무빗으로 빗었다.

노인이 다시 문틈에 대고 소리쳤다.

"오늘은 먹을 것을 아무것도 안 주냐? 이 나이가 되면 아침에 먹을 것을 찾아 먹기 전에 뼈다귀가 마치 물 같단다."

"금방 나가요." 왕룽은 손을 잽싸게 놀려 머리를 검은 명주실 타래처럼 닿아 올리며 대답했다.

그리고 얼른 두루마기를 벗고 변발을 머리에 감아 붙인 다음 방문을 열었다. 아침밥 짓는 것을 깜박 잊고 있었던 것이다. 옥수수 죽을 쑤어 그 것을 아버지에게 드려야겠다고 생각했다. 그 자신은 아무것도 먹고 싶지 않았다. 비틀비틀 물통을 들고 가 대문 밖 가까운 밭에 물을 쏟고 나서야, 몸을 씻느라고 물을 다 써버린 것이 생각났다. 다시 불을 지펴야 했다. 갑자기 노인에게 화가 치밀었다.

"저 늙은이는 먹는 일과 마시는 일밖에 생각지 않거든."

그는 부뚜막 아궁이에 대고 중얼거렸지만 들릴 만한 목소리로는 아무 말도 하지 않았다. 노인의 밥 시중도 오늘 아침이 마지막이었다. 문간 근처의 우물에서 물을 아주 조금 퍼다가 솥에 부었다. 이내 끓었다. 옥수수 가루를 넣고 휘휘 저어 노인에게 들고 갔다

"저녁은 쌀밥이에요, 아버지. 아침은 옥수수 죽이지만요."

"쌀은 뒤주에 몇 톨 남지 않았어."

노인이 가운뎃방 식탁 앞에 앉아 젓가락으로 노란 죽을 휘저으며 말했다.

"봄 명절에 먹는 걸 조금 줄이기로 하지요."

그러나 노인은 듣지 않고 후루룩 소리 내어 죽을 들이켜고 있었다.

왕룽은 방으로 돌아가서 다시 푸른 두루마기를 입고 변발을 늘어뜨렸다. 그는 앞이마와 뺨 언저리를 만져 보았다. 새로 면도하는 게 좋을까? 아직도 해는 뜨지 않았다. 여자가 기다리는 집으로 가기 전에 이발소 거리에 들를 시간은 충분했다. 돈만 있으면 이발하리라고 마음먹었다.

왕룽은 허리띠에서 기름때 묻은 회색 헝겊 지갑을 꺼내어 돈을 세어 보았다. 은전 여섯 닢과 동전 두어 줌이 있었다. 아버지에게는 아직 이야

기하지 않았지만 오늘 저녁 식사에는 사람들을 초대해 놓았다. 숙부와 숙부의 아들인 사촌 동생, 이웃 농부 셋이 오기로 돼 있었다. 장에서 돼지고기와 작은 생선과 밤을 조금 사 올 작정이었다. 남방에서 온 죽순이랑 쇠고기도 사서 자기 밭에서 난 양배추와 한데 볶았으면 좋겠다고도 생각했다. 그러나 이것은 콩기름과 간장을 사고 돈이 남았을 때의 이야기다. '이발을 하면 쇠고기는 못 사겠지. 그래도 이발부터 해야지.' 그는 갑자기 결심했다.

그는 노인에게 아무 말 않고 거리로 나섰다. 아직 어둠침침했지만 태양이 지평선의 구름 위로 떠오르며 밀과 보리에 맺힌 이슬 위에서 반짝였다. 왕릉은 농부의 마음으로 되돌아와 다른 일은 잊은 채 멈춰 서서 이삭을 살폈다. 보리에 아직 알이 들지 않았다. 이삭들은 비를 고대하고 있었다. 그는 대기의 내음을 맡아 가늠하며 걱정스레 하늘을 쳐다보았다. 어두운 구름, 묵직한 바람, 비는 거기 있었다. 그는 향을 사서 지신地神을 모시는 조그만 당집에 바치리라 마음먹었다. 이런 날이면 신에게 의지하고 싶었다.

그는 밭 가운데 오솔길로 급히 걸어갔다. 멀지 않은 곳에 잿빛 성벽이 우뚝 솟아 있었다. 성벽 누문樓門을 들어서면 황 대인黃 大人의 저택이 있는데, 왕릉의 아내 될 여자는 그곳의 종이었다. 사람들은 대갓집 계집종에게 장가드느니 독신으로 있는 게 낫다고들 했다. 그러나 왕릉이 "저는 마누라를 얻지 못합니까?" 하고 물었을 때 아버지는 대답했다. "요즘같이 살기 빠듯한 때 장가드는 데도 여간 큰돈이 드는 게 아니다. 계집들은 같이 살기 전에 금가락지나 비단옷을 으레 탐내니, 가난뱅이는 종을 얻는 길밖에 없느니라."

그러고는 아버지는 황 대인 집에 가서 시집보낼 계집종이 남아 있느냐고 물었던 것이다.

"너무 젊어도 안 되고 무엇보다도 얼굴이 반반하지 않은 계집종말입니다."

왕룽은 얼굴이 반반하지 않아야 한다는 것이 불만이었다. 남들이 부러워할 만큼 예쁜 색시를 얻으면 좋지 않은가 말이다. 그러나 아버지는 못마땅해하는 아들의 얼굴을 보고 버럭 소리를 질렀다.

"반반한 여편네를 얻어서 뭣하겠다는 거냐? 밭에 나가 일하고 집안을 돌보고 아이를 낳는 그런 여편네라야지, 반반한 여편네가 그런 일 한다더냐? 그따위 여자는 밤낮 제 낯짝에 어울리는 옷밖에 생각 않는다! 예쁜 여자는 소용없어. 우린 농부야. 게다가 부잣집의 반반한 계집종년들 중에 처녀가 있는 줄 아니? 도련님네들이 모두 손을 대지. 얼굴 반반한 여자의 백 번째 사내가 되느니 못생긴 여자라도 첫 사내가 되는 게 낫다. 생각해 봐라, 반반한 여자가 네 농부 손을 부자 도련님들 부드러운 손만큼 좋아하겠느냐? 여자를 노리개로 삼는 놈들의 금빛 살갗만큼 네놈의 볕에 그을린 얼굴을 곱다고 할 줄 아느냐?"

왕룽도 아버지의 말은 알아듣고도 남았다. 그래도 대답에 앞서 가슴이 들끓어 오르는 것을 누르지 않으면 안 되었다. 이윽고 그는 거칠게 말했다.

"암만 그래도 곰보나 언청이는 싫어요."

"어떤 게 오려는지는 와봐야 알지."

어쨌든 여자는 곰보나 언청이는 아니었다. 그것만은 확실하지만 그 이상은 아무것도 몰랐다. 그들 부자는 도금한 은가락지 두 개와 은귀고리를 샀고, 아버지가 그것을 약혼 선물로 황 대인 집으로 가져갔다. 그 외에는 오늘 가면 여자를 데려올 수 있다는 것밖에 아내가 될 여자에 대해서는 아무엇도 몰랐다.

그는 성문의 차가운 어둠 속으로 들어섰다. 물장수들이 손수레에 큰 물통을 싣고 들락거리며 길 위의 돌을 적셔놓기 때문에, 흙과 벽돌로 된 두꺼운 성벽의 성문 터널은 언제나 서늘했다. 여름에도 땀이 쑥 들어갔다. 참외 장사는 이 돌 위에 참외를 늘어놓고 팔곤 했다. 아직 계절이 일러 참외 장사는 나와 있지 않았지만, 작고 설익은 복숭아 바구니가 성벽을 따라 늘어놓여 있고 장사꾼이 소리를 질렀다.

"봄의 첫 복숭아요, 햇복숭아! 요놈 먹고 뱃속 겨울 독기를 몰아내요 들!"

왕룽은 혼잣말로 중얼거렸다.

"여자가 복숭아를 좋아하면 돌아갈 때 좀 사 줘야겠다."

그러나 왕룽은 다시 이 문을 지날 때 자기 뒤에 여자가 따라온다는 것이 아무래도 실감나지 않았다.

성문을 지나 오른쪽으로 꺾어져 조금 가면 이발소 거리다. 아직 일러서 사람이 별로 없었다. 아침장에서 팔 푸성귀를 밤사이에 들여왔다가 이제부터 들일을 하러 돌아가려는 농부들이 몇 있을 뿐이다. 그들의 바구니는 빈 채 그들의 발아래 놓여 있었다. 왕룽은 오늘은 누군가 건네는 농담도 받고 싶지 않은 기분이어서 그들 눈에 띄지 않도록 피해서 지나갔다. 의자를 앞에 놓은 이발사들이 저쪽 끝까지 죽 늘어서 있었다. 왕룽은 제일 멀찍이 있는 의자에 앉으며 옆 사내와 이야기하고 있는 이발사에게 눈짓을 했다. 이발사가 얼른 다가와서 풍로 위 주전자에서 뜨거운 물을 놋대야에 부으며 직업적인 말투로 물었다.

"몽땅 밉니까요?"

"머리와 얼굴만 밀겠소."

"귀와 콧구멍은요?"

"그럼 얼마를 더 내야 하나?"

"4전이지요, 뭐."

이발사가 검은 헝겊을 뜨거운 물에 담갔다 꺼냈다 하기 시작하며 말했다.

"2전을 내겠소."

"그럼 귀와 콧구멍 한쪽씩만 하면 되겠군요. 어느 쪽을 할깝쇼?"

이발사가 옆 이발사에게 얼굴을 찡긋해 보이자 옆 사내가 너털웃음을 터뜨렸다. 왕룽은 이거 짓궂은 자에게 걸렸구나 싶었다. 그는 성안 사람들에게 공연한 열등감을 가지고 있었다. 상대가 아무것도 아닌 이발사라고 생각하면서도 역시 주눅이 들어서 얼른 한마디 뱉어버렸다.

"좋을 대로 해요, 당신 좋을 대로……."

그는 이발사가 비누를 칠하고 문지르고 미는 대로 내버려두었다. 이발사는 농담은 짓궂어도 인심은 후한 사내였던지 웃돈도 받지 않고 솜씨 있게 어깨와 등까지 안마해 주었다. 이발사가 앞이마에 면도를 대면서 말했다.

"변발을 자르면 썩 훌륭한 농부로 보일 텐데요. 변발을 자르는 게 요즘 유행입지요."

머리 위에 동그랗게 틀어올린 변발 언저리에 이발사가 면도날을 대자 왕룽은 비명을 질렀다.

"아버지에게 물어보지 않고 자르면 야단나요!"

이발사는 웃으며 동그란 변발을 남겨놓고 밀었다.

이발이 끝나고 이발사의 물에 불어 쪼글쪼글한 손에 이발료를 세어 건넬 때 왕룽은 한순간 흠칫했다. 이렇게 많은 돈을 쓰다니! 그러나 갓 깎은 살갗에 상쾌한 바람을 느끼며 길을 걸어 내려오던 그는 혼잣말로 다짐했다.

"이번 한 번뿐이니까."

그는 장으로 가서 돼지고기 두 근을 사고는 푸주한이 마른 연잎에 싸주는 것을 지켜보았다. 그러다가 약간 망설이면서 쇠고기도 반 근 샀다. 잎사귀 위에서 우무처럼 흐물거리는 두부까지 산 뒤, 양초 가게에 가서 선향을 두 다발 샀다. 그러고는 드디어 몹시 수줍어하면서 황 대인 집으로 걸음을 옮겼다.

황 대인 집 대문에 당도하자 그는 갑자기 무서워졌다. 왜 혼자 왔을까? 아버지나 숙부나 하다못해 이웃 농부 칭陳 서방이라도 청해서 같이 올걸 싶었다. 그는 이제까지 대갓집 대문 안에 들어가 본 적이 없었다. 양팔에 잔칫거리를 잔뜩 들고 들어가서 "여자를 데리러 왔습니다." 하고 어떻게 말하나?

그는 대문을 바라보고 한참을 서 있었다. 검은 무쇠징으로 장식된 육중한 두 짝 나무대문이 무겁게 꽉 닫혀 있었다. 두 마리 돌사자가 문 양쪽에 서 있고, 사람은 보이지 않았다. 그는 발길을 돌렸다. 도저히 들어갈 수 없었다.

왕룽은 갑자기 현기증을 느꼈다. 우선 뭘 좀 먹자. 아침을 먹지 않았던 것이다. 그는 길거리 싸구려 식당에 들어가 식탁 위에 2전을 놓고 걸터앉았다. 기름때가 자르르한 앞치마를 두른 아이가 다가왔다.

"국수 두 그릇."

국수가 오자 왕룽은 대젓가락으로 마구 입 안에 밀어 넣으며 게걸스레 먹었다. 아이는 새까만 엄지손가락과 집게손가락으로 동전을 만지작거리며 옆에 서 있다가 무심한 어조로 물었다.

"더 드실 건가요?"

왕룽은 고개를 저었다. 고쳐 앉아 주위를 둘러보았다. 식탁으로 꽉 찬 작고 어두운 식당 안에 몇몇 사람이 마시고 먹고 있었는데, 그가 아는 사람은 하나도 없었다. 가난뱅이만 오는 곳이어서 왕룽이 제일 깨끗하고 돈푼이나 있어 보였는지, 거지가 와서 다 죽어가는 시늉을 했다.

"고마우신 나리님, 몇 푼 적선합쇼. 배가 고파 죽을 지경입니다요."

이제껏 왕룽에게는 적선을 구한 거지도 없었고 나리님이라고 부른 사람도 없었다. 그는 기분이 좋아서 1전의 5분의 1에 해당하는 동전 두 닢을 거지의 바리 속에 던져주었다. 거지는 새까만 손으로 재빨리 동전을 집어서 누더기 옷 밑에 감췄다.

왕룽은 앉아 있었다. 해가 높이 뜨고 있었다. 아이가 공연히 왔다 갔다 하더니 건방진 말투로 말했다.

"아무것도 주문하지 않을 거면 자릿값을 내세요."

왕룽은 화가 나서 일어서고 싶었지만, 그 어마어마한 황 대인 집으로 찾아가 여자를 달라고 해야 할 일을 생각하니 그럴 수가 없었다. 늘일할 때처럼 온몸에서 땀이 났다.

"차 줘."

그가 힘없는 목소리로 주문을 하자마자 아이가 차를 갖다놓고는 날카롭게 요구했다.

"돈은요?"

왕룽은 주머니에 한 푼도 남아 있지 않아서, 허리띠를 풀러 돈을 꺼내며 중얼거렸다.

"아주 날강도로군."

그때 오늘 저녁 식사에 초대한 이웃이 식당으로 들어오는 것이 보였다.

그는 허둥지둥 식탁에 동전을 놓고 차를 단숨에 꿀꺽 마신 다음 옆문으로 재빨리 빠져나왔다.

"안 갈 수는 없잖아."

그는 절망적으로 자신을 타이르며 다시 황 대인 집을 향해 천천히 걸었다. 그새 한낮이 되어서 문이 반쯤 열려 있고, 점심을 먹은 문지기가 대나무 이쑤시개로 이를 쑤시며 문간에 한가로이 앉아 있었다. 왼뺨에 커다란 사마귀가 난 키 큰 사내였다. 사마귀에서 한 번도 자른 일이 없는 듯 검은 털 세 가닥이 길게 나 있었다. 그는 바구니를 든 왕룽을 잡상인으로 알고 빽 소리를 질렀다.

"이봐, 뭐야?"

"저는…… 농부 왕룽입니다."

"농부 왕룽이 어쨌다는 거야?"

문지기가 쭈뼛거리는 왕룽을 몰아세웠다. 그는 주인과 마님의 부자 친구들 말고는 모두에게 무례하게 대했다.

"제가 온 것은…… 제가 온 것은……."

"자네가 온 건 알아."

문지기는 사마귀의 긴 터럭을 배배 꼬며 갑갑한 듯이 말했다.

"여기 여자가 있어서……."

왕룽의 목소리는 힘없이 낮은 속삭임이 되어 사그라졌다. 햇빛 아래서 얼굴에서 온통 땀이 흘렀다.

문지기는 큰 소리로 웃어댔다.

"자네야? 오늘 새신랑이 온다더니, 바구니 따위를 끼고 있으니 알 수가 있나."

"고기가 좀 들어 있을 뿐이오."

왕룽은 문지기가 안내해 주기를 기다리면서 변명조로 말했다. 그러나 문지기는 그대로 있었다. 기다리다 못한 왕룽이 걱정스레 물었다.

"혼자 들어가도 될까요?"

문지기는 허풍스럽게 무서운 표정을 지어 보였다.

"노대인老大人에게 죽으려고!"

왕룽이 눈치를 못 채자 덧붙여 말했다.

"얼마간의 은전이 소용된다, 그 말이야."

왕룽은 겨우 문지기가 돈을 원한다는 것을 알아차렸다.

"저는 가난한 농부여서……."

"허리띠를 풀어 봐, 뭐가 들어 있는지 좀 보게."

순박한 왕룽은 바구니를 내려놓고 두루마기를 쳐들어 허리띠에서 지갑을 꺼내서 물건을 사고 남은 돈 전부를 왼손바닥에 털어냈다. 은전 한 닢과 동전 열네 개였다. 문지기는 어처구니없다는 듯 쓰게 웃었다.

"은전을 갖지."

문지기는 왕룽이 항의할 틈도 없이 은전을 소매 속에 넣더니 큰 소리로 떠들며 대문 안으로 성큼성큼 걸어 들어갔다.

"새신랑이다! 새신랑이 왔다!"

왕룽은 은전 일로 부아가 나고 자기가 온 것을 큰 소리로 떠드는 일도 몸뚱이가 오그라드는 것 같았지만, 그를 따라가는 수밖에 도리가 없었다. 그래서 바구니를 집어 들고 이쪽저쪽 살필 것도 없이 뒤를 따라갔다.

부호의 저택에 발을 들여놓은 것은 이때가 처음이었지만 훗날 생각해 보아도 아무런 기억이 없었다. 불덩어리를 끼얹은 듯 달구어진 얼굴로 푹 고개를 숙이고, 앞장서서 가는 문지기의 고함 소리와 사방에서 들리는 웃음소리를 들으며 몇 개인가의 중간 뜰을 차례차례 지나갔다. 중간 뜰을 백 개쯤 지나간 것같이 생각될 무렵, 갑자기 문지기가 그를 조그만 대기실에 밀어 넣고 사라졌다. 우두커니 서 있자니 안쪽에서 문지기가 다시 나타났다.

"노부인께서 자네를 데려오라고 말씀하셨어."

왕룽은 걷기 시작했다. 그러자 문지기가 어처구니없다는 듯이 그를 가로막았다.

"팔에 바구니를 낀 채 높으신 마나님 앞에 나가려고? 그것도 돼지고기와 두부가 담긴 바구니를 말이야. 인사를 어떻게 드릴 생각인데?"

"정말…… 그렇군요……."

그렇지만 왕룽은 도둑맞을까 봐 걱정이 되어 바구니를 내려놓을 수 없었다. 돼지고기 두 근과 쇠고기 반 근과 민물생선, 이런 반찬거리를 탐내지 않는 인간은 없다고 생각했다. 그런데 문지기가 업신여기는 투로 말했다.

"이 댁에서 그런 고기는 개에게나 먹인다고."

그러고는 바구니를 빼앗아 방 안에 처넣고 왕룽을 앞으로 밀었다.

두 사람은 긴 복도를 걸어갔다. 저택은 아름다운 조각이 새겨진 기둥으로 떠받쳐져 있었고, 그의 집이 스무 채는 들어앉고도 남을 만큼 넓었다. 천장도 높아서 그는 고개를 쳐들고 조각과 색칠이 된 대들보를 감상하며 걷다가 문턱에 걸려 넘어질 뻔했다. 문지기가 팔을 잡아 주지 않았더라면 넘어졌을 것이다.

"마님 앞에 나가거든 지금 한 것처럼 땅바닥에 코가 닿을 만큼 공손하게 인사드려."

왕룽은 몹시 부끄러웠지만 간신히 마음을 가라앉히고 앞을 보았다. 방한가운데 높다란 대청에 진주색 비단옷으로 휘감은 노부인이 앉아 있었다. 옆에는 아편대가 놓여 있고 작은 램프가 켜져 있었다. 노부인은 깡마르고 쭈글쭈글 주름진 얼굴에 원숭이처럼 작고 움푹 패인 검은 눈으로 그를 보았다. 아편대의 한 끝을 든 손의 살갗은 가는 뼈 위에 매끄럽게 금박을 입힌 불상처럼 노랬다. 왕룽은 무릎을 꿇고 타일이 깔린 방바닥에 머리를 조아렸다.

노부인이 사뭇 엄숙하게 문지기에게 말했다.

"일으켜라. 그런 예절은 필요 없다. 이자가 여자를 데리러 왔는가?"

"그렇습니다, 마님."

"왜 이자가 직접 대답하지 않느냐?"

"멍청이입니다."

문지기가 사마귀 터럭을 꼬며 대답했다. 이 말에 화가 난 왕룽이 조심스럽게 입을 뗴었다.

"저는 미천한 농부입니다, 마님. 고귀하신 어른 앞에서 어떤 말씀을 드려야 할지 모르겠습니다."

노부인은 대단히 위엄 있는 태도로 그를 바라보다가 무엇인가를 말하려 하더니, 여종이 내민 아편대를 잡는 순간 잊어버린 것 같았다. 노부인은 잠시 아편대를 빠는 일에만 집중했는데, 어느새 날카로웠던 눈이 몽롱해지고 만사를 잊은 표정이 되었다. 왕룽은 그대로 노부인 앞에 서 있었다.

"이 사나이는 예서 뭘 하는고?"

갑자기 노기를 띤 노부인의 음성이 들렸다. 문지기는 무표정하게 서 있었다. 왕룽은 놀라서 대답했다.

"마님, 저는 색시를 데리러 왔습니다."

"색시라니 무슨 색시?"

시중드는 여종이 허리를 굽혀 무어라 소곤거리자 그제야 노부인은 생각이 나는 모양이었다.

"잠깐 잊었어, 워낙 하찮은 일이 돼놔서. 그래, 자네가 오란阿蘭을 데리러 왔군. 그 애를 농부에게 시집보내기로 했는데, 그 농부가 자네란 말이지?"

"그렇습니다."

"빨리 오란을 불러오너라."

노부인이 여종에게 분부했다. 모든 것을 어서 처리해 버리고 혼자 느긋이 아편을 벗삼고 싶은 모양이었다.

여종이 깨끗한 바지저고리를 입은, 키가 약간 크고 몸집이 튼튼하며 얼굴이 넓적한 여자를 데리고 왔다. 왕룽은 힐끔 보고 곧 눈길을 돌렸다. 가슴이 뛰었다. 저 여자가 바로 내 색시구나.

"이리 와라."

노부인이 시큰둥하게 말했다. 여자는 노부인 앞으로 나아가 고개를 숙이고 손을 모으고 섰다.

"이 사람이 너를 데리러 왔다. 준비는 다 되었느냐?"

"예, 준비되었습니다."

여자가 천천히 대답했다.

왕룽은 비로소 여자의 목소리를 듣고 앞에 선 여자의 등을 보았다. 거칠지도 부드럽지도 않고 단조롭지만 듣기에 나쁘지 않은 소박한 목소리였다. 머리는 매끈하게 잘 빗겨져 있었고 옷도 깨끗했다. 발이 전족纏足이 아닌 것을 보고 한순간 낙심했지만, 그것을 곱씹어 생각할 틈은 없었다. 노부인이 문지기에게 분부하고 있었기 때문이다.

"짐을 대문까지 내다 주고 이 사람들을 보내도록 해라."

그리고 왕룽을 향해 말했다.

"나란히 서서 내 말을 듣거라."

왕룽이 오란과 나란히 서자 노부인은 말했다.

"이 아이가 열 살 때 이 집에 와서 지금 스무 살일 거야. 흉년이 든 해에 이 애의 부모가 산둥山東에서 이곳으로 내려왔다가 먹을 것이 없어서 그 애를 내게 팔았어. 그 애 부모는 고향으로 돌아갔다는데, 그후 소식은 나도 몰라. 자네도 보다시피 그 애는 몸이 튼튼해. 북쪽 사람이라서 그래. 시집을 가면 밭일도 잘하고 물도 잘 긷고 자네가 하는 것은 무엇이나 다 잘 해줄 거야. 예쁘지는 않지만 예쁜 계집이 자네한테 무슨 소용이 있나? 한가한 사내들이나 노리갯감으로 예쁜 계집을 찾는 거야. 이 애는 영리하지도 않지만 하라는 대로 잘하고 성격이 무척 좋아. 또 내가 알기로 아직 처녀야. 부엌일만 해온 데다가 예쁘지 않으니까 내 아들이나 손자들이 그 애에게 손을 대려 하지 않았어. 만약 뭔가 일이 있었다면 사내종들 중에 하나겠지. 그러나 이 집에는 그 애보다 예쁜 계집종들도 많으니 절대 그랬을 리 없지. 그러니 그 애를 데려가게. 좀 느리고 무디지만 쓸모는 있네. 내가 죽어서 좋은 세상에 가려고 이 세상에서 좋은 일을 많이 해두려는 거야. 그렇지 않다면 이 애처럼 요리 솜씨 좋은 애를 그대로 부엌에 두고 썼을 거란 말이야. 나는 내 가족이 괜찮다고 하면, 어떤 종이든지 달라는 사람이 나서면 시집을 보내지."

이어서 노부인은 여자를 향해 말했다.

"이 남자 말 잘 듣고 아들을 많이 낳아주도록 해라. 첫아들을 낳거든 데려와 보여 주고."

"네, 마님." 여자가 공손히 대답했다.

그들은 머뭇거리며 서 있었다. 왕룽이 무어라고 또 말해야 할지 몰라서 난처해하고 있을 때, 노부인이 성가신 듯 호령했다.

"그럼 어서들 가!"

왕룽은 허둥지둥 절을 하고 물러섰다. 여자가 뒤를 따르고, 그 뒤를 상자를 어깨에 멘 문지기가 뒤따랐다. 문지기는 왕룽이 바구니를 놓아둔 방에 상자를 집어던지고 사라졌다.

그제야 왕룽은 여자를 향해 돌아서서 얼굴을 처음으로 바라보았다. 그녀는 정직해 보이는 네모난 얼굴을 하고, 나지막한 코에 콧구멍이 뻥 뚫려 있었다. 입은 얼굴을 옆으로 찢어놓은 것처럼 큼지막했고, 작고 검은 눈에는 뭔지 모를 슬픔이 어려 있었다. 말을 하고 싶어도 하지 못하는 환경 때문에 말을 않는 것이 버릇이 되어 버린 얼굴이었다. 여자는 왕룽이 자기를 바라보아도 부끄러워하지 않았고 감정을 보이지도 않았으며 그냥 담담히 시선을 견뎌냈다. 검고 평범한, 예쁜 곳이라고는 전혀 없는 얼굴이었지만, 곰보도 아니었고 언청이도 아니었다. 여자의 귀에 그가 사준 도금 귀고리가 달려 있는 것이 보였다. 여자의 손에도 역시 그가 사준 가락지가 끼여 있었다. 그는 내심 큰 기쁨을 느끼며 얼굴을 돌렸다. 내게도 색시가 있다!

"여기 상자와 바구니가 있어."

왕룽이 무뚝뚝하게 말했다. 오란은 아무 말 없이 허리를 굽혀 상자 한 끝을 잡고 어깨에 얹고는, 무게 때문인지 비틀거리며 일어서려고 애썼다. 왕룽은 그것을 보고 불쑥 말했다.

"상자는 내가 질 테니 바구니를 들어."

왕룽은 한 벌밖에 없는 두루마기를 입었으면서도 상자를 등에 짊어졌다. 오란은 여전히 말없이 바구니를 들었다. 왕룽은 아까 지나온 숱한 중간 뜰을 생각하자 이런 볼썽사나운 꼴로 다시 그곳을 지나야 한다는 것이 끔찍했다.

"옆문이 있었으면……."

오란은 그의 말뜻을 알아차리지 못하고 가만히 있다가, 곧 고개를 끄덕였다. 그리고 사용하지 않아서 잡초가 자라고 연못도 메워지다시피 한 뜰로 그를 안내했다. 오란이 굽어진 소나무 밑의 낡고 둥근 문을 열자, 그들은 곧바로 거리로 나설 수 있었다.

왕룽은 한두 번 여자를 돌아다보았다. 그녀는 늘 다니던 길인 듯 무표정한 얼굴로 뚜벅뚜벅 걸어오고 있었다. 성문에 다다르자 왕룽은 조금 망설이다가 한쪽 손으로 어깨에 짊어진 상자를 받치고 다른 손으로 허리춤에서 남은 동전을 꺼냈다. 그는 두 푼을 주고 잘고 설익은 복숭아 여섯 개를 샀다.

"이거 먹어."

왕룽이 무뚝뚝하게 말했다. 오란은 어린아이들이 무엇을 받을 때 그렇게 하듯 허겁지겁 움켜잡았다. 밀밭 가를 지나며 왕룽이 돌아보니, 오란은 복숭아 한 개를 조심스럽게 깨물어 먹고 있었다. 그러나 왕룽이 자기를 보는 것을 알자 그녀는 복숭아를 손으로 가리고 입도 놀리지 않았다.

당집이 있는 서쪽 밀밭에 이르기까지 이렇게 쭉 걸었다. 어깨 높이밖에 안 되는 이 당집은 회색 벽돌로 쌓았고, 지붕은 기와로 이었다. 왕룽이 지금껏 갖고 있는 이 밭들은 그의 할아버지가 갈던 밭이고, 그 할아버지가 성안에서 벽돌을 사서 손수레로 실어다가 손수 세운 집이었다. 바깥벽에 회칠을 했고, 풍년이 든 어느 해엔 한동네에 사는 화가를 불러 그 회벽에 산과 대나무가 있는 경치를 그리게 했다. 그러나 3대代에 걸친 비바람으로 대나무는 희미하게 새 깃털처럼 되었고 산은 거의 자취도 없이 사라졌다.

당집 안에는 조그마한 토상土像 두 개가 모셔져 있었다. 이것 역시 근처 밭의 흙으로 만들어진 것으로, 지신地神 부부였다. 그것들은 붉은 종이와 금박 종이로 만든 두루마기를 입었고, 남신男神은 사람 털로 만든 콧수염을 듬성듬성 붙이고 있었다. 연초마다 왕룽의 아버지는 붉은 종이를 몇 장 사서는 그것을 조심스레 오려 풀로 붙이고, 토상들에 두루마기를 입혔다. 그러나 비와 눈이 들이치고 여름날 볕이 내리쬐면 새 옷들은 곧 망가졌다.

지금은 해가 바뀐 지 오래되지 않아서 지신들의 옷이 아직 말짱했다. 왕룽은 지신들이 깔끔해 보이는 것이 자랑스러웠다. 그는 오란의 바구니를 받아서 아까 사서 돼지고기 밑에 넣어둔 선향을 조심스레 찾았다. 향이 부러졌으면 큰일이라고 걱정하면서 더듬어 잡았는데 다행히 온전하였다. 좋은 징조다. 그는 그것들을 집어서 지신 앞에 쌓인 재 옆에 꽂았다. 이웃들도 이 지신들 앞에 향을 피웠기 때문에 재가 수북했던 것이다. 왕룽은 부싯돌을 꺼내어 마른 잎사귀에 불을 붙이고 향에 불을 옮겨 붙였다.

두 남녀는 지신 앞에 나란히 섰다. 오란은 향의 끝이 빨갛다가 회색으로 변해가는 것을 지켜보다가 재가 길어지자 몸을 구부려 손가락으로 재를 털었는데, 그러고는 잘못을 저지르거나 한 것처럼 흐릿한 눈으로 얼른 왕룽의 얼굴을 살폈다. 그러나 왕룽은 여자의 동작을 흐뭇하게 생각했다. 그 향을 그들 두 사람의 것으로 느끼는 것처럼 보였기 때문이었다. 그러고 보니 그것은 그들의 결혼이 성립되는 순간이었다. 그들은 말 없이 나란히 서 있었다. 향은 자꾸만 타서 재가 되었다. 해가 지기 시작하자 왕룽은 상자를 다시 어깨에 메고 오란과 함께 집으로 향했다.

집 앞에 서 있던 노인은 아들이 색시를 데리고 오는 것을 보고도 꼼짝

하지 않았다. 여자를 눈여겨본다는 것은 체면에 관계되는 일이기 때문에 구름에 정신이 팔린 체하며 노인은 소리를 크게 질렀다.

"초승달 왼쪽 모서리에 걸린 구름은 비구름이다. 내일 밤 안으로 비가 오겠어."

아들이 색시에게서 바구니를 받아 드는 것을 보고 또 소리를 질렀다.

"너 또 돈을 썼구나?"

"오늘 밤에 손님들이 오니까요."

왕릉은 방으로 바구니를 들고 가서 옷 상자 옆에 놓고 야릇한 느낌으로 그것을 바라보았다. 노인이 문까지 따라와 야단을 쳤다.

"돈을 물 쓰듯 하면 집구석 꼴이 뭐가 되느냐?"

노인은 아들이 손님들을 부른 것이 내심으론 기쁘면서도, 새며느리에게 처음부터 낭비하는 버릇이 들지 않도록 야단을 쳐야 한다고 생각했던 것이다. 왕릉은 말 없이 바구니를 들고 부엌으로 갔다. 오란도 그의 뒤를 따랐다. 왕릉은 바구니에서 반찬거리를 하나씩 꺼내어 차가운 부뚜막에 늘어놓고 그녀에게 말했다.

"돼지고기하고 쇠고기하고 생선이야. 일곱 명이 올 거야. 요리할 줄 알아?"

그는 여자를 쳐다보지 않았다. 얼굴을 보면서 이야기하는 것은 점잖지 못한 일이기 때문이다. 여자는 억양 없는 목소리로 대답했다.

"저는 황 대인 집 부엌에서 내내 일했어요. 끼니 때마다 고기반찬을 차렸어요."

왕릉은 고개를 끄덕이며 그녀를 남겨두고 나와 손님들이 올 때까지 다시 가 보지 않았다. 이윽고 쾌활하지만 능청맞고 늘 허기져 있는 숙부, 한창 건방을 떠는 열다섯 살 사촌 동생, 그리고 수줍은 듯 히죽이 웃는 이웃들이 우르르 몰려왔다. 둘은 봄에 왕룽과 종자를 서로 바꾸고 가을에 품 앗이를 하는 한동네 사람들이었고, 한 사람은 칭 서방이었다. 작은 체구의 칭 서방은 어쩌다가 한 마디 하는, 매우 입이 무거운 사람이었다. 그들이 가운뎃방에서 서로 자리를 사양하다가 겨우 자리를 잡자 왕룽은 음식을 들여오라고 이르기 위해 부엌으로 갔다.

"요리 접시를 당신에게 드릴 테니 당신이 그것을 상에 놓아 주세요. 저는 남자들 앞에 나서기가 싫어요."

여자가 이렇게 말했을 때 왕룽은 여간 기쁘지 않았다. 이 여자가 자기 것이고 자기 앞에 나서기는 두려울 것이 없지만 다른 남자들 앞에 나서기는 꺼린다고 생각하니 왕룽은 퍽 자랑스러웠다. 그는 부엌 문간에서 그녀가 건네주는 음식 그릇을 받아서 가운뎃방 상에 올려놓고 큰 소리로 말했다.

"자, 작은아버지, 드세요. 형님들도 어서 드시고요."

농담을 즐기는 숙부가 한마디 했다.

"우리는 반달 같은 눈썹의 신부를 보아서는 안 되나?"

왕룽이 딱 잘라 말했다.

"금방 데려온 걸요. 첫날밤도 지내기 전에 남들 앞에 나서는 건 안 좋아요."

그러고는 그는 그들에게 먹기를 권했고, 그들은 좋은 음식을 정신없이 먹었다. 말도 없이 맛있게 먹다가 한 사람이 생선 위의 갈색 양념간장을 칭찬하자 다른 사람은 잘 구워진 돼지고기 맛이 그만이라고 칭찬했다. 번번이 왕룽은 같은 말을 되풀이하였다.

"변변치 않은 음식이에요. 차린 것도 별로 없고."

그러나 그는 내심 그 요리들이 자랑스러웠다. 그녀는 재료들을 설탕과 식초와 약간의 술과 간장으로 양념해서 맛을 최고로 살렸던 것이다. 왕룽 자신도 이렇게 맛있는 요리는 어떤 친구 집에서도 먹어본 일이 없었다.

손님들은 늦게까지 차를 마시고 농담도 하며 한가로이 시간을 보냈는 데, 오란은 내내 부뚜막 앞을 서성거렸다. 왕룽이 마지막 손님을 배웅하고 와 보니 그녀는 황소 옆에 쌓아둔 짚 위에서 웅크리고 자고 있었다. 그가 깨우며 보니 머리에 지푸라기가 잔뜩 묻어 있었다. 왕룽이 재차 깨우자 그녀는 잠결에 마치 누가 자기를 때리려고 하는 것처럼 갑자기 팔을 들어 막는 시늉을 했다. 이윽고 눈을 뜬 그녀는 표정 없이 멍한 눈으로 그를 바라보았다. 어린아이를 대하는 느낌이었다. 그는 그녀를 방으로 데리고 가서 식탁 위의 빨간 초를 켰다. 방 안에 불이 켜지자 그는 색시와 단둘이 있는 것이 부끄러워졌다. 그는 자신을 일깨우듯 여러 차례 중얼거렸다.

"이 여자가 내 색시다. 이젠 일을 치러야지."

그는 성급히 옷을 벗기 시작했다. 여자는 침대의 휘장 모서리를 기어다니며 말없이 잠자리를 매만지고 있었다. 왕룽이 무뚝뚝하게 말했다.

"누울 땐 촛불을 끄고 와."

왕룽은 먼저 누워서 두꺼운 이불을 어깨까지 끌어 덮고는 자는 척했다. 그러나 자기는커녕 그의 몸뚱이의 온 신경은 깨어 있었고, 몸은 덜덜 떨렸다. 얼마쯤 지나서 방 안이 캄캄해졌다. 여자가 가만히 곁으로 다가온 것을 알자 그는 격렬한 기쁨과 흥분에 사로잡혔다. 어둠 속에서 그는 격하고도 목쉰 듯한 웃음소리를 내며 여자를 끌어안았다.

# 2

삶의 즐거움이란 바로 이런 것이었다.

이튿날 아침 왕룽은 침대에 누운 채 이제 완전히 자기 사람이 된 오란을 바라보았다. 그녀는 자리에서 일어나 흐트러진 옷을 느릿느릿 여미고 허리띠를 매었다. 다음에는 헝겊신을 신고 발꿈치의 끈을 졸라맸다. 창문 구멍으로 햇빛이 한 가닥의 줄처럼 비쳐 들어와 그녀의 얼굴을 희미하게 비췄다. 그 얼굴에는 아무런 변화도 보이지 않았다. 그것은 왕룽에겐 놀라움이었다. 자신은 지난밤에 변한 것 같은데, 지금 침대에서 일어난 그녀는 예사로워 보이지 않는가. 마치 여러 해 동안 그렇게 한자리에서 자기나 한 것처럼. 어슴푸레한 새벽 어둠 속으로 늙은 아버지의 기침 소리가 한결 드높게 들렸다.

"아버지는 가슴이 좋지 않으니까 데운 물을 먼저 갖다 드려. 속을 뜨겁게 하시라고."

"찻잎을 넣을까요?"

그녀는 어제와 똑같은 목소리로 물었다.

이 단순한 물음이 왕룽의 마음을 매우 괴롭게 하였다. 그는 '물론 찻잎을 넣어야지, 거지도 아닌데.'라고 대답하고 싶었다. 색시에게 이 집에서는 찻잎 넣는 일쯤은 예삿일인 것처럼 보이고 싶었다. 황 대인 집은 찻잔마다 찻잎을 띄웠겠지. 종들도 맹물은 마시지 않으리라. 그러나 첫날 아침부터 며느리가 물 대신 차를 가지고 가면 아버지는 화낼 것이 틀림없었다. 게다가 왕룽은 넉넉한 살림도 아니었다. 그래서 일부러 대수롭지 않은 듯이 대답했다.

"찻잎? 아냐, 그건 폐에 더 나쁘니까."

여자가 불을 지피고 물을 끓이는 동안 왕룽은 느긋하게 자리에 누워서 흐뭇한 기분에 젖어 있었다. 그는 이제 그럴 수 있으니까 한잠 더 자고 싶었다. 그러나 새벽에 깨어나는 버릇이 든 그의 몸은 잠들어 주지 않았다. 그래서 그는 드러누워 게으름의 즐거움을 몸과 마음으로 흠뻑 맛보았다.

자기 것이 된 여자를 생각하면 아직도 조금 부끄러웠다. 농사 일, 밀, 비가 잘 올 경우의 가을 수확량, 흥정이 되는 대로 칭 서방에게서 사려고 벼르던 순무 씨 등을 한동안 생각했다. 그러나 그런 생각들 사이에 자꾸만 끼어들어 뒤얽히는 것은 역시 새 생활에 대한 생각이었다. 문득 지난밤이 생각나고 여자가 자기를 좋아하는지 알고 싶어졌다. 그것은 정말 새로운 의문이었다. 왜냐하면 그는 여태까지 자기가 여자를 좋아하고 있는지, 잠자리에서나 그의 집에서 그녀가 그에게 만족할 만한지 그것만을 스스로에게 물어왔기 때문이다. 얼굴은 평범하고 손도 거칠었지만 그녀의 몸뚱이는 부드러웠고 처녀였다. 그는 그 생각을 하며 간밤에 어둠 속에서 웃었던 것처럼 키득거렸다. 황 대인 집 도련님들은 부엌에서 일하는 오란의 평범한 얼굴만 보고, 그 얼굴 밑에 있는 몸은 보지 못한 것이 분명했다. 그녀의 몸은 아름다웠다. 비록 뼈대는 굵직굵직했지만 살집이 좋고 부드러웠다. 그는 그녀가 그를 남편으로서 만족했기를 바랐고, 그런 생각에 다시 부끄러움을 느꼈다.

그때 문이 열렸다. 그녀가 김이 모락모락 나는 찻잔을 두 손으로 받쳐

들고 조용조용 들어왔다. 왕룽은 침대에서 일어나 앉아 찻잔을 받았다. 물에 찻잎이 떠 있었다. 그는 얼른 그녀를 보았다. 오란은 머뭇거리며 말했다.

"아버님 잔에는 당신이 말씀하신 대로 찻잎을 넣지 않았어요. 그래도 당신에게는……."

왕룽은 여자가 자신을 어려워하는 것을 보고 내심 만족스러웠다. 그래서 얼른 대꾸했다. "좋아, 좋아." 그는 소리를 내며 맛있게 차를 마셨다.

그는 스스로에게도 내놓고 말하기 부끄러운 새로운 환희를 느끼고 있었다. '내 색시가 나를 좋아하는구나.'


몇 달 동안 왕룽은 자신이 색시의 거동을 지켜보는 것 이외엔 아무것도 하지 않는 것처럼 느꼈다. 그러나 실제로는 이전과 다름없이 일하고 있었다. 그는 괭이를 어깨에 메고 밀밭에 나가서 이랑을 만들었고, 황소에 쟁기를 지워 마늘과 파를 심을 서쪽 밭을 갈았다. 일하는 것이 즐거웠다. 한낮이 되어 집에 돌아오면 그를 위한 점심이 준비되어 있었다. 식탁의 먼지는 말끔히 닦여져 있었고 밥그릇과 젓가락이 보기 좋게 놓여 있었다. 오란이 오기 전에는 밭에서 돌아오면 아무리 지쳤어도 스스로 식사를 준비했었다. 이따금 아버지가 갑자기 시장기를 느끼면 죽을 만들거나 밀가루를 반죽해서 납작한 빵을 구워 놓을 때는 있었다.

지금은 그의 손이 안 가도 그를 위하여 식사 준비가 모두 되어 있었고, 식탁 옆 나무 의자에 앉기만 하면 곧 밥을 먹을 수 있었다. 마룻바닥은 깨끗했고 부엌 땔나무는 떨어지는 일이 없었다. 그가 밭으로 나가면 그녀가 갈퀴와 새끼를 들고 나가 여기저기 돌아다니며 마른풀과 나뭇가지와 가랑잎들을 긁어모아 그날 점심을 짓는데 쓰고도 남을 만큼 가지고 돌아왔기 때문이다. 그러고는 오후에는 괭이와 바구니를 어깨에 메고 시내로 가는 큰길로 나갔다. 노새와 당나귀와 말들이 짐을 싣고 지나다니는 그 길에서 짐승들의 똥을 주워 집으로 돌아와 뒷마당에 쌓았다. 그것은 누가 하라고 해서 하는 일이 아니었다. 하루의 해가 다한 후에도 황소에게 먹이를 주었고, 언제든지 물을 먹을 수 있도록 물을 길어다 놓기 전에는 일손을 멈추지 않았다.

그리고 그녀는 직접 물레에서 실을 뽑아서, 겨울옷 해진 부분에 헝겊을 덧대서 기웠다. 침구는 문지방에 널어 햇볕에 쬐었다. 이불 속에서 여러 해 묵어 굳어진 잿빛 솜도 꺼내서, 거기서 우글대던 빈대랑 이를 잡아 죽이고 모두 햇볕에 널었다. 그녀는 날마다 차례로 무엇인가 했다. 이윽고 세 방 모두 깨끗해지고 제법 잘사는 집의 방같이 보이게까지 되었다. 노인은 기침이 점점 나아져서 따스한 양지쪽 담벽에 기대어 흐뭇한 기분으로 자는 둥 마는 둥 앉아 있기가 일쑤였다.

그런데 여자는 말이 없었다. 일상생활에 직접 관계된 말 이외에는 입 밖에 내지 않았다. 왕룽은 그녀가 큰 발로 느릿느릿 이 방 저 방 다니며 억척스럽게 일하는 것과, 넓적한 얼굴과 약간 겁먹은 듯한 두 눈에 대해 별 말을 하지 않았다. 왕룽은 밤에 그녀가 얼마나 탄력 있고 부드러운가를 알고 있었다. 하지만 낮에는 무명 바지저고리가 그녀의 몸을 모두 가렸고, 왕룽은 그녀가 종 이외의 아무것도 아닌 여자처럼 묵묵히 일만 해도 구태여 "왜 말을 않지?" 하고 묻지 않았다. 그녀는 자기 일만 잘하면 될 것이기 때문이었다.

가끔 밭에서 일할 때 왕룽은 그녀를 생각해보곤 했다. 그 대궐 같은 집에서 그녀는 무엇을 보았을까? 그와 같이 보내지 않은 그녀의 생활은 어뗐을까? 그로서는 도무지 알 수 없었다. 그러다가는 그런 것에 대해 알고 싶어 하는 자신을 부끄러워했다. 결국 한낱 여자에 불과하지 않은가!


대갓집 종으로 꼭두새벽부터 밤늦게까지 일하던 여자에게 작은 농가의 방 셋을 치우고 하루에 두끼 밥을 짓는 것만으로는 손이 남았던 모양이었다. 왕룽이 보리를 밟고 괭이질을 하고 땀을 비오듯 흘리며 일하고 있던 밭이랑 위로 여자 그림자가 어른거렸다. 오란이 괭이를 어깨에 메고 서 있었다.

"해질 때까지 집에 할 일이 없어서요."

오란은 더 말하지 않고 남편의 왼쪽 이랑으로 와서 괭이질을 시작했다. 여름 태양이 그들 위에 뜨겁게 내리쬐었고, 얼마 안 가서 그녀의 얼굴에서도 땀방울이 떨어졌다. 왕룽은 저고리를 벗고 일했지만 오란은 적삼을 걸치고 있어서, 그 얇은 옷이 땀에 젖어 그녀의 살에 찰싹 달라붙었다. 그들은 한마디도 않고 완전히 같은 율동 속에서 한 시간 또 한 시간 일했고, 왕룽은 아내와 힘을 합쳐 일하는 가운데 노동의 고됨을 잊었다. 왕룽은 아무 생각도 하지 않았다. 오로지 그들의 집을 이루고 그들의 몸을 기르고 그들의 신神을 만들어주는 이 대지를 힘차게 일구는 동작의 완벽한 조화뿐이었다. 비옥한 땅은 그들의 괭이 끝에서 가볍게 갈라졌다. 때로는 벽돌 조각과 나뭇조각이 나왔지만, 그건 아무것도 아니었다. 어떤 시대 어떤 때에는 사람 시체가 이곳에 파묻혔을 것이고, 집이 세워졌다가 허물어졌을 것이고, 그렇게 다시 흙으로 돌아갔을 것이다. 왕룽의 집도 흙으로 돌아갈 것이고, 그들의 몸도 그러할 것이다. 이 땅의 모든 것은 각기 제 차례가 있다. 왕룽과 아내는 나란히 움직이며 이 땅의 열매를 얻기 위해 묵묵히 일을 계속했다.

이윽고 해가 지자 왕룽은 지그시 허리를 펴고 아내를 보았다. 땀에 젖은 아내의 얼굴은 흙투성이였다. 그녀는 흙처럼 검었다. 땀에 젖어 검어진 옷이 그녀의 네모진 몸에 달라붙어 있었다. 그녀는 괭이질을 천천히 끝내고는 여느 때처럼 꾸밈없고 솔직한 말투로 말했다. 고요한 저녁 공기 속에서 목소리가 여느 때보다 더 평범하게 울렸다.

"아기를 가졌어요."

왕룽은 멍하니 서 있었다. 무슨 말을 해야 하나? 오란은 허리를 굽혀 벽돌 조각을 하나 주워 밭이랑 밖으로 던졌다. 그녀는 '차를 가져왔어요.'라든가 '먹을 수 있어요.'라고 말하듯이 아무렇지 않게 말했다. 그러나 왕룽에게는 너무나 큰 사건이었다. 가슴이 벅찼다. 그렇다, 이제 이 땅에 그의 차례가 온 것이다.

왕룽은 그녀의 손에서 괭이를 빼앗으며 말했다.

"오늘은 그만해. 날도 저물었고, 아버지에게 알려야지."

그들은 집으로 향했다. 그녀는 여자답게 대여섯 걸음 뒤떨어져 걸었다. 노인은 주린 배를 안고 집 앞에 서서 기다리고 있었다. 며느리가 들어온 뒤로 그는 손수 저녁을 짓지 않았다. 노인은 아들을 보자 더 기다릴 수가 없다는 듯이 소리쳤다.

"늙은 애비를 이렇게나 배고프게 기다리게 한단 말이냐!"

왕룽은 아버지 옆을 지나쳐서 방으로 들어가며 말했다.

"아이가 생겼대요."

그는 '오늘 서쪽 밭에 씨를 뿌렸어요.'라고 말하듯 말하려고 했지만 그렇게 되지 않았다. 낮은 목소리로 말했는데도 큰 소리로 외친 것처럼 느껴졌다.

"호오, 그래?"

노인은 집에 들어서는 며느리를 향해 한마디했다.

"손자 볼 날도 멀지 않았구나!"

노인은 어두워서 며느리 얼굴을 볼 수 없었지만, 며느리는 무심하게 대답했다.

"곧 저녁을 지을게요."

"그래라, 어서 저녁을 지어."

노인은 재촉하며 어린아이처럼 며느리를 따라 부엌으로 들어갔다. 손자 생각에 저녁을 잊었던 그는, 이젠 저녁 생각에 손자 생각을 잊었다.

왕룽은 어둠 속에서 식탁 옆 나무 의자에 앉아서 팔짱을 끼고 고개를 숙였다. 내게서, 내 몸뚱이에서, 새 생명이 태어나는구나!

# 3

해산 날이 가까워지자 왕룽은 아내에게 말했다.

"해산을 도와주는 여편네가 있어야 할 텐데……."

오란은 고개를 저었다. 저녁을 마친 후라서 그녀는 설거지를 하고 있었다. 노인은 이미 잠자리에 들었고 한밤중 그들은 단둘이 이야기하고 있었다. 콩기름에 솜을 꼬아 만든 심지를 띄운 작은 등잔에서 불꽃이 팔랑거렸다.

"산파를 안 부르겠단 말이야?"

왕룽이 놀라서 물었다. 그는 고개나 손을 약간 흔들거나 고작해야 한두 마디 내뱉는 오란과의 대화에 익숙해져 있었다. 왕룽이 계속 말을 이었다.

"남자만 둘인데, 곤란하지 않아? 어머니는 동네 여편네를 한 사람 불렀어. 난 이런 일은 아무것도 몰라. 당신이 있던 황 대인 집에서 당신하고 친하던 종들 중에서 와 줄 만한 사람 없어?"

왕룽이 그 집에 대해 말을 꺼낸 것은 이번이 처음이었다. 오란은 작은 눈을 크게 뜨면서 전에 못 보던 험한 분노를 내보였다.

"그 집엔 아무도 없어요!"

왕룽은 놀라서 담배를 채우던 담뱃대를 떨어뜨리고 오란을 쳐다보았다. 그녀의 얼굴은 곧 여느 때와 같아졌고 마치 아무 이야기도 하지 않았던 것처럼 설거지 그릇에서 젓가락을 주워 모았다.

"왜 그래?"

왕룽이 어안이 벙벙해져서 물었지만 그녀는 대답하지 않았다.

"아버지나 나나 애 낳는 데는 아무런 도움도 안 돼. 아버지는 당신 방에 들어갈 수 없을 것이고, 나는 암소가 새끼 낳는 것도 본 일이 없는 사람이니, 내 손재주로는 자칫하면 갓난아이가 다칠 거야. 그래서 종들이 많아 줄곧 애를 낳는 황 대인 집에서 누가 와 주었으면 하는 거야."

오란은 다 씻은 젓가락들을 가지런히 상 위에 놓다가 그를 쳐다보았다. 그리고 잠시 후에 입을 열었다.

"제가 그 집을 다시 갈 때는 제 팔에 아들을 안고 가야 해요. 아이에게는 빨간 저고리와 빨간 꽃무늬 바지를 입히겠어요. 머리에는 작은 금색 부처님을 붙인 모자를 씌우고 발에는 호랑이 얼굴이 그려진 신을 신기겠어요. 저도 새 신을 신고 올이 가는 검은 공단 저고리를 입겠어요. 그리고 제가 일하던 부엌으로 해서 큰마님이 아편을 하고 계신 큰방으로 들어가겠어요. 저는 저와 제 아들의 멋진 모습을 모두에게 보여 주겠어요."

왕룽은 지금까지 오란이 이렇게 말을 많이 하는 것을 들은 적이 없었다. 그 말은 느리지만 거침없이 술술 나왔다. 필시 그녀가 오랫동안 계획한 것이다. 밭에서 그의 옆에서 일하면서 그녀는 이 모든 것을 혼자 계획하고 있었던 것이다. 이 얼마나 놀라운 여자인가. 매일 묵묵히 일만 하기에 아이 생각은 통 않는 줄 알았다. 그런데 이미 낳아서 옷을 갖춰 입힌 어린아이와 새 저고리를 입은 그녀 자신을 상상하고 있었던 것이다. 이번에는 왕룽이 말을 잃었다. 그는 두 손으로 담배를 동그랗게 뭉쳐 담뱃대의 대통에 다져넣었다.

"그럼 돈이 있어야겠군." 마침내 왕룽은 일부러 무뚝뚝하게 말했다.

"은전 세 닢만 주시면……." 그녀는 미안한 듯이 말했다. "큰돈이에요. 하지만 꼼꼼히 따져 보았어요. 동전 한 닢도 헛되이 쓰지 않겠어요. 포목상에서도 조금도 속지 않도록 하겠어요."

왕룽은 허리춤을 더듬었다. 그는 바로 그저께 서쪽 밭가 연못에서 갈대를 한 짐 반 베어 팔았기 때문에 오란이 지금 청하는 액수보다 조금 더 많은 돈을 가지고 있었다. 그는 은전 세 닢을 상 위에 놓았다. 조금 주저하다가 언제고 찻집에서 노름할 기회가 생기면 쓰려고 오래 간직해 왔던 은전 한 닢을 더 내놓았다. 그는 노름판에 가도 주사위가 소리 내며 탁자 위를 구르는 것을 구경만 할 뿐 돈을 잃을까 두려워서 한몫 끼어 놀지 않았다. 그는 시내에 들어갔다가 시간이 남으면 이야기꾼 집으로 갔다. 그곳에서는 옛날이야기를 듣다가 주발이 돌아오면 동전 한 닢만 집어넣으면 됐다.

"이것도 받아둬." 그는 담배에 불을 붙이려고 종잇조각에 등잔불을 옮겨 붙이며 말했다. "어린아이 입힐 비단옷을 하나 더 만들어. 어쨌든 그 아인 첫아이니까."

오란은 돈을 즉시 집지 않고 한참을 무표정하게 바라보고 서 있다가, 속삭이듯이 말했다.

"은전을 제 손으로 만져보기는 처음이에요."

그녀는 그것을 낚아채듯 움켜쥐고 얼른 침실로 사라졌다.

왕룽은 상 위에 놓여 있던 은전을 생각하며 담배를 피웠다. 그 은전은 그가 경작하는 땅에서 나온 것이다. 그는 그 땅에서 생명을 받았고, 땀 흘려 일해서 곡식을 얻었고, 그 곡식을 팔아 은전을 얻었다. 그래서 전에는 은전을 남에게 줄 때 꼭 생명을 떼어 주는 것 같았다. 은전을 내놓으면서 그런 고통을 느끼지 않기는 이번이 처음이었다. 그것은 거리 상인에게 주는 은전이 아니라, 더 가치 있는 것으로 변할 은전이었다. 그의 아들의 몸을 덮어 줄 옷이 될 은전. 저 이상한 여자, 말이 없고 아무것도 생각 않고 일만 하는 아내가 그렇게 차려입은 아기를 왕룽보다 먼저 생각하고 있었던 것이다.


해산 날이 다가와도 그녀는 남의 손을 빌리려고 들지 않았다. 드디어 그 순간이 왔다. 해가 서산에 지고 어두워지기 시작할 때였다. 그녀는 왕룽과 나란히 벼를 거두어들이고 있었다. 그들은 밀을 수확한 뒤 그 밭을 논으로 만들어 모를 심었는데, 벼는 장마에 키가 자라고 초가을 햇볕에 이삭이 여물었다. 그들은 오늘 하루 종일 허리를 굽혀 자루가 짧은 낫으로 그 벼들을 베었다. 그녀는 배가 무거웠기 때문에 허리를 많이 굽힐 수가 없었다. 그래서 그녀는 남편보다 더디게 베었고, 따라서 남편의 줄은 앞서고 그녀는 뒤처졌다. 해가 중천에 떴다가 기울어가면서 그녀는 더 느려졌다. 왕룽은 안절부절못하며 뒤돌아보았다. 그때 그녀가 일을 멈추고 허리를 폈다. 낫이 손에서 떨어졌다. 그녀의 얼굴에 새로운 땀이 맺혔다. 새로운 고통의 땀이었다.

"낳으려나 봐요." 그녀가 간신히 말했다.

"집으로 가겠어요. 제가 부를 때까지 절대로 방에 들어오지 마세요. 탯줄을 끊게 갈대를 하나 껍질을 벗겨 잘라다 주세요."

오란은 아무렇지도 않은 듯이 논을 가로질러 집으로 향했다. 왕룽은 그녀를 지켜보다가 조금 떨어진 연못가로 가서 갈대를 하나 집어 껍질을 잘 벗기고 낫으로 잘랐다. 저물기 쉬운 가을날은 어느새 땅거미가 졌다.

그는 낫을 어깨에 걸고 집으로 돌아왔다.

집에 돌아오자 따뜻한 저녁이 상에 준비되어 있었고, 아버지는 이미 먹고 있었다. 그녀는 진통 중에도 부엌으로 가서 저녁을 준비한 것이다. 왕룽은 내 아내는 보통 여자가 아니로구나 하고 생각했다.

그는 방문 앞에 가서 소리쳤다.

"갈대 가져왔어!"

그는 아내가 그것을 가지고 들어오라고 할 것을 기다리면서 서 있었다. 그러나 그녀는 남편을 부르지 않았다. 문틈으로 손을 내밀고 갈대를 받았을 뿐 한마디도 하지 않았다. 다만 먼 거리를 달린 가축처럼 격렬하게 몰아쉬는 숨소리만 들렸다.

노인이 먹던 밥그릇에서 고개를 들고 말했다.

"어서 먹어라, 찬밥 될라. 아직 걱정할 것 없어. 곧 낳지는 않을 테니까. 네 어미가 첫아이를 낳을 때도 이때쯤 시작해서 이튿날 새벽에야 해산을 했느니라. 나와 네 어미는 아이를 아마 스물은 나았지. 그런데 살아남은 건 너뿐이야. 그러니까 여편네는 아이를 자꾸만 낳아야 하는 거야."

노인은 잠시 말을 끊었다가 새삼스럽게 생각난 듯이 말했다.

"내일 이맘때면 나도 할아버지가 되는구나."

그는 갑자기 낄낄거리기 시작했다. 노인은 밥숟가락을 놓고 어두운 방에서 오랫동안 웃음을 그치지 않았다.

그러나 왕룽은 동물처럼 몰아쉬는 오란의 신음소리를 들으며 그대로 서 있었다. 문틈으로 뜨거운 피 냄새가 확 풍겨 왔다. 그 역한 냄새가 그를 떨게 했다. 방 안의 숨소리는 더 빠르고 높아지며 짓눌린 비명처럼 들렸다. 그러나 그녀는 소리를 지르지 않았다. 왕룽이 더 이상 참을 수 없어서 방으로 뛰어 들어가려는 찰나, 가늘고 날카로운 울음소리가 들려왔다.

그는 모든 것을 잊어버렸다.

"아들이야?" 그는 아내 생각도 잊고 다그쳐 물었다. "아들이야? 그것만 얘기해 줘! 아들이야?"

여자의 목소리가 메아리처럼 가늘게 들려왔다. "아들이에요."

왕룽은 그제서야 밥상으로 갔다. 참 빠르기도 하다. 그의 밥은 오래전에 식었고 노인은 걸상에 기대어 잠들어 있었다. 어쩌면 모든 게 그렇게 빠르게 일어났을까! 그는 노인의 어깨를 잡고 흔들었다.

"아들이래요." 그는 의기양양해서 소리쳤다. "아버지는 할아버지가 되고, 저는 아버지가 됐어요!"

노인은 곧 잠에서 깨어 잠들기 전에 웃던 그대로 낄낄거리기 시작했다. "암, 그러면 그렇지, 내가 할아버지가 됐구나, 할아버지가!" 노인은 계속 웃으면서 침상으로 갔다.

왕룽은 찬 밥그릇을 들고 먹기 시작했다. 갑자기 시장기가 느껴져서 방 안의 부스럭대는 소리와 갓난아이의 우렁찬 울음소리도 들리지 않았다.

"이제부터는 이 집도 꽤 시끄러워지겠군." 그는 자랑스러운 듯 중얼거렸다.

저녁밥을 다 먹고 그는 다시 방문 앞에 섰다. 이번엔 그녀가 불러서 방으로 들어갔다. 피비린내가 아직도 짙게 풍기고 있었지만 나무통 이외에는 피의 흔적이 없었다. 그 통도 오란이 물을 붓고 침대 밑으로 밀어 넣어서 남편의 눈에는 거의 보이지 않았다. 빨간 초가 켜져 있었고, 그녀는 이불을 덮고 침대에 반듯하게 누워 있었다. 그녀의 곁에는 그 지방 풍습에 따라 아버지 왕룽의 낡은 바지에 싸인 아들이 누워 있었다.

왕룽은 침대로 다가갔다. 잠시 동안 할 말이 떠오르지 않았다. 그는 가슴이 온통 두근거리는 것을 느끼며 몸을 굽혀 갓난아이를 들여다보았다.

검고 둥글고 주름진 얼굴에, 길고 까만 머리카락이 젖어 있었다. 아기는 이제 울음을 그치고 눈을 꼭 감은 채 잠들어 있었다.

왕룽은 아내를 보았다. 아내도 그를 보았다. 진통을 겪은 그녀의 머리카락은 아직도 땀으로 젖어 있었고, 가느다란 그녀의 눈은 움푹 꺼져 있었다. 그녀의 얼굴은 그밖에는 평상시와 같았다. 그러나 거기 누워 있는 아내의 모습에는 그의 가슴을 때리는 것이 있었다. 아내와 아들에 대한 애정이 벅차올랐지만, 딱히 할 말은 생각나지 않아서 그는 이렇게 말했다.

"내일 성안에 들어가서 누런 설탕을 한 근 사 오지. 더운 물에 타 줄 테니 마시도록 해."

그러고는 그는 다시 갓난아이를 보고, 감격한 어조로 방금 생각나기나 한 것처럼 느닷없이 외쳤다.

"달걀을 한 바구니 사다가 빨갛게 물들여 동네에 돌려야겠어. 아들을 낳았다는 것을 모두에게 알려야 하니까."

# 4

해산한 다음 날 오란은 여느 날과 다름없이 일어나 아침밥을 지었다. 그러나 남편을 따라 논에 나가지는 않았다.

그래서 왕룽은 한낮까지 혼자서 일했다. 그런 다음 그는 집으로 돌아와 옷을 갈아입고 성안으로 들어갔다. 시장으로 가서 달걀을 오십 개 샀다. 갓 낳은 것은 아니어도 싱싱해 보여서 한 알에 1전씩 주었다. 달걀들을 빨갛게 물들일 빨간 종이도 샀다. 달걀과 종이를 함께 물에 넣어 끓여서 물들일 것이다. 그는 달걀과 바구니를 들고 사탕 가게에 가서 누런 설탕을 한 근 샀다. 설탕을 갈색 종이에 잘 싸서 지푸라기로 묶은 상인은 빙그레 웃으면서 지푸라기 밑에 빨간 종잇조각을 끼워 넣었다.

"산모에게 줄 모양이구려."

"첫아들이라서요." 왕룽은 자랑스럽게 대답했다.

"경사스런 일이오."

상인은 건성으로 대꾸하며, 눈으로 방금 들어온 옷 잘 입은 손님을 좇았다. 상인은 그런 축하인사를 하루에도 몇 번씩 손님들에게 한다. 그러나 왕룽은 그것이 자기에게만 건네는 특별한 말로 들렸고, 그래서 그 상인의 친절이 고마워서 가게에서 나오며 연신 고개를 숙여 고맙다고 했다. 햇볕이 뜨겁게 내리쬐는 먼지 나는 거리로 나서면서 왕룽은 이 세상에 자기보다 행복한 사람은 없는 듯이 생각되었다.

그런 생각은 그를 즐겁게 했지만 곧 두려운 생각으로 가슴이 뜨끔해졌다. 이 세상을 사는 데는 운이 너무 좋아도 좋지 않다. 하늘과 땅에는 인간의 행복, 특히 가난한 사람의 행복을 싫어하는 나쁜 귀신이 득실거리기 때문이다. 그는 급히 양초 가게로 가서 네 식구에 하나씩 돌아가도록 네 개비의 향을 샀다. 왕룽은 향을 들고 곧장 당집으로 가서, 지난날 아내와 같이 피웠던 향의 재 위에 다시 향을 피웠다. 그는 향 네 개비가 잘 타들어가는 것을 지켜보고서야 마음에 위안을 얻고 집으로 돌아왔다. 당집에 모셔진 한 쌍의 수호신守護神은 엄청나게 큰 힘을 가지고 있을 것이다.


아무도 알아채지 못하는 사이 오란은 벌써 밭에서 일하는 남편 곁으로 돌아와 있었다. 그들은 논밭에서 추수한 곡식을 집 앞마당에서 도리깨로 털고 키질을 하였다. 그것이 끝나자 그들은 또 가을보리를 심어야 했다. 그래서 왕룽이 황소에 쟁기를 지워 밭을 갈고, 오란이 괭이를 들고 뒤따르며 새 이랑의 흙덩이를 부쉈다.

오란은 종일토록 일했다. 아기는 헌 이불에 싸여 땅바닥에서 잤다. 아기가 울면 그녀는 일손을 멈추고 땅에 털썩 앉아 저고리를 헤치고 젖을 먹였다. 볕이 엄마와 아기에게 내리쬐었다. 그들은 흙 같은 갈색이었고 흙으로 빚은 불상처럼 앉아 있었다. 엄마의 머리에도, 아기의 부드러운 검은 머리에도 밭의 흙먼지가 묻어 있었다.

엄마의 풍만한 갈색 젖가슴에서 눈처럼 흰 젖이 솟아 나왔다. 아기가 한쪽 젖을 빨면 다른 한쪽 젖도 마구 흘러내렸다. 오란은 젖이 흐르게 내버려두었다. 아기가 충분히 먹은 후에도 한두 아기쯤은 더 기를 수 있을 만큼 자신의 젖이 풍부하다는 것을 알았기 때문에 흘러내려도 상관하지 않았다. 젖은 계속 나왔다. 가끔은 옷을 버릴까 봐 땅바닥에 짜내 버렸다. 그러면 젖은 땅에 스며들어 보드랍고 거무스름하고 널찍한 무늬를 그렸다. 토실토실 살이 오른 아기는 엄마가 주는 마르지 않는 생명의 샘을 맘껏 삼키며 순하게 무럭무럭 자랐다.

겨울이 왔다. 그들은 겨울 준비를 시작했다. 전에 없던 풍작이어서 자그마한 세 방이 꽉 찼다. 초가집 서까래에는 옥파와 마늘이 엮어져 주렁주렁 매달렸고, 가운뎃방과 노인 방 그리고 그들의 방에도 갈대로 엮은 가마니에 쌀과 밀이 가득가득 담겨져 들어찼다. 이 곡식의 대부분은 팔 것이었지만, 왕룽은 노름이나 맛있는 음식 따위에 돈을 낭비하지 않는 검소한 사람이었기 때문에 값이 헐한 가을에 팔지 않아도 좋았다. 그대로 두었다가 땅에 눈이 하얗게 덮였을 때나 성안 사람들이 아무리 비싼 값에라도 기꺼이 사는 설 무렵에 팔 것이었다.

그러나 숙부는 언제나 곡식이 익기도 전에 팔았다. 약간의 돈도 얻으면서 추수와 타작하는 수고도 덜 겸 밭에 서 있는 곡식을 그대로 팔아넘기기가 예사였다. 그런데다가 숙모도 뚱뚱하고 게으르고 어리석은 여자여서 밤낮 맛있는 음식만 찾았고, 성안에서 새 신을 사고 싶다느니 무얼 하고 싶다느니 안달을 하였다. 반면 왕룽의 아내는 남편의 신, 시아버지의 신, 자기 신, 아기 신 할 것 없이 모두 손수 만들었다. 만약 그녀가 신을 사겠다고 말한다면 왕룽은 무슨 말인지 알아듣지 못할 것이다.

숙부의 다 쓰러져가는 집 서까래에는 매달린 것이 없었다. 그러나 왕룽의 집 서까래에는 돼지 다리까지 매달려 있었다. 칭 서방이 자기 집 병든 돼지를 잡았을 때 산 것이었다. 살이 빠지기 전에 잡은 것이라 살점도 많았다. 오란이 그것을 소금에 절여 말리기 위하여 매단 것이었다. 그밖에도 창자를 빼내고 소금을 넣은 닭이. 털이 덜 뽑힌 채 말려지고 있었다.

그래서 동북쪽 사막지대에서 살을 에는 듯한 세찬 겨울바람이 불어올 때에도 왕룽의 가족은 풍성한 가운데서 단란하게 지냈다. 아기도 무럭무럭 잘 자랐다. 백일에 아기의 장수를 축원하는 국수 잔치를 벌였다. 왕룽은 혼인잔치에 왔던 사람들을 다시 초대해서 붉게 물들인 달걀을 열 개씩 나누어 주었다. 그 밖에 축하하러 온 마을 사람들에게는 달걀을 두 개씩 주었다. 사람들은 엄마를 닮아 광대뼈가 두드러지고 둥그스름한 얼굴에 체격이 좋은 아들을 둔 왕룽을 부러워했다. 겨울이 오자 아기는 밭머리 대신 토방 이불 위에 앉혀졌다. 왕룽 부부는 밝은 남쪽 창문을 열어 햇볕이 들게 했다. 북풍은 두꺼운 흙벽을 헛되이 두드렸다.

울 밑에 선 대추나무와 밭가에 있는 버드나무, 복숭아나무의 잎들은 죄다 떨어지고 없었다. 다만 집 동편 성긴 대숲의 잎만 아직까지 줄기에 붙어 있었다. 거센 바람에 줄기가 아무리 휘어져도 잎은 떨어지지 않았다.

이렇게 건조한 바람이 계속해서 불면 뿌려 놓은 밀의 싹이 트지 못하기 때문에 왕룽은 근심스레 비를 기다렸다. 그러던 어느 조용하고 흐린 날, 바람이 자고 하늘이 어두워지며 공기가 후덥지근해지더니 갑자기 비가 쏟아지기 시작했다. 그들은 흡족하여 방 안에 앉아 빗줄기를 바라보았다. 빗물은 집 근처의 밭에 스며들었고, 처마 끝에서 마구 떨어졌다. 아기는 그렇게 내리는 비를 보고 놀란 듯 빗줄기를 잡으려고 작은 손을 밖으로 뻗었다. 그러고는 좋아라 하고 웃었다. 가족들도 덩달아 웃었다. 손자 곁에 앉아 있던 할아버지가 말했다.

"이렇게 영리한 아이는 어디에도 없을 거야. 작은집 아이들은 걷기 전에 아무것도 몰랐어."

축축해진 밭에서 푸릇푸릇 밀싹이 움텄다. 이럴 때면 농부들은 서로의 집을 찾아다녔다. 하늘이 그들을 대신해서 말라가는 곡식에 비를 내려주었으니, 그들은 등뼈가 휘도록 물통을 짊어지고 밭으로 물을 나르지 않아도 되었다. 그래서 그들은 종이우산을 쓰고 맨발로 밭 사이의 좁은 길을 따라 이 집 저 집 찾아다니며 차를 마셨다. 아낙네들은 집에서 다소곳이 신과 옷을 만들고, 설날 음식 마련할 생각을 했다.

그러나 왕룽과 오란은 별로 나다니지 않았다. 이 마을에는 작은 집 여섯 채가 흩어져 있었지만, 왕룽의 집만큼 따뜻하고 제대로 갖춰진 집은 없었다. 왕룽은 동네 사람들과 너무 가까이하면 그들이 돈을 빌려달라고 할까 봐 은근히 두려웠다. 설이 가까워지면 새 옷도 짓고 싶고 음식도 차리고 싶어지니까 모두들 돈을 빌려 쓰고 싶어 한다. 그래서 왕룽은 집에 머물면서 아내가 옷을 꿰맬 때 갈퀴의 부러진 곳을 제대로 갈아 넣거나 삼노끈으로 잡아맸다.

그가 이렇게 농기구를 손질하면 아내는 그릇을 손질했다. 옹기에 금이 가도 다른 아낙네들처럼 내버리고 새것을 사려 하지 않고, 진흙을 개어 그 틈을 메우고 공들여 구워서 새것과 다름없이 만들었다. 그래서 그들은 집 안에 눌러앉아 서로의 즐거움을 나누는 것으로 낙을 삼았다.

"그 큰 호박씨를 받아 두었던가?"

"밀짚은 팔고 부엌의 땔감은 콩대로 하지."

가끔 왕룽이 "이 국수 정말 맛있는데." 하고 칭찬을 하면 오란은 겸손하게 대답했다. "올해는 밀이 잘 익어서 그래요."

풍년이 들자 왕룽은 추수한 농작물을 팔아서 그들이 쓰고도 남을 만한 액수의 은전을 벌었다. 왕룽은 오란 이외의 사람에게는 그것을 말하지 않았고, 그 돈을 허리춤에 넣고 다니는 것도 두려웠다. 그들은 은전을 어디다 감출지 의논했다. 오란이 꾀를 내어 그들 방 침대 뒷벽에 작은 구멍을 파고 은전을 집어넣은 다음 진흙으로 그 위를 감쪽같이 발라버렸다. 왕룽은 쓰고도 남을 만큼의 돈을 가졌다는 생각 때문에 마을 사람들과 함께 걸어갈 때에도 어쩐지 어깨가 으쓱해지고 느긋한 마음이 되었다.

5

설날이 가까워지자 마을은 어느 집이나 설 준비에 바빴다. 왕룽은 시내 양초 가게에서 네모진 붉은 종이를 몇 장 샀다. 그 종이에는 금박의 복福 자와 부富 자가 쓰여 있었다. 그는 이 종이를 농기구에 붙였다. 새해에 행운이 찾아오길 비는 뜻에서였다. 쟁기, 황소의 멍에, 거름통과 물통에도 붙였다. 대문에는 복이 찾아든다는 글을 쓴 긴 종이를 붙였고, 방문 위에는 꽃모양으로 오린 붉은 종이를 붙였다. 지신을 위해서도 붉은 종이를 샀다. 그것으로는 노인이 떨리는 손인데도 곧잘 종이옷을 만들었고, 왕룽이 그것을 지신들에게 입히고 향을 피워 새해의 복을 빌었다. 섣달 그믐날 가운뎃방 벽에 붙인 화상에게 정성을 드리기 위해 켜놓을 붉은 초도 두 자루 사놓았다.

왕룽은 다시 성안으로 가서 돼지기름과 백설탕을 사 왔다. 오란은 쌀가루를 꺼냈다. 쌀가루는 그들의 황소가 끄는 연자방아로 찧어 만든 것이었다. 오란은 쌀가루에 돼지기름과 설탕을 섞어 설떡을 빚었다. 황 대인 집 같은 데서나 먹는 위에빙月餠이었다.

잘 빚어진 위에빙이 상 위에 가지런히 놓인 모습에 왕룽은 자랑스러움으로 뿌듯해졌다. 명절 때 부잣집에서나 먹는 그런 떡을 만들 수 있는 여자는 이 마을에 내 아내밖에 없다! 오란은 어떤 떡에는 붉은 산사나무 열매와 푸른 오얏 열매로 꽃과 여러 가지 모양을 새겼다.

"이거 아까워서 먹을 수가 있나?" 왕룽이 말했다.

노인은 아이들이 예쁜 빛깔을 보고 좋아하듯 좋아서 어쩔 줄 몰라하며 서성거렸다. "네 숙부하고 그 집 애들을 불러다가 이걸 좀 구경시켜야겠다."

그러나 왕룽은 여유가 생긴 뒤에 조심스러워졌다. 배고픈 사람들에게 떡을 보여주기만 할 수는 없는 것이다. 그래서 왕룽이 얼른 가로막았다.

"설날 전에 설떡을 보이면 재수 없어요."

손에 쌀가루와 기름이 온통 묻은 오란이 입을 열었다.

"이건 우리가 먹을 게 아니에요. 꽃을 놓지 않은 것 한두 개는 손님들에게 맛보게 하지요. 우린 아직 백설탕이나 돼지기름을 먹을 처지가 아니에요. 이건 황 대인 마님께 드릴 거예요. 초이튿날 아이를 안고 찾아뵈려고 해요."

이 말을 듣고 보니 그 떡이 한층 더 귀중한 것으로 보였다. 왕룽은 지난날 자신이 가난하고 초라한 모습으로 서 있던 그 대청으로, 자신의 아내가 빨간 옷으로 단장한 아이를 안고 제일 좋은 쌀가루와 설탕과 돼지기름으로 만든 떡을 가지고 손님으로 찾아갈 것을 생각하니 마음이 흐뭇해졌다.

황 대인 집에 갈 일을 생각하자 설에 할 다른 일들은 모두 대수롭지 않게 여겨졌다. 오란이 만들어준 검정 새 무명옷을 입어보며 왕룽은 혼자 중얼거렸다.

"황 대인 집 대문까지 데려다 줄 때 이것을 입어야지."

정월 초하룻날 삼촌과 이웃 사람들이 몰려와서 그의 아버지에게 세배를 하고 먹고 마시고 떠들썩할 때에도 왕룽은 거의 참견하지 않았다. 그는 마을 사람들에게 보였다가는 맛보라고 권하지 않으면 안 되게 될 것이 두려워서 꽃을 놓은 떡들은 바구니에 감추어 두고 내놓지 않았다. 그러나 꽃도 모양도 없는 하얀 떡에 대해서 그 기름과 설탕의 향기를 칭찬하는 말을 들었을 때 왕룽은 이렇게 소리 지르고 싶은 것을 간신히 참았다.

"더 훌륭한 떡이 있단 말이야!"

물론 그는 끝내 입을 열지 않았다. 그가 지금 가장 바라는 것은 황 대인 집으로 자랑스럽게 들어가는 것뿐이었다.

초하룻날에는 남자들이 먹고 마시고 놀지만, 초이튿날에는 여자들이 세배를 다닌다. 이날 왕룽의 가족은 꼭두새벽부터 일어났다. 오란은 아이에게 빨간 옷을 입히고 그녀가 손수 만든 호랑이 얼굴을 수놓은 신을 신겼다. 섣달 그믐날 왕룽이 깎아 준 아이의 머리에는 작은 금부처가 달린 빨간 모자를 씌웠다. 그리고 오란은 검은 긴 머리를 새로 빗어 낭자를 틀어 올렸고, 왕룽은 새 옷으로 재빨리 갈아입었다. 오란은 남편이 사다 준 검은 옷감으로 만든 새 두루마기를 입었다. 그것은 왕룽이 자기 옷감과 함께 마련한 것으로 스물넉 자를 포목전에서 끊었다. 포목전에서는 그만큼 한꺼번에 사면 두 자를 덤으로 붙여 주는 것이 관습이었다. 왕룽은 아들을 안고 아내는 떡 바구니를 들고 성안으로 향했다. 그들은 황량한 겨울의 밭길을 걸어갔다.

그들이 황 대인 집의 큰 대문에 이르렀을 때 왕룽이 보람을 느끼고도 남을 만한 일이 일어났다. 그들이 오는 소리에 눈을 뜬 문지기가 눈을 휘둥그렇게 뜨더니, 사마귀의 터럭 세 가닥을 잡아 비틀면서 크게 소리쳤다.

"아니 이거, 농사짓는 왕 서방 아니오? 이번에는 셋이서 왔구려."

그는 그들이 모두 새 옷을 입은데다가 아들까지 데려온 것을 보고 말을 이었다.

"지난해에 운수가 대통이었는가 보오. 이거 새해 복 많이 받으라는 말 따위는 필요 없겠는걸."

왕룽은 손아랫사람을 대하듯 대수롭지 않게 대답했다.

"농사가 잘돼서 그래, 농사가 잘돼서."

왕룽은 이렇게 말하고는 의젓하게 대문 안으로 발을 들여놓았다. 문지기는 기가 죽어서 왕룽에게 말했다.

"내가 아주머니를 안으로 모셔갈 테니, 누추하지만 내 방에서 기다리시겠소?"

왕룽은 아내가 아들을 안고 부잣집 큰마님께 줄 선물을 들고 문지기를 따라 안으로 들어가는 뒷모습을 바라보며 서 있었다. 즐거운 일이 아닐 수 없었다. 그들이 안으로 들어가 마침내 안 보이게 되자, 왕룽은 문지기 집으로 들어가서 문지기의 곰보 마누라가 이끄는 대로 가운뎃방 윗자리에 당당히 앉았다. 곰보 마누라가 그를 위해 상에 차를 갖다놓자, 고맙다는 표시로 고개를 끄덕였지만 이따위 차는 마시지 않는다는 듯이 입도 대지 않았다.

문지기가 아내와 아이를 데리고 돌아올 때까지의 시간이 왕룽에게는 무던히도 길었다. 그는 돌아온 아내의 얼굴을 자세히 살펴보았다. 안에 들어가서의 형편이 어떠했는지 알아내기 위해서였다. 그는 넓적하고 무표정한 아내의 얼굴에서 이제는 아주 작은 변화도 알아낼 수 있었다. 아내는 완전히 만족한 표정이었다. 그는 일없이는 함부로 들어갈 수 없는 아낙네들의 방에서 어떤 일이 있었는지 궁금해 견딜 수가 없었다.

그래서 그는 문지기와 그의 곰보 마누라에게 인사를 하고 아내를 재촉하여 대문 밖으로 나왔다. 왕룽이 아기를 받아 안았다. 아기는 새 옷에 포근히 싸여서 잠들어 있었다.

"그래, 어떻던가?" 왕룽이 뒤따르는 아내에게 어깨 너머로 물었다. 이때만은 그녀가 느린 것이 갑갑했다. 오란은 가까이 와서 속삭이듯 대답했다.

"그 댁이 금년에 좀 궁색한 모양이에요."

오란은 '신(神)이 굶주리고 있더라.'는 말이라도 하는 듯한 어조였다.

"그게 무슨 소리야?" 왕룽이 그녀의 설명을 재촉했다.

그러나 오란은 서두르지 않았다. 그녀는 띄엄띄엄 힘들여 말하는 버릇이 있었다.

"큰마님이 작년에 입던 옷을 그대로 입고 계셨어요. 전에는 그런 일이 한 번도 없었어요. 종들도 새 옷이 아니었어요."

오란은 잠시 쉬었다가 말을 이었다.

"저처럼 새 옷을 입은 종은 하나도 못 봤어요."

그녀는 다시 사이를 두었다가 말을 했다.

"우리 아이처럼 잘생기고 예쁜 옷을 입은 아이는 나리님 소실 중에도 없었어요."

오란의 얼굴에 미소가 잔물결처럼 조용히 퍼졌다. 왕룽은 유쾌하게 소리 내어 웃고는 아들을 꼭 껴안았다. 만사가 어쩌면 이렇게 잘 되어 갈까! 그러나 다음 순간 곧바로 불안해졌다. 어리석어도 분수가 있지, 이렇게 탐스러운 아들을 안고 넓은 하늘 아래를 뽐내며 걸어가다가 공중을 지나던 마귀가 보기라도 하면 어쩌려고 그랬을까! 왕룽은 얼른 앞섶을 벌려 아들의 머리를 품안에 넣고 큰 소리로 외쳤다.

"못난 계집애 같으니, 누가 너를 달라고 하겠니! 곰보딱지까지 되었으니, 어서 죽기나 해."

"그래요, 그래요." 오란도 어렴풋이 그 까닭을 알아차리고 맞장구를 쳤다.

이렇게 예방을 해놓고 안심이 된 왕룽은 다시 아내에게 물었다.

"그 댁이 왜 궁색해졌는지 들었어?"

"같이 음식 일을 맡아보던 부엌 어멈과 잠깐 얘기했는데요, 그 댁 젊은 서방님들이 하도 돈을 헤프게 써서 그 댁도 오래 못 갈 거래요. 젊은 서방님들이 다섯이나 있는데 모두 먼 곳에 가서 돈을 물 쓰듯 하고, 계집을 자꾸 사가지곤 싫어지면 본댁으로 보낸대요. 그리고 주인영감님도 해마다 첩을 한둘씩 얻는대요. 게다가 큰마님이 매일 피우시는 아편 값도 금으로 치면 신발 두 짝에 가득찰 거라고 하고요."

"그래?" 왕룽은 입을 딱 벌렸다.

오란은 말을 이었다. "게다가 봄에 셋째 아가씨의 혼사를 치른대요. 그 혼수에 드는 돈이 공주님 몸값만치나 되고 큰 도시에서 벼슬을 하나 살 수 있을 정도래요. 아가씨는 쑤저우蘇州나 항저우杭州에서 짠 특별한 무늬가 있는 최고급 비단옷이 아니면 안 입는다고 한대요. 그 옷을 짓는 데도 상하이上海에서 재봉사가 직공을 여럿 거느리고 온대요. 아가씨는 외국 여자의 유행에 떨어지지 않으려고 그런다나 봐요."

"대관절 누구한테 시집을 가길래 그렇게 많은 비용을 들일까?" 왕룽은 그 막대한 지출에 한편 감탄하고 한편 놀라며 물었다.

"상하이 어느 대관집 둘째 아들이래요." 오란은 한참 쉬었다가 말을 이었다.

"그 댁이 궁색해져가는 것이 분명해요. 큰마님이 남쪽 성 밖의 땅을 조금 팔고 싶다고 말씀하시더군요. 그 땅은 토질도 좋고, 성 둘레의 해자에서 바로 물을 끌어들일 수 있기 때문에 벼농사에 그만이에요."

"땅을 팔아?" 왕룽은 놀라서 한참만에야 이해가 가는지 고개를 끄덕였다.

"그렇다면 정말 어려운 모양이군. 살과 피 같은 땅을 팔겠다니."

그는 잠시 생각에 잠겨 있다가 갑자기 손바닥으로 이마를 탁 쳤다.

"진작 생각을 못하다니!"

왕룽이 오란을 돌아보며 선언했다.

"그 땅을 사는 거야!"

그들은 멀거니 마주보았다. 사나이는 기쁨에 넘쳤고 여자는 멍한 기분이었다.

"그 땅……. 그 땅을……." 오란은 말을 더듬었다.

"살 테야! 그 땅을 황 대인에게서 사고 말 테야." 왕룽의 음성은 단호했다.

"너무 멀어요." 오란은 놀라며 말했다.

"아무튼 나는 사!" 어린아이가 엄마가 원하는 것을 주지 않았을 때 투정을 부리듯 그는 끈덕지게 되풀이해서 말했다.

오란이 조용히 말했다. "땅을 사는 것은 좋은 일이에요. 돈을 벽 속에 묻어두는 것보다는 나을 테니까요. 하지만 왜 삼촌댁 밭은 사지 않으세요? 우리 서편 밭에 이어진 밭을 판다고 여러 번 말씀하시던데."

"허, 숙부네 밭을 누가 사. 숙부는 20년을 거름 한 줌, 콩깻묵 한 덩이도 안 넣고 농사를 지어 먹었어. 흙이 석회 같아. 그건 못써. 난 황 대인 집 땅을 살 테야."

왕룽은 '황 대인 집 땅'이란 말을 '칭 서방네 땅'이란 말과 다름없이 거침없이 지껄였다. 그는 어리석고 돈을 낭비하는 그 큰집 사람들보다 더 낫게 될 자신이 있었다. 그는 은전을 들고 황 대인 집을 찾아가서 흥정해 볼 생각이었다.

"나는 돈이 있소. 그 밭을 얼마에 파시려오?"

그는 황 대인 집 주인영감 앞에서 그 집 토지 관리인에게 이렇게 말하는 자기의 목소리가 벌써 들리는 것 같았다.

"다른 사람과 똑같이 대해 주시오. 시세대로 말씀하시오, 돈은 있으니까."

그리고 그 거만한 부잣집 부엌에서 종노릇을 하던 그의 아내는, 몇 대를 내려오면서 그 집 큰 재산의 밑천이 되어 온 땅의 일부를 산 사람의 아내가 되는 것이다. 그녀도 그의 생각을 알아차린 듯 갑자기 고집을 버렸다.

"그럼 사도록 해요. 아무튼 논은 좋아요. 해자가 가까워서 어느 해든 물 걱정은 안 해도 되니까요. 정말 그래요."

그녀의 얼굴에 만족스러운 미소가 다시 퍼졌다. 그러나 그 미소가 가늘고 검은 눈의 우울한 빛까지 없애주지는 못했다. 그녀는 한참 있다가 입을 열었다.

"작년 이맘때 저는 그 댁 종이었어요."

그들은 그런 일들을 생각하며 아무 말 없이 걸었다.

# 6

　황 대인 집에서 산 땅뙈기는 왕룽의 생활을 크게 변화시켰다. 벽에서 은화를 꺼내어 황 대인 집을 찾아가 흥정을 끝냈을 때는 풀이 죽었다. 그 것은 후회에 가까운 감정이었다. 당장 쓸 돈은 아니지만, 은화로 가득찼 던 벽의 구멍이 텅 비어버렸다는 것을 생각하면 은화를 도로 찾아오고 싶었다. 땅을 더 가지면 결국 더 많이 일해야 하고, 또 오란의 말대로 10 리나 떨어진 곳이었다. 더구나 그 땅을 샀다는 사실이 그가 기대했던 만 큼의 큰 만족을 주지는 않았다. 그가 황 대인 집에 너무 일찍 갔기 때문에 주인영감은 아직 자고 있었다. 정오가 다 되어서 다시 찾아간 왕룽은 문 지기에게 "영감님께 중요한 볼일이 있어서 내가 왔다고 전해 주시오. 돈 에 관계된 문제라고." 하고 큰 소리를 쳤다. 그러자 문지기는 단호한 어조 로 말했다.

　"세상 돈을 다 준대도 나는 호랑이 영감님을 깨울 수 없어. 영감님은 사흘 전에 새로 얻은 첩 도화와 있거든. 깨우러 갔다가 맞아 죽게?" 그는 사마귀에 난 털을 잡아 비틀면서 익살스럽게 다시 말을 이었다. "은전쯤 으로 영감님을 깨울 수 있다고 생각해서는 안 되오. 원래 은더미에서 태 어나신 어른이신지라."

　왕룽은 영감의 대리인과 흥정을 해야 했고, 대리인은 간사한 사람인지라 자기 손을 거쳐 가는 돈에서 한몫을 톡톡히 떼어먹었다. 그래서 왕룽은 그 후 이따금 땅을 사느라고 줘버린 그 빛나는 은전이 아깝게 생각되었다.

그러나 어쨌든 그 땅은 왕룽의 땅이 되었다. 2월 어느 흐린 날, 그는 자기 땅을 보러 갔다. 아직 아무도 그 땅이 왕룽의 것인 줄 몰랐다. 그는 혼자 해자를 따라 길게 뻗은 네모지고 비옥한 검은 땅을 둘러보았다. 길이가 300보, 넓이가 120보였다. 경계선의 네 귀퉁이에는 황 대인 집의 소유임을 나타내는 큼직한 표석標石이 서 있었다. 그렇다, 이 표석 대신 왕룽의 이름을 새긴 새 표석을 세워야 한다. 그러나 그가 황 대인 집에서 땅을 살 만큼 넉넉하다는 것을 사람들에게 알리기에는 시기가 아직 너무 이르다. 나중에 그가 더 부자가 되어서 무엇을 하든지 상관없게 되었을 때에 그렇게 해도 늦지 않겠지. 그 한 뙈기의 땅을 바라보며 왕룽은 혼자 생각하는 것이었다.

'이 손바닥만 한 땅뙈기, 황 대인 집에는 아무것도 아니겠지만 내게는 이만저만 소중한 것이 아니다.'

그러다가 문득 작은 논 한 뙈기를 그렇게도 소중하게 여기는 자기 자신이 멸시의 대상밖에 되지 않는 것같이 생각되었다. 사실 그가 자랑스럽게 은화를 꺼내놓았을 때, 대리인은 그 돈을 아무렇게나 긁어모으며 말했었다.

"아무튼 이 정도면 큰마님 며칠 아편 값은 되지."

그와 황 대인 사이의 거리는 아직도 현격했고, 황 대인 집은 눈앞의 해자처럼 건널 수 없는 것인 동시에 그 뒤로 높이 솟은 성벽처럼 넘기 어려운 것임을 새삼 느꼈다. 그러자 그는 분노에 차서 결심했다. 이 정도의 토지쯤 아무것도 아니게 될 만큼 황 대인 집 땅을 많이 살 수 있도록 몇 번이라도 벽의 구멍을 은전으로 가득 채우리라.

이 한 뙈기의 땅은 왕룽을 분발시키는 계기가 되고 상징이 되었다.

비가 실린 구름을 몰아오는 바람과 더불어 봄이 다시 찾아왔다. 겨우내 별로 하는 일 없이 집 안에만 틀어박혀 있던 왕룽은 밭에 나가 긴 하루하루를 죽을힘을 다해 일했다. 노인이 아이를 돌보았고, 아내는 첫새벽부터 해질 때까지 남편과 같이 밭에서 일했다. 어느 날 아내가 또 임신한 것을 알았을 때, 왕룽은 가을 추수 때 그녀가 일하지 못하게 될 것이라는 불안한 마음이 앞섰다. 그는 일에 지치고 신경이 날카로워져서 못마땅하다는 듯 그녀에게 소리를 질렀다.

"하필 바쁠 때를 골라서 애를 낳다니."

그녀는 딱 잘라 대답했다.

"이번에는 아무것도 아니에요. 초산이 어렵지요."

왕룽이 그녀의 배가 불러오기 시작한 것을 처음 감지한 때부터 그녀가 손에서 낫을 내려놓고 무거운 배로 집으로 돌아가던 가을의 어느 날 아침까지, 오란은 두 번째 아기에 대해 한마디도 하지 않았다. 왕룽은 그날따라 점심때도 집으로 돌아가지 않았다. 하늘에서 천둥이 으르렁거리고 비를 담은 구름이 몰려오는데 벼이삭은 터질 듯 영글어 베이기를 기다리고 있었기 때문이었다. 오란은 해가 지기 전에 밭으로 돌아왔다. 배가 홀쭉해지고 기진맥진해 있었지만 그것을 얼굴에 드러내지는 않았다.

"오늘은 힘들 테니 들어가 누워 있어."라는 말이 목구멍까지 나왔으나 왕룽은 그 자신이 너무나 지쳐 있어서 마음이 옹졸해졌다. 그녀가 해산하느라고 고통을 겪은 만큼 자기도 밭에서 애를 많이 썼다고 생각하며, 낫을 놀리면서 한마디 던졌을 뿐이다.

"사내야, 계집애야?"

"또 아들이에요."

그들은 그 이상 주고받을 말이 없었다. 그러나 왕룽은 기뻤다. 쉴 새 없이 몸을 굽혔다 폈다 하며 나락을 베면서도 힘이 덜 들었다. 그들은 계속 일하다가 자줏빛 구름 위로 달이 솟았을 때에야 밭일을 끝내고 집으로 돌아왔다.

늦은 저녁을 먹고 찬물로 볕에 탄 몸을 씻고 입가심까지 한 다음, 왕룽은 둘째 아들을 보러 방으로 들어갔다. 오란은 저녁 식사 준비를 해놓고 침대에 누워 있었다. 그 옆에서 아기가 잠들어 있었다. 첫아이만큼 크지는 않았지만 토실토실하고 복스럽게 생긴 아기였다. 왕룽은 만족스러워하며 가운뎃방으로 갔다. 해마다 아들을 낳는다면, 그때마다 빨간 달걀을 돌린대서야 그게 어디 쉬운 일인가. 그런 건 첫아이 때만 하면 되는 거다. 오란은 그에게 복을 가져다주었다. 그는 아버지에게 큰 소리로 말했다.

"아버지, 손자가 또 생겼으니 큰놈은 아버지가 데리고 주무셔야겠어요."

노인은 기뻐했다. 그는 진즉부터 큰 손자를 데리고 자고 싶었다. 어린 것의 따뜻한 몸뚱이로 늙어서 식은 몸을 따뜻하게 해주길 바라서였다. 그러나 큰 손자는 엄마 곁을 떠나려 하지 않았다. 아이는 아직 뒤뚱거리는 다리로 버티고 서서 엄마 곁에 누운 새 아기를 물끄러미 보더니, 다른 아기가 자기 자리를 차지해버린 것을 알았는지 할아버지 침대로 가서 자겠다고 했다.

그 해도 풍년이었다. 왕룽은 곡식을 팔아 얻은 은전을 다시 벽 속에 감췄다. 황 대인 집에서 산 땅에서 나온 쌀은 다른 논에서 거둔 쌀을 모두 합친 것의 두 배나 되었다. 토질이 비옥하거니와 물길도 좋아서 잡초가 우거지듯 잘 자랐다. 이제는 그 땅이 왕룽의 것임을 누구나 알았다. 마을에서는 그를 이장으로 받들자는 이야기까지 나돌았다.

# 7

숙부는 왕룽이 애초에 염려하던 것처럼 집안의 문젯거리가 되었다. 숙부는 왕룽의 아버지의 동생이었기 때문에, 숙부네 가족이 끼니가 곤란해지면 친척 관계를 내세워 왕룽에게 의지할 수 있는 처지였다. 왕룽네가 가난해서 그날그날 끼니가 걱정일 때는 숙부도 자기 땅에서 농사지은 것으로 겨우겨우 처자식을 부양했다. 자식이 일곱이나 되었다. 그러나 숙부네 식구들은 먹기만 하고 일을 하려 들지 않았다. 숙모는 마루에 비질하려고 움직이는 것조차 싫어했고, 아이들은 세수도 마다했다. 딸들은 시집갈 나이가 되었는데도 햇볕에 바래 갈색이 된 거친 머리를 빗으려 하지 않았을 뿐더러, 길에 나다니며 때로는 사내들과 얼굴을 맞대고 말을 건네기까지 하니 창피한 일이었다. 어느 날 왕룽은 사촌 맏누이의 그런 꼴을 보고 가문의 수치라고 여겨 다짜고짜 숙모에게로 가서 항의했다.

"뭇 사내가 함부로 볼 수 있는 사촌누이 같은 여자를 누가 데려가겠어요? 시집갈 나이인데, 오늘도 거리에서 어떤 놈팡이가 어깨에 손을 대어도 예사로 웃기만 합디다!"

입만 살아 있는 숙모는 왕룽에게 악다구니를 퍼부었다.

"아니, 그 애가 시집을 갈래도 가지고 갈 냄비 하나 있는 줄 아니? 또 시집보낼 돈은 어디 있고? 중매쟁이 신발값은 누가 치르지? 누구처럼 처치 못할 만큼 돈이 남아서 부잣집 땅을 사들이는 사람에게야 쉽겠지. 흥, 하지만 네 작은아버지는 운이 없어. 운 없는 것도 다 팔자 소관이지. 그게 다 하늘의 뜻이야. 다른 사람들의 농사는 잘되는데 그 양반이 뿌리는 씨는 땅에서 죽고 잡초밖에 나질 않으니, 원."

숙모는 이내 눈물을 흘리고 분을 이기지 못해 하더니, 머리를 풀어헤치고 쥐어뜯으며 고래고래 소리를 질렀다.

"팔자 사납다는 게 어떤 건지 넌 모를 거다. 다른 사람 논밭의 벼나 밀은 잘되는데 우리 밭에는 염병할 잡초만 돌고, 다른 집들은 백년 가도 끄떡없는데 하필 우리 집은 땅이 흔들려서 벽에 틈이 벌어진단 말이다. 또 남들은 아들만 줄줄이 잘 낳는데 난 아들을 배었다가도 낳고 보면 계집애라고. 아이고, 내 팔자야!"

하도 큰 소리로 떠들어대자 이웃 아낙네들이 몰려들어 구경을 했다. 그러나 왕룽은 꿋꿋이 서서 하려던 말을 끝내려고 하였다.

"그야 그렇죠. 제가 작은아버지더러 이래라저래라 말씀드리는 건 말이 안 되지만 이 말만은 해야겠어요. 딸자식은 처녀일 때 시집보내는 게 좋은 거예요. 암캐를 아무렇게나 내놓으면 새끼를 내지르기 일쑤니까요."

솔직히 말해버린 왕룽은 악을 쓰며 덤비는 숙모를 뒤에 남기고 집으로 돌아왔다. 그는 올해도 황 대인 집의 땅을 살 작정이고 여유만 있다면 해마다 살 생각이었다. 그리고 집도 늘릴 생각이었다. 그는 지금 지주가 될 것을 꿈꾸고 있는데, 같은 성姓을 가진 쓸모없는 사촌들이 근방에 돌아다니며 꼴사납게 논다고 생각하니 화가 치밀어 올랐다.

다음 날 숙부가 왕룽이 일하는 밭으로 찾아왔다. 오란은 둘째 아이를 낳은 지 열 달이 지나 세 번째 해산이 임박했기 때문에 밭에 나오지 않았다. 이번에는 어쩐지 몸이 무겁다며 며칠 동안 밭에 나오지 않았고, 왕룽은 혼자서 일하고 있었다. 숙부는 이랑을 따라 어슬렁어슬렁 걸어왔다. 옷의 단추를 제대로 채우지 않고 허리끈을 아무렇게나 둘러메어서, 갑자기 바람이라도 불면 옷이 벗겨질 것만 같았다. 숙부는 왕룽의 곁으로 와서 왕룽이 콩밭 좁은 고랑에 괭이질하는 것을 보며 우두커니 서 있었다. 마침내 왕룽이 고개를 들지도 않고 퉁명스럽게 말했다.

"오셨는데 안됐지만 손을 뗄 수가 있어야죠. 콩이 잘되려면 아시다시피 두 번 세 번 이렇게 갈아붙여야 하잖아요? 작은아버지네 밭은 다 갈았겠지요. 전 워낙 손이 느려서 아무리 해도 쉴 새가 없어요."

숙부는 왕룽이 빈정대는 눈치를 잘 알고 있었으나 그래도 부드러운 말투로 대답했다.

"나는 팔자가 사나운 사람이야. 금년에 심은 콩은 스무 알에 한 알밖에 싹이 나오지 않았어. 그렇게도 자라지 않으니 괭이질이 무슨 소용이 있겠니? 금년에는 콩을 사다 먹을 판국이니……." 숙부는 휴우 한숨을 내쉬었다.

왕룽은 마음을 단단히 먹었다. 보나마나 숙부는 그에게 뭘 얻으러 온 것이다. 그는 느리고 한결같은 동작으로 매우 조심스럽게 괭이질을 하며, 이미 잘 매어진 밭의 부드러운 흙을 작은 덩어리로까지 잘게 부수었다. 무럭무럭 자란 콩은 줄도 곱게 나란히 햇볕을 받아 땅 위에 뚜렷한 그림자를 던지고 있었다. 이윽고 숙부가 입을 열었다.

"집사람 말을 들으니 네가 아무 데도 써먹을 데 없는 내 맏딸 걱정을 해줬다더구나. 네 말이 옳아. 너는 네 나이 치고는 여간 의젓하지 않다. 그렇고말고. 그 애는 벌써 시집을 갔어야 해. 열다섯 살이나 먹었으니 3,4년 전에 시집만 갔어도 애어멈이 되었을 거다. 사실 난 딸아이를 그대로 나다니게 두었다가 개 모양으로 어느 놈의 새끼를 배서 우리 집안 망신을 시키면 어떡하나 하고 늘 걱정이 이만저만이 아니다. 생각해 봐라. 내 집에 그런 일이 생긴다면 네 집은 어떻게 되겠니? 난 네 아버지의 동생이 아니냐 말이다."

왕룽은 괭이를 힘껏 내리찍었다. 그는 이렇게 말해 주고 싶었다.

'그럼, 작은아버지는 왜 딸을 엄격하게 감독하지 않아요? 왜 점잖은 집안 딸들처럼 청소하고 밥 짓고 옷을 만들게 하지 않느냐고요?'

그러나 그런 말을 어른에게 내놓고 할 수는 없었다. 그래서 그는 콩포기 주위의 흙덩이를 괭이로 곱게 부수며 잠자코 있었다. 숙부의 한탄이 이어졌다.

"네 아버지처럼, 또 너처럼 운이 좋아서 일도 잘하고 아들도 잘 낳는 아낙네를 얻었더라면 나도 지금쯤 너처럼 부자가 되었을 거야. 그런데 네 숙모야 어디 그러니? 젠장, 살이나 찌고 쓸데없는 딸만 낳고, 하나 있는 아들놈은 게을러빠져서 없느니만 못하고. 내가 부자였다면 재산을 너와도 나누어 썼을 거야. 또 네 딸은 내가 보증금을 대서라도 시집을 보내고, 네 아들은 내가 보증금을 대서라도 큰 가게 점원으로 들여보냈을 거야. 그뿐이냐. 돈을 아끼지 않고 너희 집을 수리해 주고, 너 먹고 싶은 대로 먹게 해주고, 너와 네 아버지와 아들까지 다 잘 먹여 주었겠지. 우리는 한 핏줄 한 집안이니까 말이다."

왕룽은 짧게 대꾸했다.

"제가 부자가 아닌 것은 작은아버지도 아시죠. 식구가 다섯이나 되는데다가 아버지는 늙어서 일은 못하시고 잡수기만 하시고, 게다가 지금 집에서는 또 아이가 태어나고 있어요."

숙부의 목소리가 날카로워졌다.

"너는 부자야, 부자. 큰돈을 내고 황 대인의 땅을 사지 않았냐 말이다.

우리 동네에 그런 사람이 또 있니?"

이렇게 나오자 왕룽도 그만 벌컥 화가 났다. 그는 괭이를 내던지고 숙부를 노려보며 소리쳤다.

"제가 은전을 조금 가지고 있다면 그건 저와 제 아내가 부지런히 일했기 때문이에요. 우린 누구처럼 김을 안 매서 밭에 잡초가 우거지게 하거나, 아이들을 굶겨놓고 노름판에서 소일하거나, 지저분하게 쓸지도 않은 문간에서 쓸데없이 수다나 떨지 않았단 말이에요!"

숙부의 누런 얼굴이 붉으락푸르락하더니 조카에게 달려들어 두 뺨을 후려갈겼다.

"이 발칙한 놈! 그게 네 아버지뻘 되는 어른에게 하는 말버릇이냐? 넌 하늘 무서운 줄도 모르고 삼강오륜三綱五倫도 모르느냐? 어른 흠을 잡지 말라는 성현의 말씀을 못 들어봤느냐, 이놈아!"

왕룽은 어른에게 지나친 말을 한 자기의 잘못을 깨달았지만, 숙부에 대한 분한 마음이 가시지 않아서 그대로 서 있었다.

"이놈, 네가 지껄인 소리, 동네 사람들에게 다 말할 테다!"

숙부는 쉰 목소리로 떠들어댔다.

"이놈, 어제는 내 집에 와서 내 맏딸이 처녀가 아니라고 동네 사람들 다 듣게 떠들더니, 오늘은 네 아비가 죽으면 네 아비 노릇을 할 나더러 못하는 소리가 없구나! 이놈아. 내 딸년들이 하나도 성한 것이 없다 해도 그 애들은 너 같은 수작은 하지 않는다."

그리고 숙부는 몇 번이나 되풀이해서 말했다.

"동네 사람들에게 말하겠다, 동네 사람들에게 말해야겠어!"

왕룽은 부득이하게 마음에도 없는 말을 해야 했다.

"저더러 어떡하란 말이세요?"

이런 소문이 정말 퍼진다면 왕룽의 체면이 손상될 것이 분명했기 때문이다. 숙부는 어쨌든 일가가 아닌가. 그러자 숙부의 태도가 돌변했다. 노했던 얼굴이 금방 풀리고 웃음까지 띠며 왕룽의 팔에 손을 얹었다. 그리고 부드럽게 말했다,

"그러면 그렇지. 넌 원래 마음씨가 좋은 아이야. 암, 그렇고말고. 네 늙은 숙부는 너를 잘 알고 있지. 내 조카, 아니 내 아들이나 다름없어. 그러니 이 가난한 늙은이 손에 열 닢만 쥐어다오. 아니 아홉 닢이라도 좋아. 그러면 난 딸년의 중매를 부탁하겠다. 네 말이 옳아. 시집보낼 때가 되고도 남았지."

그는 한숨을 짓고 머리를 내젓더니, 경건한 얼굴로 하늘을 올려다보았다.

왕룽은 손에 들었던 괭이를 다시 땅에 팽개치며 짤막하게 말했다.

"집으로 가죠. 전 높은 사람들처럼 돈을 몸에 지니고 다니지 않으니까요."

왕룽은 자기가 땅을 사려던 은전의 일부를 숙부의 손에 쥐어 주면, 그 돈이 해가 지기도 전에 노름판 탁자로 굴러 떨어질 것이라는 생각에 말할 수 없는 분함을 느끼며 앞장서서 걸어갔다.

왕룽은 대문간에서 따스한 햇볕을 쬐며 발가숭이로 놀고 있는 두 어린 아들 사이를 헤치고 집 안으로 들어갔다. 숙부는 지극히 다정스럽게 아이들을 대하고, 허리춤에서 동전을 꺼내 한 아이에 하나씩 주었다. 그러고는 그 토실토실 윤이 나는 작은 몸뚱이들을 양팔에 끌어안고, 그들의 부드러운 몸에 코를 비벼대며 귀여워 못 견디겠다는 듯이 햇볕에 그을린 살 냄새를 맡았다.

"이놈들 잘도 생겼다!"

그러나 왕룽은 거들떠보지도 않고 침실로 들어갔다. 햇볕이 쨍쨍한 바깥에서 갑자기 들어왔기 때문에 방 안은 어두컴컴했고, 창으로 들어오는 한 줄기 햇빛 밖에는 아무것도 보이지 않았다. 그러나 그가 잘 기억하고 있는 따뜻한 피 냄새가 그의 코를 찔렀으므로, 그는 날카롭게 아내에게 물었다.

"뭐야, 벌써 낳았어?"

아내는 침대에서 그가 일찍이 들어보지 못한 연약한 목소리로 대답했다.

"네, 낳았어요. 이번엔 계집애예요, 아무짝에도 쓸모없는……."

왕룽은 주춤하고 섰다. 난처하다는 생각이 가슴을 때렸다. 계집애라니, 숙부네에서 말썽을 일으키고 있는 것도 계집애 아닌가? 그런데 지금 자기 집에도 그런 계집애가 생긴 것이다.

그는 아무 대답도 없이 벽으로 가서 은전을 감추고 일부러 거칠게 해놓은 자리를 더듬었다. 그리고 덮개를 떼고 은전 뭉치에서 아홉 닢을 세었다.

"돈을 왜 꺼내요?" 오란이 어둠 속에서 불쑥 물었다.

"숙부에게 빌려드려야 해." 왕룽이 짤막하게 대답했다.

오란은 처음엔 아무런 대꾸를 않다가, 잠시 후 그 마디 없는 껄끄러운 말투로 대답했다.

"빌려준다는 말은 말아요. 그 집에서 어디 빌려 쓰는 일이 있어요? 거저 주는 것이죠."

"그건 나도 잘 알고 있어. 혈육이라고 해도 돈을 준다는 것은 내 살을 베어주는 것과 마찬가지야." 왕룽은 쓴 입맛을 다셨다.

왕룽은 대문간으로 가서 그 돈을 숙부에게 던지다시피 주고 곧장 밭으로 되돌아갔다. 그리고 지축을 뚫을 듯이 괭이질을 하기 시작했다. 얼마 동안 그의 머리엔 은전 생각밖에 없었다. 그 돈이 노름판 탁자에 함부로 놓여지고, 어떤 놈팡이 손에 싸악 쓸려가는 모양이 눈에 선했다. 그가 피땀 흘려 땅을 파서 모은 그 돈, 땅을 더 사려던 그 돈이 그렇게 쉽사리 사라져 버린다니!

해가 저물어서야 노여움이 가라앉았다. 그는 허리를 폈다. 집에 가서 밥 먹을 생각이 났다. 이어서 식구가 하나 늘었다는 사실과, 자기 집에도 계집애가 태어나기 시작했다는 사실이 답답하게 가슴을 죄었다. 계집애는 낳은 부모의 것이라고 할 수 없다. 다른 가족을 위해 길러주는 셈이기 때문이다. 왕룽의 가슴은 무거웠다. 낮에, 그는 숙부에 대한 노여움 때문에 갓난아이 얼굴 한번 들여다보는 것도 잊었었다.

지친 몸을 괭이로 받치고 서 있노라니 차츰 서글픈 심정이 커졌다. 땅을 사려면 추수를 한 해 더 해야 할 텐데, 식구는 늘었다. 황혼이 짙어 거무스름해진 하늘에 새까만 까마귀가 떼를 지어 날았다. 까욱까욱 요란스러운 소리를 내며 바로 그의 머리 위로 날아갔다. 까마귀들은 그의 집 가까이에 있는 나무숲 사이로 구름처럼 몰려 내려앉았다. 그것을 보고 있던 왕룽은 까마귀들을 쫓아내려고 소리를 지르며 괭이를 내젓고 달려갔다. 까마귀들은 그를 비웃기나 하는 듯이 하늘 저쪽으로 멀리 사라졌다. 왕룽은 큰 소리로 신음하였다. 흉조凶兆인 것이다.

# 8

신神들은 한 번 어떤 사람과 등지면 다시는 그 사람을 생각해 주지 않는 모양이었다. 이른 여름에 내렸어야 할 비는 내리지 않고 날이면 날마다 햇볕만 무심히 내리쬐었다. 땅 위의 생물들이 말라 타들어가고 사람들이 굶어도 하늘은 아랑곳없었다. 새벽에서 다음 날 새벽까지 하늘엔 구름 한 점이 없고, 밤하늘엔 별들이 얄미울 만큼 유난히 아름답게 빛났다.

왕룽은 죽을힘을 다해 밭을 갈았지만 전답은 마르고 갈라져 나갔다. 봄이 오면서 힘차게 돋아났던 밀은 이삭을 맺으려 할 무렵 땅에서도 하늘에서도 양분을 받지 못해서 성장을 중단했고, 뜨거운 햇볕만 받고 그대로서 있다가 누렇게 말라버렸다. 왕룽이 만든 못자리는 처음엔 갈색 들판에 네모진 푸른 비취처럼 보였다. 밀농사를 단념한 이후 그는 매일 무거운 나무통 두 개를 메단 장대를 어깨에 메고 못자리로 물을 날랐다. 어깨가 움푹 패이고 못이 단단히 박혔건만 빗방울은 떨어지지 않았다.

마침내 연못 물이 말라서 바닥 흙이 드러나고 우물물마저 줄어들자 오란은 왕룽에게 말했다.

"아이들이 물을 마시고 아버님이 뜨거운 물을 계속 드시면 못자리가 다 죽어요."

왕룽은 화를 냈지만 그는 또한 울고 있었다.

"모판이 마르면 우린 모두 굶어 죽을 수밖에 없어."

그것은 사실이었다. 그들의 삶은 전부 땅에 의존하고 있었다.

약간의 추수를 할 수 있었던 곳은 해자 옆 한 뙈기뿐이었다. 여름내 비가 안 오자, 왕룽이 다른 전답을 모두 포기하고 매일 이 논에 붙어 살면서 바싹 마른 땅에 해자의 물을 퍼 넣었기 때문이었다. 이해 처음으로 그는 추수한 벼를 바로 팔았다. 손에 은전을 받자 그는 그걸 놓치지 않으려는 듯이 움켜쥐었다. 신들이 어떻게 하든 가뭄이 얼마나 심하든, 그는 처음 마음먹었던 계획을 실천에 옮길 결심이었다. 이 한 줌의 은전을 위해서 그는 뼈가 으스러지도록 피땀을 흘렸다. 그러므로 소원을 이루고야 말 생각이었다.

왕룽은 곧장 황 대인 집으로 가서 대리인을 만나 인사치레로 지체할 것도 없이 말을 꺼냈다.

"해자 옆 내 논에 붙어 있는 이 댁의 논을 사려고 돈을 가져왔소."

왕룽은 황 대인 집이 올해 말도 못하게 군색해졌다는 말을 종종 들었다. 큰마님은 며칠씩이나 아편을 제대로 피우지 못해 굶주린 호랑이처럼 기승을 부리며 대리인을 불러다가 욕설을 퍼붓고 부채로 얼굴을 후려갈기는 등, 정신을 못 차릴 정도로 윽박지른다는 것이었다.

"그래, 팔아치울 땅이 남아 있지 않단 말이냐?"

그래서 대리인은 이전 같으면 남몰래 떼어먹던 구전마저 아편 값으로 내놓았다고 했다. 그러나 주인영감은 아랑곳없이 새로 첩을 들였다. 젊은 시절 그가 사랑하던 계집종의 딸이었다. 그 계집종을 첩으로 앉힐 수가 없어서 남종과 혼인을 시켰었는데, 그들 사이에 태어난 열여섯 살짜리 딸을 보고 새로운 욕정이 일어났던 것이다. 영감은 늙어서 몸도 부자연스럽고 비둔해졌지만 여자에 대한 욕망만은 줄지 않아서, 오히려 더 섬약하고 어린 계집을 갖고 싶어 했다. 큰마님이 아편에 빠져 있는 것처럼 영감님은 욕정에 사로잡혀 있었다. 사랑하는 계집들에게 옥귀고리나 금팔찌를 사 줄 돈이 없다는 사실을 주인영감이 알 턱이 없었다. 부잣집에서 자라고 손만 내밀면 돈은 얼마든지 만질 수 있었던 그로서는 "돈이 없습니다." 라는 말을 이해할 수가 없었다.

자식들도 부모의 생활을 보며 자기들이 평생 호화롭게 지낼 만큼의 재산은 아직 있을 것이라고 생각했다. 그들은 대리인이 재산 관리를 잘못한다고 나무라는 데만 보조를 같이했다. 지금까지 흥청망청 편한 생활로 몸이 비대하고 기름기가 흐르던 대리인은 요즈음 뼈가 드러나도록 수척해졌다.

황부자 집 논밭이라고 해서 하늘이 특별히 비를 내려주지는 않았다. 그래서 추수할 것이 아무것도 없었다. 따라서 왕룽이 대리인에게 "돈을 가져 왔소."라고 말했을 때, 그것은 굶주린 사람에게 "먹을 것을 가져 왔소." 라고 하는 말과 같았다.

대리인은 두말없이 달려들었다. 이전 같으면 차를 마셔가며 흥정했을 것이지만 이번에는 여러 말 할 것 없이 나지막한 음성으로 수군대고는 간단하게 끝냈다. 그렇게 돈이 대리인의 손으로 넘어가고 증서에 서명 날인이 끝나, 땅은 왕룽의 것이 되었다.

왕룽은 자신의 살과 피처럼 귀중한 은전을 내놓은 데 대하여 이번에는 고통을 느끼지 않았다. 그 은전으로 소원을 성취했기 때문이다. 이제 그는 기름진 땅을 많이 소유하게 되었다. 그것이 비옥한 땅이라는 것보다는 그 땅이 대갓집의 것이었다는 사실이 왕룽을 한층 더 만족시켰다. 이번에는 새 땅을 샀다는 이야기를 아무에게도 하지 않았다. 오란에게도 말하지 않았다.

달이 가고 또 가도 비는 내리지 않았다. 가을이 가까워지면서 하늘에 마지못한 듯 가벼운 조각구름이 몰려들었다. 마을 거리에서는 할 일 없는 사람들이 서서 하늘을 올려다보며, 저 구름에 비가 있느니 없느니 이야기했다. 그러나 비를 가져올 만한 구름이 충분해지기 전에, 먼 사막에서 오는 세찬 북서풍이 불어와 마루의 먼지를 비질로 쓸어버리듯 구름을 모조리 쓸어갔다. 그러고는 텅 빈 하늘로 아침마다 불같은 태양이 떠올라 하늘을 가로질러 저녁에 쓸쓸히 져버렸다. 그러고 나면 달이 작은 태양처럼 밝게 밤하늘에 빛났다.

왕룽은 밭에서 타다 남은 콩을 얼마간 거두고, 모내기를 하기도 전에 못자리가 누렇게 말라버려서 그 자리에 절망적으로 심었던 옥수수도 조금 추수했다. 알이 어설프게 박힌 짤막한 옥수수자루도, 콩 한 알도 허투루 할 수 없었다. 그는 아내와 콩단을 헤쳐 놓고 도리깨질을 한 후, 두 아이에게 마당 여기저기에 흩어진 콩알을 낱낱이 줍게 했다. 왕룽은 가운뎃방에서 옥수수를 깔 때도 한 알도 흘리지 않게 조심했다. 그가 떨고 난 옥수수자루를 땔감으로 쓰려 하자 오란이 말했다.

"그걸 땔감으로 없애서는 안 돼요. 어려서 산둥에서 살 때 이렇게 흉년이 들었는데 옥수수자루를 갈아서 먹었어요. 그게 풀을 먹는 것보다 나아요."

오란이 이 말을 했을 때 그들은 모두, 심지어 아이들까지도 멍하니 말을 못했다. 이렇게 무섭게 가물어 흉년이 들면 누구나 알 수 없는 불안한 예감이 든다. 젖먹이 딸아이만 두려움을 몰랐다. 그 애는 불룩한 엄마 젖 두 개가 있어서 배불리 먹었기 때문이다. 오란은 젖을 물리며 중얼거렸다.

"실컷 빨아라, 이 불쌍한 것. 젖이 나올 때 실컷 빨아두렴."

그러나 재난은 아직도 충분하지 않다는 듯 오란이 다시 임신을 해서 젖이 말랐다. 식구들은 배고파 무섭게 보채는 아기 울음소리에 몸을 떨었다.

만약 누군가 왕룽에게 "이 어려운 가을에 어떻게 지내시오?" 하고 물었다면 왕룽은 "나도 모르겠소. 이럭저럭 긁어먹고 살아요." 하고 대답했을 것이다. 그러나 그에게 그런 질문을 하는 사람은 없었다. 남의 사정을 물어볼 만큼 여유 있는 사람이 이 지방엔 한 사람도 없었다. 그들은 다만 스스로에게 '오늘은 어떻게 입에 풀칠을 할까?' 하고 물었고, 부모들은 '우리는 무얼 먹고 아이들은 무얼 먹이나?' 하고 걱정할 뿐이었다.

왕룽은 황소를 힘자라는 데까지 돌보왔다. 처음에는 짚이나 콩깍지나 콩대를 조금씩 먹였고, 그것마저 다 떨어지자 나뭇잎을 뜯어다 먹였다. 겨울이 되자 그것도 구할 수 없었다. 이제는 갈 밭도 없었고, 뿌려도 그대로 말라버릴 씨앗까지 모두 먹어치웠기에, 왕룽은 소를 들판에 풀어놓아 제멋대로 먹을 것을 찾게 했다. 행여 도둑맞을까 봐 맏아들에게 고삐를 잡고 종일토록 그 등을 타고 다니게 했다. 그러나 마침내 그렇게 할 수도 없게 되었다. 동네 사람들이 아이에게서 소를 빼앗아 잡아먹을지도 모를 일이었다. 그래서 왕룽은 소를 문간에 매어두었다. 소는 뼈와 가죽만 남게 되었다.

그러는 동안 쌀도 떨어지고 밀도 떨어져서 콩 몇 줌과 옥수수 한 됫박만 남았다. 소는 배가 고파서 힘없이 울었다. 노인이 말했다.

"소를 잡아먹는 수밖에 없다."

왕룽은 소리 내어 울었다. 그에게는 그 말이 '사람을 잡아먹을 수밖에 없다'라고 하는 말과 다름없이 들렸던 것이다. 그 소는 송아지 때 사들인 후 그와 함께 자라다시피 했고, 논밭에서 같이 일할 때면 그 뒤를 따라가면서 기분에 따라 칭찬도 하고 욕도 하고 하여 정이 들 대로 든 친구였다.

"소를 잡아먹으면 어떻게 해요? 밭은 무엇으로 갈아요?"

노인은 예사로 대답했다.

"사람 목숨과 짐승 목숨, 네 아들 목숨과 황소 목숨 중에서 어느 쪽이 더 중하냐? 소야 또 살 수 있지만 목숨은 다시 살 수 없다."

그러나 왕룽은 그날 소를 잡지 않았다. 다음 날이 지나고 또 다음 날이 지났다. 아이들은 배고파서 울었고 먹을 것은 아무것도 없었다. 오란이 애원하는 눈으로 그를 보았다. 마침내 왕룽은 결단을 내리고 거칠게 한마디 내뱉었다.

"잡으려면 잡아. 하지만 내 손으로는 못해."

그는 방으로 들어가 침대에 누워 이불을 뒤집어썼다. 소가 내지르는 단말마의 비명을 듣지 않기 위해서였다.

오란은 비틀비틀 나가더니 큰 부엌칼로 소의 경동맥을 끊었다. 그리고 거기서 흘러내리는 선지피를 그릇에 받았다. 나중에 끓여 먹기 위해서였다. 그러고는 가죽을 벗기고 살을 한 점도 버리지 않도록 처리했다. 그 일이 다 끝나고 고깃국이 식탁에 올랐을 때에야 왕룽은 방에서 나왔다. 그러나 살점은 도저히 목으로 넘어가지 않아서 국물만 조금 마셨다. 오란이 그에게 말했다.

"소는 소일 뿐이고, 그것도 다 늙은 소였어요. 다음에 이보다 갑절 더 좋은 소를 사면 되잖아요?"

왕룽은 간신히 마음을 누그러트리고 한 입 두 입 먹기 시작했고 온 식구도 먹었다. 그들은 고기를 모두 먹고 마침내는 뼈다귀를 부숴 뼛골까지 빼먹었다. 어느새 소 한 마리는 간 곳이 없고 남은 건 가죽뿐이었다. 그 가죽은 오란이 대나무 선반에 펴 두어서 벌써 뻣뻣히 말라 있었다.

마을 사람들은 왕룽에 대한 감정이 좋지 않았다. 그가 은전과 식량을 숨겨두었다고 생각해서였다. 맨 처음 양식이 떨어진 숙부가 찾아와 먹을 것을 달라고 졸랐다. 왕룽은 하는 수 없이 숙부의 두루마기 소매에 콩과 옥수수 한 줌을 넣어 주었다.

"이 이상은 드릴 수 없어요. 아이들도 아이들지만, 늙은 아버지를 생각 해야 하니까요."

숙부가 다시 찾아왔을 때 왕룽은 소리를 질렀다.

"일가 생각을 하다가 우리 식구가 굶어 죽겠어요!"

빈손으로 돌아간 숙부는 발에 채인 개처럼 왕룽에게서 돌아섰다. 그는 마을의 이 집 저 집을 찾아다니며 험담을 했다.

"내 조카 놈, 그놈은 돈과 곡식을 쌓아 놓았으면서 혈육인 숙부네 가족 을 외면하는구려. 그러니 우리는 굶어 죽는 수밖에 없지 않소?"

그 작은 마을의 한 집 또 한 집에서 양식이 떨어지고, 남은 동전 몇 푼 까지 물건도 없는 장에 가서 다 써버렸다. 겨울바람은 비수처럼 날카롭게 사막에서 휘몰아쳐 왔다. 마을 사람들은 자신의 굶주림과 앙상하게 뼈만 남은 아내와 배고파 울부짖는 아이들 때문에 미칠 지경이었다. 그런 때 왕룽의 숙부가 굶주린 개처럼 길거리에서 부들부들 떨면서 그 주린 입술 로 중얼거렸다.

"이 동네에 양식을 쌓아둔 집이 한 집 있지. 그놈의 아이들은 아직도 살 이 피둥피둥 쪄 있단 말이야."

어느 날 밤 마을 사람들이 몽둥이를 들고 왕룽의 집으로 몰려가 대문을 두드렸다. 왕룽이 문을 열어 주자, 그들은 그를 문 밖으로 밀쳐내고 무서 워 벌벌 떠는 아이들을 몰아낸 다음 집 안 구석구석을 샅샅이 뒤지기 시 작했다. 그러나 그들이 찾아낸 것은 콩 한 줌과 옥수수 한 됫박뿐이었다. 그들은 낙심하고 자포자기하여 식탁과 나무 의자, 그리고 노인이 놀라 울 면서 누워 있는 침대 등 몇 안 되는 가구를 모조리 빼앗아가려고 했다.

그때 오란이 그들 앞을 가로막아 서며 마디 없는 말투로 말했다.

"그건 안 돼요, 아직은 안 돼요. 아직은 우리 집에서 밥상이나 침대를 가져갈 때가 아니에요. 당신네들은 우리가 먹을 것을 죄다 가져갔어요. 그러나 당신들 집의 밥상과 의자는 아직 팔지 않았으니 우리 것도 가져 가서는 안 돼요. 우리들은 다 같은 처지에요. 우리는 당신들보다 콩 한 알, 옥수수 한 알 더 가진 것이 없어요. 아니, 이제 우리 것을 모두 빼앗았 으니 오히려 당신들이 우리보다 더 많이 가졌어요. 우리 집에서 무엇을 더 빼앗아가려고 하다간 하늘에서 벼락이 내릴 거예요. 이러지 말고 다같 이 나가서 풀뿌리도 캐고 나무껍질도 벗겨서 아이들을 먹여 살립시다. 당 신들은 당신네 자식을, 저는 세 아이과 이제 곧 태어날 넷째 아이를."

오란은 그렇게 말하면서 자기 배를 눌렀다. 마을 사람들은 굶주렸을 뿐 악한 사람들은 아니었기 때문에 오란의 말을 듣고 부끄러워서 한 사람씩 슬금슬금 나가버렸다.

그런데 칭 서방은 가지 않았다. 원숭이를 닮은 얼굴에 키가 작고 말이 없는 그는 사과를 할 생각이었다. 그는 원래 착한 사람인데 자식들이 울 부짖는 바람에 뜻 아닌 이런 행동에 끼어든 것이다. 그러나 사과를 하려 면 저고리 안에 빼앗아 넣어 둔 콩을 도로 내놓아야 할 것이기 때문에, 그 는 움푹 팬 눈으로 왕룽을 바라보기만 하다가 말없이 가버렸다.

왕룽은 마당에 우두커니 서 있었다. 가을 추수 때면 언제나 잘 익은 곡 식을 타작하던 그 마당이었다. 그러나 벌써 여러 달 동안 이 마당은 그냥 버려져 있다. 이제 그의 집에는 늙은 아버지와 아이들에게 먹일 것이 남 아 있지 않았다. 자기 한 몸뿐만 아니라 뱃속 생명도 길러야 하는 아내에 게 먹일 것도 없었다. 그 새 생명은 어미의 피와 살을 사정없이 빨아먹고 있을 것이다. 그 순간 그는 극도의 공포를 느꼈다. 그러나 곧 혈관 속에 술기운이 돌듯 어떤 생각이 떠올라 마음의 위로를 얻었다.

'아무리 그래도 내 땅은 빼앗지 못한다. 내가 힘들게 농사지은 곡식을 팔아서 그들이 빼앗을 수 없는 땅으로 바꿔 두었다. 돈으로 가지고 있었더라면 빼앗겼겠지. 그 돈으로 곡식을 사두었더라도 남김없이 빼앗겼겠지. 땅을 사두기를 잘했어.'

# 9

멍하니 문간에 앉아 있던 왕룽은, 아무래도 이제 어떻게 하지 않으면 안 되겠다 하고 중얼댔다. 아무것도 없는 집에 앉아 죽음을 기다릴 수는 없다. 날마다 헐거운 허리끈을 졸라매기만 해야 하는 말라가는 몸에 그래도 살아야겠다는 마음이 아직 있었다. 한창 피어나려고 하는 삶의 개화기에 엉뚱한 악운의 희생이 되기는 싫었다. 그는 형용할 수 없는 분노에 사로잡힐 때가 많았다. 그럴 때면 가끔 미칠 듯한 노여움을 누를 길이 없어서, 밖으로 뛰쳐나가 한결같이 푸르게 빛나는 무정한 하늘을 향해 팔을 휘둘렀다. 그리고 "이 빌어먹을 하늘아! 이걸 그냥!" 하고 함부로 욕설을 퍼부었다. 잠깐은 천벌이 두려워지기도 했지만 다음 순간 다시 화가 치밀어 소리를 지르는 것이었다.

"그래, 하늘이 내게 이보다 더 큰 천벌을 내릴 수야 있을라고."

한번은 굶주려서 후들거리는 다리를 끌고 당집으로 가서, 태연하게 앉아 있는 지신의 얼굴에 침을 뱉었다. 두 토상 앞에 향이 피워진 지도 여러 달이 지났다. 왕룽은 이를 갈며 신을 저주하고는 집으로 돌아와 그대로 드러누워 버렸다.

모두 누워만 있었다. 일어나려고 하지도 않았고 일어날 필요도 없었다. 누워 있으면 간혹 잠이 오기도 해서 그동안만이라도 배고픔을 잊을 수 있었다. 그들은 말린 옥수수 속을 먹고 나무껍질을 벗겨 먹었다. 마을 사람들은 찬바람 부는 겨울 들판을 헤매면서 풀뿌리를 닥치는 대로 캐 먹었다, 짐승이라고는 어딜 가도 그림자 하나 없었다. 며칠을 걸어도 소나 당나귀는커녕 새 한 마리 구경할 수 없었다.

아이들의 배는 헛바람이 들어서 불룩했다. 길에 나와 노는 아이들을 볼 수 없었다. 왕릉의 두 아들은 겨우 문턱까지 기어 나와 햇볕을 쬐는 것이 고작이었다. 가혹한 태양이 끝없이 내리쬐었다. 토실토실하던 몸뚱이가 여월 대로 여위어 유난스러운 헛배 외에는 아기새같이 가느다란 뼈다귀만 앙상하게 드러났다. 계집아이는 혼자 앉을 때가 되었는데도 앉지 못했고, 낡은 포대기에 싸여 몇 시간이고 울지도 못하고 누워 있었다. 전에는 집이 떠나갈 듯 울어대던 아이가 이제는 힘없이 드러누워 입 속에 무엇을 넣어주면 빨 뿐 우는 소리를 내는 일이 없었다. 조그마한 얼굴에 박힌 검은 눈으로 사람들을 빤히 보았다, 조그마한 입은 이빨 빠진 노파처럼 퍼렇게 오므라들었다.

비참한 중에도 악착같이 살아가고 있는 이 작은 생명이 아버지 왕릉의 가슴을 갈기갈기 찢어놓았다. 이 아기가 그 나이의 여느 아기들처럼 토실토실하고 방글방글 웃으며 자랐더라면 까짓 계집아이 하나쯤에 이처럼 애착을 느끼지는 않았을 것이다. 왕릉은 딸을 물끄러미 보다가 이따금 중얼거렸다.

"불쌍한 것 같으니, 불쌍한 것 같으니……."

한번은 딸이 이도 안 난 잇몸을 보이며 연약한 웃음을 짓자, 왕릉은 눈물을 지으며 뼈가 두드러진 자신의 손으로 딸의 작은 발을 어루만졌다. 그리고 아빠의 집게손가락을 쥐는 딸의 작은 손을 꼬옥 잡았다. 그 뒤로 왕릉은 벌거숭이로 있는 딸을 안아 저고리 품속에 품고 녹여주면서 문턱에 걸터앉아 메마른 밭들을 우두커니 내다보곤 했다.

노인은 누구보다도 잘 지냈다. 먹을 것이 있으면 아이들은 못 먹여도 그에게는 주었기 때문이다. 왕룽은 죽을 고비에 이르러서도 아버지를 잊지 않는 그 자신을 자랑스럽게 생각했다. 그는 자기 살을 베어서 드리더라도 아버지는 굶기지 않을 작정이었다. 노인은 밤낮없이 잤고, 주는 것은 무엇이나 다 받아먹었다. 그래서 햇볕이 따스한 한낮에는 마당까지 기어나갈 기력이 있었다. 그는 식구들 중의 누구보다 쾌활했다. 어느 날 노인은 약한 바람이 대통을 빠져나오는 것 같은 늙어빠진 목소리로 말했다.

"이보다 더 심한 해가 있었느니라, 더 심한 해가 있었어. 나는 아이를 잡아먹는 것도 보았다."

"우리 집에서 그런 일은 없어요." 왕룽은 공포를 느끼며 대답했다.

하루는 사람의 그림자 같지도 않게 앙상해진 모습으로 칭 서방이 왕룽의 집 문간에 와서 흙처럼 검게 마른 입술로 말했다.

"성안에서는 개도 다 잡아먹는대. 말이든 새든 다 잡아먹어. 우리는 밭 갈이하던 짐승도 다 잡아먹고, 풀뿌리 나무껍질도 죄다 먹었으니 이제 뭘 먹고 살지?"

왕룽은 절망적으로 고개를 저었다. 그의 품에 뼈만 남은 딸아이가 안겨져 있었다. 그는 앙상한 작은 얼굴과 물끄러미 그를 쳐다보는 두 눈을 내려다보았다. 눈이 마주치면 그 작은 얼굴에 웃음이 어렸다. 그것이 그의 가슴을 아프게 죄었다.

칭 서방이 가까이 다가서며 속삭였다.

"이봐. 지금 마을에서는 사람 고기를 먹는대. 자네 숙부와 숙모도 먹는다더군. 그렇지 않고서야 어떻게 오랫동안 아무것도 먹지 않은 사람이 살아서 걸어 다닐 힘이 있겠어?"

왕룽은 턱을 내밀고 말하는 칭 서방의 해골 같은 얼굴에서 흠칫 물러섰다. 칭의 눈에 어린 살기에 몸이 떨렸다. 왕룽은 다가오는 위험을 피해 버리려는 듯이 벌떡 일어나서 소리를 질렀다.

"우리 이곳을 떠나세. 남쪽으로 가세. 이 넓은 땅이 다 흉년은 아니겠지. 하늘이 제 아무리 심술궂기로서니 한족漢族을 다 죽이진 못할 테니까".

칭 서방은 서글픈 어조로 천천히 말했다.

"자네는 아직 젊어. 하지만 난 자네보다 늙었고 내 마누라도 늙었어. 그리고 우리에겐 딸아이 하나밖에 없어. 그러니 우리는 여기서 죽어도 한이 없네."

"말 말게. 자네는 나보다 팔자가 좋아. 나에겐 늙은 아버지와 아이가 셋이나 있지 않아. 그뿐인가, 또 하나 나오려 하고 있어. 떠나야 해. 이대로 여기 있다가는 얼이 빠져서 서로 잡아먹게 될거야."

왕룽은 갑자기 자기 말이 과연 옳다는 생각이 들었다. 그래서 그는 오란을 큰 소리로 불렀다. 오란은 음식거리도 없고 땔나무도 없자 날마다 말없이 침대에 누워 있었다.

"이봐, 우리 남쪽으로 가자고!"

요 몇 달 동안 아무도 그의 이처럼 활기찬 목소리를 들은 일이 없었다. 아이들은 그를 쳐다보았고 노인은 방에서 비칠거리고 나왔으며, 오란도 간신히 일어나 문설주를 잡고 말했다.

"그렇게 하는 게 좋겠어요. 죽더라도 걷다가 죽게."

말라빠진 허리에 아이가 든 배만 나무옹이처럼 불룩했다. 그녀의 얼굴은 살점이라고는 하나도 없었고, 광대뼈가 바위처럼 불쑥 튀어나와 있었다.

"내일까지만 기다려요. 내일까진 애를 낳을 것 같아요. 뱃속에서 움직이는 것을 보면 알 수 있어요."

"그럼 내일 떠나지."

그는 아내의 얼굴을 보면서 지금까지 자신에 대해서 느꼈던 것보다 한층 더 쓰라린 연민을 느꼈다. 이 가엾은 여편네는 또 아기를 낳으려 한다.

"자네 집에 무엇이고 남아 있거든 한 줌이라도 좋으니 불쌍한 우리 아이 엄마의 목숨을 살리는 셈치고 나눠 주게나. 그러면 지난번 일은 잊겠네."

칭 서방은 무안한 얼굴로 변명했다.

"그때부터 나는 자네에게 늘 미안하게 생각했고, 마음이 편치 않았어. 나는 자네가 곡식을 잔뜩 쌓아 두고 있다는 자네 숙부의 말에 넘어갔던 거야. 그 개 같은 놈. 하지만 내 정녕 하늘에 맹세하는데, 문지방 돌 밑에 묻어둔 팥 조금밖에 없어. 내가 집사람과 함께 묻어둔 건데, 우리가 마지막 눈을 감게 되면 세 식구 뱃속에 먹을 것을 좀 넣고 죽겠다는 생각에서 간직해 둔 것이지만 한 움큼 나누어 주지. 그리고 내일 떠나려면 떠나게. 난 안 가. 난 자네보다 늙었고 아들도 없으니 죽든 살든 상관없어."

칭 서방은 집으로 갔다가, 흙에 묻혀 있었기 때문에 곰팡이가 핀 팥을 두어 줌 무명 손수건에 싸들고 돌아왔다. 왕룽의 아이들은 양식을 보자 몸을 일으켰고 노인의 두 눈은 번뜩였다. 그러나 왕룽은 이번만은 그들을 뿌리치고 누워 있는 아내에게 갖다 주었다. 오란은 아무것도 먹지 않으면 진통 중에 죽고 말리라는 것을 알고 있었으므로 미안해하면서도 팥을 한 알씩 먹었다. 왕룽은 팥알 몇 알은 손아귀에 감췄다가 자기 입에 씹어서 어린 딸의 입에 넣어 주었다. 작은 입술이 오물거리는 것을 보니 왕룽은 자기 배가 부른 것처럼 흐뭇했다.


  그날 밤 왕룽은 가운뎃방에 있었다. 두 아들은 노인 방에서 잤고, 다른 한 방에서는 오란이 혼자서 산기를 기다리고 있었다. 왕룽은 첫아들을 낳을 때처럼 귀를 기울이고 앉아 있었다. 오란은 이번에도 남편을 가까이 오지 못하게 했다. 낡은 요를 준비하고, 동물이 새끼를 낳았을 때 더러움을 드러내 보이지 않듯 혼자 뒤치다꺼리를 다 했다.

  왕룽은 귀에 익숙한 아기 우는 소리가 나기를 기다리며 마음을 졸이면서 귀를 기울였다. 사내아이라든가 계집아이라든가 하는 것이 문제가 아니었다. 또 한 입이 늘어나는 일이 문제였다.

  "차라리 죽어서 나왔으면" 그는 중얼거렸다. 그때 정적 속에서 가느다란 울음소리가 들렸다. 아주 연약한 울음소리였다. '요새는 제대로 되는 일이 없군.' 그는 쓴 입맛을 다시며 다시 귀를 기울였다.

  그러나 울음소리는 다시 나지 않았다. 집 안은 무거운 정적 속에 잠겼다. 요즘은 어느 집에나 사람들이 집 안에 드러누워 죽음을 기다리는 정적이 깔려 있었다. 이 집도 그런 정적 속에 잠겨 있었다. 왕룽은 더 이상 참을 수 없이 무서워졌다. 그는 일어나 오란이 있는 방문 앞으로 가서 문틈에 대고 소리를 질렀다. 그는 자기 목소리에 약간 기운을 얻었다.

  "여보, 괜찮아?" 그는 귀를 기울였다. 내가 거기에 앉아 있을 동안 아내가 죽어버린 것이 아닐까! 그러나 안에서 부스럭거리는 소리가 들렸다. 그녀가 뒤치다꺼리를 하는 모양이었다. 이윽고 그녀의 한숨 섞인 목소리가 들렸다.

  "들어와요."

그는 들어갔다. 아내는 어찌나 여위었는지 그녀가 덮고 있는 이불이 불룩하지도 않고 평평했다. 그녀는 혼자 누워 있었다.

"아이는 어떡했어?"

오란은 간신히 손을 움직여 가리켰다. 마룻바닥에 아기 시체가 있었다.

"죽었군."

"죽었어요." 그녀가 힘없이 대답했다.

왕룽은 몸을 굽혀 한 줌밖에 안 되는 갓난아기를 살펴보았다. 한 덩어리의 뼈와 가죽뿐인 계집애였다.

"우는 소리를 들었는데, 살아서 우는……." 하고 말하다가 왕룽은 아내의 얼굴을 보았다. 오란은 눈을 감고 있었다. 살갗은 윤기 없는 잿빛이었고, 살갗 밑으로 광대뼈가 두드러졌다. 극도의 고통을 참아낸 그녀의 애처로운 얼굴을 보자 그는 아무 말도 나오지 않았다. 어쨌든 이 몇 달 동안 그는 자기 몸만 끌고 다니면 되었지만, 그녀는 자신의 굶주림의 고통에 덧붙여 살려고 기를 쓰는 굶주린 생명의 고통까지 견뎌왔던 것이다.

왕룽은 말없이 아기 시체를 봉당으로 옮기고, 거적을 한 조각 찾아서 폈다. 아기는 머리가 이리저리 달랑거렸고, 목에 두 군데 검은 상처가 있었다. 그러나 그는 할 일만 했다. 집에서 나와 힘닿는 한 멀리 가서 오래된 무덤의 한쪽, 움푹 파인 곳에 아기를 내려놓았다. 이 무덤은 왕룽의 서쪽 밭가 근처 언덕 중턱에 다른 많은 무덤과 섞여 있는, 돌보는 이 없고 임자 없는 묘지였다.

그가 시체를 내려놓자 굶주린 늑대 같은 개 한 마리가 등 뒤에 나타났다. 왕룽이 돌을 집어던져 옆구리를 맞혔지만, 개는 어찌나 굶주렸던지 한두 발짝 이상은 물러서려 하지 않았다. 왕룽은 마침내 다리가 허둥거려서 그대로 쓰러질 것만 같아서 두 손으로 얼굴을 가리고 그곳을 떠났다.

"이대로 두는 수밖에 없어." 그는 중얼거렸다. 그는 처음으로 완전한 절망을 느꼈다.

이튿날 아침 한결같이 푸른 하늘에 해가 떠올랐을 때, 왕룽은 어린 자식들과 쇠약한 아내와 늙은 아버지를 이끌고 이 집을 떠나려고 생각한 일이 어젯밤의 꿈으로밖에 생각되지 않았다. 아무리 풍요한 땅이 남쪽에 있대도 어떻게 그들이 몇 백 리 길을 걸어갈 것인가? 또 남쪽에는 먹을 것이 있는지 없는지 어떻게 알 수 있단 말인가? 가물어서 구릿빛이 된 하늘만 끝없이 계속될지도 모른다. 그들이 죽을힘을 다해 남쪽으로 갔다가 거기서 더 많은 굶주린 사람들을 만나면 어떻게 할 것인가? 더구나 그들은 낯선 사람들이다. 그렇다면 차라리 고향에 머물러 내 집 침대에서 죽는 편이 훨씬 더 낫다. 그는 힘없이 문지방에 앉아 곡식이든 땔감이든 이제는 다 딱딱하게 말라버린 것들을 슬프게 바라보았다.

그는 돈이 없었다. 벌써 오래 전에 마지막 동전까지 써버렸다. 설령 돈이 있더라도 지금은 소용이 없다. 양식을 살 수 없기 때문이다. 얼마 전에 그는 성안에 곡식을 쌓아둔 사람이 큰 부자에게만 그것을 팔고 있다는 소문을 들었는데, 그런 말을 들어도 심드렁했다. 그는 오늘 당장 성안에서 공짜로 먹여 준대도 그곳까지 갈 마음이 나지 않았다. 사실 그는 너무 굶어서 이젠 배고픈 것조차 모르게 되었다.

배고파서 위가 쓰리던 것도 처음뿐이었고, 이젠 그럴 때도 지난 지 오래다. 그는 밭에서 흙을 파다가 물에 풀어서 아이들에게 먹였는데, 그 자신은 먹지 않았다. '자비로운 땅의 여신'으로 불리는 이 흙에는 약간의 영양분이 있었다. 생명을 언제까지고 이어갈 수는 없어도, 죽처럼 만들어 먹이면 아이들은 잠시의 배고픔과 헛배 부름을 막을 수 있었다. 그는 오란이 여지껏 손에 갖고 있는 팥에는 손대지 않았다. 그녀가 그것을 한 알씩 오독오독 깨무는 소리를 들으며 마음의 위로를 얻었다.

남쪽으로 가겠다던 희망을 버리고 침대에 누워서 편히 죽어갈 것을 꿈꾸고 있을 때, 누가 밭 사이로 오고 있었다. 몇 사람이 그를 향해 오고 있었다. 한 사람은 숙부이고 세 사람은 낯선 사람이었다.

"오래간만이다" 숙부는 유쾌한 어조로 크게 말했다. "잘 지내는구나. 네 아버지는, 우리 형님은 잘 계시냐?"

왕룽은 숙부를 보았다. 여위기는 했으나 굶주린 것같이 보이지는 않았다. 왕룽의 위축된 몸에 남아 있는 마지막 생명력은 눈앞에 선 숙부에 대한 격심한 분노로 타올랐다.

"작은아버지는 무엇을 드시고 지내셨어요? 무엇을 어떻게?"

그는 볼멘소리로 쏘아붙였다. 곁에 있는 낯모르는 사람들에 대한 체면도 생각지 않았다. 다만 아직 뼈에 살이 붙어 있는 숙부만을 노려보았다. 숙부는 두 눈이 휘둥그레지더니 두 손을 내저으며 소리 질렀다.

"어떻게 먹고 지내느냐고? 내 집에 와 봐라. 제비가 들어와도 부스러기 하나 쪼아 먹을 게 없다. 네 숙모가 얼마나 살이 쪘었는지 너 알지? 살갗이 얼마나 곱고 포동포동하고 윤기가 흘렀느냐 말이야. 그런데 지금은 뼈다귀만 앙상해. 장대에 옷을 걸어 놓은 것과 마찬가지야. 그리고 아이들은 넷밖에 남지 않았다. 작은 놈 셋은 죽었다, 죽었어. 그리고 네 숙부는 네가 보는 대로 이 꼴 이 모양이 아니냐!" 숙부는 소매 끝으로 가만히 두 눈을 닦았다.

"그래도 작은아버지는 뭘 자셨네요." 왕룽은 여전히 퉁명스럽게 대꾸했다.

"나는 네 생각과 내 형님인 네 아버지 생각만 해왔다. 지금 그 증거를 보이러 왔다. 내가 모셔온 이 양반들은 성안 분들인데, 얼마간의 양식을 내게 빌려주시기에 그것으로 내가 힘을 얻어 이 동네 근방 땅을 사시는 일을 도와드리기로 했다. 그래서 우선 생각나는 것이 내 조카의 기름진 땅이더라 이거야. 돈이 있으면 양식을 구할 수 있고 먹을 것이 있으면 목숨을 붙일 수 있지 않느냐 말이다." 이렇게 말하고 숙부는 한 걸음 물러서서 누더기 두루마기를 펄렁거리며 팔짱을 꼈다.

왕룽은 꿈쩍도 안 했다. 그는 일어서지도 않았고 손님들에게 인사도 하지 않았다. 고개를 쳐들고 그들을 훑어보았을 뿐이었다. 비단 두루마기를 입고 있는 모양새가 성안에서 온 것임에 틀림없었다. 그들의 손은 부드러웠고 손톱은 길었다. 그들은 제대로 먹어서 피가 잘 도는 것 같았다. 왕룽은 갑자기 그들에 대한 증오의 불길이 타오름을 느꼈다. 그의 자식들은 굶어서 밭의 흙을 파먹는데, 이 성안 사람들은 배불리 먹고 마시면서 극단의 궁지에 빠진 그에게서 땅을 빼앗으러 온 것이 아닌가! 그는 해골 같은 얼굴에 움푹 파이고 분노에 찬 두 눈으로 그들을 노려보았다.

"땅은 안 팔아요!"

숙부가 앞으로 나섰다. 바로 그때 왕룽의 두 아들이 문간까지 기어 나왔다. 아이들은 하도 힘이 없어서 아기처럼 기었다.

"저 애들이 네 아들들이냐? 지난 여름 내가 동전을 쥐여준, 그 토실토실하던 놈들이야?"

그들의 눈은 모두 아이들에게로 쏠렸다. 이토록 큰 곤경에 빠져 있으면서도 눈물을 비친 일이 없던 왕룽이 갑자기 흐느껴 울기 시작했다. 목이 메이더니 크나큰 고통의 덩어리가 하염없이 뺨을 타고 흘러내리는 눈물로 변했다.

"얼마나 쳐서 주겠소?"

마침내 그는 물었다. 먹여 살려야 할 자식이 셋에 늙은 아버지도 있다.

그와 아내는 언제라도 무덤을 파고 드러누워 죽을 수 있지만, 아이들이 있었다.

한쪽 눈이 멀어 움푹 들어간 사내가 구변 좋게 늘어놓았다.

"아무것도 못 먹고 있는 당신 아들들을 생각해서 값을 잘해 드리리다. 이런 때에 어디서도 바랄 수 없는 그런 좋은 가격을 드리겠단 말이오. 얼마냐면…….." 그는 잠시 사이를 두더니 곧 잘라 말했다. "1정보에 동전 백 닢을 드리지요."

왕룽은 기가 막혀서 웃었다.

"그건 내 땅을 거저 달라는 거나 마찬가지요. 나는 그 스무 곱 주고 샀소."

"흥, 하지만 당신은 굶어 죽어가는 사람에게서 산 건 아니겠지." 다른 사내가 입을 뗐다. 키가 작달막하고 콧날이 선 사내로, 목소리가 뜻밖에 크고 거칠며 야비했다.

세 사람은 자신만만한 태도였다. 굶주린 아이들과 늙은 아버지를 가졌으니 팔 수밖에 없으리라고 생각하는 모양이었다. 그것을 보자 굴복하려던 약한 마음이 태어나서 처음 느끼는 격렬한 분노로 돌변했다. 그는 벌떡 일어나 먹이를 덮치는 사냥개처럼 그들에게 달려들었다.

"죽어도 내 땅은 안 팔아! 밭의 흙을 파서 아이들을 먹이고 그러다가 죽으면 땅에 묻겠소. 나나 내 아내나 늙은 아버지나, 모두 사는 날까지 살다가 우리가 태어난 이 땅에 묻히겠소!"

그는 목놓아 울었다. 분노는 짐짓 바람처럼 사라지고 그는 선 채로 몸을 떨며 울었다. 성안 사람들은 미소를 띤 채 서 있었고, 숙부는 그들 사이에서 무표정하게 서 있었다. 그들은 왕룽의 말을 미친 사람의 헛소리로 여기며, 왕룽의 노여움이 가시기를 기다렸다.

이때 오란이 불쑥 문간에 나타나 마치 이런 일이 매일 있었던 것처럼 평상시와 다름없는 목소리로 말했다.

"땅은 정말로 안 팔아요. 그걸 팔면 우리가 남쪽에서 돌아왔을 때 농사 지을 땅이 없어지니까요. 하지만 식탁과 나무 의자 네 개, 침대 두 개, 가 마솥은 팔겠어요. 그러나 갈퀴, 괭이, 쟁기, 그리고 땅은 안 팔아요."

그녀의 침착한 목소리는 왕룽의 분노에 찬 고함소리보다 더 힘이 있었 다. 숙부는 의심스러운 듯 오란에게 물었다.

"정말 남쪽에 가려고? 왜?"

애꾸눈이 일행에게 무어라고 말했다. 그들은 자기네끼리 잠시 수군거 리더니, 애꾸눈이 오란에게 말했다.

"그따위 물건이야 땔감밖에 더 되겠소? 은전 두 닢에 다 주려면 주고 싫으면 그만두시오."

그가 멸시하는 태도로 이렇게 말하고 몸을 돌리려 할 때 오란은 조용 히 말했다.

"그건 침대 하나 값도 안 되는군요. 하지만 은전을 가지셨거든 내놓고 얼른 가져가세요."

애꾸눈은 허리춤을 만지더니 오란이 내민 손바닥에 은전 두 닢을 놓았 다. 세 사람은 집 안으로 들어가 식탁, 의자, 침대, 이불 등을 끌어냈고, 부 엌으로 들어가 솥을 떼어냈다. 그들이 노인의 방에 들어갈 때만은 숙부는 밖에 서 있었다. 그는 형과 대면하기가 꺼려졌고, 늙은이를 마룻바닥에 눕히고 침대를 들어내는 현장에 있기를 원치 않았다. 전부 들어내고 갈퀴 두 개와 괭이 두 개 그리고 쟁기만 가운뎃방 한구석에 남았을 때 오란은 남편에게 말했다.

"이 은전 두 닢이 있는 동안 얼른 남쪽으로 떠나요. 이대로 있다가 서까래까지 떼어내어 팔면 나중에 돌아와도 들어갈 움막조차 없어요."

"그래, 떠나자." 왕룽이 무거운 말투로 대답했다.

그러나 그는 밭 너머로 멀어져 가는 성안 사람들의 뒷모습을 바라보면서 몇 번이고 중얼거렸다.

"아직 땅은 있다. 땅만은 갖고 있다."

# 10

 대문을 꼭 닫고 자물쇠로 잠그는 것밖에는 따로 할 일이 없었다. 옷은 있는 대로 죄다 껴입었다. 오란은 두 아들 손에 그들의 밥공기와 젓가락을 쥐어주었다. 아이들은 밥이 곧 나오기라도 하는 것처럼 그것들을 꼭 움켜쥐고 걸었다. 이렇게 그들은 출발했다. 이 초라한 일행은 하도 느리게 걸어서 언제 성안에 닿을지 아득했다.

 왕룽은 딸을 안고 걷다가, 노인이 못 걷고 넘어지려 하자 딸을 오란에게 넘겨주고 아버지를 업었다. 말라빠진 늙은이의 몸이 바람처럼 가벼웠는데도 왕룽은 비틀거렸다. 그들은 묵묵히 당집 앞을 지나갔다. 두 지신은 무엇이 지나가도 아랑곳하지 않고 태연히 앉아 있었다. 살을 에는 듯한 바람을 안고 걸으니 두 아들이 춥다고 울었다. 왕룽은 그들을 달랬다.

 "너희들은 다 컸지 않니? 그리고 우리는 남쪽으로 가는 길이니까, 거기에 도착하면 따뜻하고 먹을 것도 많단다. 하얀 쌀밥을 먹게 될 거야."

 조금 걷다 쉬고, 걷다가 또 쉬고 하면서 그럭저럭 성문까지 다다랐다. 이곳의 시원함을 즐겼던 때도 있었지만, 지금은 양쪽 벼랑에서 얼음물이 쏟아지는 것처럼 한겨울 찬바람이 무서운 기세로 휘몰아쳐 왕룽은 이를 악물지 않을 수가 없었다. 발밑 진흙 바닥에 칼날 같은 얼음이 얼어서 아이들은 걷지 못했다. 딸을 안은 오란도 자기 발을 옮기는 것이 고작이었다. 왕룽은 비척거리는 다리로 아버지를 먼저 업어다 놓고 되돌아와서 두 아이를 하나씩 들어 옮겼다. 그 일을 끝내자 땀이 비 오듯 하고 힘이 다해 그는 오래도록 축축한 성벽에 기대어 쉬었다. 그는 눈을 감고 숨을 헐떡였다. 그의 가족은 추위에 떨면서 옆에 서서 그를 지켜보았다.

황 대인 집 대문 앞에 다다랐다. 문은 굳게 닫혀 있었고 양쪽 돌사자는 잿빛이 되어 바람에 시달리고 있었다. 문 앞에는 거지꼴의 남녀들이 웅크리고 앉아서 잠긴 대문을 무엇을 바라는 눈으로 바라보고 있었다. 왕룽의 비참한 일행이 지나갈 때 한 사람이 갈라진 목소리로 소리쳤다.

"부자놈들의 마음은 신들의 마음만큼이나 무정해. 그놈들은 아직도 쌀이 먹고 남아서 술까지 빚고 있어. 젠장, 우리는 굶어 죽는데……."

그러자 또 한 사람이 한탄했다.

"내가 조금만 힘이 있으면 이 대문짝에 불을 싸지르고 안채까지 모조리 태워버릴 텐데. 내가 타죽는 한이 있더라도 말이야. 황 가네 놈들이나 그 조상들은 지옥에 떨어져야 해."

왕룽은 아무런 대꾸도 않고 묵묵히 남쪽으로 발걸음을 옮겼다.


성안을 지나서 남문에 이르렀을 때 해는 이미 저물고 있었다. 그들의 걸음은 그렇게 느렸다. 그들은 남쪽으로 가는 떼거리를 보았다. 왕룽이 어느 구석에서 가족들과 하룻밤을 보낼까 궁리하면서 성벽 밑을 둘러볼 때, 갑자기 그들은 군중 속에 휩쓸렸다. 그는 이쪽으로 밀려온 사나이에게 물었다.

"이 사람들은 모두 어딜 가는 거요?"

"여기선 먹고 살 수가 없어서 남쪽으로 가는 기차를 타러 가는 길이오.

저쪽 큰집에서 기차가 우리 같은 사람들을 태우고 떠나요. 몇 푼만 내면 탈 수 있어요."

기차! 그런 것이 있다는 말은 누구나 듣고 있었다. 왕룽도 언젠가 사람들이 찻집에 모여서 여러 개의 찻간을 쇠사슬로 이은, 사람도 짐승도 아닌 용처럼 물과 불을 뿜는 기계가 달린다는 기차 이야기를 들은 적이 있었다. 그때 왕룽은 쉬는 날 한번 보러 가리라 마음먹었었다. 그러나 그는 성에서 상당히 떨어진 북쪽에 사는 데다가 농사일이 바빠서 구경갈 시간을 내지 못했다. 사람은 자신이 알지 못하고 이해할 수 없는 것은 믿으려 하지 않는다. 또 사람이란 일상생활에 필요한 것 이상을 알려고 들지 않는다.

그러나 왕룽은 지금 오란에게 묻고 있었다.

"우리도 기차를 타고 갈까?"

그들은 노인과 아이들을 밀려가는 군중 속에서 끌어내 놓고 근심스러운 눈으로 마주 보았다. 잠깐이라도 숨을 돌리면 노인은 땅바닥에 주저앉았고, 아이들은 군중의 발길에 짓밟힌다는 위험도 아랑곳없이 먼지 속에 벌렁 누웠다. 오란은 아직도 딸을 안고 있었는데, 목이 축 늘어지고 눈이 감긴 모양이 죽은 아이처럼 보였다. 왕룽은 놀라서 소리를 질렀다.

"아니, 딸애가 죽었어?"

오란은 고개를 흔들었다.

"아직은 살았어요. 숨이 있어요. 하지만 오늘 밤 안으로 죽을 거예요. 우리도 다 죽겠어요……."

더 말할 기운이 없다는 듯이 그녀는 지치고 초췌한 얼굴로 남편을 보았다. 왕룽도 말은 안 했지만 이렇게 하루 더 걸으면 모두 죽을 것이라고 혼자 생각했다. 그래서 그는 있는 기운을 다 내서 말했다.

"애들아, 일어나거라. 할아버지를 일으켜 드려라. 우린 이제 걷는 대신 기차를 타고 앉아서 남쪽으로 간다."

그러나 그때, 어둠 속에서 하늘에 오르는 용의 부르짖음 같은 소리를 내고 커다란 두 눈에서 불을 뿜어내며 기차가 달려오지 않았던들 그들이 몸을 움직일 기력이 났을는지 의문이다. 왕룽네는 혼잡 속에서 서로 떨어지지 않으려고 기를 쓰며 손을 잡은 채, 이리저리 밀리면서 북적거리는 인파를 뚫고 작은 문을 지나 큰 상자 같은 기차에 올라탔다. 그들을 뱃속에 담은 괴물은 지체없이 요란한 소리를 지르며 어둠을 헤치고 쿵쿵쿵 달리기 시작했다.

# 11

은전 두 닢으로 왕룽은 400리 길의 차비를 치렀다. 차장은 은전을 받고 동전 한 줌을 거슬러 주었다. 다음 정거장에서 기차가 서기 무섭게 창문으로 목판을 들이미는 행상에게 왕룽은 동전 몇 닢을 주고 작은 빵 네 개와 딸에게 먹일 죽 한 그릇을 샀다. 그들은 오랫동안 이렇게 많은 양의 음식을 먹지 못했다. 그토록 음식에 주려 왔지만 그것을 입에 넣어도 식욕이 일지 않아서, 아이들도 달래서야 겨우 삼키게 할 수 있었다. 노인만은 이도 없는 잇몸으로 빵을 끈기 있게 우물거렸다.

"사람이란 그저 먹어야 하느니." 그는 기차가 흔들릴 때마다 그에게 부딪히는 사람들에게 다정스럽게 웃으며 말을 건넸다. "하도 오래 못 먹어서 내 밥통이 게을러진 모양이야. 그래도 상관 없지. 어쨌든 채워는 줘야지. 밥통이 움직이려 들지 않는다고 내가 굶어 죽을 순 없지."

턱에 하얀 수염이 듬성듬성 난 자그맣고 말라빠진 노인이 빙글거리는 모습에 사람들은 웃음을 터뜨렸다.

그러나 왕룽은 먹을 것을 사는 데 동전을 다 써버리지는 않았다. 움막 거적을 사려고 될 수 있는 대로 동전을 아꼈다. 기차 안에는 남쪽에 가본 사람들이 있었다. 어떤 사람은 해마다 남쪽 큰 도시에 가서 일하거나 구걸하여 먹을 것을 벌었다고도 했다. 왕룽은 기차와 획획 지나가는 낯선 광경에 익숙해지자 사람들의 말에 귀를 기울였다. 그들은 다른 사람들은 모르는 고장의 사정을 자랑삼아 큰 소리로 떠들어댔다.

"우선 거적을 여섯 장 사야 하오." 낙타 주둥아리같이 입이 늘어진 험상 궂은 사내가 말했다. "한 장에 한 푼인데, 아마 세 푼 내라고 할 거야. 하지만 난 그들을 잘 알고 있어서 촌뜨기처럼 그네들 속임수에 넘어가지 않죠. 상대가 부자라도 나를 얕보지 못해요." 그는 이렇게 말하고는 사람들이 감탄하는지 보려고 고개를 쑥 빼고 둘러보았다.

"그러고 나면 어떻게 하오?" 왕룽이 다음 이야기를 재촉했다. 그는 걸 터앉을 곳도 없는 마룻바닥에 엉덩이를 대고 주저앉아 있었다. 마룻바닥 틈으로 바람이 먼지를 휘몰고 들어왔다.

"그런 다음은……." 그 사내는 목소리를 한층 더 높여 말을 이었다. 쇠 바퀴 굴러가는 소리가 시끄러웠기 때문이었다. "거적들을 얽어매어 움막을 만드시오. 그리고 구걸하러 나가는 거지. 구걸 나갈 때는 얼굴에 더러운 칠을 해서 될 수 있는 대로 불쌍하게 보여야 하오."

왕룽은 생전 누구에게 구걸해 본 일이 없었으므로 남쪽의 낯선 사람들에게 구걸할 생각은 없었다. 그래서 물었다.

"꼭 구걸을 해야 하오?"

"그렇고말고." 입이 천덕스럽게 생긴 사내가 대답했다. "하지만 구걸도 먹고 나서 하는 거요. 남쪽 사람들은 쌀이 얼마든지 있기 때문에 아침마다 빈민 식당에 가서 동전 한 푼을 내고 흰죽을 배 터지게 먹지. 그렇게 배불리 먹고 나서 마음 편히 구걸을 해서 두부, 배추, 마늘을 사는 거요."

왕룽은 그들로부터 약간 물러나 벽 쪽으로 돌아서서 남몰래 허리춤에 손을 넣고 남은 돈을 세었다. 거적을 여섯 장 사고 온 식구가 쌀죽 한 그릇씩을 사먹어도 세 푼이 남았다. 이만하여 새살림을 시작할 수 있겠다는 생각에 흐뭇해졌다. 그러나 지나가는 사람에게 구걸을 하는 일은 아무래도 싫었다. 늙은 아버지나 아이들이나 아내라면 혹 그럴 수도 있겠지만, 그는 사지가 멀쩡한 사내가 아닌가?

"아니 그래, 남자가 할 만한 일거리는 통 없소?" 그가 돌아서며 물었다.

"아하, 일이라!" 그는 멸시하듯 말하고는 바닥에 가래침을 탁 뱉었다. "당신만 좋다면야 인력거를 끌 수 있지. 부자 나리들을 태우고 달리면서 피땀을 흘리는 거라, 손님을 기다리노라면 그 땀이 얼어서 얼음 옷을 입은 것처럼 되지. 나 같으면 차라리 비럭질을 해." 그가 너무 못마땅해하는 바람에 왕룽은 더 이상 물어보지 않았다.

그러나 그 사람 말을 들어둔 것이 왕룽에게 도움이 되었다. 기차가 종점에 도착했을 때 왕룽은 이미 계획이 서 있었다. 아버지와 아이들을 근처 어떤 집의 기다란 회색 담벼락 밑에 앉혀두고 아내더러 그들을 지켜보라고 이른 뒤, 왕룽은 이 사람 저 사람에게 시장 위치를 물어 거적을 사러 갔다. 그런데 남쪽 사람들 말씨가 어찌나 호들갑스러운지 처음에는 거의 알아들을 수가 없어서 몇 번씩 되물었는데, 그러면 이번엔 상대편에서 못 알아듣고 짜증을 냈다. 그래서 그는 얼굴을 살펴보아 되도록 친절해 보이는 사람을 골라서 물었다. 남쪽 사람들은 성미가 급하고 화를 잘 냈다.

마침내 변두리의 거적 파는 가게를 찾아냈다. 그는 물건 값을 잘 아는 사람처럼 동전들을 척 내놓고 거적을 집어 들고 돌아왔다. 식구들은 담벼락 아래서 그를 기다리고 있었다. 아이들은 아버지 얼굴을 보자 마음이 놓였는지 울음을 터뜨렸다. 식구들은 모두 이 낯선 고장이 두려운 모양이었다. 늙은이만은 호기심에 찬 눈으로 모든 것을 둘러보고는 왕룽에게 말했다.

"저 봐라. 모두 살이 저렇게 찌지 않았니? 남쪽 사람들은 살결도 곱고 윤기가 흘러. 보나마나 매일 돼지고기를 먹는 거야."

그러나 행인들은 모두 거리를 분주하게 오갈 뿐, 거지 같은 왕룽네 가족들을 거들떠보지 않았다. 이따금 건축용 벽돌을 담은 바구니와 커다란 곡식 자루를 등에 얹은 당나귀 떼들이 그 작은 발로 네모난 돌을 밟으며 지나갔다. 당나귀 떼마다 맨 뒤 당나귀에 마부가 탔고, 그 마부가 당나귀 등 위로 채찍을 획획 휘두르며 큰 소리를 질렀다. 마부들은 모두 멸시하는 듯한 거만한 눈으로 그를 보았다. 길가에 서 있는 왕룽 곁을 지나갈 때 초라한 노동복을 걸친 마부들은 어떤 귀공자에 못지않게 거드름을 부렸다. 모양새로 그들이 지독한 촌뜨기임을 알아차리고 그 앞을 지날 때 일부러 익살스럽게 그들의 머리 위로 채찍을 획획 휘둘렀고, 공기를 찢는 날카로운 채찍 소리에 깜짝깜짝 놀라는 것을 보고 낄낄거렸다. 왕룽은 이런 일을 두서너 번 당하자 화가 나서 몸을 돌려 움막을 칠 만한 장소를 찾아보기 시작했다.

그들 뒤 담벼락에 이미 여러 움막들이 달라붙어 지어져 있었다. 그러나 담벼락 너머에 무엇이 있는지 아는 이는 없었고 알 도리도 없었다. 으리으리하게 높고 긴 회색 담벼락을 따라 마치 개 등에 붙은 벼룩처럼 움막들이 다닥다닥 붙어 있었다. 왕룽은 그 움막들을 자세히 살펴보고 그것을 본떠서 거적으로 이리저리 만들어 보았지만, 거적이 갈대로 만들어진 것이라 뻣뻣하고 다루기가 거북했다. 그가 맥없이 서 있자 오란이 불쑥 나섰다.

"제가 할게요. 어릴 때 만들어 본 적이 있어요."

오란은 계집애를 땅에 내려놓고 거적을 이리저리 둘러쳐 지붕이 둥그런 움막을 만들었다. 들어가 앉아도 머리가 닿지 않을 만했고, 땅바닥에 드리워진 거적 끝은 주워온 벽돌로 눌러 놓았다. 오란은 아이들을 시켜 벽돌을 더 주워오게 했다. 그것이 다 되자 그들은 모두 안으로 들어갔다. 오란이 아껴서 남겨둔 거적 한 장을 바닥에 깔고 앉았다. 비바람은 넉넉히 피할 만했다.

그렇게 앉아 서로 마주 보고 있노라니, 어제 고향을 떠났는데 오늘 수백 리 떨어진 타향에 와 있다는 것이 꿈만 같았다. 이렇게 먼 길을 걸어왔더라면 몇 주일은 걸렸을 것이고, 여기에 도착하기 전에 필경 누군가는 길에서 죽었을 것이다.

굶는 사람이라곤 없어 보이는 이 고장의 풍요로움이 그들을 안심시켰다. 왕룽은 말했다. "자, 나가서 빈민 식당을 찾자." 그들은 모두 기운차게 일어나 밖으로 나갔다. 아이들은 젓가락으로 그릇을 두드리며 걸었다. 이제 곧 뭔가로 이 그릇이 채워질 테니까. 그들은 곧 그 담벼락에 움막들이 잇달아 지어진 이유를 알았다. 담 북쪽 끝에서 조금 더 가면 큰 거리가 있는데, 그 거리에 많은 사람들이 빈 그릇과 양철통 들을 들고 지나가고 있었다. 모두 빈민 식당으로 가는 사람들이었다. 빈민 식당은 그 거리의 저쪽 끝 그리 멀지 않은 곳에 있었다. 그래서 왕룽네도 그 군중 속에 섞여 거적을 두 개 둘러친 큰 건물 앞에 이르렀다. 사람들이 와글거리며 문을 통과해서 들어갔다.

건물 뒤에 왕룽이 처음 보는 거대한 부뚜막이 있었고 작은 연못만큼 큰 가마솥이 걸려 있었다. 커다란 나무 뚜껑을 열자 구름 같은 김을 뿜으며 흰 쌀죽이 부글부글 끓고 있었다. 그 흰죽 냄새는 사람들의 코에 세상에 둘도 없이 구수한 것이었다. 사람들은 구름처럼 그곳으로 몰려갔다. 사내들은 부르짖었고, 아기 엄마들은 아기가 밟힐까 두려워서 비명을 질렀고, 아기들은 빽빽 울어댔다. 뚜껑을 연 사내가 고함쳤다.

"먹을 것은 얼마든지 있으니 차례대로 와!"

그러나 아무것도 굶주린 사람들을 진정시킬 수 없었다. 그들은 한술 얻어먹을 때까지 짐승들처럼 싸웠다. 그 한복판에 휩쓸린 왕룽은 늙은 아버지와 두 아들을 놓치지 않게 꼭 붙드는 것이 고작이었다. 그러다가 가마솥 앞으로 밀려오자 그릇을 내밀어 담아주는 죽을 받고 동전 한 푼을 냈다. 죽을 받을 때까지 밀려나가지 않고 버티고 서 있기가 여간 어려운 게 아니었다.

그들은 거리로 빠져나와 선 채로 죽을 먹었다. 왕룽은 배를 채우고도 그릇에 조금 남은 것을 보며 말했다.

"이건 집에 가져가서 저녁에 먹어야지."

그러나 붉고 푸른 제복을 입은 경비원인 듯한 사람이 그 말을 듣고 화를 냈다.

"안 돼. 뱃속에 넣은 것밖엔 못 가지고 가!"

왕룽은 깜짝 놀라 물었다.

"내 돈 주고 산 건데 먹고 가건 가져가건 당신이 무슨 상관이오?"

"규칙이야. 이 죽은 가난한 사람들을 위해서 파는 것이라서 동전 한 푼에 이만큼씩 주는 건데, 더러 괘씸한 자들이 이 죽을 가져가서 돼지에게 먹인단 말이야. 이 쌀죽은 사람이 먹을 것이지 돼지 먹일 것이 아니라고!"

왕룽은 이 말에 또 한번 놀랐다. "아니, 세상에 그런 괘씸한 놈들이 다 있소! 그런데 왜 가난한 사람들에게 이런 걸 주나요? 누가 주는 거요?"

"이 거리의 부자 나리들이지. 중생의 생명을 건져 주고 죽어서 극락에 가려는 거야. 좋은 일을 해서 세상 사람들의 칭찬을 받으려는 양반도 있고."

"아무튼 훌륭한 일이군요. 그 중에는 워낙 마음이 어질어서 그러는 분도 있겠지요?" 그가 대답을 않자 왕룽은 변명하듯 중얼거렸다. "적어도 몇 분은 있겠죠?"

그러나 그는 더 지껄이기 싫다는 듯 돌아서며 제멋대로 콧노래를 흥얼거렸다. 아이들이 왕룽의 옷깃을 끌어당기자 그는 모두를 데리고 그들의 움막으로 돌아왔다. 여름 들어 이렇게 배불리 먹어본 게 처음이라서 그들 모두 노곤해져서 들어가 눕기가 무섭게 곧 잠이 들어 이튿날 아침까지 푹 잤다.

아침 끼니로 남은 동전마저 죄다 써버리자 이제 어떻게든 돈을 마련해야 했다. 왕룽은 어쩌면 좋을지 몰라 오란을 보았다. 그러나 그의 눈은 황폐한 빈 들판에서 그녀를 바라보던 때처럼 절망적이지 않았다. 거리에는 잘 사는 사람들이 오가고, 시장에는 고기와 야채가 그득하고, 생선 시장 물통 속엔 물고기가 뛰노니, 가족들이 굶어 죽는 일은 없을 것이다. 고향에서와는 사정이 달랐다. 거기서는 아예 먹을 것이라고는 아무것도 없어서 은전이 있어도 살 수가 없었다. 오란은 이런 생활에 익숙한 것처럼 침착하게 대답했다.

"저와 아이들은 동냥을 할게요. 아버님도요. 제게는 주지 않아도 노인의 흰 머리에는 마음이 움직일 거예요."

그녀는 두 아들을 불렀다. 애들은 역시 애들이라 배불리 먹었다는 것과 낯선 고장에 와 있다는 것 이외에는 다 잊어버리고 거리로 뛰어나가 오가는 사람들을 신기한 듯이 쳐다보고 있었다.

오란은 아이들에게 말했다. "그릇을 하나씩 들거라. 이렇게. 그리고 이렇게 외치거라." 오란은 빈 그릇을 들고 처량한 목소리로 외쳤다. "적선합쇼. 나리님, 적선합쇼. 마님, 내생을 위해서 적선합쇼. 배고픈 아이를 도와줍쇼. 한 푼 줍쇼."

두 아이는 눈이 휘둥그레져서 엄마를 보았다. 왕룽도 놀랐다. 어디서 이런 것을 배웠을까? 그녀에게는 왕룽이 아직 모르는 면이 얼마나 많은 것일까? 오란은 그의 눈빛에 대답하듯 말했다.

"어릴 때 이렇게 해서 입에 풀칠을 한 적이 있어요. 이런 지독한 흉년에 종으로 팔려갔었지요."

그때까지 자고 있던 노인이 일어났다. 그에게도 구걸할 그릇을 하나 주고 넷이서 동냥하러 거리로 나섰다. 오란은 애처로운 목소리로 행인 앞에 그릇을 내밀었다. 그녀는 딸아이를 맨가슴에 껴안고 있었는데, 잠든 아이의 머리는 엄마가 그릇을 내밀고 다니며 몸을 움직일 때마다 이리저리 흔들거렸다. 오란은 구걸할 때마다 그 아이를 가리켰다.

"한 푼 줍쇼. 이 아이가 죽어 갑니다. 굶어 죽습니다, 굶어 죽어요."

머리가 축 늘어진 딸애는 정말 죽은 것처럼 보였다. 그래서 마지못해 동전 한 푼을 던지고 가는 사람도 더러 있었다.

그러나 아이들은 얼마 안 가서 구걸을 장난삼아 했다. 큰 아이는 부끄러워서 싱글거리기까지 했다. 그것을 본 오란은 그들을 움막으로 불러들여 뺨을 호되게 갈기며 윽박질렀다.

"굶어 죽는다면서 웃을 수가 있단 말이냐? 진짜 굶어 죽을 이 바보 같은 자식들아!" 오란은 손바닥이 아프도록 아이들을 때렸다. 아이들은 눈물을 마구 흘리며 엉엉 울었다. 오란은 그들을 도로 밖으로 내쫓았다.

"그런 꼴로 구걸을 해야 해! 다시 웃었단 봐라, 그땐 더 혼날 줄 알아!"


왕룽은 거리로 나가 여기저기 물어서 인력거를 세놓는 집을 찾아냈다. 하루에 은전 반 닢을 내기로 하고 인력거 한 대를 빌려서 거리로 끌고 나왔다.

바퀴 둘 달린 나무 수레를 끌고 나서니까 모든 사람들이 자기를 멍청이로 보는 것 같았다. 인력거 채를 잡은 그는 처음 쟁기를 끄는 소처럼 어색해서 거의 걸을 수가 없었다. 그러나 밥벌이를 하려면 이놈을 끌고 달려야만 한다. 다른 인력거꾼들은 사람을 태우고 잘들 달렸다. 그는 주택가 골목길로 들어가서 익숙해질 때까지 몇 번이고 오르락내리락 달려 보았다. 차라리 구걸이 낫겠다고 뼈저리게 느끼고 있을 때, 한 집 대문이 열리면서 안경을 쓰고 선비처럼 차린 노인이 걸어 나와 그를 손짓해 불렀다.

왕룽은 자기는 인력거를 난생 처음 끌기 때문에 달릴 수가 없다고 말했다. 그러나 노인은 귀가 먹었는지 왕룽의 말을 듣지 못하고 손짓으로 앞채를 내리게 해서 올라앉았다. 왕룽은 귀머거리 노인의 훌륭한 옷차림과 학자다운 용모에 위압을 느껴 그에게 복종했다. 노인은 단정하게 앉아서 일렀다.

"향교로 가세."

단정하게 앉아 있는 노인의 점잖은 태도 때문에 그에게 물을 수가 없었다. 향교가 어디에 붙어 있는지 몰랐지만 무작정 앞으로 달렸다.

그는 길을 물으며 달렸다. 거리가 어찌나 번잡한지 바구니를 들고 오가는 행상들, 장보러 가는 부인네들, 역마차들, 그와 같은 인력거들, 이런 것들과 부딪힐까 조심스러워서 빨리 달릴 수가 없었다. 솜씨가 서툴러서 차체가 덜커덩거리는 것에도 마음이 쓰였다. 그러나 그는 되도록 빠른 걸음으로 발을 옮겼다. 등짐을 지는 것은 익숙했지만 인력거를 끌기는 처음이었다. 향교 담이 보이는 데까지 오자 팔이 쑤시고 손에 물집이 생겼다. 괭이 손잡이는 인력거 손잡이와 달랐던 것이다.

향교 문 앞에서 왕룽이 손잡이를 내려놓자 노인은 인력거에서 내렸다. 그리고 품속에서 작은 은전 한 닢을 꺼내어 왕룽에게 주며 말했다.

"자, 난 이보다 더 준 적이 없으니 여러 말 해야 소용없어." 그는 몸을 돌려 향교 안으로 들어가 버렸다.

왕룽은 그런 은전을 본 적이 없었으므로 불평할 생각도 없었다. 이 은전이 동전 몇 푼과 같은지도 알지 못했다. 그래서 그는 근처 싸전에 가서 돈을 바꾸었다. 싸전에서는 동전 스물여섯 푼으로 바꾸어 주었다. 왕룽은 남쪽에서는 이렇게 쉽게 돈을 벌 수 있는가 하고 놀랐다. 가까이 있던 다른 인력거꾼이 그가 돈 세는 것을 보고 있었다.

"겨우 스물여섯 푼이야. 그 영감쟁이를 어디서 태웠길래?"

왕룽이 자세히 설명하자 그 인력거꾼은 소리쳤다. "저런 인색한 늙은이 보게! 반값도 안 주었어. 출발 전에 얼마로 정했는데?"

"정하지 않았어요. 그냥 부르기에 가서 태웠지."

그는 왕룽을 업신여기듯이 쳐다보며 옆 사람들에게 들리도록 소리쳤다.

"이런 바보를 봤나! 아직 돼지 꼬리가 달린 시골뜨기! 부르기에 그냥 태웠다고? 이만하면 바보 중에서도 일등 바보지 뭐야? 여보게 바보, 이걸 알아두게. 앞으로 미리 이렇게 물어. '얼마 낼 테요?'라고 말이야. 미리 따지지 않고 태워도 되는 건 서양놈들뿐이야. 그놈들은 성미가 되게 급하지만 믿고 태울 수 있어. 놈들은 값이라곤 하나도 몰라서 돈을 물 쓰듯 하거든." 듣던 사람들이 모두 소리 내어 웃었다.

왕룽은 아무 말도 하지 않았다. 남쪽 도시 사람들 틈에서 살아가려니까 아무것도 몰라서 정말 몸이 오그라든다고만 생각했다. 그는 대꾸하지 않고 인력거를 끌고 그곳을 떠났다.

'그래도 이만하면 내일 아이들 밥값은 벌었어.'

그는 속으로 어깨를 으쓱했다가 문득 저녁에 인력거 세를 내야 한다는 사실이 떠올랐다. 인력거 세의 반값도 못 번 셈이었다.

그는 아침나절에 또 한 사람을 태웠다. 이 손님과는 미리 흥정을 했다. 오후에는 두 명을 태웠다. 그러나 밤에 돈을 세어보니 인력거 세를 빼고 겨우 동전 한 푼을 벌었다. 고향에서 추수 때 밭에서 종일토록 일한 것보다 더 고된 일을 하고서도 겨우 동전 한 푼밖에 벌지 못했다고 생각하니 처량해졌다. 움막으로 돌아가면서 고향에 두고 온 땅 생각이 북받쳐 올랐다. 새로운 경험들에 하루 동안 고향 땅 생각을 한 번도 떠올리지 않았는데, 새삼 몹시 먼 곳이기는 해도 거기 그를 기다리는 그의 땅이 있음에 편안해졌다.

오란은 그날 구걸로 엽전 마흔 개를 벌었다. 동전 다섯 푼이 채 못 되는 금액이었다. 큰아들은 엽전 여덟 개, 작은아들은 열세 개, 모두 합치면 내일 아침 밥값은 충분했다. 돈을 모두 모으려 하자 작은아들은 자기가 번 돈이라고 안 내놓겠다고 떼를 썼다. 아이는 밤에 잘 때도 돈을 꼬옥 쥐고 잤다. 이튿날 아침 밥값을 치를 때에야 비로소 내놓았다.

아버지는 한 푼도 벌지 못했다. 시킨 대로 온종일 길가에 앉아 있기는 했지만 구걸은 안 했다. 그저 졸다가 깨서 행인들을 구경했고, 그러다가 지치면 또 졸았다. 노인이니 나무랄 수 없었다. 그는 빈손으로 돌아와서 말했다.

"나는 밭을 갈아 씨를 뿌리고 추수해서 밥을 지어 먹었다. 내게는 아들도 있고 손자도 있다."

그는 아들이 있고 손자도 있으니까 당연히 그들이 먹여 살려줄 것이라고 어린아이처럼 믿고 있었다.

## 12

이제 왕룽은 굶주리지 않았다. 아이들도 매일 아침 죽을 먹었다. 그의 노동과 오란의 동냥으로 충분히 그 값을 치를 수 있게 된 것이다. 낯선 것들도 차차 익숙해졌다. 그러자 그는 자기들이 지금 빌붙어 살아가는 이 도시에 대해 생각하기 시작했다. 매일 아침부터 저녁까지 인력거를 끌고 달리니까 차차 도시의 사정을 알게 되었다. 은밀한 뒷골목의 내막들도 차차 알아갔다. 아침에 태운 사람이 여자면 시장에 가는 아낙네이고, 남자면 학교나 회사에 가는 사람이라는 걸 알았다. 그러나 '태서 대학'이나 '중국 대학'이라는 이름만 알았을 뿐 정확히 무슨 학교인지는 알 길이 없었다. 그는 교문 안에 들어가 본 일이 없었고, 만약 들어가더라도 왜 왔느냐고 따져 물을 것이 틀림없었다. 사람들을 태우고 가는 회사들도 어떤 곳인지를 알 턱이 없었다. 그저 돈이나 받으면 그만이었다.

밤에 태운 남자들은 큰 찻집이나 오락장으로 갔다. 거기서는 음악 소리가 흘러나왔고 상아와 대나무로 만든 패를 탁자 위에 던지며 노는 소리도 들렸다. 찻집 깊숙한 방에서는 은밀한 환락도 있을 것이다. 그러나 그 쾌락이 어떤 것인지 왕룽은 하나도 몰랐다. 그는 자신의 움막 문지방만 넘어봤을 뿐, 어느 집이고 대문 안으로 들어서 본 일이 없었던 것이다. 그는 이 부유한 도시에서 부잣집 쥐처럼 내버린 부스러기나 주워 먹으면서 이리저리 숨어 살뿐, 도시 생활의 진정한 일부는 결코 될 수 없었다.

천 리 길이 그리 먼 것도 아니건만, 더구나 수로도 아닌 육로인데도 왕룽 일가는 이 남쪽 도시에서 외국인처럼 지냈다. 거리를 오가는 사람들도 왕룽네나 고향 사람들처럼 검은 머리에 검은 눈동자를 가졌고, 말도 알아들을 만했다. 그러나 안후이 성安徽省은 장쑤 성江蘇省이 아니다. 왕룽이 태어난 안후이에서는 말소리가 느리고 깊었으며 목구멍에서 울려나왔다. 그런데 장쑤에서는 입술로, 혀끝으로 말을 굴렸다. 또 고향에서는 1년에 벼와 보리를 추수하고 그밖에는 약간의 옥수수나 콩이나 마늘을 지어서 한가했는데, 이곳 도시 주변의 밭에서는 벼농사 이외에 여러 가지 채소를 빨리 키워내느라고 1년 내내 인분을 주기에 바빴다. 고향에서는 밀가루빵에 마늘이나 좀 넣어 먹으면 충분한데, 이곳 사람들은 돼지고기, 죽순, 밤, 닭고기, 거위고기 등에 여러 채소를 섞어 먹었다. 마늘 냄새라도 풍기면 의젓한 신사가 코를 씰룩거리며 소리를 질렀다.

"어허, 돼지 꼬리 단 북쪽 놈이 와서 고약한 냄새를 풍기는군!"

마늘 냄새가 나면 포목 장수도 외국인에게 하듯 바가지를 씌웠다.

이 큰 담벼락을 따라 세워진 움막들은 이 도시의 일부도 아니고 시외로 펼쳐진 전원의 일부도 아니었다. 언젠가 왕룽은 향교 모퉁이에서 한 젊은이가 군중에게 연설하는 것을 들었다. 거기서는 누구든지 용기만 있으면 연설할 수 있었다. 청년은 중국이 혁명을 해야 하며 모든 외국 놈들은 쫓아내야 한다고 열변을 토했다. 왕룽은 청년이 그렇게 격렬하게 배격하는 외국 놈이 자기처럼 북쪽에서 온 사람들을 가리키는 것인 줄 알고 가슴이 철렁했다. 이 도시에는 연설하는 사람이 많았다. 다른 날은 다른 청년이 연설하는 것을 들었는데, 그 청년은 거리 모퉁이에 모인 사람들에게 중국 인민은 단결해야 하며 그들 자신을 교육해야 한다고 외쳤다. 왕룽은 그 말이 자기같은 사람들을 두고 하는 말인 줄 몰랐다.

어느 날 포목 시장에서 손님을 찾다가 비로소 왕룽은 이 도시에 자기보다 더 색다른 사람이 있다는 것을 알았다. 비단을 끊어 가는 아낙네들이 흔히 찻삯을 후하게 주곤 하던 가게 앞을 지나가는데, 그가 일찍이 한 번도 본 적이 없는 종류의 사람이 불쑥 나타났다. 남자인지 여자인지도 알 수 없었다. 키가 껑충하게 크고, 올이 굵은 검은 천으로 지은 긴 옷을 입었으며, 목에 죽은 짐승의 가죽을 둘렀다. 왕룽이 지나가려 하자 그 남자인지 여자인지 모를 사람이 인력거 손잡이를 내리라고 손짓을 했다. 왕룽은 시키는 대로 했다. 그리고 어리벙벙해서 일어서자 그 사람은 서툰 중국말로 다리까지 가자고 했다. 영문을 모르는 채 그는 인력거를 끌고 달리기 시작했다. 도중에 낯익은 인력거꾼을 만나자 소리쳐서 물어보았다.

"이봐요, 내가 태운 게 뭐요?"

"외국인이야, 미국 여자! 자네 땡 잡았네!" 그가 뒤돌아보며 소리쳤다.

그러나 왕룽은 뒤에 탄 사람이 두려워서 정신없이 달리기만 했다. 다리에 도착했을 때는 완전히 지쳐서 땀이 비오듯 했다.

미국 여자는 인력거에서 내리면서 역시 서툰 중국말로 말했다. "그렇게 죽도록 달릴 필요 없어요." 그 여자가 은전 두 닢을 왕룽의 손에 놓았는데, 보통 요금의 갑절이었다.

왕룽은 그제서야 이 여자가 진짜 외국인이고 이 도시에서 자신보다 더 색다른 사람이며, 검은 머리에 검은 눈동자를 가진 사람들은 같은 족속이고 노랑 머리에 파랑 눈을 가진 사람들이 다른 족속이라는 것을 알았다. 그 뒤로 그는 이 도시에서 자기가 더 이상 외국인이 아니라고 확신하게 되었다.

그날 저녁 그 은전을 고스란히 가지고 움막으로 돌아와 오란에게 보여주자 그녀가 말했다.

"나도 봤어요. 내 그릇에 동전 아닌 은전을 넣어주는 건 그들뿐이에요. 그래서 난 그런 사람들을 보면 꼭 구걸을 해요."

그러나 왕룽과 오란은 그 외국인들이 마음이 좋아서 은전을 주는 것이 아니라, 거지에게는 은전보다 동전을 주는 것이 좋다는 것을 모르기 때문일 것이라고 생각했다.

어쨌든 이 경험으로 왕룽은 젊은 연설가들에게서 듣지 못했던 사실, 즉 그도 검은 머리 검은 눈을 가진 같은 족속에 속한다는 것을 배웠다.


이렇게 크고 법석대는 부유한 도시의 한 귀퉁이에 붙어만 있어도 굶을 염려는 없을 것 같았다. 고향에서는 흉년만 들면 곡식이 익지 않아 먹을 것이 없으니까 굶을 수밖에 없었다. 은전이 있어도 살 수 있는 것이 없었다.

이 도시에는 어딜 가나 먹을 것이 있었다. 생선 시장의 자갈 도로 양편에는 큰 개울에서 밤에 잡은 은어가 담긴 광주리와, 연못에서 그물을 던져 잡은 작은 물고기가 담긴 물통이 즐비했다. 놀란 듯 다리를 꿈틀거리는 누런 게, 미식가들이 좋아하는 뱀장어가 득실거렸다. 곡물 시장에 가면 사람을 숨겨도 모를 만큼 큰 가마니에 곡식들이 그득그득했다. 눈같이 흰 쌀, 누렇거나 퍼렇거나 황금빛인 밀, 콩, 팥, 푸른 완두콩, 기장, 회색 참깨 등 얼마든지 있었다. 육류 시장에는 배를 길게 가른 통돼지가 붉은 살덩이와 먹음직한 비계, 그리고 연하고 두툼한 흰 껍질을 내보이며 목덜미를 꿰어 매달려 있었다. 오리고기 가게에는 꼬치에 꿰어 약한 불로 천천히 구워낸 오리, 하얗게 소금에 절인 오리, 살코기와 내장 등이 천장이나 문에 주렁주렁 매달려 있었다. 거위나 꿩 등 온갖 날짐승고기를 파는 가게는 어디나 그렇게 풍성했다.

또 채소 시장에는 사람의 손으로 땅에서 키워낼 수 있는 것은 무엇이든 다 있었다. 붉게 반들거리는 당근, 구멍이 뚫린 흰 연뿌리, 감자, 푸른 양배추, 미나리, 콩나물, 갈색 밤, 후추, 향신료 등 무엇이든 있었다. 이 도시의 시장에는 사람들의 구미를 돋우는 것이면 없는 것이 없었다. 행상들은 과자, 과일, 튀긴 감자, 밀가루를 씌우고 향료를 넣어 찐 돼지고기, 찹쌀떡 같은 것을 팔러 다녔다. 그러면 엽전을 가진 아이들이 뛰어와서 그런 것을 사가지고는 얼굴에 설탕과 기름이 묻어 번지르르해질 때까지 실컷 먹었다.

그렇다, 이 도시에는 굶주리는 사람은 하나도 없는 것 같았다.

그래도 매일 아침 동이 틀 때 왕룽이 식구들과 함께 젓가락과 밥그릇을 들고 움막에서 나오면, 역시나 저마다의 움막에서 나와 길게 늘어선 사람의 무리가 있었다. 그들은 아침 안개를 몰아오는 쌀쌀한 강바람을 막기에는 터무니없이 얇은 옷을 입고 덜덜 떨면서, 동전 한 푼으로 흰죽 한 그릇을 사 먹으려고 빈민 식당으로 갔다.

왕룽이 기를 쓰고 인력거를 끌고 오란이 아무리 구걸을 해도 그들은 움막에서 매일 밥을 지을 수 있을 만큼의 돈은 도저히 벌 수가 없었다. 빈민 식당에서 죽을 사고 한 푼이라도 남으면 양배추를 샀다. 그러나 그것을 끓여 먹으려면 대가가 컸다. 오란이 벽돌을 모아 만든 아궁이에 뗄 나무를 긁어 와야 했기 때문이다. 그래서 두 아들이 장으로 뗄나무를 팔러 가는 농부들의 뒤를 따르면서 볏짚이나 마른풀을 조금씩 훔쳤다. 아이들은 더러는 농부들에게 들켜 혼이 나기도 했다. 어느 날 밤 동생보다 소심하고 부끄러움을 잘 타는 큰아이가 농부에게 얻어맞아 눈두덩이 퉁퉁 부어서 돌아왔다. 작은아이는 점점 솜씨가 좋아져서 구걸보다 좀도둑질을 훨씬 더 잘했다.

오란에게 이런 일은 아무렇지도 않았다. 아이들이 구걸을 못할 지경이라면 도둑질이라도 해서 자기 배를 채워야 한다는 것이 그녀의 생각이었다. 왕룽은 아내가 그런 말을 할 때 대꾸하지는 않았지만, 아이들이 도둑질을 한다는 것이 견딜 수 없이 싫었다. 그래서 큰놈이 도둑질이 서툰 것을 나무라지 않았다. 이 거대한 담 그늘에서 지내는 생활을 왕룽은 좋아하지 않았다. 고향에는 그를 기다리는 땅이 있었던 것이다.

어느 날 그가 늦게 돌아오니 냄비에 양배춧국이 끓고 있었는데, 그 속에 큼직한 돼지고기 덩어리가 들어 있었다. 소를 잡아먹은 이래로 처음 보는 고기여서 왕룽은 눈이 휘둥그레졌다.

"서양 사람한테서라도 얻은 모양이지?"

오란은 늘 하는 버릇대로 아무 대답도 안 했다. 그러자 철없는 작은아들이 자랑하고 싶어서 입을 떼었다.

"내가 훔친 거야. 내 고기란 말이야. 고기 사러 온 어떤 할머니 팔 밑에 숨어 있다가 고기 장수가 그걸 잘라놓고 한눈파는 사이에 내가 얼른 집어서 골목으로 도망쳐서 뒷문 앞 빈 물통에 숨어서 형 올 때까지 기다렸어."

왕룽은 화가 나서 소리를 질렀다. "그런 고기 난 안 먹는다! 샀거나 얻은 고기가 아니면 난 안 먹어! 훔친 건 안 먹어! 우린 비럭질을 할망정 도둑놈은 아니야!" 그는 냄비에서 고기를 건져내어 작은아들이 발악을 하는 것도 본체만체 길바닥에 내던졌다.

그러자 오란은 그 느릿한 동작으로 고기를 주워 물에 씻어서 끓는 냄비 속에 도로 집어넣었다. "고기는 고기예요." 그녀는 조용히 말했다.

왕룽은 아무 말도 하지 않았으나 노여움은 가라앉지 않았다. 이런 데서 자라다간 아이들이 도둑놈이나 되는 것이 아닐까 하는 두려움이 덮쳐왔다. 오란은 젓가락으로 부드럽게 익은 고기를 잘라 큰 점은 노인에게 주고, 두 아들에게도 나눠 주고, 딸의 입에도 넣어 주고, 그녀 자신도 먹었다. 왕룽은 아무 말도 하지 않았다. 그는 고기에는 손도 대지 않고 양배추로 만족했다.

식사가 끝난 뒤 그는 작은아들을 밖으로 데리고 나가서 아내 귀에는 들리지 않을 한 구석에서 아이의 머리를 팔로 휘감아 안고 주먹으로 갈겼다.

"이놈! 이놈! 이 도둑놈!" 아이가 죽는다고 고함을 쳤지만 그는 매질을 멈추지 않았다.

사뭇 울어대는 아들을 집으로 돌려보낸 뒤에 그는 속으로 뇌까렸다.

"어서 고향으로 가서 땅을 파고 살아야지."

## 13

　왕룽은 이 풍요로운 도시의 밑바닥에서 사는 숱한 빈민의 한 사람으로서 살아갔다. 시장에는 음식물이 넘쳐흐르고 포목전 거리에는 검은빛, 붉은빛, 주홍빛 등 가지각색의 찬란한 광고용 비단 깃발이 바람에 나부꼈다. 부자들은 공단과 벨벳을 그 부드러운 몸에 휘감았다. 일하지 않는 그들의 손은 향기롭고 고왔다. 그 모든 것이 어울려 도시는 제왕의 궁전처럼 아름다웠다. 그러나 왕룽은 움막살이가 고작이었고 몸을 가릴 옷도 부족했다.

　가난한 사람들은 부자들이 잔치에 쓸 과자와 빵을 종일토록 구웠고, 어린것들도 새벽부터 한밤중까지 일을 하고 기름때 묻은 옷을 입은 채 맨바닥에 짚을 깔고 쓰러져 잤다. 이튿날이면 또다시 비틀거리며 일터로 나가 일을 했지만, 그렇게 일하고 받은 돈으로 그들이 구운 빵 한 개 사기도 부족했다. 또 직공들은 진수성찬을 먹고 사는 사람들을 위해서, 겨울엔 두꺼운 모피로 봄철엔 가벼운 모피와 두꺼운 비단으로 사치스러운 옷을 짓기에 바빴다. 그러나 그들 자신은 뻣뻣한 무명 조각을 주워 모아서 간신히 옷을 만들어 몸을 가리는 것이 고작이었다.

　이렇게 다른 사람들을 잘 먹이고 잘 입히기 위해서 노동하는 사람들 틈에서 사는 왕룽은 가끔 이상스러운 이야기를 듣기도 했지만 별반 마음에 두지 않았다. 늙은이들이야 별 말이 없었다. 인력거를 끌거나, 빵집이나 큰 저택으로 갈 석탄과 나무를 실은 손수레를 끄는 백발이 성성한 사람들은, 자갈길로 그런 것을 끌고 미느라 힘겨워서 등줄기가 휘고 힘줄이 드러났다. 그들은 형편없는 음식에 잠잘 시간도 부족했지만 그래도 아무런 내색도 않고 어떤 말도 하지 않았다. 마치 오란의 무표정과 무거운 입처럼, 그들 마음속에 무엇이 들어 있는지 아무도 몰랐다. 이따금 하는 말이라고는 먹는 이야기 아니면 돈 이야기였다. 은전은 손에 쥐는 일이 거의 없었으므로 은전 이야기를 입 밖에 내는 일은 드물었다.

그들의 얼굴은 가만히 있을 때 화난 것처럼 비뚤어져 있었는데, 정말 화가 난 것은 아니었다. 몇 해나 너무나 무거운 짐을 졌기 때문에 윗입술이 말리고 이가 드러나서 깨물려고 덤비는 것처럼 보이는 것이었다. 눈과 입언저리 살에는 깊은 주름이 잡혔다. 그러나 그들 스스로는 자신이 어떤 표정을 하고 있는지 몰랐다. 한번은 그들 중의 한 사람이 마차에 실린 가구에 붙은 거울에 자기 얼굴이 비치자 "볼썽사납게 생긴 놈도 다 있군!" 하고 소리친 일이 있었다. 그것을 본 사람들이 소리 내어 웃자 그는 그들이 왜 웃는지 몰랐지만 멋쩍어서 덩달아 웃었다. 그리고 혹시 누구의 비위를 건드리지나 않았나 하고 사방을 두리번거렸다.

왕룽의 움막 근처에는 그런 사람들의 움막이 다닥다닥 붙어 있었다. 여자들은 계속 태어나는 아이들에게 입힐 옷을 만드느라고 누더기를 모아서 꿰맸고, 채소밭에서 양배추 포기를 훔치거나 곡물 시장에서 쌀을 한두 줌씩 훔쳤고, 1년 내내 산에 가서 풀뿌리를 캤다. 추수 때면 모이를 쪼는 닭처럼 농사꾼들 뒤를 졸졸 쫓아다니며 눈에 불을 켜고 그들이 흘리는 낟알 한 톨, 볏짚 한 오리도 놓치지 않았다. 그런 가운데서도 움막 안에서 아이들은 계속 태어나고 자라고 죽어갔다. 부모들은 자기네가 아이들을 몇 낳았는지, 몇이 죽었는지, 지금 살아남은 아이가 몇이나 되는지 정확히 몰랐다. 그들에게 아이들은 단지 먹여 살려야 할 입이었다.

이러한 남자들과 여자들과 아이들은, 시장이며 포목전을 이리저리 쫓아다녔고 근교 농장을 헤매 다녔다. 남자들은 단돈 몇 푼에 품팔이를 했고, 부녀자들은 구걸을 하거나 남의 물건을 낚아챘다. 왕룽과 오란과 자식들도 이런 사람들 틈에 끼여 있었다.

늙은이들은 이런 상황을 받아들였다. 그러나 아이들은 청년기에 이르면 불만으로 가득 찼다. 이 젊은이들에게서는 입만 열면 분노와 저주의 말이 튀어나왔다. 그러다가 더 나이를 먹어 결혼하고 식구가 불어나는 데 정신을 빼앗기면 분노는 절망과 반항으로 변했다. 한평생을 소나 말 못지않게 혹사당하면서도 겨우 남들이 떨어뜨리는 약간의 찌꺼기로 연명해 나가고 있기 때문이다. 어느 날 밤 이런저런 이야기를 듣던 끝에 왕룽은 그들의 움막이 기대고 있는 높은 담 안에 무엇이 있는지를 처음으로 들었다.

기나긴 겨울 끝에 바야흐로 봄이 다시 오고 있었다. 움막 주위는 녹은 눈으로 진창이 되었고 흙탕물이 움막 안까지 흘러들었다. 그래서 집집마다 벽돌을 주어다 깔고 그 위에서 잤다. 그러나 바닥이 눅눅하고 불편한 속에서도 이날 밤의 대기에 아늑한 봄기운이 감돌았다. 왕룽은 여느 때처럼 식사 뒤에 바로 누울 마음이 나지 않아서 거리 한 모퉁이로 나가 멍하니 서 있었다.

그곳은 늙은 아버지가 늘 몸을 기대고 앉는 담 근처였다. 움막 안에서 아이들이 시끄럽게 떠들어서 노인은 그곳에 나와 앉아 있었는데, 방금 저녁 죽그릇을 비우고 손녀를 보고 있었다. 손녀는 오란이 허리띠를 찢어서 만든 끈을 허리에 감았고, 노인은 그 끈의 한쪽 끝을 잡고 있었다. 계집아이는 끈 길이의 범위 안에서 비틀거리면서도 넘어지지 않고 용하게 아장 거렸다. 이젠 계집아이도 제법 커서 구걸할 때 엄마 품속에 있기를 싫어 했다. 그래서 노인이 종일 이렇게 아이를 보게 된 것이다. 게다가 오란이 또 임신을 했기 때문에 커다란 아이를 데리고 다니기에 너무 힘들었다.

왕룽은 노인과 딸아이를 바라보았다. 딸아이는 넘어질 듯하다가 일어 나고 일어났다간 또 넘어질 듯했다. 봄기운을 담은 산들바람을 얼굴에 받 으며 서 있던 왕룽은 문득 두고 온 땅에 대한 그리움이 벅차게 솟아오름 을 느꼈다.

"이런 날에는 밭을 갈아엎고, 보리밭 손질도 해야 하는데요."

그는 큰 소리로 아버지에게 말을 건넸다. 노인은 조용하게 대답했다.

"암, 네 맘을 짐작하겠다. 난 내 평생에 이런 고비를 네 번이나 넘겼다. 토지를 버리고 이렇게 나오는 걸 말이다. 돌아가 뿌릴 씨앗도 없었지."

"그래도 아버지는 늘 되돌아가셨지요?"

"그야 땅이 있으니까!" 노인은 짤막하게 말했다.

'아무렴, 우리도 돌아가야지. 올해 못가면 내년에라도 꼭 돌아가야 해.'

왕룽은 속으로 다짐했다. 땅이 있는 한 반드시 돌아가리라. 봄비를 흠 뻑 머금고 씨앗이 뿌려지기만 기다리고 있을 땅 생각에 가슴이 벅찬 갈 망으로 가득 찼다. 그는 움막으로 들어가서 아내에게 무뚝뚝하게 말했다.

"젠장, 팔 것만 있다면 무엇이고 팔아서 고향으로 돌아가련만. 노인만 없다면 도중에 굶어 죽는 한이 있어도 걸어서 고향으로 돌아갈 텐데. 노 인과 아이들이 어떻게 수백 리를 걷겠어? 더구나 임자도 홀몸이 아니 고……."

오란은 밥그릇을 씻어서 웅크리고 앉아 움막 한구석에 포개 놓다가 그 를 올려다보며 느릿느릿 말했다.

"팔 거라곤 계집애밖에 없어요."

왕룽은 기가 막혀서 언성을 높였다. "자식은 안 팔아!"

"나도 팔렸던 걸요. 나를 부잣집에 팔았기 때문에 내 부모는 고향으로 돌아갈 수 있었어요."

"그래서 임자는 저 애를 팔겠단 말이야?"

"나 같으면 파느니 차라리 죽여버리겠어요. 나는 종 중에서도 제일 비참한 종이었어요. 하지만 당신을 위해서라면, 당신을 고향으로 돌아가게 하기 위해서라면 저 애를 팔겠어요. 죽은 계집애는 돈이 되지 않으니."

"난 못 팔아. 이 황무지 같은 곳에서 굶어 죽더라도 말이야."

그러나 다시 밖으로 나오자 이제까지 상상도 안 해 본 그 일이 자꾸만 생각났다. 그는 노인이 잡은 끈 끝에서 아장거리는 딸아이를 바라보았다. 매일 먹여주자 아이는 제법 키가 자랐다. 아직 말은 한마디도 못하지만 토실토실 살도 올랐다. 늙은이 입술처럼 쭈글쭈글하던 아이의 입술이 지금은 생기를 되찾아 반들거렸다. 아빠와 눈이 마주치면 몹시 좋아했다. 지금도 그를 보고 웃고 있었다.

'내가 저 아이를 안아 보지 않았더라면, 지금처럼 저렇게 웃지만 않는다면 팔 생각도 날 일이지만……'

그러나 곧 다시 고향 생각이 나서 자기도 모르게 외쳤다.

"다시는 내 땅으로 돌아갈 수 없는 걸까! 이만큼 일을 하고 거지 노릇을 해도 입에 풀칠밖엔 못하니……."

이때 어둠 속에서 그에게 대답하는 목소리가 있었다. 굵직한 목소리였다.

"당신뿐이 아니야! 당신 같은 사람이 이 도시에 몇 만 명이나 있소."

곰방대를 물고 나타난 사람은 왕룽의 움막에서 두 집 건너 움막에 사는 사내였다. 그는 낮에는 거의 나타나지 않고 움막 안에서 잠을 잤다. 그는 교통이 번잡한 낮에 끌고 다니기에는 너무 큰 짐마차를 부렸다. 왕룽은 그가 새벽에 숨을 헐떡이며 어깨를 축 늘어뜨린 채 기다시피 자기 움막으로 들어가는 것을 종종 보았다. 새벽녘에 만나는 것은 왕룽이 인력거를 끌고 나갈 때지만, 때로는 저녁나절 일하러 나가기 전에 밖으로 나와 자러 들어갈 이웃 사람들과 이야기할 때 얼굴을 마주치는 일도 있었다.

"그럼 언제까지나 이 모양 이 꼴로 살아야 한단 말이오?" 왕룽은 한심스러운 듯이 말했다.

사내는 곰방대를 세 모금 쭉 빨더니 땅바닥에 침을 탁 뱉고 말했다.

"천만에, 언제까지라고는 생각하지 않아요. 부자가 너무 지나치게 부자가 되면 거기에 길이 있고, 가난뱅이가 너무 가난해지면 거기에 길이 있는 법이오. 지난 겨울 나는 딸아이 둘을 팔고 견뎌냈소. 올겨울에도 만약 마누라가 계집애를 낳으면 그 아이를 팔 작정이오. 데리고 있는 딸아이는 맏딸뿐이오. 태어난 아기를 숨쉬기 전에 죽여 버리는 사람들도 있지만, 죽이는 것보다야 파는 게 더 낫지 않소. 이게 가난뱅이가 너무 가난해졌을 때 취하는 길의 하나라오. 그리고 부자가 너무 큰 부자가 되면 열리는 길은, 내 생각에 아마 곧 오게 되리다." 이렇게 말하고는 그는 고개를 끄덕이며 곰방대로 그들 뒤의 높은 벽을 가리켰다.

"이 안에 들어가 본 적 있소?"

왕룽은 그를 노려보며 고개를 저었다. 사나이는 말을 이었다.

"난 딸년을 팔려고 들어가 봤지. 이 담장 너머 집에서 돈을 얼마나 물 쓰듯 하는지 내가 말해 봤자 믿지 않을 거요. 이 집에서는 말이오, 머슴들도 은테 두른 상아 젓가락으로 밥을 먹고, 종년들도 옥이나 진주 귀고리를 하고 진주 박은 신발을 신는다고. 진주 신발에 흙이 조금 묻거나, 우리 같으면 터졌다고 생각지도 않을 만큼 조금 터지기라도 하면, 진주고 뭐고 다 단 채로 그 신을 내버리지."

그는 곰방대를 깊이 들이빨았다. 왕룽은 입을 멍청하게 벌리고 들었다. 이 담 너머에는 참말로 그런 일들이 있단 말인가?

"부자가 너무 지나치게 부자가 되면 길이 있는 법이라오." 사내는 그렇게 말하고 한동안 잠자코 있더니 이윽고 그런 말 따위는 잊어버렸다는 듯이 무뚝뚝하게 말했다. "그만 일하러 가봐야지." 그는 밤의 어둠속으로 사라졌다.

그날 밤 왕룽은 잠을 이룰 수가 없었다. 그들은 벽돌을 깔고 이불이 없어서 거적을 덮고 자는데, 담 저편에는 금, 은, 진주가 흔하다고 생각하니 잠이 통 오지를 않았다. 딸아이를 팔고 싶은 생각이 자꾸 들었다. '예쁘게 자라서 도련님 눈에 들어 잘 먹고 보석을 몸에 달 수 있게 된다면야 팔아도 좋겠지.' 그러나 그런 소망에 대해 스스로 대답하듯 다시 생각했다. '딸아이를 판다고 금은보화가 쏟아져 들어올 것도 아니고, 받은 돈을 노자 삼아 고향에 돌아간댔자 소 사고 살림 도구 새로 장만할 돈이 없잖아? 여기서 굶는 대신 고향 가서 굶으려고 아이를 팔 수야 있나? 뿌릴 씨앗도 당장 없는데.'

아까 그 사내가 '부자가 너무 지나치게 부자가 되면 길이 있는 법'이라고 말했는데, 그 길이 어떤 길인지 그로서는 상상할 수가 없었다.

## 14

봄은 움막촌에도 찾아들었다. 겨우내 비럭질해 먹던 사람들도 파릇파 릇 새싹이 돋아나는 잡풀이나 민들레, 냉이 등을 뜯으러 언덕으로 묘지로 흩어졌다. 돌아다니며 채소를 훔칠 필요가 없었다. 누더기를 걸친 아낙네 들과 아이들이 양철 조각이나 끝이 뾰족한 돌멩이, 부러진 칼 등을 들고 떼를 지어 들로 나섰다. 비럭질을 하지 않고 돈이 없어도 얻을 수 있는 먹 거리를 찾아서 대나무나 갈대로 만든 바구니를 옆에 끼고 들판과 길가를 헤맸다. 오란과 두 아들도 이 무리에 끼었다.

하지만 남자들은 전과 같은 일을 계속했다. 왕룽도 그랬다. 날이 점점 따뜻해지고 해는 나날이 길어졌으며 봄볕은 찬란하게 빛나고 가끔 소나 기가 내렸다. 그러자 사람들의 가슴에 욕망과 불만이 차올랐다. 겨우내 그들은 묵묵히 일했다. 맨발로 혹은 짚신을 신고 눈과 얼음 위를 디디는 괴로움을 참았고, 밤이면 움막으로 돌아와 하루의 노동과 식구들의 비럭 질로 만들어진 저녁을 묵묵히 먹고는 남편, 아내, 그리고 아이들이 모두 함께 잤다. 부족한 음식에서 얻을 수 없는 것을 보충하려고 그들은 싫도 록 잠을 잤다. 왕룽의 움막도 그러했다.

그러나 봄의 입김과 함께 마음속에 가라앉아 있던 감정들도 움트더니 말이 되어 흘러나왔다. 황혼이 길어졌다. 움막촌 사람들은 밖으로 나와

서로 이야기를 했다. 왕룽과 안면 있는 사람도 있었고 겨우내 모르고 지낸 사람도 있었다. 오란이 다른 여자들처럼 수다스러웠다면 왕룽도 여러 가지를 들어 알고 있었을 것이다. 가령 저 남자가 자기 아내를 때렸다든가, 저 사람은 문둥병에 걸려 뺨이 문드러졌다든가, 또 저 사람은 도둑떼의 두목이라든가 하는 따위의 이야기를 들었을 것이다. 그러나 오란은 가끔 묻거나 대답하는 것 이외에는 말이 없었다. 그래서 이웃에 대해 아는 것이 별로 없는 왕룽은 맨 뒷전에 어색하게 끼어서 그들이 주고받는 이야기를 듣기만 했다.

헐벗고 가난한 그들은 거의가 하루살이 노동자들이고 거지들이었다. 그래서 왕룽은 자기를 그들과 같은 종류의 인간이라고 생각하지 않았다. 그에게는 땅이 있었다. 땅이 그를 기다리고 있었다. 그런데 여기 이 사람들은 어떻게 하면 내일 생선 한 토막을 먹을까, 어떻게 하면 조금 편히 쉴까, 어떻게 하면 노름에서 돈 몇 푼을 딸까 하는 따위의 일만 생각했다. 매일매일이 늘 고되고 가난했기 때문에, 절망 속에 있을 바에야 약간의 장난질이라도 해야겠다는 것이었다.

그러나 왕룽은 오로지 땅만 생각하며 어떻게 하면 하루라도 빨리 고향으로 돌아갈까 하고 궁리했다. 그는 부잣집 담 밑에 붙어 사는 쓰레기 같은 인간에 속하지 않았고 부잣집에 사는 인간도 아니었다. 그는 흙에 속한 인간이었다. 발밑에 대지를 느끼며, 봄에는 쟁기를 잡고 가을에는 낫을 들지 않으면 삶의 보람을 느낄 수가 없는 인간이었다. 자기에게는 조상에게 물려받은 좋은 밀밭과 황 대인 집에서 산 비옥한 논이 있다는 생각이 가슴 깊이 박혀 있었던 까닭에 그는 멀찍이 떨어져 앉아 그들이 주고받는 말을 듣기만 했다.

그들은 돈 이야기만 끝없이 했다. 옷감 한 자에 얼마 주었느니, 손가락만한 생선 한 마리를 얼마에 샀느니, 하루에 얼마를 벌었느니 하는 따위의 이야기를 하다가, 끝에는 항상 담벼락 안의 부자처럼 돈을 금고 속에 많이 가질 수 있게 되면 무엇을 할까 하는 이야기로 돌아갔다.

"내게 놈들이 가진 만큼의 금과 은이 있다면, 그 첩들의 진주와 옥이 내 것이라면……."

이런 식으로 이야기는 끝났다. 그들이 금은보석을 가지게 되면 하겠다는 것들은 실컷 먹고 자는 것, 여태까지 먹어 보지 못한 산해진미를 먹는 것, 비싼 찻집에서 실컷 노름을 하거나 예쁜 여자를 사는 것 따위가 전부였다. 결국 담장 안에 사는 부자처럼 자기들도 결코 일하지 않겠다는 것이었다.

왕룽이 큰 소리로 불쑥 한마디 했다.

"나는 금은보석으로 땅을 사겠소. 좋은 땅을 말이오."

사람들은 입을 모아 왕룽을 비웃고 꾸짖었다.

"이런 돼지 꼬리 단 촌뜨기를 보게. 도시 생활의 맛을 모르고 돈 쓸 줄도 모르니 천상 소나 당나귀 뒤꽁무니나 따라다니며 죽도록 일이나 하라고."

그들은 모두 자기네가 왕룽보다 돈을 쓸 줄을 잘 알기 때문에 부자 될 자격도 더 있다고 생각하는 모양이었다. 그러나 혼자 놀림을 받고서도 왕룽의 마음은 변하지 않았다. 사람들이 듣도록 소리 내어 말하지는 못하고 속으로 이렇게 다짐했다.

'아냐, 난 좋은 보석이 있으면 기어코 땅을 사겠어.'

이런 생각을 하니 그가 이미 사놓은 땅에 대한 그리움이 더 진해졌다.

땅 생각에 사로잡힌 왕룽에게는 그날그날 그의 주변에서 일어나는 일들이 모두 꿈같았다. 아무리 이상한 일이 생겨도 의심하지 않고 그저 오늘도 이런 일이 있었구나 하며 지나쳤다. 예를 들면 도처에서 사람들이 종이쪽지를 뿌리고 다녔다. 왕룽은 글자를 배우지 못했기 때문에 먹으로 써서 성문과 벽에 붙인 벽보나 행인에게 한 무더기씩 팔거나 그냥 주는 종이가 도대체 무엇인지 알 수 없었다.

그는 두 번 종이쪽지를 받았는데, 처음에 받은 것은 그가 마지못해 인력거에 태운 외국인에게서였다. 모진 바람에 시달린 나무처럼 키가 후리후리하고 빼빼 마른 사나이였다. 눈은 얼음장같이 파랬고 얼굴에는 털이 덥수룩했다. 왕룽에게 전단을 내미는 손에도 털이 잔뜩 나 있었고 살빛은 빨갰다. 게다가 뱃머리같이 휘어진 거대한 코가 얼굴 한가운데 우뚝 솟아 있었다. 왕룽은 그런 사람에게서 무엇을 받기가 두려웠으나, 이상한 눈과 거대한 코가 무서워서 거절하기는 더 어려웠다. 할 수 없이 그는 외국인이 내민 것을 받았다. 그가 지나간 뒤에 용기를 내어 종이를 펴보았다. 살결이 하얀 사람이 십자로 된 나무에 매달린 그림이 있었다. 허리께만 조금 가리고 발가벗고 있었다. 어깨 위에 머리카락을 늘어뜨리고 입가엔 수염이 더부룩했으며 두 눈은 감겨져 있었는데, 아무리 보아도 죽은 것 같았다. 왕룽은 그 그림을 보고 처음에 질겁했지만 차차 흥미가 생겼다. 그 밑에 무슨 글씨가 씌어 있었는데 무슨 뜻인지 알 도리가 없었다.

그날 저녁 왕룽은 그림을 움막으로 가지고 돌아와 아버지에게 보였다. 그러나 늙은이 역시 못 읽기는 마찬가지여서 둘이는 각기 자기 생각을 말할 뿐이었다. 두 아들까지 가세해서 뜻을 알아내려고 애썼다.

두 아들은 흥미와 공포로 인해 소리쳤다. "야, 옆구리에서 피가 난다!"

노인이 말했다. "이런 형벌을 받는 걸 보니 큰 죄를 지은 사람일 거다."

왕룽은 이 그림이 무서웠다. 왜 그 외국인이 이것을 자기에게 주었을까? 그 외국인의 형제가 그런 악형을 당했기 때문에 복수를 하려는 것일까? 그래서 왕룽은 외국인을 만났던 거리를 피해 다녔다. 그러나 며칠 지나는 동안에 그 그림 따위는 까맣게 잊었다. 오란은 그 종이를 여기저기서 주워온 다른 종이와 함께 신발 밑바닥 감으로 넣었다.

그런데 다음에 또 그에게 종이쪽지를 주는 사람이 있었다. 이번에는 옷을 잘 입은 도시 청년이었다. 청년은 몰려드는 군중에게 종이쪽지를 나눠주면서 큰 소리로 외치고 있었다. 이 종이에도 피 흘리며 죽은 사람의 그림이 있었는데, 이번에 죽은 사람은 털이 더부룩하고 살결이 흰 사람이아니라 왕룽처럼 눈과 머리카락이 검고 누더기 무명옷을 입은 살결이 누런 사람이었다. 뒤룩뒤룩 살찐 사람이 죽은 사람 위에 서서 손에 든 긴 칼로 마구 찌르고 있었다. 처참한 광경이었다. 왕룽은 그림 밑에 쓰인 글귀가 알고 싶어졌다. 그는 옆 사람에게 물었다.

"이 무서운 그림이 뭐요? 글을 알거든 좀 가르쳐 주시오."

"조용히 하고 저 젊은 양반 이야기를 들으시오. 다 얘기해 주고 있으니까."

왕룽은 젊은 사람의 연설에 귀를 기울였다. 난생 처음 듣는 이야기였다.

"이 죽은 사람은 바로 당신들입니다. 죽어서 아무것도 모르는 당신들 몸에 칼질을 하는 살인자는 부자들입니다. 자본가들입니다. 그들은 여러분이 죽었는데도 칼질을 하는 것입니다. 여러분은 모두 가난하고 짓밟히고 있습니다. 왜냐하면 부자들이 모든 것을 독차지하고 있기 때문입니다."

왕룽은 자신이 가난하다는 것을 너무나 잘 알고 있었다. 그러나 비를 제때에 주지 않거나 내리면 계속 내리게 하는 하늘 탓이라고 생각했다. 비가 적당히 내리고 햇볕이 알맞게 쬐어 곡식이 잘 자라 익으면 왕룽은 자신이 가난하다고 생각하지 않았다. 그래서 그는 하늘이 때맞춰 비를 주지 않는 것이 부자들과 무슨 관계가 있는지 궁금해서 청년의 이야기를 더 들어 보았다. 청년은 구변 좋게 이야기를 계속했지만 정작 왕룽이 궁금한 내용은 끝내 한마디도 언급하지 않았다. 그래서 왕룽은 용기를 내어 물었다.

"선생님, 우리를 압박한다는 부자들은 농토에서 일할 수 있도록 비를 내리게 할 수도 있나요?"

청년은 이 말을 듣자 경멸하는 눈으로 그를 쏘아보았다.

"저런 무식한 양반을 봤나! 아직도 돼지 꼬리를 하고 있구려. 아무도 마음대로 비를 내리게 할 수는 없는 거요. 한데 그것과 이것이 무슨 상관이 있소? 부자들이 그들이 가진 것을 우리와 나누기만 한다면 우리는 누구나 다 돈과 양식을 갖게 될 테니까 비가 오건 말건 상관없단 말이오."

청중들 사이에서 환성이 터졌다. 그러나 왕룽은 불만스럽게 돌아섰다. 역시 땅이다. 돈이나 양식은 쓰면 없어진다. 비가 제때 오지 않고 해가 잘 쬐지 않으면 또다시 굶주려야 하지 않는가. 그렇게 생각은 하면서도 왕룽은 청년이 준 종이를 기꺼이 받아 왔다. 오란이 신바닥을 만드는 데 종이가 소용이 되기 때문이었다. 그는 움막에 돌아와 종이를 오란에게 주었다.

"여기 이것, 신바닥에 쓰지." 그리고는 전과 같이 일했다.

그런데 움막촌 사람들 중에는 그 청년의 연설을 감명 깊게 들은 사람이 많았다. 그들은 담장 안에는 부자가 사는데, 자기들과 그 돈더미 사이를 막고 있는 것은 커다란 벽돌 담장뿐이고, 그 담장은 그들이 날마다 무거운 짐을 메고 다닐 때 쓰는 몽둥이로 두어 번 건드리면 금방 허물어질지도 모른다는 생각에서 연설을 더 열심히 들었다.

봄과 더불어 솟아난 불만에 새로운 불만이 보태져 움막촌 사람들 사이에 퍼져 나갔다. 자기들이 갖지 못한 것을 부자들이 소유하고 있는 것은 부당하다는 불만이었다. 그들은 날마다 그 문제에 대해서 생각하고 저녁에 모여서 이야기를 주고받았다. 날마다 고된 노동을 해도 벌이는 조금도 더 나아지지 않음을 절감한 젊은이와 기운깨나 쓰는 사나이들의 가슴속에 눈 녹은 물이 넘쳐흐르는 강물처럼 광포한 욕망을 안은 물살이 막을 수 없는 기세로 들끓기 시작했다.

이런 것을 보고 들으면서 왕룽도 약간 이상한 불안감과 분노를 느꼈지만, 그에게는 자기 땅을 다시 밟고 싶다는 욕망 이외에는 아무런 욕망도 없었다.


늘 새로운 일이 일어나는 이 도시에서 왕룽은 이해할 수 없는 일 한 가지를 또 보았다. 빈 인력거를 끌고 거리에서 손님을 찾고 있을 때, 근처의 한 사람이 한 떼의 군인들에게 붙잡혔다. 붙잡힌 사람이 항의하자 군인들은 칼을 코앞에서 휘두르며 위협했다. 왕룽이 깜짝 놀라 바라보고 있자니 또 한 사람이 붙잡혔고 이어서 또 한사람이 차례차례 붙잡혔다. 왕룽이 보기에는 모두 제 손으로 일해 먹고 사는 가난한 사람들이었다. 그러는 동안 또 한 사람이 잡혔는데 움막촌 이웃 남자였다.

왕룽은 그들이 왜 잡히는지 몰랐지만, 잡힌 사람들도 그것을 모르고 있음을 홀연히 깨닫고 더 놀랐다. 왕룽은 자신도 당할지 모른다는 불안감에서 허둥지둥 인력거를 옆 골목에 끌어 넣고, 더운물을 파는 가게로 뛰어들어가 큰 가마솥 뒤에 엎드려 숨었다. 군인들이 지나가고 나서 왕룽은 가게 주인에게 그가 본 것을 이야기하고 그것이 무슨 일이냐고 물었다. 구리 가마솥에서 연방 올라오는 김 때문에 얼굴이 시든 듯한 늙은 주인은 무관심하게 대답했다.

"또 어디서 전쟁이 난 거야. 무엇 때문에 여기저기서 전쟁을 하는지 누가 아남? 내가 어렸을 적부터 여태 그런걸. 내가 죽은 뒤에도 여전할걸, 뭐."

"그렇지만 새 전쟁이 났다고 해서 나처럼 아무것도 모르는 우리 옆집 사람을 왜 잡아가는 거죠?"

왕룽은 놀라서 되물었다. 노인은 가마솥 뚜껑을 덜그럭거리며 대답했다.

"군인들이 싸움터로 나갈 때 침구와 총과 무기를 운반할 인부가 필요하대. 그래서 노동자들을 잡아가는 거야. 이 도시에서는 하나도 희한한 일이 아닌데, 자네는 어디서 왔기에 모르나?"

"그럼 품삯은 얼마나 주나요? 돌려보내 주기는 하나요?"

왕룽은 숨을 몰아쉬며 물었다. 노인은 너무 늙어서 어떤 일에도 희망이나 흥미가 없는 모양이었다. 가마솥 물 끓이는 데만 정신이 팔린 듯 무심하게 내뱉었다.

"품삯이 어디 있어? 매일 군은 빵 두어 조각에 연못 물을 퍼먹는다더군. 전쟁이 끝나면 다리가 성한 사람은 집에 돌아올 수 있겠지."

"그럼 그 사람의 식구들은요?" 왕룽은 얼굴이 파래져서 말했다.

"군인들이 그걸 생각해 줄 게 뭐야?"

노인은 물이 끓고 있는지 나무뚜껑을 열고 들여다보며 귀찮은 듯이 대꾸했다. 김이 뭉게뭉게 피어올라 그를 감쌌다. 솥을 들여다보는 노인의 주름진 얼굴이 잘 보이지 않았다. 그래도 노인은 친절한 사람이었다. 김 속에서 나오자, 그는 왕룽이 웅크린 곳에서는 보이지 않았지만 이미 쓸 만한 노동자는 다 도망쳐버린 큰 거리에서 또다시 군인들이 인부를 찾아 다가오는 것을 발견하고는 "몸을 더 구부리게, 또 오네." 하며 왕룽에게 주위를 주었다.

왕룽은 더 웅크렸다. 군인들의 구두 소리가 자갈길 저쪽으로 멀어져 갔다. 그 가죽 구두 소리가 지나가자 왕룽은 얼른 나와서 빈 인력거를 끌고 움막을 향해 냅다 달렸다.

집으로 돌아오니 오란은 방금 길가에서 캔 푸성귀를 요리하려던 참이었다. 그는 방금 일어났던 일, 붙잡혀 갈 뻔했다는 일을 숨을 헐떡거리며 이야기하면서 다시 새로운 공포에 사로잡혔다. 자기가 전쟁터로 끌려갔더라면 늙은 아버지와 처자식이 굶어죽을 것은 물론이고, 그도 전쟁터에서 피를 흘리고 죽어서 땅을 다시 못 볼 뻔했다는 생각에 온몸이 오싹했다. 그는 맥없이 오란을 바라보며 말했다.

"이젠 정말 계집애를 팔아서라도 고향 땅으로 돌아가고 싶어."

그러나 가만히 귀를 기울이던 오란은 한참 동안 무엇인가 생각하더니 마디 없는 무감동한 투로 말했다.

"며칠만 더 기다려 봐요. 이상한 소문이 떠돌아요."

왕룽은 이제 낮에는 절대로 밖에 나가지 않았다. 인력거는 큰아이를 시켜 되돌려주고, 밤이 되기를 기다렸다가 상점가로 가서 낮에 벌던 돈의 반밖에 안 되는 삯을 받고 밤새도록 상자를 실은 수레를 끌었다. 한 수레에 열두어 명이 붙어서 낑낑거리고 끌어야 했다. 상자에는 명주, 광목, 향기좋은 담배가 가득 들어 있어서, 그 향기가 상자 틈으로 풍겨 나왔다. 큰 술통과 기름통도 날랐다.

그는 밤새도록 짐수레를 끌었다. 알몸뚱이에서 진땀이 흘렀고, 맨발은 밤이슬에 흠뻑 젖은 자갈길에서 자꾸 미끄러졌다. 선두에는 길을 비춰 주기 위해서 소년이 횃불을 들고 섰다. 횃불에 비쳐진 사람들의 얼굴과 몸뚱이가 길바닥 자갈과 똑같이 번들거렸다. 먼동이 틀 무렵에야 왕룽은 집으로 돌아왔다. 너무 지쳐서 한잠 푹 자지 않고서는 먹을 수도 없는 상태였다. 군인들이 일꾼을 잡으러 돌아다니는 낮에는 짚더미 뒤에 숨어 실컷 잤다.

어떤 전쟁인지, 누가 싸우는 전쟁인지 왕룽은 전혀 몰랐다. 그러나 봄이 무르익으면서 도시의 불안도 짙어갔다. 하루 종일 마차들이 부자들과 그들의 옷가지며 비단 침구, 아리따운 애첩들과 보석 등을 강변까지 실어 갔다. 그러면 거기서 다시 배로 어디론가 운반했다. 어떤 사람들은 기차역으로 갔다. 아들들이 그런 것들을 보고 눈이 휘둥그레져서 돌아와 일러주었다.

"아버지, 우린 온갖 사람들을 다 봤어요. 부처님처럼 굉장히 뚱뚱하고 어마어마하게 생긴 사람도 있었고, 노란 명주옷을 입고 손가락에 푸른 보석이 박힌 두꺼운 금가락지를 낀 사람도 있었어요. 잘 먹어서 그런지 살이 쪄서 번질번질하던데요."

"상자를 그냥 잔뜩 실어 가는데, 그 속에 무엇이 있느냐니까 누군가 금과 은이 들었대요. 부자들이 다 가져가지 못하는데도 그렇대요. 그래서 남은 건 곧 우리 것이 될 거래요. 그게 무슨 소리예요, 아버지?" 큰아이는 호기심 가득한 눈으로 아버지를 올려다보았다.

"놈팡이들이 지껄이는 소리 따위 내가 알 게 뭐냐!" 왕룽이 무뚝뚝하게 대꾸하자 아이는 아쉬운 듯이 외쳤다.

"정말 우리 거라면 지금 당장 가져오고 싶은데. 과자가 먹고 싶어요. 참깨 박은 과자를 한 번도 못 먹어 봤어요, 난."

이 말에 노인이 졸다 깨서 중얼거렸다.

"풍년이 든 해 추석 명절에 그런 과자를 해먹었느니라. 참깨를 털어서 좀 남겨두었다가 그런 과자를 만들어 먹었지."

왕룽도 오란이 설날 쌀가루와 돼지기름과 설탕으로 만들었던 과자가 생각났다. 입에 침이 괴었다. 지난날에 대한 그리움으로 가슴이 미어졌다.

"아아, 고향 땅에 돌아갈 수만 있다면!"

그러자 왕룽은 갑자기 답답한 움막에 단 하루도 더 있기가 싫어졌다. 그는 짚더미 구석에서 팔다리도 마음껏 뻗지 못하고 있었다. 밤새도록 살에 박히는 짐수레 밧줄을 몸에 감고 자갈길을 걷는 일은 단 하룻밤도 더 하기 싫어졌다. 자갈 하나하나가 원수같이 여겨졌다. 한걸음이라도 자갈이 없는 바큇자국을 디딜 때는 그만큼 살점 한 조각을 얻는 것 같았다. 특히 어두운 밤에 비라도 내려서 거리가 온통 미끄러우면 발밑의 자갈이 증오스러웠다. 그 돌들은 무거운 짐을 실은 수레바퀴에 붙어 떨어지지 않으려는 것 같았다.

"아, 그 좋은 땅을 두고!" 그는 갑자기 소리치며 엉엉 울었다. 아이들은 모두 놀랐다. 흰 수염이 듬성듬성 난 노인도 놀라 아들을 바라보고는, 엄마가 우는 것을 보고 울상이 되는 어린아이처럼 얼굴을 일그러뜨렸다.

마디 없는 목소리로 다시 입을 연 것을 오란이었다.

"조금만 더 있어 봐요. 무슨 일이 일어날 것 같아요. 그런 소문이 떠돌고 있어요."

왕룽은 움막에 숨어서 몇 시간씩 이어지는 바깥 발자국 소리를 들었다. 싸움터로 가는 군인들의 발소리였다. 그는 가끔 거적을 조금 들추고 그 틈으로 내다보았다. 가죽 구두에 각반을 친 군인들이 두 명씩, 수백 수천 명이 줄지어 지나갔다. 왕룽은 밤에 짐수레를 끌다가도 햇불 빛에 흘끗흘끗 보이는 군인들의 얼굴을 보았다. 그는 군인들에 대해서는 아무에게도 물어보지 않은 채, 그저 소처럼 짐을 끌고, 허겁지겁 죽을 떠먹고, 하루 종일 움막 짚더미 뒤에서 새우잠을 잘 뿐이었다. 요즈음에는 서로 이야기하는 사람들도 없었다. 공포가 도시를 뒤덮고 있었다. 누구든지 꼭 해야할 일만 바삐 마치고는 집으로 뛰어가 문을 닫았다.

저녁에 움막촌 사람들이 모여서 하던 잡담도 없어졌다. 식료품이 쌓여 있던 시장 상점들도 텅 비었다. 포목전들도 화려하게 나부끼던 깃발을 거둬들이고 두꺼운 판자를 가로질러 앞문을 굳게 닫아걸었다. 거리는 대낮에도 모두가 잠든 한밤중 같았다.

적군이 점점 가까워지고 있다고 도처에서 수군댔다. 조금이라도 재산이 있는 사람들은 두려워 떨었다. 왕룽은 두렵지 않았다. 움막촌에 사는 사람들은 아무도 두려워하지 않았다. 그들은 적이 누구인지도 몰랐고 적이 온다고 해도 잃어버릴 것도 없었기 때문이었다. 그렇게 생각하고 이제까지처럼 지내면서도 아무도 쓸데없는 농담은 하지 않았다.

그러던 어느 날 상점 주인들이 밤에 강변에서 짐을 운반하던 노동자들에게 이제는 나올 필요가 없다고 말했다. 상거래가 모두 중단된 것이었다. 왕룽은 일거리가 떨어져 밤이나 낮이나 움막 속에 누워 있었다. 그는 죽은 사람처럼 잠만 잤다. 처음에는 쉬는 게 기뻤다. 그러나 일하지 않으니 벌이도 없었다. 그리하여 며칠 못 가서 몇 푼 남았던 돈이 다 떨어졌고 앞일이 캄캄해졌다. 그들에게 내려진 액운이 그래도 부족했던지 빈민 식당도 문을 닫았다. 양식도 없고 일거리도 없었다. 비럭질을 하려 해도 나다니는 사람이 없었다.

왕룽은 움막 속에서 딸아이를 안고 앉아 그 얼굴을 물끄러미 내려다보다가 부드럽게 말했다.

"얘야, 너 부잣집에 가서 잘 먹고 잘 입으며 살지 않으련?"

어린 딸아이는 알아듣지 못하고 방실거리며 아빠 눈을 붙잡으려고 손을 허우적거렸다. 왕룽은 비참한 마음에 오란에게 버럭 소리를 질렀다.

"여보! 임자는 황 대인 집에서 매도 맞았나?"

오란은 덤덤하게 대꾸했다.

"날마다 맞았어요."

"뭘로 때리던가? 허리띠로 때리던가, 그렇잖으면 대나무나 밧줄로 때리던가?" 왕룽은 다시 소리쳤다.

오란은 여전히 덤덤하게 대답했다.

"가죽 끈으로 맞았어요. 노새 고삐였는데, 부엌 벽에 걸어 놓고 늘 그걸로 때렸어요."

왕룽은 자기가 무엇을 생각하는지 오란이 짐작하리라는 것을 잘 알고 있었다. 그는 마지막 한 가닥의 희망을 품고 다시 물었다.

"이 아이는 지금 보아도 썩 예쁘거든. 여보, 예쁜 종도 똑같이 매를 맞아?"

오란은 덤덤하고도 냉담하게 대답했다.

"그럼요, 맞거나 사내 침대로 끌려가요. 그것도 한 사내에게만이 아니고 누구든 원하는 대로 이 사람 저 사람에게로 끌려 다녀요. 도련님들이 이 종 저 종을 가지고 서로 다투기도 하고 바꿔치기도 하고요. '오늘 밤은 네가 데려가라, 내일은 나야.' 이런 식으로요. 도련님들이 싫증을 낸 종은 청지기들이 물려받아요. 얼굴이 반반하면 어려서부터 그 지경을 당해요."

왕룽은 신음소리를 내며 어린 딸을 가슴에 껴안고 연거푸 나지막하게 되뇌었다.

"이것아, 이 불쌍한 것아."

그러나 속으로는 홍수에 떠내려가는 사람이 무작정 울부짖듯 '그래도 도리 없어, 딴 도리가 없어!' 하고 울부짖었다. 그때 별안간 하늘이 무너지는 듯한 소리가 났다. 사람들은 모두 얼떨결에 땅에 엎드렸다. 무서운 폭음이 그들을 모두 죽일 것 같았기 때문이다. 왕룽은 이 무서운 굉음으로 어떤 끔찍한 일이 닥쳐올지 몰라서 딸아이의 얼굴을 감쌌다. 노인은 왕룽의 귀에 대고 소리쳤다. "생전 처음 듣는 소리다!" 두 아들은 무서워서 울어댔다.

갑자기 조용해졌다. 오란이 고개를 들고 입을 열었다. "듣던 소문대로 일이 벌어지려나 봐요. 적군이 성문을 깨뜨리고 쳐들어온 모양이에요."

이 말에 누가 대답할 겨를도 없이 함성이 들려 왔다. 처음에는 아련히 들리더니 삽시간에 거리를 뒤흔드는 무서운 함성으로 변했다. 왕룽은 일어나 앉았다. 야릇한 공포감에 온몸이 오싹하고 머리끝이 쭈뼛 섰다. 모두들 일어나 앉았다. 막연한 그 무엇을 기다리며 그들은 말없이 서로 쳐다보았다. 그러나 들리는 건 몰려드는 사람들의 함성과 무서운 아우성뿐이었다.

왕룽의 움막에서 그리 멀지 않은 담장 저쪽에서 대문이 삐걱거리는 소리가 들렸다. 그때 언젠가 왕룽과 이야기를 나눈 곰방대 피우는 남자가 왕룽의 움막 안으로 머리를 쑥 들이밀었다.

"아니, 아직도 그렇게 앉아 있는 거요? 때는 오고야 말았소. 우리를 위해서 부잣집 대문이 열렸소."

그 순간 무엇에 흘린 사람처럼 오란이 그 남자 팔 밑으로 빠져 후닥닥 뛰어나갔다.

왕룽은 그제야 얼떨떨한 표정으로 천천히 일어났다. 어린 딸을 땅바닥에 내려놓고 밖으로 나가니, 부잣집 철문에 빈민들이 몰려들면서 함성을 지르고 있었다. 언젠가 들었던, 호랑이의 포효같이 우렁차고 거리가 떠나갈 듯한 함성이었다. 지금껏 굶주리고 갇혀서 학대받던 남녀들이 무엇이든 할 수 있는 때가 왔노라 하고 부잣집 대문 앞으로 몰려들고 있었다. 거대한 대문들이 활짝 열렸다. 사람들은 서로 부딪치고 밟히면서 한 덩어리가 되어 들어갔다. 왕룽도 떠밀려서 군중 속에 끼여 그가 원하건 말건 앞으로 앞으로 나아갔다. 그는 이 갑작스러운 사태에 하도 놀라 아무 생각도 들지 않았다.

이렇게 하여 그는 부잣집 대문 안으로 떠밀려 들어갔다. 사람들 틈에 끼여 발이 땅에 닿지도 않았다. 야수의 노호怒號 같은 군중의 아우성은 그칠 줄을 몰랐다. 문들을 하나씩 지나 안채까지 떠밀려 갔다. 정원의 바위 사이사이에 철 이른 백합꽃이 피어 있고, 잎도 채 돋지 않은 나뭇가지에 이름 모를 황금빛 꽃이 피어 있을 뿐, 그곳에 살던 남녀들은 그림자도 보이지 않았다. 마치 버려진 궁궐 같았다. 그러나 방 안에는 음식이 식탁에 그대로 놓여 있었고 부엌에서는 불이 타고 있었다. 군중들은 부잣집의 구조를 잘 알았다. 하인과 여종들이 살던 바깥채는 손도 대지 않고 안으로 안으로 들어갔다. 거기에는 주인과 부인들과 자식들의 호화로운 침대들, 비단옷들이 꽉 들어찬 궤, 조각을 한 탁자와 의자가 있었다. 벽에는 그림 족자가 걸려 있었다. 군중은 달려들어 상자와 벽장을 열어젖히고 손에 잡히는 대로 끌어냈다. 옷이며 침구며 휘장이며 접시며 할 것 없이 이 손 저 손으로 옮겨졌다. 누군가 들고 있는 것을 또 다른 누군가가 빼앗았다. 자기가 손에 들린 물건을 살펴볼 여유도 없었다.

이런 혼란 속에서 왕룽만이 아무것도 손에 넣지 않았다. 그는 평생 남의 것에 손을 댄 일이 없었다. 그래서 손이 뻗쳐지지 않았다. 그는 이리 몰리고 저리 몰리다가 간신히 정신을 차려 군중 속을 빠져나왔다. 급류가 소용돌이치면 그 가장자리에서도 작은 소용돌이가 일 듯 그가 빠져나와서 있는 곳에도 약간의 혼잡이 있었다. 그래도 어디 서 있는지는 분별할 만했다.

그는 안채에서도 깊숙이 들어가 있는, 아낙네들만 거처하는 규방 뒤꼍에 와 있었다. 뒷문이 열려 있었다. 이런 때 쓰려고 부자들이 아득한 옛날부터 마련해 놓은 비상문이었다. 저택 사람들은 오늘 이 뒷문으로 달아나 시내의 여기저기에 숨어서 자기들의 집에서 들려오는 고함소리를 듣고 있을 것이다. 그런데 몸이 너무 비대해서 그랬는지 만취해서 잠이 들었던 것인지 미처 도망치지 못한 사람이 있었다. 왕룽은 폭도들이 지나간 내실에서 그 남자와 마주쳤다. 그는 비밀 장소에 숨어 있다가 아무도 없는 줄 알고 슬슬 빠져나와 도망치려던 참이었다. 혼자 뒤처져 있던 왕룽도 혼자였다.

그 사내는 늙지도 젊지도 않았는데 뒤룩뒤룩 살이 쪄 있었다. 알몸으로 계집을 끼고 누워 있다가 폭도의 함성에 질겁하여 뛰쳐나온 모양이었다. 황급히 걸쳐 입은 자줏빛 비단 두루마기 밑으로 가슴과 배의 군살이 잔뜩 보였다. 양쪽 뺨은 툭 불거졌고 눈은 돼지 눈처럼 작았다. 그는 왕룽을 보자 칼에 맞기나 한 것처럼 비명을 지르며 와들와들 떨었다. 아무런 무기도 갖지 않은 왕룽은 그 꼴이 우스꽝스러워 웃음이 터져 나올 것 같았다. 뚱뚱한 사내는 무릎을 꿇고 머리를 마룻바닥에 조아리며 애걸했다.

"목숨만 살려 줍쇼. 제발 목숨만 살려 줍쇼. 돈을 드릴 테니. 돈을 많이 드릴 테니……."

돈이란 말에 왕룽은 귀가 번쩍 뜨였다. 돈! 그렇다, 돈이 필요하다. '돈만 있으면 딸도 구하고 고향에도 간다!'라는 소리가 가슴속에서 또렷이 들렸다.

돌연 그는 자기 자신 어디에 그런 목소리가 들어 있었나 싶을 만큼 크고 거친 목소리를 내질렀다.

"그럼 어서 돈을 내놔!"

살찐 사내는 울음 섞인 목소리로 징징거리며 일어나 두루마기 주머니에서 누런 손으로 금화를 꺼냈다. 왕룽은 저고리 앞섶을 내밀어 그것을 받고 다시 자기 목소리 같지 않은 괴성을 질렀다.

"더 내놔!"

사내는 또 한 번 금화를 꺼내 놓으며 울상을 지었다. "이젠 더 없습니다. 남은 건 하찮은 목숨뿐입니다."

그는 울음을 터뜨렸다. 축 늘어진 두 뺨을 타고 눈물이 기름방울처럼 흘렀다. 벌벌 떨면서 우는 모양을 보자 왕룽은 별안간 이 세상 어떤 것에서도 느껴 보지 못한 심한 혐오감에 사로잡혀서 소리를 질렀다.

"썩 꺼져, 살찐 버러지 같은 놈아! 죽여 버리기 전에!"

소 한 마리도 제 손으로 잡지 못하는 왕룽이 이렇게 호통을 쳤다. 사내는 들개처럼 후다닥 달아났다.

왕룽은 금화를 가지고 혼자 남았다. 그는 세어보려고도 하지 않고 금화를 허리춤에 넣은 채 열린 비상문으로 나와서 좁은 뒷골목을 지나 움막으로 돌아왔다. 아직 체온이 남아 있는 금화를 끌어안으면서 그는 몇 번이고 혼자 중얼거렸다.

'이젠 고향의 내 땅으로 돌아간다! 내일은 고향으로 돌아간다!'

# 15

꽤 오랫동안 이곳을 비웠지만 왕룽은 금세 이 땅을 떠났던 일이 거짓 말처럼 생각되었다. 마음속으로는 떠나 있지 않았던 것이다. 남쪽에서 은 전 여섯 닢을 주고 밀과 벼와 옥수수 등의 좋은 씨앗을 사 왔다. 돈 있는 김에 전에는 심어 본 적 없는 미나리, 연근, 잔치 음식을 만들 때 돼지고 기와 함께 끓이는 빨간 무, 잘고 향기로운 팥 같은 것까지 사 왔다.

고향에 돌아오는 길에 은전 열 닢을 주고 밭갈이하는 황소를 샀다. 한 농부가 그 소를 몰며 밭을 갈고 있는 것을 보자 왕룽은 발을 멈췄다. 노인 과 오란과 아이들은 한시바삐 집으로 돌아가고 싶었지만, 모두 왕룽을 따 라 발길을 멈추고 서서 소를 바라보았다. 왕룽은 그 황소의 굵은 목에 마 음이 솔깃해졌고, 멍에를 짊어진 떡 벌어진 어깨가 비위에 당겨 소리 질 렀다.

"쓸모없는 소로군. 난 그나마 쓸모없는 소도 없어 불편하니 팔지 않겠 소?"

"여편네를 팔았으면 팔았지, 이 소는 못 팔겠소. 세 살이라서 한창 부려 먹기 좋을 때이니." 농부는 이렇게 대꾸하고, 왕룽을 무시한 채 밭을 갈아 나갔다.

왕룽은 세상에 소야 많지만 자기는 꼭 이 소를 사야만 할 것 같았다. 그는 오란과 아버지에게 물었다.

"저 소 어떨까요?"

노인은 빤히 바라보더니 말했다. "거세去勢 잘 된 소 같다."

오란도 한마디 했다. "저 사람이 말한 것보다 한 살 더 먹어 보여요."

그러나 왕룽은 아무 대꾸도 하지 않았다. 흙을 힘차게 갈아 젖히는 힘하며 미끈하고 누런 털, 검고 큼직한 눈에 완전히 반해 이미 마음을 정한 것이다. 이 소만 있으면 밭을 갈고 두엄을 뿌릴 수 있다. 연자방아에 매어 곡식을 찧을 수도 있다. 그는 농부에게 다가가서 다시 말을 붙였다.

"다른 소를 사고도 남을 만큼 돈을 낼 테니 이 소를 파시오."

한참이나 싸우듯 흥정한 끝에 결국 농부는 시세보다 곱절이나 비싼 값에 소를 팔기로 했다. 왕룽은 은전 따위는 개의치 않고 서슴없이 값을 치렀다. 농부가 멍에를 풀자마자 왕룽이 고삐를 끌었다. 이것이 자기 소유거니 하고 생각하자 기쁨에 가슴이 뛰었다.

집에 돌아와 보니 문짝은 떨어져 나가고 지붕의 이엉도 간 곳이 없었다. 집 안에 남겨두었던 괭이와 쇠스랑도 없어졌고, 남아있는 것이라곤 대들보와 흙벽뿐이었다. 그 흙벽도 철 늦게 온 눈과 겨울과 이른 봄 사이에 내린 봄비에 무너져 가고 있었다. 그는 처음에는 크게 놀랐지만 곧 그런 것쯤 아무것도 아닌 것처럼 생각되었다. 그는 곧 성안으로 가서 단단한 나무로 만든 새 쟁기와 괭이를 두 자루씩 사 왔다. 지붕은 가을 추수 후에 고치기로 하고 우선 거적을 사다가 덮었다.

해질 무렵 그는 문간에 서서 밭을 내다보았다. 겨우내 얼었던 흙이 녹아 폭신해져서 파종을 기다리고 있었다. 봄이 무르익어 얕은 연못에서 개구리가 요란스럽게 울었다. 뒤꼍 대숲이 저녁의 실바람에 한들거렸다. 황혼 속으로 밭둑길에 한 줄로 늘어선 나무들이 희미하게 보였다. 복숭아나무가 연분홍 꽃봉오리를 달고 있었다. 버드나무는 연초록 새싹을 틔우고 있었다. 이윽고 고요하던 대지에서 달빛 같은 은색 안개가 피어올라 나무 줄기를 감쌌다.

처음 한동안 왕룽은 아무도 만나지 않고 혼자 밭에 나가 일했다. 마을의 아무 집도 찾아가지 않았다. 간혹 기근에 죽지 않고 살아남은 사람들이 찾아와도 그는 반갑게 맞아주지 않았다. 오히려 퉁명스럽게 내쏘았다.

"어느 놈이 내 문짝을 떼어 갔어? 어느 놈이 괭이랑 쇠스랑을 훔치고, 지붕을 벗겨 갔어?"

그들은 누구나 점잖은 체하며 고개를 가로저었다. "자네 숙부가 그랬다네." 하는 사람도 있었고, "아냐, 흉년에 전쟁까지 겹치고 화적떼와 강도가 제 세상이라고 날뛰는데 이걸 누가 훔치고 저걸 누가 도둑질했다고 할 수 있겠나? 사흘 굶어 도둑질 않는 사람이 없다네." 하는 사람도 있었다.

칭 서방이 기다시피 왕룽을 만나러 왔다.

"겨우내 화적떼가 자네 집에 들어박혀서 이 근방을 닥치는 대로 노략질했지. 자네 숙부가 화적떼와 친했다고들 하지만 이런 시절에 뭐가 사실인지 알 수가 있나? 누구를 붙잡고 나무랄 수도 없지."

칭 서방은 그림자 같았다. 마흔다섯 살밖에 안 되었는데 뼈만 남고 머리가 허옇게 세어 있었다. 왕룽은 측은한 마음이 들었다.

"자네는 우리보다 더 어려웠던 모양인데 무얼 먹고 살았나?"

칭 서방은 한숨을 내쉬며 속삭이듯 말했다.

"무엇인들 안 먹었겠나? 성안에 가서 비럭질할 때는 개처럼 길바닥에 내버려진 썩은 창자를 주워 먹고, 죽은 개고기도 먹었지. 여편네가 죽기 전에 고깃국을 끓여 주는데 나는 그게 무슨 고기냐고 감히 물어볼 수도 없었네. 여편네는 짐승을 제 손으로 죽일 만한 위인도 못되니까 어디서 주웠거니 하고 먹었지. 여편네는 나보다 기운이 약해서 먼저 죽어버렸고, 딸년도 잇따라 굶어죽을 것 같기에 죽는 꼴을 차마 못 보겠어서 병정 놈에게 주어버렸어……. 씨앗이 있으면 뿌려라도 보련만 그것도 없고 하니……."

"이리 오게!" 왕룽은 칭 서방의 손을 잡고 집 안으로 들어가서 그의 누더기 저고리 앞자락에 남쪽에서 가져온 씨앗들을 넣어 주었다. 밀씨, 볍씨, 배추씨까지 주며 말했다. "내일 자네 밭에 가서 내 소로 갈아줌세."

갑자기 칭 서방이 울음을 터뜨렸다. 왕룽은 뜨거워지는 눈시울을 비비며 화난 사람처럼 말했다. "자네가 준 팥 한 줌을 내가 잊은 줄 아나?" 칭 서방은 아무 말도 못하고 엉엉 울면서 돌아갔다.

숙부가 마을을 떠났다는 사실이 왕룽으로서는 제일 기뻤다. 어디로 갔는지 정확하게 아는 사람이 하나도 없었다. 어느 도시로 갔다고도 하고, 처자를 데리고 아주 먼 지방으로 가버렸다고도 했다. 어쨌든 숙부네 식구는 한 명도 남아 있지 않았다. 숙부가 딸들을 모조리 팔아먹었다는 말을 듣고 왕룽은 격분했다. 제일 예쁜 딸은 그래도 제값을 받고 팔았지만, 곰보인 막내딸은 싸움터로 가는 군인에게 푼돈 몇 푼에 팔았다고 했다.

왕룽은 흙으로 범벅이 되어서 일을 했다. 밥 먹고 잠자는 시간도 아까웠다. 빵과 마늘을 싸 가서 밭에 선 채 먹었다. 서서 먹는 동안에도 여기엔 울콩을 심고, 저기에는 못자리를 만들어야지, 하는 따위의 생각을 했다. 일하다가 너무 고단하면 그대로 밭이랑에 드러누워 포근한 흙의 온기를 살갗으로 느끼며 잠들었다.

오란도 집에서 게으르지 않았다. 왕룽이 사온 거적을 서까래에 덮어 지붕을 이었고, 흙을 파다가 흙벽을 고쳤다. 부뚜막도 고치고, 비로 뚫어진 방바닥 구멍도 메웠다.

그것이 끝나자 어느 날 남편과 같이 성안으로 가서 침대와 큰 가마솥, 검은 꽃무늬가 그려진 빨간 찻주전자와 그것에 딸린 찻잔 여섯 개를 샀다. 그리고 맨 나중에 가운뎃방 탁자 위 벽에 걸어둘 복신상福神像과 백랍 촛대 한 쌍, 향로, 복신 앞에 켜놓을 붉은 초 두 자루를 샀다. 가늘게 쪼갠 갈대잎이 심지로 박히고 암소기름으로 만든 굵은 초였다.

그랬더니 왕룽은 지신 생각이 나서 집으로 돌아오는 길에 당집에 들렀다. 민망스러울 지경이었다. 지신의 얼굴은 온통 비에 씻겼고, 너덜너덜한 옷 사이로 흙으로 빚은 살이 드러났다. 그렇듯 무시무시한 흉년에 누가 돌보았겠는가. 왕룽은 지신의 몰골에 고소한 마음이 들어서 아이를 꾸짖듯 외쳤다.

"사람을 못살게 하면 이렇게 되는 거야!"

집은 제법 옛 모습을 찾았다. 번쩍이는 백랍 촛대에 붉은 초가 타고, 탁자 위에는 찻주전자와 찻잔이 놓였으며, 침대와 침구가 제자리에 놓였다. 들창에 깨끗한 종이를 바르고 새 문도 달고 보니 왕룽은 이 행복에 새삼겁이 났다. 오란은 임신하여 또 배가 불룩했다. 아이들은 누런 강아지들처럼 문간을 뛰어다녔고, 노인은 여전히 양지쪽 벽에 기대앉아 졸면서 가끔 빙긋이 웃었다. 못자리에는 볏모가 파랗게, 비취옥보다도 아름답게 돋아났다. 심어둔 콩은 껍질을 쓴 채 땅 위로 고개를 뾰족뾰족 내밀었다. 돈은 아껴만 쓴다면 가을까지는 먹고 살 수 있을 만큼 남아 있었다. 그는 머리 위의 푸른 하늘을 처다보았다. 흰 구름이 흘러가고 있었다. 땅에도 자기 몸뚱이에도 알맞게 내리쬐는 태양빛과 비가 느껴졌다. 왕룽이 중얼거렸다.

"당집 지신께 향을 피워야겠다. 그래도 땅을 맡아보는 건 지신이니까."

## 16

어느 날 밤 왕룽은 곁에 누운 아내의 젖가슴 사이에서 주먹만 한 덩어
리를 발견했다.

"이게 뭐야?"

헝겊으로 단단히 싼 덩어리는 딱딱하고 묵직했다. 오란은 처음에는 안
보이려고 하다가, 남편이 굳이 빼앗으려 하자 포기하고 말했다.

"그렇게 보고 싶거든 보세요." 오란은 목에 건 끈을 풀어 남편에게 주
었다.

낡은 헝겊 조각에 싸인 것을 왕룽이 아무렇게나 뜯자 숱한 보석이 쏟
아져 나왔다. 왕룽은 눈을 의심했다. 이만한 보석이 한데 있는 것은 상상
도 못해 보았다. 수박 속같이 붉은 것, 황밀처럼 누른빛의 것, 새싹같은
연녹색의 것, 땅에서 솟아오르는 샘물처럼 맑은 것 등등, 왕룽은 이름조
차 모르는 것들이었다. 어둠 속에서도 반짝이는 강렬한 광채를 보자 그는
굉장한 보물들을 손에 쥐었음이 실감났다. 그는 그 빛깔과 모양에 취해서
한동안 넋을 잃고 멍하니 있었다. 오란도 묵묵히 바라보고만 있었다. 이
윽고 왕룽은 간신히 숨을 몰아쉬며 속삭였다.

"어디서, 어디서……?"

오란도 낮은 음성으로 대답했다.

"그 부잣집에서요. 첩이 가졌던 보물인가 봐요. 어떤 방에 떠밀려 들어 갔었는데, 벽의 벽돌 한 개가 헐거워 보이길래 남들이 나간 후 몰래 빼봤 더니 번쩍이는 게 있었어요. 그래서 얼른 소매 속에 넣었어요."

"그런 걸 어떻게 알았어?" 그는 감탄하여 다시 속삭였다. 그녀의 입가 에 희미한 미소가 나타났다.

"제가 부잣집에서 자란 것을 아시잖아요. 부자 양반들은 원래 언제나 마음을 놓지 못해요. 어느 해 흉년 때인지 황 대인 집에 화적이 쳐들어왔 어요. 우리 종들이랑 첩들, 큰마님까지 모두 정신없이 도망쳤는데, 그때 보물을 감추는 비밀 장소를 준비해 두는 것을 알았어요. 그래서 헐거워진 벽돌을 봤을 때 곧바로 그게 무슨 뜻인지 알았죠."

그들은 다시 묵묵히 눈부신 보석을 지켜보았다. 이윽고 왕룽이 숨을 깊 이 들이마시며 단호하게 말했다.

"이런 보물을 가지고 있을 수는 없어. 팔아서 땅을 사둬야 마음이 놓이 지. 소문이 나면 당장에 화적이 우리를 죽이고 빼앗아 갈 거야. 오늘이라 도 팔아서 토지를 사둬야만 마음놓고 잘 수 있지."

그는 보석을 다시 헝겊에 싸서 끈으로 단단히 묶어 허리춤에 넣으려다 가 무심코 아내를 보았다. 침대 끝에 다리를 포개고 앉은 그녀의 얼굴은, 평소의 무표정과 달리 입을 벌리고 보석을 바라보고 있었다.

"왜 그래?" 왕룽이 의아해 하며 물었다.

"그걸 다 팔 거예요?" 그녀는 목쉰 소리로 속삭였다.

"팔지 않으면? 이런 보석을 농부가 가지고 있어서 뭘 해?"

"두 개만 내가 갖고 싶어요."

그녀의 목소리는 단념한 듯 가라앉았지만, 왕룽은 아이가 장난감이나 과자를 달라고 조르는 것처럼 느껴져서 마음이 움직였다.

"두 개만요." 오란은 어렵게 말했다. "조그만 것 두 개만, 조그만 진주 두 개만이라도……."

"진주?" 왕룽은 입을 딱 벌렸다.

"그저 갖고 있고 싶어서 그래요. 차고 다니려는 것은 아니에요. 그냥 갖고 있을래요." 오란은 뜯어진 이불섶을 만지작거리면서, 대답을 단념한 듯하면서도 참을성 있게 기다리고 있었다.

왕룽은 이 둔하고 우직한 아내의 마음을 완전히 이해한 것은 아니지만, 조금이나마 들여다볼 수는 있었다. 아무런 보수도 없이 일만 해온 그녀, 부잣집에서 종노릇하면서 다른 여자들이 보석을 달고 있는 것을 보기만 하고 손으로는 한 번도 만져보지 못한 그녀.

"이따금 만져보기라도 하고 싶어서 그래요." 오란은 혼잣말처럼 덧붙여 말했다.

왕룽은 자신도 모르는 무엇에 감동되어, 품속 보석 꾸러미를 다시 꺼내 끄르고는 묵묵히 아내 앞에 놓았다. 오란은 볕에 그을은 딱딱한 손으로 빛나는 보석들을 이리저리 뒤적여 흰 진주알 두 개를 골라냈다. 그 두 알을 내놓고 나머지를 도로 싸서 남편에게 돌려주었다. 그리고 옷섶 한 자락을 찢어 진주를 싸서 젖가슴에 넣었다. 그녀는 퍽 만족한 모양이었다.

왕룽은 놀라운 눈으로 아내의 행동을 바라보았다. 그는 그 뒤 가끔 오란을 바라보며 생각했다.

'여편네는 지금도 그 진주를 품속에 지니고 있겠지?'

그러나 왕룽은 아내가 그 진주를 꺼내거나 들여다보는 것을 보지 못했다. 그들은 다시는 진주에 대해 서로 이야기하지 않았다.

왕룽은 보석을 어떻게 할까 여러 가지로 궁리하다가, 황 대인 집에 가서 팔 땅이 남아 있는지 물어보기로 했다. 사마귀 터럭을 꼬며 방문객을 거만한 태도로 얕잡아 보던 문지기는 보이지 않았다. 큰 대문은 굳게 닫혀 있었다. 왕룽이 두 주먹으로 쾅쾅 두드려도 아무도 나오지 않았다. 지나던 사람들 몇이 다가와 아는 체를 했다.

"문짝이 깨어질 때까지 두들겨 봐요. 주인영감이 일어나 있으면 나오든가, 그렇지 않으면 종년이 마음이 내키면 열어줄 거요."

그는 끈기 있게 두들겼다. 마침내 안에서 비척거리며 나오는 발자국 소리가 들렸다. 발자국 소리는 들렸다 끊어졌다 하면서 고르지 못했다. 이윽고 빗장 빼는 소리가 들리고 대문이 삐걱 열리는가 싶더니 목쉰 소리가 들렸다.

"거 누구요?"

왕룽은 깜짝 놀라 소리를 높여서 대답했다.

"나요, 왕룽이오."

"왕룽이 누구야?" 문 안의 음성은 노기를 띠고 있었다.

왕룽은 주인영감이라 짐작했다. 말투가 청지기나 종년을 부리던 입버릇 그대로였기 때문이었다. 그래서 왕룽은 아까보다 더 겸손하게 말했다.

"나리, 좀 볼일이 있어서 왔는데요. 나리께가 아니라 대리인과 할 말입니다."

주인영감은 대문을 한 치도 더 열지 않고 열린 틈 사이로 입을 삐죽 내밀고는 말했다.

"그놈, 그 개새끼는 벌써 몇 달 전에 나가고 없어."

왕룽은 당황했다. 중개인 없이, 주인영감과 직접 흥정할 수는 없기 때문이었다. 보석들이 품속에서 불꽃처럼 뜨거웠다. 한시바삐 그것을 주고 더 귀중한 땅을 사고 싶었다. 그가 가진 씨앗은 현재 그가 가진 토지의 배가 되는 땅에 뿌려도 남을 만큼 넉넉했다. 그래서 그는 비옥한 황 부자의 땅에 더 마음이 끌렸다.

"약간의 돈 문제 때문에 왔습니다만……." 왕룽은 머뭇머뭇 입을 뗴었다.

그 말이 떨어지기가 무섭게 대문이 쾅 닫혔다.

"내 집에 돈은 없어." 노대인은 언성을 높였다. "그 도적 같은 놈, 강도 같은 대리인 놈이 다 가져갔어. 그 놈을 낳은 에미와 애비의 에미까지 천벌을 받아야 해! 빚 갚을 돈이라곤 없어."

"아니, 그런 게 아닙니다. 저는 빚을 받으러 온 게 아니라 돈을 드리러 왔습니다." 왕룽은 황급히 말했다.

그러자 왕룽이 일찍이 들어본 적 없이 가느다란 목소리와 함께 여자 얼굴이 대문 사이로 쑥 내밀어졌다.

"그거 참 오래간만에 듣는 소리구려."

그녀는 예쁘장하고 영리해 보였고 혈색이 좋았다. 그녀는 "어서 들어오세요."라고 또렷이 말하며 대문을 겨우 한 사람 들어갈 만큼만 열더니, 왕룽이 들어와 어쩔 줄 몰라 하는 사이 얼른 뒤에서 다시 빗장을 걸었다.

주인영감은 저만큼 서서 쿨룩거리며 왕룽을 힐끔거렸다. 때 묻은 회색 비단 두루마기는 모피 안감이 나와 있었다. 여기저기 얼룩이 졌고 잘 때도 입었는지 구김이 심했지만, 아직도 천이 윤기 있고 도톰한 것이 이전에는 훌륭한 옷이었다는 것을 알 수 있었다. 왕룽이 그를 마주 보았다. 호기심도 나지만 두려운 마음도 들었다. 아직도 왕룽은 부자를 대하면 까닭없이 두려웠다. 그런데 소문으로 듣던 황 대인이 이 늙은이라고는 믿어지지 않았다. 아버지를 대할 때처럼 하나도 두려운 마음이 들지 않았다. 실상 아버지보다도 위엄이 없었다. 아버지는 그래도 깔끔하고 웃음 띤 얼굴이었지만, 예전에 그렇게 비대하던 이 노인은 지금은 여위고 살이 늘어진 채 세수도 면도도 안 한 얼굴이었다. 턱을 쓰다듬거나 늘어진 입술을 만지작거리는 손은 누랬다.

여자는 꽤 아름다웠다. 오똑한 콧날, 날카롭게 빛나는 검은 눈매, 매끈하고 맑은 살갗, 발갛고 탄력 있는 뺨과 입술 등 아름다운 매를 연상시키는 매몰찬 얼굴이었다. 검은 머리카락은 거울처럼 매끄럽게 빛났다. 그러나 날카롭고 독살스러운 말투가 그녀가 이 집 가족이 아니라 종임을 말해 주었다. 그런데 이상하게도 이전에는 수많은 부인네들과 아이들이 왔다갔다 법석댔을 정원에 지금은 주인영감과 여인, 단 두 사람밖에 없었다.

"돈 이야기라면서요?" 여인이 날카로운 목소리로 물었다.

그러나 왕릉은 머뭇거렸다. 주인어른 앞에서는 말을 잘 할 수가 없었다. 그녀가 재빨리 눈치를 채고 노인에게 쏘아붙였다.

"저리 좀 비켜 주세요."

주인영감은 말 한마디 않고 비실비실 물러갔다. 기침을 하고 비단신을 질질 끌며 걸어갔다. 왕릉은 여자와 단둘이 남자 무슨 말을 해야 할지 몰랐다. 사방은 고요하고 어색하기 짝이 없었다. 그는 더 안쪽의 뜰을 힐끗 들여다보았다. 역시 사람의 그림자라곤 없었다. 오랫동안 아무도 비질을 안 했는지 쓰레기더미와 지푸라기, 대나무 가지, 솔잎이며 마른 꽃가지들이 널려 있었다.

"얘기해 봐요, 멍청한 양반."

왕릉은 깜짝 놀랐다. 생각지도 못했던 말투였다.

"볼일이 뭐예요? 돈을 가지고 왔으면 어디 좀 보여줘요."

"아니. 돈을 가져 왔다곤 하지 않았소. 볼일이 있다고 했지."

"볼일이 돈 얘기 아녜요? 나갈 돈이건 들어올 돈이건 말예요. 그런데 이 집에 나갈 돈이라곤 한 푼도 없어요." 여인이 다그쳤다.

"여자하고는 말할 수 없소." 왕룽은 부드럽게 거절했다. 이런 상대와 무엇을 의논한단 말인가. 그는 더욱 사방을 두리번거렸다.

"왜 말 못해요?" 여인이 뾰로통해서 되물었다. 그러더니 갑자기 큰 소리로 대들었다. "바보 양반, 여태 못 들었나 봐. 이 집엔 아무도 없어요."

왕룽은 그 말을 믿을 수 없어서 얼빠진 사람처럼 그녀를 바라보았다. 그녀는 또다시 소리를 질렀다. "나하고 영감밖엔 아무도 없다니까!"

"다들 어딜 가고요?" 왕룽이 어리둥절해서 겨우 이렇게 물었다.

"큰마님은 죽고요." 여자가 설명했다. "화적떼가 종이고 살림이고 모조리 빼앗아간 얘기 못 들었어요? 화적 놈들이 영감의 두 손을 묶어 달아매고는 때리고, 큰마님은 의자에 묶고 소리 지르지 못하게 입에 재갈을 물리고는 달아나 버렸어요. 난 물이 반쯤 찬 독에 들어가 뚜껑을 덮고 숨어 있다가 나왔지요. 나와 보니까 모두 간 곳이 없고 마님은 의자에 묶인 채 죽어 있었어요. 화적떼가 죽인 게 아니라 놀라서 죽은 거예요. 아편을 오래 피워서 몸이 썩은 갈대처럼 삭았기 때문에 그런 변을 당하자 질겁해서 죽은 거죠."

"하인이랑 종들이랑 문지기는?"

왕룽은 숨을 헐떡이며 물었다. 여인은 하찮은 일이라는 듯 내뱉었다.

"그놈들은 벌써 달아났죠, 뭐. 다리가 성한 사람들은 다 달아났어요. 한겨울 동안에 식량이고 돈이고 죄다 떨어졌으니까." 그녀가 갑자기 목소리를 낮췄다. "화적떼에 이 집 하인 녀석들이 많이 끼어 있었어요. 그 개 같은 문지기 놈도 내 눈으로 본 걸요. 그놈 하나뿐이겠어요? 이 집 사정을 잘 아는 놈이 아니고야 어떻게 화적떼가 보석이랑 귀중품 숨겨둔 곳을 알았겠어요? 대리인 놈도 그랬을 거예요. 이 집과 먼 친척뻘이니까 직접 나서지만 못했지."

여인이 잠시 말을 멈췄다. 저택이 인기척이라고는 하나 없는 무거운 정적에 잠겨 있었다. 이윽고 여자는 다시 말했다.

"그래도 별안간에 망한 건 아녜요. 영감의 아버지 대부터 망하기 시작한 거지. 그때부터 자식들이 땅을 돌보지 않고 만사를 대리인에게 맡기고 돈을 물 쓰듯 했으니 당해낼 수 있나. 그래서 영감이 땅을 팔기 시작한 거예요."

"도련님들은 어디로 갔지요?" 왕룽은 여전히 믿을 수가 없어서 사방을 둘러보며 말했다. 여자는 냉담하게 말했다.

"여기저기 흩어졌어요. 이 난리가 나기 전에 두 딸이 시집간 게 그나마 다행이었지. 큰아들이 부모가 봉변당한 이야기를 듣고 아버지를 데려가려고 사람을 보냈는데, 내가 못 가게 했어요. 누가 이 집을 지키느냐고 했죠. 여자인 내가 혼자 지킬 수는 없잖느냐고요." 이야기를 마치고 그녀는 빨간 입술을 얌전히 오므렸다가 고집스럽게 눈을 내리깔았다. 그러고는 한참 뒤에 다시 입을 열었다. "게다가 요 이삼 년 동안 영감은 나만 의지했고. 나도 내 집이 있는 것도 아니고."

왕룽은 그녀를 물끄러미 바라보다가 얼굴을 돌렸다. 비로소 사태가 짐작이 갔다. 유산을 바라고 다 죽어가는 노인에게 붙어 사는 여자, 바로 그런 여자임을 알아차린 것이다. 그는 경멸하는 투로 말했다.

"종에게 어찌 내 볼일을 말할 수 있겠소?"

그러자 여자가 소리를 질렀다. "영감은 내 말이면 무엇이든지 들어요!"

왕룽은 이 말을 곰곰이 생각해 보았다. 이 집의 땅은 그가 사지 않으면 결국 다른 사람이 저 여자를 통해 사버릴 것이다.

"남은 땅은 얼마나 되오?" 왕룽은 하는 수 없이 그녀에게 물었다. 여자는 왕룽이 온 목적을 곧 알아차렸다.

"살 만한 땅은 있어요. 서쪽에 사십 정보쯤 있고 남쪽에 또 팔십 정보. 한데 모여 있지는 않아도 큰 뙈기들이지요. 다 팔 거래요."

여자가 이렇게 말하는 것을 보니 황 대인이 가진 건 땅 한 뙈기까지 다 알고 있는 모양이었다. 그래도 왕룽은 이 여자와 거래하고 싶지는 않았다.

"아들들 말을 듣지도 않고 땅을 죄다 팔아버릴 것 같지는 않은데요?" 왕룽이 미심쩍어 하자 그녀가 진지하게 대꾸했다.

"걱정도 많으시네. 아들들이 아버지더러 팔 수만 있다면 언제든지 팔라고 했어요. 아들들 중에 땅에 뿌리박고 살 사람은 없어요. 흉년이면 화적떼가 들끓는 이 지방에서 누가 살고 싶어 해요? 모두 땅을 어서 팔아서 나눠 갖자는 거예요."

"그럼 난 누구 손에 돈을 건네주어야 한단 말이오?" 왕룽이 아직도 못 미더운 듯이 말했다.

"영감에게 주지. 누구한테 줘요?" 여자는 거침없이 대답했다. 왕룽은 황 대인에게 건넨 돈은 곧 그녀의 손으로 넘어가리라는 것을 짐작할 수 있었다.

왕룽은 그녀와 더 길게 말할 마음이 나지 않아서 "다음날 다시 오지요." 하면서 몸을 돌려 대문을 향해 걸었다. 여인이 거리로 나서는 그의 등에 대고 소리쳤다.

"내일 이맘때, 이맘때나 저녁 때 언제라도 좋아요."

그는 대답하지 않고 걸었다. 방금 들은 이야기에 마음이 산란해서 생각에 잠겼다. 찻집에 들어가 값싼 차를 주문했다. 심부름하는 아이가 솜씨 있게 차를 내오더니 왕룽이 내주는 동전을 받아 까불거리며 돈을 던져 올렸다 받았다 하였다. 왕룽은 다시 생각에 잠겼다. 생각하면 할수록, 여러 대를 두고 영화를 누려오던 황 대인 집이 이제는 몰락하여 일족이 산산이 흩어진 사실들이 이상하게 여겨졌다.

'흙을 떠나서 그렇게 된 거야.' 그는 안타까운 일이라고 생각했다.

그는 봄의 죽순처럼 무럭무럭 자라는 두 아들을 생각했다. 당장 오늘부터라도 양지에서 놀게만 내버려둘 것이 아니라 밭에서 일을 시켜야겠다고 마음먹었다. 일찌감치부터 그들의 살과 뼈에 대지를 느끼게 하고 손에 괭이 잡는 일을 익숙하게 만들리라 결심했다. 그런데 왕룽은 그동안에도 내내 품속 보석들이 뜨겁고 무겁게 몸을 짓눌러 끊임없이 공포를 느꼈다. 보석들이 누더기 옷을 뚫고 빛나서 누군가 보고 이렇게 소리칠 것만 같았다. '이것 봐라, 이 가난뱅이가 임금님의 보물을 갖고 다닌다!'

그것을 땅으로 바꿀 때까지는 결코 안심할 수 없을 것 같았다. 그는 찻집 주인을 불러 말을 붙였다.

"내가 차를 살 테니 이리 와서 마시면서 성안 소식을 좀 알려 주구려. 내가 겨우내 다른 데 가 있었기 때문에 몰라서 그러니."

찻집 주인은 그런 이야깃거리에 부족함이 없는 법이다. 특히 남이 사주는 차를 마실 때는 더 그랬다. 주인은 족제비 같은 얼굴에 한쪽 눈이 찌그러지고 사팔뜨기였다. 저고리 앞자락과 바지는 기름에 까맣게 절어 있었다. 그는 차도 팔고 손수 음식도 만들어 팔았다. 그는 "훌륭한 요리사는 깨끗한 옷을 입지 않는다는 옛말이 있습지요."라고 말하기를 즐기면서, 자신의 누추한 차림이 당연하고 필요하다고 생각했다. 그가 탁자에 앉아 말을 시작했다.

"글쎄요. 흉년에 사람들이 모두 굶은 건 다 아는 얘기고, 황 대인 집에 든 화적떼 사건이 있었지요."

그것이 바로 왕룽이 듣고 싶은 이야기였다. 찻집 주인은 신이 나서 떠들었다. 첩들이 비명을 지르며 끌려간 이야기, 남아 있던 첩들은 강간을 당하고 쫓겨났는데 그중에는 납치당한 여자도 있다는 이야기, 그래서 이제는 아무도 아예 그 집에서 살기를 원하지 않는다는 이야기를 늘어놓았다.

"아무도 없고 황 영감이랑 뚜첸이라는 종년뿐이에요. 그 계집은 벌써 여러 해 동안 노인 방에서 살았지요. 워낙 영악해서 다른 종년들은 노상 갈려도 그 계집만은 남았어요. 황 대인은 그 계집 손에서 노는 등신이 되었죠."

"그럼 이젠 무엇이든 그 계집의 마음대로 하겠군요?"

"당분간은 제 마음대로 할 수 있죠. 그러니까 이 동네에서 긁어모을 수 있는 건 모조리 긁어모으고 집어삼킬 수 있는 건 되다 집어삼키고 있습죠. 지금 타지에 사는 노인의 아들들이 자기네 일이 해결되면 돌아올 텐데, 그때는 그 여자가 아무리 노인을 돌봐온 것을 내세우고 자기한테 유리하게 혀를 놀려도 뻔한 일 아니겠어요. 그렇지만 뚜첸은 벌써 한평생 먹고 살 만큼 장만해 놓았을 걸요. 아마 백 년을 산대도 끄떡없을 만큼 말이오."

"그럼 땅은요?" 왕룽은 초조해서 몸이 다 떨렸다.

"땅이라니?" 주인은 모를 일이라는 듯이 되물었다. 그에게 농토는 아무런 의미도 없는 것이었다.

"땅을 팔려고 내놓았는가 말이오." 왕룽은 더욱 몸이 달아서 물었다.

"아, 그 집 땅 말씀이로군!" 그는 심드렁하게 대답했다. 때마침 손님이 들어오자 그는 자리에서 일어나 그쪽으로 가면서 말을 이었다. "판다고 합디다. 6대 조상까지 묻힌 묘지만 빼놓고 다 판답디다."

왕룽도 따라 일어섰다. 듣고 싶은 이야기는 다 들었다. 그는 찻집을 나와 다시 황 대인 집으로 갔다. 뚜첸이 문을 열었다. 그는 들어가지는 않고 말했다.

"먼저 묻겠는데, 주인영감이 매도증에 자기 도장을 찍을까요?"

뚜챈은 왕룽을 뚫어지게 바라보며 대답했다.

"찍고말고, 찍고말고요. 내 목숨을 걸고 맹세하죠."

왕룽은 단도직입적으로 말을 이었다.

"땅값을 금으로 받겠소, 은으로 받겠소? 아니면 보석으로 받겠소?"

그녀가 눈을 반짝였다.

"보석으로 받겠어요!"

## 17

왕룽의 땅은 한 사람의 손과 한 마리의 황소로는 경작하지 못할 만큼 넓어졌다. 추수도 혼자서 할 수 없는 양이었다. 그래서 집을 한 칸 더 늘려 짓고 당나귀를 한 필 사들인 다음 칭 서방과 의논했다.

"자네 손바닥만 한 밭을 내게 팔고, 혼자 외롭게 사느니 내 일도 도울 겸 우리 집에 와서 같이 사세나." 칭 서방은 기꺼이 그렇게 했다.

하늘은 때맞춰 비를 내렸다. 모판의 벼는 잘 자랐다. 밀을 거둬들인 논에 물을 대어 모를 심었다. 왕룽은 여지껏 이렇게 많은 벼농사를 지은 일이 없었다. 비가 충분히 내려서 바싹 말랐던 밭이 벼농사에 적합한 논이 되었다. 추수 때 거둬들일 것이 하도 많아 왕룽과 칭 서방 두 사람만으로도 일손이 모자랐다. 왕룽은 일꾼 두 사람을 사서 추수를 끝냈다.

황 대인 집에서 산 논밭에서 일할 때 왕룽은 그 몰락한 집의 게으른 아들들을 떠올리며 두 아들을 매일 밭으로 데리고 나가서, 소나 당나귀를 끄는 것같이 작은 손으로도 할 수 있는 일을 시켰다. 몸에 뙤약볕을 쬐거나 밭이랑 사이를 왔다 갔다 하는 일의 피로만이라도 알게 하고 싶었다.

그는 오란은 들에 나오지 못하게 했다. 이제 그는 가난한 농부가 아니고, 일꾼을 더 사야 할 처지였기 때문이었다. 곳간을 한 칸 더 짓지 않으면 집 안에 발을 디딜 틈조차 없었다. 돼지 세 마리, 닭 한 마리를 사서 흩어진 곡식을 먹게 했다.

오란은 집 안에서 식구들의 옷을 짓고, 신을 깁고, 이불깃에 꽃무늬 수를 놓았다. 옷과 침구 등이 이제껏 볼 수 없었을 정도로 풍성해졌다. 그리고 오란은 이번에도 누구의 도움도 받지 않고 혼자 아기를 낳았다. 산파를 부를 수 있는 넉넉한 처지임에도 그녀는 혼자 낳기를 원했다.

이번 해산은 전보다 오래 걸렸다. 저녁때 일을 마치고 왕룽이 집에 돌아오니 노인이 싱글벙글 웃으며 문 앞에 서 있다가 "이번 알엔 노른자위가 두 개야!" 하며 웃었다.

왕룽은 오란이 누워 있는 안방으로 갔다. 사내아이와 계집아이가 낱알 두 알처럼 똑같이 생긴 쌍둥이였다. 왕룽은 한바탕 유쾌하게 웃고는, 농담이라도 한마디 하고 싶어졌다.

"옳거니. 그래서 보석 두 개를 갖고 싶어 했군!"

왕룽은 자기의 재치 있는 말에 또 한 번 껄껄 웃었다. 오란은 남편이 좋아하는 모습을 보고 조용히 미소지었다.

왕룽은 이제 아무런 근심이 없었다. 다만 맏딸이 아직도 말을 못하고 엄마 얼굴을 보며 웃기만 하는 게 걱정이었다. 태어나자마자 몹쓸 흉년으로 굶어서 그런지, 아니면 다른 무슨 까닭이 있는지 알 수 없었다. 왕룽이 초조하게 그 아이의 말소리를 기다려 봐도, 아이는 '아빠', '엄마'란 소리를 않고 무의미한 웃음만 지을 뿐이었다. 왕룽은 그 아이를 볼 때마다 탄식했다.

"가엾은 아가, 우리 아가."

그리고 혼자 이렇게 생각했다.

'이 불쌍한 아일 그때 팔았더라면 이런 줄 알고 곧 죽여 버렸을 거야.'

그 어린 것을 팔려고 했던 일에 대한 보상으로 왕룽은 그 아이를 더욱 귀여워하고 가끔은 들에 데리고 갔다. 아이는 가만히 따라오면서 아버지가 말하거나 바라보면 방글방글 웃었다.

왕룽과 그의 아버지가 대대로 살아온 이 고장에는 5년마다 흉년이 들었다. 하늘이 자비로울 때면 7,8년마다, 어떨 때는 10년간 흉년이 없을 때도 있었다. 흉년이 드는 것은 하늘이 비를 너무 많이 내리거나 너무 적게 내리기 때문이기도 하고, 더러는 북쪽 강 상류인 산악지대에 호우가 오거나 눈이 한꺼번에 녹아서 몇 세기 동안 사람들이 쌓은 제방을 무너뜨리고 전답을 휩쓸어가는 수도 있었다.

그럴 때마다 사람들은 땅을 떠나 흩어졌다가 이듬해에 돌아왔다. 왕룽은 이제 그런 흉년에도 고향을 떠나지 않고 지난해에 쌓아 둔 곡식으로 다음해를 버틸 수 있도록 안전한 생활터전을 굳히려고 노력했다. 그의 노력을 하늘이 도와주어 7년 동안 잇따라 풍년이 들었다. 해마다 먹고도 남을 만큼의 곡식을 거둬들였다. 손이 부족하여 고용한 머슴이 여섯이나 되었고, 뜰을 내다보면서 양쪽에 작은 방이 딸린 새 집을 새로 지었다. 지붕에 기와를 이고 벽은 밭에서 퍼온 흙을 이겨서 단단하게 세웠는데, 겉에 회를 발라 희고 깨끗하게 보였다. 왕룽네는 새 집으로 옮겼고, 이전 집에 칭 서방과 일꾼들을 살게 했다.

왕룽은 칭 서방이 정직하고 충실하다는 것을 알고, 그에게 일꾼 감독과 농사 관리를 맡겼다. 대우도 후하게 해줘서 먹는 것 외에 매달 은전 두 닢씩을 주었다. 그러나 왕룽이 아무리 잘 먹어도 칭 서방은 살이 오르지 않았다. 왜소한 몸은 언제나와 다름없이 빼빼 말랐고 생기가 없었다. 하지만 일에는 성실하기 그지없어서 꼭두새벽부터 한밤까지 부지런히 일했다. 꼭 말을 해야 될 경우에는 나직한 목소리로 두어 마디 했지만, 그는 잠자코 있을 때가 제일 행복했고 또 그러기를 바랐다. 그는 종일 쉬지 않고 괭이질을 했고, 새벽과 해질녘엔 물이나 거름통을 져다가 채소밭에 뿌렸다.

칭 서방은 일꾼 감독도 잘했다. 누가 매일 대추나무 밑에서 오래 낮잠을 자는지, 누가 여럿이 같이 먹는 밥상에서 두부를 제 몫 이상으로 먹는지, 누가 타작하는 날 자기 여편네와 아이를 오게 해서 도리깨질하는 밑으로 떨어지는 곡식을 몰래 집어가게 하는지 기억해 두었다가, 그해 추수가 끝나고 주인과 일꾼이 한자리에 모여 잔치가 베풀어질 때에 왕룽에게 귀띔했다.

"저 사람과 저 사람은 이런 일이 있으니 내년엔 쓰지 말게."

한 줌의 팥과 씨앗을 주고받은 일을 인연으로 왕룽과 칭 서방은 친형제처럼 친해졌다. 다만 나이가 적음에도 왕룽이 형 행세를 하였고, 칭 서방은 왕룽에게 고용되어 그의 집에서 산다는 것을 항상 잊지 않았다.


5년쯤 지나자 왕룽은 직접 들에 나가 일할 틈이 없어졌다. 토지가 너무 많아져서 농사 관리, 농산물 판매, 일꾼 지휘 등에 모든 시간을 써야 했기 때문이다. 그는 종이에 먹과 낙타털 붓으로 씌어진 글자의 뜻을 몰라서 불편함을 느끼기 시작했다. 곡물상과 밀이나 쌀을 파는 계약을 할 때, 안 그래도 거만한 성안 장사치에게 허리를 굽신거리며 "미안하지만 이것 좀 써 주시오. 난 워낙 무식해서 모르겠소."라고 말해야 할 때는 더욱 그랬다.

계약서에 서명을 할 때 이름을 대신 써 달라고 부탁하면 점원까지 눈섭을 찌푸리며 붓을 먹물에 적셔서 아무렇게나 내갈겨 쓰며 놀렸다.

"왕룽, 룽이 용 룽龍 잔가, 귀머거리 룽聾 잔가?"

그러면 왕룽은 허리를 굽신거리며 비굴하게 대답하지 않을 수 없었다. "아무렇게나 쓰시오. 나야 워낙 무식해서 제 이름자도 모릅니다."

어느 해 가을에도 싸전에서 점원들에게 그러한 조롱을 받았는데, 마침 한가한 한낮 시간이라서 점원들 모두가 대수롭지 않은 일에도 큰소리로 웃어댔다. 모두 왕룽의 아들 또래의 젊은이였다. 그는 매우 불쾌하여 자신의 밭을 지나오면서 중얼거렸다.

'성안 그 녀석들은 한 치의 땅도 못 가진 주제에, 그까짓 글자 좀 모른다고 거위같이 킬킬대고 나를 비웃다니.' 그러나 분한 마음이 얼마큼 가라앉자 이렇게 되뇌었다. '내가 읽지도 쓰지도 못하는 건 정말 창피한 일이다. 큰아들 놈을 밭에 데려가는 대신 성안 서당에 보내야겠어. 그래서 곡물상에 데리고 가서 내 대신 읽고 쓰게 해야지. 그러면 지주인 나를 더 이상 깔보고 웃음거리로 만들지 않겠지.'

썩 좋은 생각인 것 같았다. 그는 집으로 들어서자마자 큰아들을 불렀다. 이제 열두 살인데도 키가 훌쩍 컸다. 어머니를 닮아 광대뼈와 손발이 컸고, 눈은 아버지를 닮아 날카로웠다. 큰아들이 앞에 와 서자 왕룽이 말했다.

"오늘부터 밭일을 그만둬라. 우리 집안에도 누구 하나 글을 배워서 내 대신 계약서도 읽고 내 이름도 쓰고 해야겠다. 그래야 성안에서 창피를 안 당해."

소년은 그을은 낯을 붉히면서 눈을 반짝였다.

"아버지, 저도 2년 전부터 서당에 가고 싶었지만 말하지 못했어요."

이 말을 엿들은 작은아들이 뛰어 들어와 울면서 저도 서당에 보내달라고 찡얼거렸다. 그는 어릴 때부터 고집이 센 아이여서 무엇이든 제 몫이 형의 것보다 조금만 적어도 울음을 터뜨렸다.

"나도 밭에 일하러 안 나갈 테야. 형은 서당에 편히 앉아서 글을 배우는데 난 머슴처럼 일만 하란 말이야. 나는 아들이 아닌가 뭐."

왕룽은 언제든지 이 아이의 고집을 당해낼 수 없었다.

"그래, 그래. 너도 같이 가거라. 너희들 중 하나가 어떻게 되더라도 다른 하나가 글 배운 구실을 해줄 테니 그게 좋겠다."

왕룽은 오란을 성안으로 보내어 두 아들의 두루마기 감을 떠오게 했다. 자신은 문방구점에 가서 종이와 붓과 벼루 두 개를 샀다. 종이와 붓에 대해서 전혀 몰랐지만 그렇다고 말하기도 부끄러워 머뭇거리고 있었는데, 점원이 여러 가지를 보여주어 필요한 모든 것을 샀다. 그리고 성문 근처의 서당으로 두 아이를 보내도록 모든 절차를 마련하였다. 그 서당의 훈장은 옛날에 과거에서 떨어진 노인이었다. 그는 자기 집 가운뎃방에 책상과 긴 나무 걸상을 여럿 갖다 놓고서 명절 때 약간씩 돈을 받고 아이들에게 경서經書를 가르쳤다. 공부에 게으름을 피우거나 전날 새벽부터 해질 녘까지 배운 글을 외우지 못하면 큰 부채를 접어 들고 아이들을 혼냈다.

따뜻한 봄날이나 여름날에는 아이들이 좀 쉴 수 있었다. 늙은 훈장이 점심을 먹고 나서 꾸벅꾸벅 졸거나 잠들어 버리기 때문이다. 그럴 때면 어둑한 작은 방이 드르렁드르렁 코 고는 소리로 가득 찼다. 그러면 아이들은 좋아라 하고 소곤거리며 장난을 치고, 우스꽝스런 그림을 그려서 서로 보여 주었다. 입을 벌리고 자는 훈장의 늘어진 턱으로 기어 다니는 파리를 보며 킥킥거리고, 저 파리가 입 속으로 들어갈까 안 들어갈까를 걸고 내기를 했다. 그러다가 별안간 훈장이, 마치 자고 있지 않았던 것처럼 갑자기 눈을 번쩍 뜨고는 아이들이 눈치채기도 전에 옆에 놓았던 큰 부채로 이놈 저놈의 머리를 마구 때렸다. 딱딱 부채 소리와 맞고 우는 아이들 소리를 들으면서 이웃 사람들은 이렇게 칭찬했다.

"참 열심히도 가르치는 훈장이야."

왕룽이 이 서당을 택한 것도 그런 좋은 평판을 소문으로 들었기 때문이다.

아이들을 서당으로 데려가는 날, 왕룽은 앞서서 걸었다. 아버지와 아들이 나란히 걷는 것은 예의가 아니었다. 왕룽은 푸른 보자기에 갓 낳은 달걀을 잔뜩 싸서 훈장 앞에 내놓았다. 왕룽은 큰 놋테 안경에 겨울에도 손에서 떼놓지 않는 커다란 부채를 들고 있는 훈장의 위엄에 눌려서 넙죽 절을 했다.

"훈장님, 제 자식들입니다. 저 아이들의 둔한 머리를 깨우치시자면 그저 자주 때려야 하실 겁니다. 아무쪼록 많이 때려서 가르쳐 주십시오."

아이들은 구석에 서서 긴 걸상에 앉아 공부하는 아이들을 바라보았다.

두 아들을 서당에 남겨두고 집으로 돌아오는 왕룽의 가슴은 자랑스러움으로 부풀어 터질 것만 같았다. 서당에 있는 아이들을 다 보아도 자기 아들들처럼 키가 크고 튼튼한 몸집에 휜한 갈색 얼굴을 가진 아이는 하나도 없었다. 성문을 나오다가 성안으로 들어가는 마을 사람을 만났다. 어딜 갔다 오느냐는 말에 그는 자랑스러운 듯 말했다.

"자식 놈들 서당에 넣고 오는 길이오."

상대방이 놀라는 눈치를 본 왕룽은 아무렇지 않은 듯 덧붙여 말했다.

"이젠 농사일을 안 시켜도 되니까 글이나 실컷 배우게 할 작정이오."

그리고 그 마을 사람과 지나친 뒤에 혼자 생각했다.

'큰놈이 공부를 많이 해서 높은 벼슬을 할지도 모르지.'

아이들은 그동안 '큰아이', '작은아이'라고만 불렸는데 훈장이 그들에게 서당에서 부를 이름을 지어 주었다. 훈장은 아버지의 직업을 물은 뒤에 큰아이를 눙언農恩, 작은아이를 눙원農文이라고 이름 지었다. 눙農자는 땅을 갈아 이삭을, 즉 재산을 얻는다는 뜻이었다.

## 18

왕룽이 굉장한 재산을 모은 지 7년째 되는 해에 북쪽 큰 강이 넘쳤다. 강 상류 지대인 서북쪽에 호우가 왔기 때문이었다. 강물이 둑을 넘어 일대의 전답을 휩쓸었다. 그러나 왕룽은 두렵지 않았다. 그의 농토의 5분의 2가 한 길이나 되는 물 속에 잠겼어도 마음쓰지 않았다.

늦은 봄에서 초여름에 이르기까지 물은 불기만 해서 마침내 바다처럼 되었다. 구름과 달, 물에 반쯤 잠긴 수양버들과 대나무의 그림자가 거울 같은 물에 비친 모양은 한 폭의 그림처럼 아름답고도 처참했다. 여기저기 피난 간 빈 흙집들이 보였다. 그런 집들은 며칠 가지 않아 흙벽이 무너져서 물에 섞여 버렸다. 왕룽의 집처럼 높은 언덕 위에 있지 않은 집들은 모두 그렇게 되었다. 이런 바다 같은 물 속에서 그런 언덕만이 섬처럼 솟아 있었다. 사람들은 작은 배나 뗏목을 타고 성안을 오갔고, 다시 예전처럼 굶주림에 시달렸다.

그래도 왕룽은 겁내지 않았다. 곡물 시장에 빌려준 돈도 있거니와, 곳간에 지난 2년 동안 추수한 곡식이 가득 차 있었고, 집은 높은 지대에 있어서 물에 휩쓸릴 염려가 없었기 때문이다.

그러나 대부분의 농토가 경작할 수 없게 되어서 왕룽은 평생 처음으로 한가한 날을 보내게 되었다. 할 일이 없어서 좋은 음식을 배불리 먹고, 실컷 자고, 하고 싶은 일을 다 하고도 시간이 주체할 수 없이 남았다. 1년 계약으로 고용한 일꾼들을 물이 빠질 때까지 놀릴 수 없어서, 그들에게 헌 지붕을 새로 잇게 하고 새 집의 비 새는 곳을 찾아 기와를 고치게 했다. 괭이, 쇠스랑, 쟁기 같은 농기구도 손질하게 했다. 소에게 여물을 주게 하고, 오리를 사다가 물에 놓아서 기르게 했으며, 삼으로 밧줄을 꼬게 했다. 원래 그가 직접 했던 일들인데, 이제는 일꾼이 있으므로 손이 할 일이 없어졌다.

온종일 물에 잠긴 논밭을 바라보고 있을 수만도 없는 노릇이었고, 배부르게 실컷 먹으면 그 이상은 먹을 수도 없었다. 잠도 한없이 잘 수는 없다. 집 안을 빙빙 돌아다녔지만 혈기왕성한 그에게는 집 안이 너무 심심했다. 아버지는 이제 너무 늙으셔서 쇠약할 대로 쇠약했다. 잘 보지 못했고 잘 듣지도 못했다. 그래서 노인에게는 춥지나 않은가, 배고프지 않은가, 차를 드릴까 따위를 묻는 이외에는 아무 말도 할 수 없었다. 노인은 아들이 부자가 된 걸 알지 못하고 찻잔 속 찻잎을 보고 "더운 물만 조금 주지 금쪽같이 귀한 찻잎을 헤프게 쓰느냐?" 하고 잔소리를 해서 왕룽을 안타깝게 했다. 그러나 노인은 아무리 알려 드려도 곧 잊었다. 그는 자기 자신의 세계에서 살았고, 거의 항상 자기가 다시금 혈기왕성한 젊은 시절에 살고 있다고 꿈꾸고 있었다.

맏딸은 말을 전혀 못하고 늘 할아버지 곁에 앉아서 헝겊 조각을 폈다 접었다 하며 혼자 웃었다. 맏딸과 아버지는 기름기가 번드르르하고 기운이 넘쳐흐르는 왕룽에게 별로 할 말이 없었다. 왕룽은 노인에게 차를 따라 주었다. 맏딸의 볼을 만져 주자 슬프게 스쳐 지나가는 귀엽고도 공허한 미소를 지었다. 그러나 미소는 곧 사라지고 본래의 텅 비고 흐리멍덩한 눈빛으로 돌아갔다. 그는 맏딸을 물끄러미 바라보다가 얼굴을 돌렸다.

슬픈 생각에 가슴이 뭉클해졌기 때문이다. 그래서 쌍둥이 아들과 딸에게로 눈을 돌렸다. 그 애들은 벌써 떠들며 온 집 안을 뛰어다녔다.

그러나 어른은 어린아이들을 상대로 언제까지나 만족할 수는 없다. 아이들은 그와 더불어 잠시 웃고 지껄이다가도 곧 자기네끼리의 장난으로 돌아갔다. 그러면 왕룽은 외롭고 초조해져서 아내에게로 눈을 돌리지만, 그녀와는 너무 오랫동안 같이 살았고 또 그녀에 대해 샅샅이 알고도 남았으므로 어떤 새로운 것을 기대할 수는 없었다.

왕룽이 오란을 이렇게 유심히 바라보기는 처음인 듯싶었다. 그녀는 누가 보나 우직하고 평범한 여자였다. 자기가 다른 사람에게 어떻게 보이건 상관없이 할 일만 묵묵히 하는 여자임을 새삼스레 느꼈다. 기름을 바르지 않은 헝클어진 머리카락은 빛 바랜 갈색이 되었고, 얼굴은 넓적하고 살결은 거칠었다. 눈, 코, 입 어디 하나 예쁘거나 명랑한 구석이 없었다. 눈썹은 개가 뜯어먹은 양 듬성듬성했고 입은 메기입 같았으며, 손과 발도 주책맞게 컸다. 지금까지와는 다른 눈길로 아내를 바라보던 그는 갑자기 소리를 질렀다.

"누가 보건 임자를 가난뱅이 농사꾼의 여편네라고 하지, 어디 일꾼을 부리는 지주의 아내로 보겠어?"

그가 오란의 용모에 대해 말하기는 이때가 처음이었다. 오란은 영문 모를 시선으로 조용히 남편을 보았다. 그녀는 의자에 걸터앉아 긴 돗바늘로 신바닥을 꿰매던 손을 멈추더니 그 큰 입을 열어 검은 이를 드러내며 웃었다. 그녀는 남편이 자기를 여자로서 바라보고 있음을 깨닫고 광대뼈가 나온 뺨을 붉히면서 중얼거렸다.

"쌍둥이를 낳고부터는 몸이 편하지 않아요. 아랫배가 불덩이 타는 것같이 아파요."

단순한 오란은 남편이 7년 동안 아이를 낳지 못하는 것을 탓하는 줄 알았다. 그래서 왕룽은 자기도 모르게 거친 소리로 말했다.

"내 말은 왜 남들처럼 머리에 기름도 사서 바르고 새 옷도 해 입지 않느냐 말이야. 그 신만 해도 어디 지주의 여편네가 신을 신이냐고!"

오란은 말없이 애원하듯 남편을 보다가 자신도 모르게 두 발을 포개어 기대앉은 의자 밑으로 넣었다. 왕룽은 이때까지 자기를 충실히 따라주던 이 여자를 나무란다는 사실이 부끄러워졌고, 또 가난하던 시절 해산을 하고도 밭으로 나와 추수를 거들던 일을 떠올렸다. 그러나 한편으로는 치밀어 오르는 짜증을 참을 수가 없었다. 그래서 계속해서 무자비하게 쏘아붙였다.

"내가 일해서 이만큼 재산도 모았으니 내 여편네를 농부의 여편네 꼴로 만들고 싶지 않아. 그런데 임자의 발은……."

그는 말을 끊었다. 그녀의 모든 것이 다 보기 싫었지만, 그중에서도 진저리가 날 만큼 보기 싫은 건 헐거운 무명 신에 싸인 커다란 발이었다. 그는 노여운 눈초리로 그녀의 큼지막한 발을 쏘아보았다. 오란은 의자 밑으로 더 깊이 발을 숨겼다.

"난 너무 어려서 팔려갔기 때문에 어머니가 발을 묶어 주지 않았어요. 그렇지만 제 딸의 발은 꼭 제가 묶어 주겠어요."

왕룽은 아내에게 성낸 자신이 한편 부끄러웠으나 아내가 마주 성내지 않고 겁을 내는 것이 못마땅해서 더 화를 냈다. 그는 새로 지은 검정 두루마기를 걸쳐 입으며 투덜거렸다.

"에이, 속상해. 찻집에 가서 무슨 새로운 이야기나 있으면 들어야겠다. 집구석에 저런 바보와 노인과 애들뿐이니 살 수가 있어야지."

왕룽은 성안으로 걸어가면서 더욱 화가 치밀었다. 오란이 부잣집에서 보석을 집어 오지 않았더라면, 또 그녀가 자기 요구대로 순순히 그것을 내놓지 않았더라면, 그는 평생 그렇게 많은 토지를 살 수 없었으리라는 생각이 문득 떠올랐기 때문이다. 그런 것을 기억하니 더욱 반항심이 치밀었다.

'그까짓 것, 자기가 뭘 했는지 값어치도 모르고 한 일인데. 어린애가 울긋불긋한 과자를 집듯이 그저 보석이 신기해서 집은 거지 뭐. 내가 알아내지 못했더라면 평생을 젖통 사이에 감춰두고 내놓지 않았을 텐데.'

이어서 그는 오란이 아직도 진주 두 알을 젖가슴 사이에 품고 있을까 궁금해졌다. 전에는 호기심에 가끔 떠올렸는데, 지금은 경멸심이 들었다. 오란의 젖가슴은 아이를 많이 낳아 축 늘어져 흔들거렸고 모양도 흉해졌는데, 그따위 젖가슴에 진주를 간직한다는 것이 어리석고 어울리지 않는 일이었다.

왕룽이 아직도 가난한 농사꾼이고 홍수로 논밭이 물에 잠기지 않았더라면 이런 생각은 들지 않았을지도 모른다. 그러나 지금 그는 부자다. 새 집 벽에도 은전을 감추어 두었고 마룻바닥에도 은전 꾸러미를 묻어 두었다. 침실 장롱 속에도, 허리춤 전대에도 은전이 가득했다. 그래서 예전에는 돈 쓰는 것이 살을 베어내는 것 같았지만, 지금은 허리춤에 손이 닿을 때마다 이것저것에 써버리고 싶은 충동을 느꼈다. 그는 점점 돈에 무관심해졌고 한창때를 즐기는 일이 뭐가 있을까 생각하기 시작했다.

지금의 그에게는 아무것도 탐탁하게 보이지 않았다. 전에는 자신이 시골뜨기라는 자격지심에서 기를 못 피고 들어가던 찻집도 이제는 누추하고 천하게만 보였다. 전에는 그런 곳에서 그를 알아보는 사람이 없고 심부름꾼 아이도 거만하게 굴었지만, 지금은 그가 들어오는 것을 보기만 해도 손님들은 저희끼리 팔꿈치로 쿡쿡 찌르며 수군댔다.

"저 사람이 왕촌王村에 사는 왕룽이라는 사람이야. 이전에 기근이 들고 황 부자 영감이 죽은 해 겨울에 그 집 땅을 몽땅 산 사람이지. 지금은 굉장한 부자래."

왕룽은 못 들은 체하고 자리에 앉았지만 속으로는 여간 자랑스럽지 않았다. 그러나 아내를 나무라고 집을 나온 오늘은 그런 소리를 듣고도 유쾌하지 않았다. 그래서 우울하게 앉아 차를 마시면서 이제껏 믿어 왔던 것처럼 자신의 생활이 좋은 건 아니라고 생각했다. 그리고 문득 이런 생각이 떠올랐다.

'내가 왜 이따위 집에서 차를 마시고 있지? 주인이란 작자는 사팔뜨기 족제비 같고 수입이래야 내 집 일꾼만도 못할 텐데. 나는 땅을 가지고 있고, 자식들은 서당에까지 보내고 있지 않은가.'

왕룽은 갑자기 일어서서 찻값을 탁자 위에 던지고 누가 말을 붙일 겨를도 없이 나와 버렸다. 그는 자신이 원하는 것이 무엇인지도 모르고 무작정 거리를 걸었다. 이야기꾼 집에 들러 사람들이 모여 앉은 긴 의자 한 끝에 걸터앉아서 용맹과 지략이 뛰어난 영웅들이 활약하는 〈삼국지〉 이야기를 들었다. 그러나 그는 여전히 마음의 안정을 얻지 못해서 남들처럼 이야기꾼의 말솜씨에 매혹될 수가 없었다. 이야기꾼이 치는 징소리까지 귀에 거슬려서 그는 일어나 나왔다.

근처에 최근에 문을 연 큰 찻집이 있었다. 주인이 멀리 남쪽에서 온 사람으로 그런 사업에 훤했다. 전에 그 앞을 지나갈 때는 이곳에서 도박과 유흥과 계집들 때문에 돈이 낭비되는 것을 끔찍하게 생각했다. 그러나 지금은 심심하고, 또 아내에게 너무했다는 양심의 가책에서 도피하고 싶어서 그 집으로 발을 옮겼다. 무언가 신기한 것을 보거나 들어야 속이 시원할 것만 같았다.

거리를 향하여 황홀하게 꾸며진 찻집에는 탁자가 즐비하게 놓여 있었다. 그는 뽐내는 태도를 지으려 했지만 원래가 거만치 못한데다가 몇 해 전만 해도 은전 한두 닢밖엔 저축이 없는 가난뱅이였던 기억과 남쪽 도시에서 인력거를 끌어 겨우 입에 풀칠하던 것이 떠올라서 기가 눌렸다. 그래서 괜시리 배를 더욱 내밀고 그 찻집에 들어섰다.

찻집에 처음 들어선 그는 조용히 앉아서 차를 주문했다. 그리고 신기해서 주위를 둘러보았다. 커다란 홀의 천장은 금빛으로 칠해져 있었고, 사방 벽에는 미인을 그린 비단 족자들이 걸려 있었다. 그는 그림의 여자들을 몰래 그러나 천천히 바라보았다. 그는 이 세상에서 아직 그런 여자들을 본 적이 없었다. 그는 여자 그림을 보면서 차를 마시다가 곧 나왔다.

그는 논밭에 물이 빠질 때까지 매일 이 찻집에 와서 혼자 앉아 차를 마셨다. 그러면서 여자 그림을 바라보았다. 날이 갈수록 앉아 있는 시간이 길어졌다. 집에서나 농토에서나 할 일이 없었기 때문이었다. 그는 이처럼 언제까지라도 계속할 것 같았다. 아무리 집 여러 곳에 은전을 숨겨두어도 그는 여전히 시골뜨기로밖에 안 보였다. 이 찻집 손님들은 모두 비단옷을 입었는데, 그만 무명옷을 입고 변발을 늘이고 있었다. 그러던 어느 날 저녁, 그가 찻집 뒤편 탁자에 앉아서 차를 마실 때 누군가 저쪽 끝에서 2층으로 난 좁은 층계를 내려왔다.

성안에 2층집은 이집뿐이었고 또 있다면 서문밖의 서탑西塔이라는 5층 탑뿐이었다. 탑은 올라갈수록 좁아지지만 2층집은 아래층과 넓이가 똑같다. 여자들의 높은 노랫소리와 간드러진 웃음소리가 2층 방 창문에서 흘러나왔다. 달콤한 비파 소리도 흘러나왔다. 밤이 깊어질수록 거리로 흘러나오는 음악 소리는 더욱 커졌다. 그러나 왕룽이 앉아 있는 아래층은 차 마시는 사람들의 떠드는 소리, 주사위 던지는 소리, 마작패 던지는 소리로 시끄러워서 다른 소리들이 잘 안 들렸다.

그렇기 때문에 이날 저녁 왕룽은 그의 뒤에서 층계를 삐걱거리며 내려
오는 발자국 소리를 듣지 못했다. 그래서 누군가가 그의 어깨에 손을 대
었을 때, 그는 이 집에 그를 아는 사람이 있을 리가 없었으므로 깜짝 놀랐
다. 쳐다보니 뚜챈이었다. 땅을 살 때 그의 보석을 받던 손의 주인공, 떨
리는 황 영감의 손을 홱 잡아끌고 매도증서에 도장을 찍게 하던 뚜챈이
었다. 뚜챈은 그를 보고 웃었다. 그녀의 웃음은 일종의 날카로운 속삭임
이었다.

"아니, 농사꾼 왕 서방 아녜요? 여기서 만나다니 천만뜻밖이군요."

뚜챈은 농사꾼이라는 말을 조롱하는 뜻으로 일부러 길게 뽑으며 말했
다. 왕룽은 어떤 값을 치르고라도 이 여인에게 자기는 한낱 시골뜨기 농
부가 아니라는 것을 증명할 필요를 느꼈다. 그래서 껄껄 웃으며 말했다.

"왜, 내 돈은 돈이 아닌가? 난 이제 돈 걱정이 없소. 한 재산 모았지."

이 말에 뚜챈은 웃음을 뚝 그쳤다. 그녀의 눈이 뱀눈처럼 가늘게 반짝
였다. 목소리가 병에서 흘러나오는 기름처럼 부드러워졌다.

"누가 그걸 모른대요? 먹고 입고 남는 돈을 쓰는 데 여기보다 더 좋은
데가 있겠어요? 여긴 부자와 점잖은 양반들만 와서 놀아요. 이 집 술 같
은 술은 다른 데서는 구경도 못해요. 그 맛을 보셨어요, 왕룽 씨?"

"나는 차만 마셨어. 술과 마작은 손도 대지 않아." 왕룽은 대답하면서
좀 창피하기도 했다.

"차만?" 그녀가 소리 내어 깔깔대고 웃었다. "여기 호골주虎骨酒와 소주燒
酒, 향미주香米酒까지 다 있는데 왜 차만 마셔요?"

왕룽이 고개를 떨구자 뚜챈이 갑자기 부드럽고 교활하게 말했다.

"그럼 다른 건 아무것도 못 봤군요? 예쁜 아가씨들의 조그맣고 달콤한

뺨도. 그렇죠?"

왕룽은 고개가 더 수그러지고 얼굴에 뜨거운 피가 확 몰렸다. 주위 사람들이 모두 조롱의 눈으로 자기를 바라보며 뚜챈의 말을 엿듣는 것 같았다. 그래서 단단히 마음먹고 살짝 주위를 보았는데, 아무도 그에게 주의하지 않고 새로 마작 던지는 소리만 요란하게 났다. 그는 더듬거리며 입을 열었다.

"아, 아니, 못 봤어. 난, 나는 차만……."

뚜챈은 깔깔 웃더니 여자 그림이 그려진 명주 족자들을 가리켰다.

"저게 그 여자들이에요. 마음에 드는 여자를 고르세요. 내 손에 돈만 놔 주면 당신 앞에 데려다 줄 테니까요."

"저게?" 왕룽은 의심스러워서 되물었다. "난 이야기꾼들이 말하는 곤륜산昆崙山 선녀들인 줄만 알았지."

"그럼요, 꿈속 선녀들이고말고요. 그렇지만 돈만 조금 내면 당신 것이 될 수 있는 선녀들이에요."

뚜챈은 놀리는 어조로 말했다. 그녀는 자리를 옮기면서 주위 급사들에게 연상 고개를 끄덕이며 눈짓을 했다. 그중 한 사람에게 속삭였다. "완전 시골뜨기 멍청이야."

왕룽은 새로운 흥미를 느끼며 여자 그림들을 바라보았다. 저 좁은 계단을 오르면 바로 이 머리 위 여러 방에 살과 피를 가진 저런 여자들이 있고, 물론 자기는 아니지만 남자들이 그리로 간다. 만약 자기가 처자가 있는 선량한 농부 왕룽이 아니라면, 어린아이들이 무엇을 고르는 것처럼 이 여자들 중에서 한 여자를 택할 때 과연 어느 여자를 택할 것인가? 그는 이 그림 저 그림을 실물이기나 한 듯 자세히 뜯어보았다. 이렇게 보기 전에는 그녀들은 모두 똑같이 예뻐 보였다. 그러나 그 중에도 더 예쁜 여자가 있었다. 스무 개의 그림 중에서 셋을 먼저 골라 놓고, 셋 중에서 제일 예쁘고 자그맣고 가냘픈 여자 하나를 골랐다. 대나무처럼 허리가 날씬하고 조그마한 얼굴은 새끼고양이 같았다. 한 손에 봉오리 진 연꽃 줄기를 잡고 있는데, 그 손도 쭉 뻗어난 고사리처럼 나긋나긋해 보였다.

그 그림을 바라보고 있자 혈관에 술기운이 퍼지듯 몸이 화끈 달아올랐다.

"꼭 돌배나무 꽃같이 생겼군!" 그는 저도 모르게 이렇게 소리 내어 말하고는 자기 목소리에 깜짝 놀라 부끄러워졌다. 그는 돈을 꺼내놓고 황황히 나왔다. 밖은 이미 어둠에 싸여 있었다. 그는 집을 향해 걸었다.

들판과 질펀한 물 위에 휘영청 밝은 달빛이 은빛 안개처럼 드리워져 있었다. 그의 몸속에는 뜨거운 피가 남모르게 솟구치고 있었다.

# 19

만약 이때 왕룽의 논밭에서 물이 빠졌더라면, 젖은 땅이 여름의 태양 아래 김을 무럭무럭 내서 며칠 후에 갈아엎고 씨를 뿌려야 하게 되었더라면, 왕룽은 큰 찻집에 다시 발을 들여놓지 않았을지도 모른다. 또는 아이들 중에 누가 병에 걸렸다든가 노인이 갑자기 죽을 지경에 이르렀다면, 그런 사건들에 정신이 팔려서 족자에서 본 예쁘장한 얼굴이나 대나무처럼 날씬한 허리의 자태를 잊었을지도 모른다.

그러나 물은 꼼짝도 하지 않았다. 해질녘에 부는 여름의 미풍이 잔물결을 일으킬 뿐이었다. 노인은 항상 졸고 있었고, 두 아들은 아침 일찍이 서당으로 가면 해가 저물어서야 돌아왔다. 왕룽은 집 안에서는 마음을 걷잡을 수 없었고, 그를 쳐다보는 오란의 눈길을 피했다. 그가 안절부절 못하고 여기저기 왔다 갔다 하며 의자에 털썩 주저앉거나, 따라 주는 차를 잊고 마시지 않거나, 제 손으로 붙인 담배를 빨지 않고 있는 모양을 오란은 근심스럽게 바라보았다. 7월은 어느 때보다도 낮이 길다. 그 긴 해가 겨우 넘어가도 좀처럼 짙어지지 않는 황혼에 부드러운 바람이 물 위를 스쳐 지나갔다. 왕룽은 대문간에 서 있었다. 그러다가 갑자기 무슨 생각이 떠오른 듯 말없이 방으로 들어갔다. 그리고 명절을 위해서 오란이 준비해 둔 비단같이 빛나는 검정 무명 두루마기를 꺼내 입었다. 그리고는 아무에게도 말하지 않고 집을 나서서 물 사이의 둔덕길을 따라 들을 가로질러 캄캄해진 성문에 이르렀다. 그는 성안으로 들어가 재빨리 거리를 지나 큰 찻집에 다다랐다.

찻집은 등불로 휘황찬란했다. 해안 이국 도시에서 사온 석유등이었다. 밝은 불빛 아래서 사람들이 술을 마시며 떠들어댔다. 그들은 선선한 저녁바람에 옷깃을 풀어헤친 채 부채질을 했고, 웃음소리가 음악처럼 거리로 흘러나왔다. 농사만 짓던 왕룽으로서는 일찍이 경험해 보지 못한 인생의 환락이, 일하지 않고 놀기만 하는 사람들이 모인 이곳에서 벌어지고 있었다.

왕룽은 문지방에서 잠시 머뭇거렸다. 밝은 불빛이 열린 문틈으로 쏟아져 나왔다. 온몸의 피가 혈관이 터질 만큼 약동하고 있었지만, 원래 소심하고 수줍은 그는 그냥 그렇게 서 있다가 가버렸을는지 모른다. 그러나 때마침 문간 한 모퉁이 어두운 곳에서 할 일 없이 기대어 서 있던 여자가 밝은 데로 나왔다. 뚜챈이었다. 2층 여자들에게 손님을 붙여 주는 것이 그녀의 일이었기 때문에 남자의 그림자가 나타나자 앞으로 나왔던 것이다. 그러나 왕룽을 알아보고 그녀는 어깨를 으쓱했다.

"난 누구라고, 농사꾼이구먼!"

왕룽은 자기를 얕보는 그녀의 말에 충격을 받고 화가 벌컥 나서 전에 없이 대담하게 지껄였다.

"난 이 집에 못 올 사람인가? 남들이 다 하는 일을 난 못할 줄 알아?"

뚜챈은 다시 어깨를 으쓱하면서 웃음을 터뜨렸다.

"남들처럼 돈만 있다면야 왕 서방이라고 못할 게 뭐 있겠소?"

왕룽은 자기가 하고 싶은 일을 할 수 있을 만큼 돈이 많고 당당하다는 것을 보여주고 싶었다. 그래서 허리춤에 한 손을 넣어 은전을 수북이 꺼냈다.

"이만하면 되나? 아직도 부족한가?"

뚜챈은 손바닥에 가득한 은전을 보자 태도가 돌변했다.

"이리 오세요. 자, 어느 색시를 원하세요?"

그러자 왕룽은 다시 당황해서 중얼거렸다.

"내가 뭘 원하는 건 아닌데……." 그러나 다음 순간 그의 욕망이 불같이 일어났다. "그 몸이 자그마한 여자, 턱이 뾰족하고 얼굴이 작고, 배꽃같이 희고 불그레한 귀여운 얼굴에 봉오리 진 연꽃을 든 여자 말이오."

뚜챈은 어렵지 않다는 듯이 고개를 끄덕였다. 뚜챈은 그에게 따라오라고 손짓하고는 혼잡한 탁자 사이를 뚫고 지나갔다. 왕룽은 조금 간격을 두고 그녀를 따라갔다. 처음에는 모두가 자기를 주목하는 느낌이었다. 그러나 용기를 내어 사방을 둘러보니 아무도 그를 주시하지 않았다. 다만 두 사람이 이렇게 말하는 소리가 들렸다.

"벌써 색시한테 갈 시간이 됐나?"

"초저녁부터 오입하러 가는 놈이 다 있군."

그러나 이때 왕룽은 이미 뚜챈을 따라 좁고 가파른 층계를 올라가고 있었다. 왕룽은 난생 처음 집 안에 있는 층계를 올라가는지라 여간 어렵지 않았다. 유리창을 지난 때 창밖을 내다보니 굉장히 높이 올라온 것 같은 느낌이 들었다. 뚜챈은 그를 좁고 어둠침침한 복도로 데리고 가면서 소리쳤다.

"오늘밤 첫손님이 오신다."

갑자기 복도로 향한 방문들이 일제히 열리며 여기저기 쏟아져 나오는 불빛과 함께 젊은 여자들이 얼굴을 내밀었다. 햇볕에 꽃들이 활짝 피는 모양 같았다. 그러나 뚜챈은 심술궂게 쏘아붙였다.

"넌 아니야, 너도 아니고, 너도 아니고……. 누가 너 따위를 찾을 줄 아니. 이 손님은 석죽화같이 아름다운 련화蓮華를 찾으신단다."

여기저기서 수군댔다. 잘 들리지는 않으나 조롱하는 소리 같았다. 석류 빛처럼 붉은 얼굴의 색시 하나가 큰 소리로 지껄였다.

"련화는 좋겠다. 흙 냄새, 마늘 냄새 실컷 맡게 됐으니!"

왕룽은 아무 말대꾸도 하지 않았다. 그러나 내심 자신이 정말 농부로밖에는 보이지 않을 것이라고 생각하자 그 말이 칼로 찌르듯 뜨끔하게 들렸다. 그래도 그는 자기 허리춤에 은전이 두둑이 들어 있다는 생각으로 용기를 내고 뚜챈의 뒤를 따라갔다. 드디어 뚜챈이 어느 방문 앞에 서더니 주먹으로 문을 두드리고 그대로 들어갔다. 방 안에는 붉은 꽃무늬 누비이불이 덮인 침대 위에 날씬한 여자가 앉아 있었다.


만약에 누군가가 그에게 이 세상에 이렇게 작고 나긋나긋한 손이 있다고 말했다면 그는 곧이듣지 않았을 것이다. 그 가느다란 손끝의 손톱에는 연꽃 봉오리처럼 붉은 빛이 짙게 물들여져 있었다. 또 만약 누가 그에게 이렇게 작은 발이 있다고 말했어도 곧이듣지 않았을 것이다. 남자의 가운뎃손가락만큼밖에 안 되는 분홍 공단 신을 신은 발, 침대 끝에 걸터앉아 어린아이처럼 달랑거리는 발이 있다고 누가 말해줬어도 이렇게 직접 보기 전까지는 믿지 않았을 것이다.

그는 그녀를 바라보며 뻣뻣하게 앉아 있었다. 아래층 그림과 흡사했다. 어디서 만나더라도 그림만 보고서도 알아볼 수 있을 것 같았다. 그 중에서도 곱고도 젖빛같이 흰 손 맵시가 그림과 신통하게 같았다. 그러한 두 손이 연분홍색 비단옷 무릎 위에 포개어 놓여 있었다. 저런 손을 감히 건

드릴 수 있으리라고는 상상도 못했다.

그는 그림을 바라보듯 그녀를 바라보았다. 팽팽한 짧은 저고리를 입은 그녀의 허리는 대나무처럼 가냘팠다. 하얀 털을 단 높은 깃 위로 쏙 빠져 나온 조그마한 얼굴은 그림 그대로 간드러지게 예뻤다. 그녀의 살구씨같 이 동그란 눈을 보고 왕룽은 처음으로 이야기꾼들이 옛날 미인의 눈을 살구씨 같은 눈이라고 표현한 까닭을 알 수 있었다. 아무리 보아도 그녀 는 이 세상 사람이 아니고 그림에나 나오는 선녀 같았다.

련화는 작고 예쁜 손을 왕룽의 어깨에 얹었다가 가만히 팔을 쓰다듬어 내렸다. 왕룽은 일찍이 그런 감촉을 느낀 적이 없었다. 눈으로 보고 있지 않았다면 그녀의 손이 자기 팔을 쓸어내리는 것도 모를 것 같았다. 그는 그의 팔을 쓰다듬는 그녀의 손에서 시선을 떼지 않았다. 마치 그녀의 손 길을 따라 불이 일어나 소매를 통하여 살로 불길이 들어가는 것 같았다. 그녀의 손은 소매 끝에서 잠깐 멈칫하더니 그의 손목으로 내려갔다. 그리 고 그의 거칠고 거무스름한 손바닥 속으로 들어왔다. 그는 그녀의 손을 어떻게 해야 할지 몰라서 온몸을 떨기 시작했다.

그러자 그녀가 웃었다. 5층탑에 달린 은방울이 바람에 달랑거리는 것 같은 웃음소리였다. 그리고 웃음소리와 똑같은 목소리가 들렸다.

"저런, 이렇게 큰 양반이 아무것도 모르시네. 밤새 이렇게 앉아서 쳐다 보기만 하시겠어요?"

왕룽은 그제서야 그녀의 손을 두 손으로 모아 쥐었다. 아주 조심스럽게 모아 쥐었다. 부서지기 쉬운 마른 잎 같았기 때문이다. 그는 애원조로 입 을 열었다.

"난 아무것도 모르니 가르쳐 주오."

련화는 모든 것을 가르쳐 주었다.

왕룽은 열병에 걸린 사람처럼 마음이 괴로웠다. 그것은 사람이 가질 수 있는 가장 큰 괴로움이었다. 내리쬐는 여름 햇빛 아래서 일하는 고통보다도, 사막에서 불어오는 살을 에는 찬바람을 맞는 때의 고통보다도, 남방 도시의 거리에서 절망을 느끼며 인력거를 끌 때의 고통보다도, 이 날씬한 여인의 섬세한 손아귀에 붙들렸을 때의 고통이 더했다.

그는 날마다 찻집에 가서 련화가 부를 때까지 끈기 있게 기다렸다. 왕룽은 밤마다 련화의 방에 들어가 지냈지만 항상 촌뜨기같이 어수룩하게 굴었다. 문에 들어갈 때부터 몸이 떨렸고, 련화의 옆에 어색한 자세로 앉아서 그녀가 웃을 때까지 꼼짝도 하지 않았다. 련화가 몸을 내맡길 순간까지 그는 우둔한 종처럼 일거일동을 그녀가 시키는 대로만 할 뿐이었다. 마지막에야 련화는 마치 꺾이기 위해 피어난 꽃처럼 그에게 허락했다.

그는 만족할 수 없었다. 오란을 처음 얻어왔을 때 그녀는 그의 육체에 활기를 주었다. 짐승의 수컷이 암컷에게 덤벼들듯 오란에게 만족을 얻고서 곧 그녀를 잊고 일에 몰두할 수 있었다. 그러나 련화는 만족도 활력도 주지 않았다. 왕룽을 더 이상 받아들이지 않으려고 할 때의 그녀는, 작은 손에 갑자기 힘을 주어 그의 어깨를 떠밀고 뾰로통해서는 그를 문밖으로 몰아냈다. 그러면 그는 품속에 돈을 넣어주고 나왔는데, 나올 때의 그는 들어갈 때와 마찬가지로 사랑에 굶주려 있었다. 죽을 정도로 갈증이 난 사람이 바다의 짠물을 마시는 것과 같았다. 물은 물이지만 마실수록 갈증이 심해져서 피가 마르고, 급기야는 그렇게 마신 것 때문에 미쳐 죽어버리는 것과 같았다. 왕룽은 거듭 그녀에게로 가서 그녀를 마음껏 자기 것을 만들지만, 결국은 만족하지 못한 채 나오고 마는 것이었다.

더운 한여름 동안을 왕룽은 이렇게 이 여자를 사랑했다. 그는 그녀에 대해서 아무것도 몰랐다. 어디서 왔는지, 어떤 신분이었는지 몰랐다. 그녀와 같이 있을 때 그는 별로 이야기를 하지 않았다. 련화는 어린아이처럼 명랑하게 웃으면서 줄곧 지껄였지만 그는 귀담아듣지 않았다. 다만 그녀의 얼굴을, 손을, 몸뚱이를, 서글서글하고 귀여운 눈의 표정을 바라보며 그녀를 기다릴 뿐이었다. 아무리 해도 그는 그녀를 마음껏 소유할 수가 없었다. 그래서 그는 새벽이 되어서야 어리둥절하고 애틋한 마음으로 집으로 돌아오곤 했다.

집에서 보내는 여름날의 하루해는 몹시 지루했다. 그는 방이 후덥지근하다는 핑계로 침대에서 자지 않고, 거적을 펴고 누웠다. 잠도 자는 둥 마는 둥 했다. 그러다가 금방 잠에서 깨어 멍하니 뾰족뾰족한 댓잎 그림자를 바라보았다. 그러면 알 수 없는 달콤한 고통이 가슴속을 가득 채웠다.

아내와 아이들이 말을 붙이거나 칭 서방이 와서 "물이 곧 빠질 것 같은데 무슨 종자를 준비할까요?" 하고 물으면 버럭 역정을 냈다.

"왜 귀찮게 구는 거야!"

그는 련화에게 만족할 수가 없어서 가슴이 터질 것만 같았다. 이렇게 세월을 보냈다. 매일 해가 저물기만 기다렸다. 그는 오란의 우울한 얼굴이나 아이들의 시선도 피했다. 노인은 그를 한참 바라보다가 물었다.

"너 무슨 병이 있니? 심사도 거칠어지고 얼굴도 안됐구나."

밤만 되면 련화는 그를 그녀의 마음대로 했다. 어느 날 그녀는 매일 그가 공들여 손질하는 변발을 비웃었다. "남쪽 사람들은 돼지 꼬리를 달지 않아요." 그는 두말없이 그 길로 변발을 잘랐다. 전에는 사람들이 아무리 놀리고 비웃어도 흘려들었었다. 변발을 자른 것을 보고 오란은 질겁했다.

"당신은 목숨을 잘라 버렸군요."

그러나 왕룽은 도리어 역정을 냈다.

"평생 농부 꼴을 하고 다니란 말이야? 성안 젊은이들은 모두 깎았어."

후회하는 마음이 없지는 않았다. 그러나 련화가 그에게 지시하거나 원했다면 아닌 게 아니라 목숨이라도 서슴지 않고 내던졌을 것이다. 그녀는 그가 여자에게 바랄 수 있는 모든 아름다움을 한 몸에 지니고 있었다.

그는 이전에는 햇볕에 탄 갈색 몸을 씻는 일이 없었다. 일하여 땀으로 씻겨진 몸, 그것이 깨끗한 몸이라고 생각했었다. 그러나 지금은 자기 몸을 마치 다른 사람의 몸처럼 살펴보기 시작했다. 하도 매일 몸을 씻으니까 오란이 보다 못해 참견을 했다.

"그렇게 너무 씻다간 죽겠어요."

그는 향기가 진한 외국제 빨간 화장 비누를 가게에서 사다가 살을 문질렀다. 련화의 앞에서 냄새가 날까 봐, 좋아하던 마늘도 입에 대지 않게 되었다. 식구들은 모두 영문을 몰랐다.

왕룽은 또 여러 가지 새 옷감을 샀다. 여태까지는 오란이 바느질을 도맡아 했는데, 그녀는 옷감을 요령 있게 잘라서 실용적이고 튼튼한 옷을 만들었다. 그러나 요즈음 그는 그녀의 바느질 솜씨를 탓하고 새 옷감을 성안의 옷 만드는 집에 갖다 주어 성안 사람들처럼 연한 회색 두루마기를 몸에 꼭 맞게 맞추었다. 그 위에 입을 소매 없는 까만 공단 웃옷도 해 입었다. 생전 처음으로 부인네들이 집에서 만들지 않은 신도 사 신었다. 황 대인이 발에 걸치고 다닥거리며 다니던 그런 검정 벨벳 신이었다.

그러나 이런 훌륭한 새 옷을 오란과 아이들 앞에서 갑자기 입기는 부끄러웠다. 그래서 그는 새 옷을 갈색 기름종이에 싸서 잘 아는 사이가 된 그 찻집 급사에게 맡겨 두었다. 급사는 돈을 받고 하는 일이라서 왕룽이 2층으로 올라가기 전에 내실에서 옷을 바꿔 입게 해주었다. 왕룽은 금을 입힌 은가락지도 사서 끼었다. 변발할 때 면도질을 했던 앞머리가 자라자 은전 한 닢을 다 주고 조그만 병에 든 외국제 머릿기름을 사 발라서 머리를 곱게 넘겼다.

오란은 놀라서 그를 바라보았지만 아무 말도 할 수 없었다. 그러던 어느 날 점심을 같이 먹다가 어두운 목소리로 말했다.

"부잣집 서방님같이 보이는군요."

왕룽은 이 말에 호탕하게 웃고 말했다.

"쓰고도 남을 만큼 돈이 있는데 언제까지나 촌뜨기처럼 보일 필요가 없잖아?"

왕룽은 아내의 그 말을 듣고 하루 종일 여간 기분이 좋지 않았다. 그래서 이날만은 오란에게도 오래간만에 친절하게 대해 주었다.


이제 그의 돈, 그 소중한 은전이 그의 손에서 물처럼 헤프게 흘러나갔다. 련화와 같이 지낸 시간의 대가를 치러야 할 뿐만 아니라, 련화가 갖고 싶다고 조르던 것들을 사 주는 데 드는 돈이 또한 적지 않았다. 그녀는 갖고 싶은 것이 있으면 가슴이 반쯤 찢어지는 듯 한숨을 지으며 중얼거렸다.

"아, 아!"

련화 앞에서 제법 말을 잘하게 된 왕룽은 그녀의 탄식 소리를 들으면 속삭이는 소리로 정답게 물었다.

"왜 그래, 응?"

그러면 련화는 이렇게 대답하는 것이었다.

"오늘은 당신을 대해도 서글픈 마음만 들어요. 건넛방 헤이위黑玉는 그 아일 사랑하는 이가 금비녀를 사다 주더래요. 그런데 난 밤낮 이 낡아빠진 은비녀만 꽂아야 하니 속상해요."

그러면 왕룽은 그가 좋아하는 그녀의 야들야들한 귀를 볼 수 있도록 곱게 빗은 그녀의 검은 머리를 돌리면서 목숨을 걸고서라도 이렇게 속삭이지 않을 수 없었다.

"그렇다면 나도 사 주지. 내 이쁜이의 머리를 치장하기 위해서라면 금비녀를 사 주고말고."

어린아이에게 새 말을 가르치듯이 련화는 이러한 사랑의 낱말을 왕룽에게 가르쳤다. 왕룽이 그러한 말들을 그녀 자신에게 쓰도록 말이다. 왕룽은 지금까지 파종이라든가 추수라든가 햇볕이라든가 비라든가 하는 농사에 관한 말밖에 몰랐다. 그는 더듬거리며 새로 배운 낱말을 쓰면서도 자기의 심정을 충분히 표현하지 못했다.

이리하여 돈은 그의 집의 벽과 자루에서 흘러나갔다. 예전 같으면 "왜 벽에 넣어둔 돈까지 꺼내 가요?"라고 말했을 오란도, 지금은 아무 말 없이 근심스러운 눈으로 남편을 쳐다볼 뿐이었다. 그녀는 그가 그녀나 농토로부터 동떨어진 생활을 하고 있음을 알았지만, 실제로 어떤 생활을 하고 있는지는 잘 몰랐다. 그러나 오란은, 남편이 그녀가 못생겼다는 것과 그녀의 발이 크다는 것을 새삼스럽게 깨닫던 날부터 남편을 두려워했다. 그리고 걸핏하면 욕을 하는 남편에게 무엇 하나 물어보기도 두려워했다.

어느 날 왕룽이 들을 지나 집으로 돌아오다 보니 오란이 연못가에서 빨래를 하고 있었다. 그는 그녀에게로 다가갔다. 그는 잠깐 섰다가 거친 목소리로 아내에게 말했다. 그는 부끄러웠기 때문에, 마음속의 부끄러움을 그 자신이 인정하고 싶지 않았기 때문에 오히려 더 거칠게 말했다.

"진주 어딨어?"

오란은 평평한 돌에서 빨래 방망이질하던 손을 멈춘 채 그를 쳐다보고 주저주저하면서 대답했다.

"진주요? 갖고 있어요."

왕룽은 차마 아내의 얼굴을 마주 보지 못하고, 그녀의 젖은 손을 내려다보며 말했다.

"쓸데없이 가지고만 있으면 뭘 해?"

"두었다가 귀고리 만들려고요." 오란은 천천히 대답하다가 남편이 웃을까 봐 얼른 말을 이었다. "나중에 작은 계집애 시집보낼 때 쓰려고요."

왕룽은 마음을 단단히 먹고 언성을 높여 대꾸했다.

"흙같이 검은 얼굴에 진주는 무슨 진주야! 진주는 예쁜 여자들이나 치장으로 갖는 거야."

그리고 잠시 후 다시 버럭 소리를 질렀다.

"이리 내놔! 내가 쓸 데가 있어!"

오란은 젖어서 쭈글쭈글한 손을 천천히 가슴속에 넣더니 조그만 주머니를 꺼내 그에게 주었다. 그리고 그가 자기 주머니를 여는 것을 물끄러미 쳐다보았다. 왕룽의 손바닥에 놓여진 진주 두 알이 햇빛에 부드럽게 빛났다. 그는 흐뭇한 듯 소리 죽여 웃었다.

오란은 다시 방망이질을 시작했다. 그녀의 두 눈에서 구슬 같은 눈물이 후드득 떨어졌다. 그녀는 눈물을 닦으려고도 하지 않았다. 다만 나무 방망이로 빨랫돌 위의 빨래만 더욱 힘주어 두드릴 뿐이었다.

# 20

왕룽의 재산이 탕진될 때까지 이런 상황이 계속될 듯하던 때, 돌연 숙부가 돌아왔다. 그는 지금까지 어디서 어떻게 지냈는지 아무런 이야기도 하지 않았다. 그는 단추도 떨어진 누더기를 걸치고 문간에 우뚝 서 있었다. 여전히 허리띠를 느슨히 맸고, 고생한 듯 주름살은 늘었지만 얼굴은 예전 그대로였다. 아침상에 둘러앉은 식구들 앞에 나타난 그는 누런 이를 드러내며 싱글싱글 웃었다, 숙부가 살아 있는지조차 잊고 있던 왕룽은 입을 벌린 채 말을 못했다. 죽었던 사람이 살아온 것같이 여겨졌다. 늙은 아버지는 눈을 끔벅거리며 유심히 노려볼 뿐 그가 누구인지 알아보지 못했다.

"형님, 안녕하셨소? 조카랑 손자들이랑 질부랑 모두 별일 없고?"

숙부가 큰 소리로 떠들자 비로소 노인은 자기 동생을 알아보았다.

왕룽은 속으로는 언짢았지만 얼굴에는 반가운 빛을 띠고 공손하게 인사했다.

"아이고 작은아버지, 오랜만이오. 아침은 드셨어요?"

"안 먹었지. 같이 먹지 뭐."

숙부는 냉큼 상머리에 앉더니 밥그릇과 젓가락을 들어 밥, 절인 마늘, 생선, 짠지, 콩조림 등 닥치는 대로 집어먹었다. 여간 게걸스럽게 먹는 것이 아니었다. 그가 생선뼈와 콩까지 씹고 밥을 세 그릇이나 먹어치울 때까지 아무도 입을 열지 않았다. 그는 다 먹고 나서 덤덤하게 말했다.

"이제 좀 자야지. 꼬박 사흘 밤이나 못 잤어."

왕룽은 숙부의 어이없는 행동에 당황했지만 어쩔 수 없이 그를 아버지 침대로 모셔 갔다. 숙부는 이불을 들추고 좋은 천과 말끔한 새 광목을 쓰다듬었다. 그리고 훌륭한 침대랑 왕룽이 아버지 방에 마련해 놓은 나무 탁자와 큰 나무 의자를 두리번거리듯 살피며 말했다.

"네가 부자가 됐다는 소문은 들었지만 이렇게 부자가 됐을 줄은 생각도 못했지."

그리고 침대에 반듯이 드러눕더니 더운 여름임에도 이불을 어깨까지 끌어 덮고 이내 잠들었다. 그는 모든 것을 자기 것처럼 다루었다. 왕룽은 지극히 불안한 생각을 하며 가운뎃방으로 돌아왔다. 그가 부자인 이상 숙부를 쫓아낼 수 없었다. 숙모까지 따라올 것을 생각하자 더한층 불쾌했다. 왕룽은 그들이 오는 것을 거절할 수 없다.

아니나 다를까 그가 걱정하던 대로 일이 벌어졌다. 숙부가 한낮이 지나서 기지개를 켜며 하품을 늘어지게 하면서 부스스 일어났다. 그리고 누더기 옷을 걸치고 방에서 나와 왕룽에게 말했다.

"가서 네 숙모와 사촌 동생을 데려오마. 이렇게 큰 집에서 우리 세 식구가 먹고 입는 것쯤이야 아무것도 아닐 거야."

왕룽은 침울한 얼굴로 응낙할 도리밖에 없었다. 넉넉한 사람이 어버이 형제 되는 가족을 집에서 내쫓는 것은 부끄러운 일이기 때문이었다. 더구나 왕룽은 이제 지주라서, 자기가 그런다면 퍽이나 수치가 되지나 않을까 해서 말 한마디 못했다. 머슴들을 헌집으로 옮기고 그들이 쓰던 문간방을 비웠다. 그날 저녁 숙부가 가족을 데리고 그 방으로 들어갔다. 왕룽은 머

리끝까지 울화가 치밀었다. 그런데도 오히려 웃어 가며 그들을 맞이해야
했기에 화가 폭발할 것 같았다. 사촌의 건달같이 뻔뻔스런 얼굴을 보았을
때는 한 대 올려붙이고 싶은 것을 가까스로 참아야 했다. 너무 화가 나서
사흘이나 성안에 들어가지 않았다.

그 상황에 금방 적응한 오란이 "화내면 어쩌겠어요. 참는 수밖에 없어
요." 하고 말했고, 숙부의 가족들도 신세를 지는 판인지라 은근한 태도로
그를 대했기 때문에 왕릉의 마음도 점점 가라앉았다. 그러자 련화에 대한
생각이 전보다 더 맹렬히 불타기 시작했다. 그는 혼자 중얼거렸다.

"집에 사나운 개들이 우글거리니 딴 곳에서 마음의 평안을 얻을 수밖
에."

전날의 정열과 고통이 다시금 불타올랐다. 아직도 그는 그녀에 대한 애
욕을 만족시키지 못했던 것이다.

오란은 워낙 단순해서 그런 사실을 몰랐고, 노인은 늙어 몽롱한 정신이
라 몰랐다. 칭 서방도 왕릉을 우정으로 믿는 바람에 눈치채지 못했다. 그
런데 숙모가 대번에 알아차리고 교활한 웃음을 흘렸다.

"조카는 어디서 꽃을 따려는 중이군."

오란이 무슨 소리인지 알아듣지 못하고 물끄러미 숙모의 얼굴만 바라
보자, 숙모는 또다시 웃으며 말했다.

"질부는 수박을 갈라야만 수박씨가 보이나 봐? 쉽게 말해서 네 남편이
지금 딴 계집에 단단히 미쳐 있단 말이야."

왕릉은 간밤에 치른 정열로 지친 몸을 이끌고 새벽녘에 돌아와 누워
있다가, 침실 바로 밖 앞뜰에서 숙모가 하는 이야기를 듣고 눈이 번쩍 뜨
였다. 더 자세히 들으려고 귀를 기울였다. 숙모의 굵은 목소리가 술술 풀
려 나왔다.

"난 그런 사내를 많이 봤네. 사내가 머리에 기름을 바르고 새 옷을 사입고 유난스럽게 벨벳 신을 사 신으면 새 계집이 생겼다는 증거야. 확실하지."

그 말에 대꾸하는 오란의 짤막짤막한 말소리가 들렸다. 무어라고 하는지는 잘 들리지 않았다. 숙모가 다시 말을 이었다.

"이런 멍청한 사람이 있나! 어떤 사내고 한 계집으로 마음이 찬다고 생각하면 잘못이야. 자기를 위해 뼈를 갈아가며 일한 여편네, 사내는 대수롭게 생각지 않아. 생각은 딴 계집으로 달린다 이거야. 자네 같은 사람은 남자가 좋아하는 계집은 못 돼. 말없이 일이나 해주면 소보다는 조금 낫다고 생각해 줄까? 조카도 이젠 돈이 있으니까 딴 여자를 사서 집으로 들여도 자넨 싫다고 못해. 사내란 모두 그러니까. 우리 영감도 그렇게 하고 싶은 마음이야 뻔하지. 제 입 하나 풀칠도 못하는 처지니까 못하고 있는 거지."

숙모는 몇 마디 더 계속했다. 그러나 왕룽의 귀에는 더 이상 들리지 않았다. 숙모의 말에 그의 생각은 멈췄다. 어떻게 하면 사랑하는 련화에 대한 아쉬움을 만족시킬 수 있는지 갑자기 깨달았던 것이다. 그녀를 아예 집으로 사 오리라. 그래서 아무도 그녀를 찾지 못하게 하고 혼자 독차지하리라. 그래서 그녀의 육체를 먹고 마시고 맛보며 자신의 욕정을 만족시키리라. 생각이 여기에 미치자 그는 침대에서 벌떡 일어나 밖으로 나왔다. 그는 몰래 숙모에게 손짓하여 대문 밖 아무도 엿듣지 못할 대추나무 밑으로 데리고 갔다.

"안뜰에서 숙모가 한 이야기를 들었소. 숙모 말씀대로 사실 지금 여편네 이외에 다른 계집 생각이 없는 게 아니오. 모두 다 먹여 살릴 땅이 있는데 안 될 리는 없겠지요?"

숙모는 수다스럽게 열심히 동의했다.

"그렇고말고, 부자가 되면 사내란 다 그런 건데 뭐. 가난한 사내들이나 한 우물만 파는 거지."

그녀는 왕룽이 다음에 무엇을 말하고자 하는지를 미리 짐작하고 그렇게 말했다. 과연 왕룽은 그녀의 짐작대로 말을 이었다.

"그런데 누가 중간에서 이 일을 해줄 것인가가 문제요. 차마 내가 직접 가서 그 여자더러 내 집으로 가자는 말은 못하겠고."

그녀는 즉시 말을 받았다.

"내게 맡기게. 어느 여자인가만 말해 봐, 내가 일을 다 성사시킬 테니."

왕룽은 주저하다가 이름을 말했다. 여태까지 아무에게도 그 이름을 말해 본 적이 없었다.

"련화라는 여자요."

두 달 전만 해도 련화라는 여자가 이 세상에 사는지도 몰랐는데, 지금은 그녀 이름을 세상 사람이 모두 알고 있으리라고 생각하게 되었다. 그래서 숙모가 "어디 사는 여자인데?" 하고 물었을 때 그는 신경질이 날 지경이었다.

"성안 큰 거리 제일 큰 찻집이지 어디겠소?"

"오, 백화각白化閣?"

"그밖에 또 어디 있소?"

그녀는 내민 아랫입술에 손가락을 대고 한참 생각하더니 말했다.

"거긴 아는 사람이 통 없는데……. 그 여잘 돌보는 사람이 누군가?"

황 대인 집에서 종살이하던 뚜챈이라고 하자 숙모가 소리 내어 웃었다.

"그래? 어느 날 밤 황 영감이 그년 이불 속에서 죽어 나갔다더니, 그 뒤로 그런 일을 하고 있구만? 하긴 그년이 할 만한 일이지." 하고는 다시

"헤헤, 헤헤…….' 하고 큰 소리로 웃었다. 그리고 덧붙여 말했다.

"그 여자라면 쉽지. 뚜챈이란 여자는 말이야, 손에 은전만 듬뿍 쥐어주면 무슨 일이든 못하는 게 없거든. 산이라도 만들어 낼걸."

이 말에 왕룽은 갑자기 입의 침이 마르고 목이 타들어갔다. 간신히 속삭이는 목소리로 말했다.

"돈을 내죠. 은이건 금이건, 내 땅을 다 팔아서라도…….'


사랑의 열병은 이상야릇한 것이라고나 할까? 그날부터 왕룽은 그 일이 모두 주선될 때까지 찻집에 안 가기로 했다.

'련화가 내 집으로 와서 나만의 사람이 되기를 거절한다면, 내 목을 자르면 잘랐지 다시는 그 여자 집에 가지 않으리라.' 그는 스스로 다짐하는 것이었다.

련화가 오지 않겠다고 한다면, 하는 생각이 들 때마다 그는 숙모에게로 달려갔다. "돈으로 된다면 어떻게든 하지요" 하기도 하고, "은이건 금이건 아끼지 않는다는 말도 뚜챈에게 전했죠?"라고 묻기도 했다. "련화에게 이렇게 말씀하세요. 내 집에 오면 아무 일도 안 시키고 비단옷만 입히고, 먹고 싶다면 상어의 지느러미라도 매일 먹게 해준다고요." 이런 말들을 연거푸 늘어놓자 뒤룩뒤룩 살찐 숙모가 참다 못해 눈을 굴리며 핀잔을 주었다.

"아 글쎄, 내가 등신인 줄 아는가? 중매를 내가 처음하나, 어디? 내가 다 알아서 할 테니까 내게 맡겨. 벌써 몇 번이나 얘기했구만."

그래서 왕룽은 잠자코 손톱이나 깎으며 련화의 입장이 되어서 이 집을 살펴보고 할 뿐이었다. 그는 오란을 시켜 갑작스레 마당을 쓴다, 걸레질을 한다, 탁자와 의자를 옮긴다, 이것저것 부산을 떨었다. 불쌍한 오란은 남편이 말을 안 해도 자기에게 닥칠 일을 짐작했기에 불안감에 차 있었다. 왕룽은 오란과는 이제 더 이상 동침할 생각이 없었다. 두 여자가 한 집에 있으면 더 많은 방과 안뜰이 필요하고, 자기도 애인과 함께 산책할 동산 같은 곳도 있어야겠다고 생각했다. 그래서 숙모가 결말을 낼 때를 기다리며 일꾼들을 불러 가운뎃방 뒤에 정원을 만들고, 그 정원 주위에 큰 방 하나와 양쪽에 작은 방을 하나씩 만들었다. 일꾼들이 의아한 듯 그를 바라보았지만 그는 아무 말도 하지 않았다. 그가 손수 일꾼들을 부렸기 때문에 무엇을 한다는 것을 칭 서방에게 말할 필요도 없었다. 일꾼들은 밭의 흙을 퍼다가 벽을 만들었다. 왕룽은 성안에 사람을 보내어 지붕을 이을 기와를 사들였다.

방이 세워지고 바닥이 반반해지자 그는 벽돌을 사오게 했다. 일꾼들은 그것을 빈틈없이 깔고 회반죽으로 틈을 발랐다. 련화가 쓸 세 개의 방에 훌륭한 벽돌 바닥이 완성됐다. 왕룽은 붉은 천으로 문 휘장을 만들고, 새 탁자와 그 양쪽에 놓을 조각 의자 두 개, 탁자 뒤 벽에 걸 산수화 족자를 두 폭을 샀다. 뚜껑 달린 둥글고 붉은 과자통을 사서 깨과자와 튀긴 과자를 채워서 탁자 위에 놓았다. 작은 방에는 폭이 넓고 정교한 조각이 새겨진 큰 침대를 놓았고, 그 주위에 꽃무늬 휘장을 둘렀다. 이런 일을 오란에게 시키기는 차마 부끄러워서 저녁때 숙모를 불러다가 사내 손으로 감당할 수 없는 잔일을 부탁했다.

만반의 준비가 끝나고 할 일이 없어졌는데도, 한 달 동안 이야기는 끝이 나지 않았다. 왕룽은 련화를 위해 새로 만든 조그만 정원을 혼자 어슬렁거리다가, 정원 한복판에 작은 연못을 만들 생각을 했다. 그래서 인부를 한 사람 불러서 사방 석 자의 연못을 파고 벽돌을 붙였다. 왕룽은 성안으로 나가 금붕어를 다섯 마리 사 왔다. 이제는 할 일도 더 생각나지 않았다.

그는 안절부절 열병에 걸린 상태로 기다렸다. 아이들이 코를 흘리고 있으면 야단을 치고, 오란이 사흘 이상 머리를 감지 않으면 고함을 치는 것이 고작이었다. 마침내 어느 날 아침 오란이 지금까지 어떤 때에도, 굶주렸을 때조차도 본 일 없는 눈물을 흘리며 큰 소리로 울었다.

"뭐야. 말꼬리 같은 머리 좀 빗으라니까 왜 이 야단이야."

그녀는 신음하듯이 이 말을 되풀이했다.

"당신을 위해 아들을 낳았어요. 아들들을 낳아 드렸어요, 난……."

그는 입을 다물고 초조해했다. 오란 앞에서는 아무래도 부끄러웠기 때문에 혼잣말로 중얼중얼하고 그녀를 내버려두었다. 법적으로는 아내를 트집 잡을 아무런 이유가 없었다. 그녀는 그를 위해서 훌륭한 세 아들을 낳아 주었고 모두 잘 자라고 있었다. 자신의 욕망 말고는 구실이 없었다.

이렇게 지내던 차에 숙모가 와서 말했다.

"이야기가 끝났네. 뚜챈은 일시불로 은전 백 닢, 련화는 비취 귀고리와 비취반지와 금반지, 공단옷 두 벌, 비단옷 두 벌, 신발 열두 켤레, 비단 이불 두 채만 해주면 오겠대."

왕룽에게는 "이야기가 끝났네."라는 말밖에 들리지 않았다. 그는 큰 소리로 말했다.

"그렇게 해주세요, 그렇게 해주세요." 그는 안방으로 달려가 은전을 꺼내 왔다. 그러나 몇 해 동안의 풍년의 결과를 이렇게 쓰는 것을 아무에게도 보이고 싶지 않아서 가만히 그녀에게 내밀었다.

"숙모님도 은전 열 닢 받아 두세요."

숙모는 사양하는 시늉을 하면서 살찐 몸을 뒤로 빼고 머리를 절레절레 저으며 나지막하게 속삭였다.

"아냐, 나는 괜찮아. 난 한 집안 식구고 자넨 내 아들, 나는 자네 어머니나 마찬가지 아닌가. 돈 때문이 아니야, 자넬 위해서 한 일이지."

그러나 왕룽은 숙모가 겉으로 그렇게 말하면서 손을 내미는 것을 보고 그 손에 은전을 쥐어 주었다. 그는 돈을 잘 썼다고 생각했다.

그는 돼지고기, 쇠고기, 연어, 버섯, 밤을 샀고, 국물을 만들기 위해 남쪽에서 온 제비집과 말린 상어 지느러미, 그리고 그가 알고 있는 과자를 모두 사놓고 기다렸다. 이 타는 듯이 연속되는 초조함을 '기다림'이라 한다면.


늦여름, 8월의 햇볕이 내리쬐어 찌는 듯이 더운 어느 날 련화가 왔다. 그녀가 오는 것을 왕룽은 멀리서 보고 있었다. 그녀는 사내들이 어깨에 멘 대나무 가마에 타고 있었다. 밭 옆 좁은 길로 가마가 이리저리 흔들리며 오고 있었다. 그 뒤에 따라오는 그림자는 뚜챈이었다. 왕룽은 갑자기 두려운 생각이 들어서 중얼거렸다.

"나는 무엇을 집에 끌어들이고 있는가?"

그는 무의식적으로 오랜 세월 아내와 쓰던 방으로 뛰어들어 문을 닫고 방 안 어둠 속에서 어쩔 줄 몰라 했다. 가마가 도착했는지 나오라고 외치는 숙모의 목소리가 들렸다.

왕룽은 왠지 부끄러워서 이 여자와 처음 만나는 것처럼 고개를 떨구고 천천히 걸어 나갔다. 엉뚱한 곳을 보면서 한 번도 앞을 보지 않은 채였다. 뚜챈이 들뜬 양 그에게 말을 걸었다.

"이렇게 될 줄은 미처 몰랐어요."

그녀는 사내들이 내려놓는 가마로 가서 발을 올리고 혀를 차며 말했다.

"련화, 나와요. 자, 당신 집이야. 당신 주인어른도 여기 계시고."

왕룽은 싱글거리는 가마꾼들의 얼굴을 보자 어색해졌다. '그래봤자 성 안 길거리 건달패들이 아닌가, 보잘것없는 것들이야.' 그래도 얼굴이 화끈거리며 붉어지는 것이 느껴지자, 화가 치밀어 한마디도 하지 않았다.

가마 휘장이 걷혔다. 저도 모르게 바라보니 가마 구석에 화장을 하고 백합처럼 조용히 련화가 앉아 있었다. 그는 이것도 저것도 잊어버렸다. 싱글거리는 가마꾼들도 잊어버렸다. 자기만의 것을 만들려고 이 여자를 샀다는 것과, 이 여자가 죽을 때까지 이 집에서 살러 왔다는 사실만 떠올랐다. 그는 몸이 굳어짐을 느끼며, 그녀가 떨면서도 바람에 나부끼는 한 떨기 꽃처럼 우아하게 일어서는 것을 보고 있었다. 눈을 떼지 못하고 보고 있자니, 여자는 뚜챈의 손을 잡고 가마를 나와서 머리를 숙이고 눈을 내리깐 채 작은 발로 위태롭게 뚜챈을 의지하며 걸음을 떼었다. 그의 앞을 지날 때 그에게는 아무 말도 하지 않고 뚜챈에게만 속삭였다.

"내 방은 어디지요?"

그때 숙모가 그녀의 다른 쪽 팔 가까이로 왔다. 그들은 양쪽에서 련화를 부축하여 정원을 지나 왕룽이 지어둔 새 방으로 안내했다.

왕룽의 식구들은 아무도 그녀가 온 것을 보지 못했다. 머슴들과 칭 서방은 먼 밭으로 일을 보냈고, 오란은 쌍둥이들을 데리고 어디론가 가버려서 없었다. 두 아들은 서당에 갔고, 노인은 벽에 기대어 졸고 있었다. 천치 딸은 집 안에서 오가는 사람들을 아랑곳하지 않는데다 부모 얼굴 외에는 누구의 얼굴도 알아보지 못했다. 그런데도 련화가 안으로 들어가자 뚜챈은 휘장을 내렸다.

얼마 뒤 숙모가 심술스런 미소를 띠며 나오더니, 더러운 것을 떨쳐버리듯 양손을 털었다.

"향수와 분냄새가 코를 찌르는군. 아주 갈보 냄새가 배어 있어." 그녀는 더 빈정댔다. "여보게, 그 여자는 보기보다 나이를 더 먹었어. 그렇지, 사내들이 거들떠보지 않는 나이가 아니고서는 비취반지나 금반지, 비단 공단 정도로 농가에 오지는 않을 테니까. 아무리 부자 농사꾼이라고 해도 말이네."

너무나 노골적인 이 말에 왕룽이 화내는 듯이 보이자 다급하게 덧붙였다.

"그러나 미인일세. 저런 미인은 본 일이 없어. 오랫동안 꼭 사내같이 생긴 황 대인 집 종만 상대했으니 잔칫날의 팔보채 같은 맛이겠네."

왕룽은 말 없이 집 안을 이리저리 돌아다니며 귀를 기울였다. 가만히 앉아 있을 수가 없었다. 그러다가 용기를 내서 붉은 휘장을 올리고 련화를 위해 마련한 뜰을 지나 그녀의 방으로 들어갔다. 그리고 밤까지 그녀 곁에 있었다.

그동안 오란은 집에 얼씬도 하지 않았다. 새벽에 호미를 들고 쌍둥이를 데리고 배춧잎에 찬밥을 싸서 나가고는 그만이었다. 밤이 되어서야 집으로 돌아왔다. 흙투성이가 되어 지친 얼굴이었다. 아이들도 묵묵히 그녀의 뒤를 따라왔다. 그녀는 아무하고도 말을 않고 부엌에 가서 식사 준비를 해서 언제나처럼 탁자에 갖다 놓았다. 그러고는 노인을 불러서 손에 젓가락을 쥐여 주고 천치 딸에게도 먹인 후 아이들과 함께 아주 적은 양의 저녁을 먹었다. 그들이 모두 잠들고 왕룽이 련화의 방 탁자 앞에 꿈꾸듯 앉아 있을 때, 그녀는 몸을 씻고 자기 방으로 가서 혼자 잠들었다.

왕룽은 밤낮으로 애욕에 빠졌다. 매일같이 련화가 멍하니 누워 있는 침대 곁으로 가서 그녀의 몸짓을 하나에서 열까지 보고 있었다. 초가을의 늦더위가 싫어서 그녀는 밖에 나가지 않았다. 뚜챈이 미지근한 물로 련화의 날씬한 몸을 씻어주고 기름을 바르고 머리에 향수를 뿌리는 동안 누워 있었다. 뚜챈은 런화가 자기 몸종으로 꼭 있어 달라며 아낌없이 돈을 주었기 때문에, 여러 사람의 시중을 드느니 하나를 돌볼 마음이 생겼던 것이다. 그녀와 런화는 다른 사람들과 떨어져서 왕룽이 새로 지어준 안뜰의 방에서 살았다. 런화는 하루 종일 시원하고도 어둑한 방에서 사탕과자나 과일을 먹었고, 허리께까지 몸에 착 붙는 윗도리와 품이 넓은 녹색 여름 비단 속옷만 걸치고 있었다. 왕룽은 이런 모습의 그녀를 보며 더욱 애욕에 빠졌다.

저녁이 되면 그녀는 귀엽게 아양을 떨면서 그를 내쫓았다. 그러면 뚜챈이 목욕을 시켜 주고, 다시 향수를 뿌려 주고, 부드러운 흰 비단 속옷에 왕룽이 사준 분홍색 겉옷을 입혀 주었다. 발에는 수를 놓은 작은 신발을 신겼다. 그리고는 뜰을 거닐며 금붕어 다섯 마리가 헤엄치고 있는 작은 연못을 들여다보았다. 왕룽은 자기 것이 된 그녀를 황홀하게 바라보았다. 그녀는 작은 발을 위태롭게 디디고 있었다. 왕룽은 그녀의 끝이 뾰족한 작은 발과 나긋한 손의 아름다움을 일품이라고 생각했다.

그는 사랑에 빠져 홀로 즐기며 만족해했다.

## 21

한 지붕 밑에 여자 둘이 있으면 평화가 없다고 하듯이, 련화와 뚜챈이 아무런 불화 없이 집안 사람들과 잘 지내기를 기대할 수는 없었다. 그러나 왕룽은 그것을 짐작하지 못했다. 오란의 무뚝뚝한 얼굴과 뚜챈의 교활한 모습에서 어쩐지 일이 잘못되어 간다고 짐작은 했지만 대수롭게 생각하지 않았다. 그는 자기 욕망에 불타서 아무에게도 관심이 없었다.

낮이 밤이 되고 밤이 새벽으로 바뀔 때, 왕룽은 태양이 떠도 련화 곁에 있고, 달이 떠도 련화 곁에 있었다. 이렇게 사랑의 갈증이 약간 채워지자 전엔 알지 못했던 일들이 차츰 눈에 띄었다.

이를테면 오란과 뚜챈의 갈등 같은 것이다. 이런 일이 생기리라고 생각도 못했다. 남편이 첩을 들이면 대들보에 목을 매거나 남편에게 따진다는 본처 이야기를 여러 번 들었지만, 오란은 워낙 말이 없는 여자니까 아무 말 않을 것이라고 생각하고 안심했던 것이다. 오란이 련화를 미워할 것이라고는 예상했지만, 뚜챈에게 노여움을 터뜨리리라고는 상상도 못했다.

왕룽은 련화의 부탁이라면 다 들어 주었다. 그때도 련화는 왕룽에게 이렇게 부탁했다.

"뚜챈을 제 몸종으로 데려가도 괜찮겠죠? 전 외톨이에요. 제가 말을 배우기도 전에 부모님이 돌아가셨고, 숙부님은 제가 예뻐지자 바로 팔아넘겼어요. 제겐 정말 아무도 없어요."

그녀는 이렇게 말하며 아름다운 눈꼬리에서 반짝이는 눈물을 흘렸다. 이렇게 그녀가 졸라대면 그는 그녀의 청을 거절할 수 없었다. 그녀에게 몸종이 없는 것도 사실이었고, 이 집에서 외톨이라는 것도 사실이었다. 오란이 첩의 시중을 들리라고는 전혀 생각할 수 없었다. 그녀는 련화에게 말도 걸지 않을뿐더러 이 집에 그녀가 있다는 것을 완전히 묵살하고 있었다. 숙모가 있기는 한데, 왕릉은 숙모가 련화 곁에서 자기 얘기를 지껄일 것이 싫었다. 그래서 뚜챈이 적당하다고 생각했다.

그러나 뚜챈을 대할 때의 오란은, 왕릉이 지금껏 본 일도 없거니와 또 그녀에게 그런 면이 있을 줄을 꿈에도 몰랐다고 하고 싶을 만큼 심하게 화를 냈다. 뚜챈은 자기가 황 영감의 몸종이었을 때 오란이 부엌종 중 한 사람이었음을 잊지 않았지만, 오란과 사이좋게 지낼 생각이 충분히 있었다. 그래서 오란을 처음 만났을 때 공손하게 말을 걸었다.

"어머, 반가워요. 또 한집에서 살게 됐군요. 당신이 주인이고 내 마님인 셈이니, 참 변화무쌍한 세상이에요."

오란은 그녀를 한동안 빤히 보다가, 이 여자가 련화의 몸종으로 왔다는 것을 알게 되자, 아무 말 없이 나르던 물독을 내려놓고 왕릉이 애욕의 휴식을 취하고 있는 가운뎃방으로 가서 분명히 말했다.

"저 종년이 이 집에서 뭘 하는 거죠?"

왕릉은 눈을 이리저리 돌렸다. 그는 떳떳하게 말하고 싶었다. '이건 내 집이야, 내가 좋다고 하면 누구라도 이 집에서 살 수 있어. 그러는 너는 누구냐?' 그러나 오란의 앞에서는 어쩐지 부끄러워 말이 나오지 않았다. 그는 자신이 부끄러움을 느끼는 것에 화가 났다. 자신은 쓰고도 남을 만큼 충분히 돈을 가지고 있는 사내가 하는 정도의 짓을 하고 있을 뿐 부끄러울 게 없었다.

그렇지만 말이 나오지 않았다. 그는 담배를 찾는 체하고 허리춤을 뒤졌다. 오란은 그 큰 발로 꿈쩍도 않고 그곳에 서서 기다렸다. 그가 대꾸하지 않자 똑같은 말로 똑똑히 물었다.

"저 종년이 이 집에서 뭘 하는 거죠?"

그녀가 끈질기게 대답을 기다리자 그제야 왕룽은 힘없이 말했다.

"그게 당신과 무슨 상관이야?"

"제가 황 대인 집에 있을 때 저 계집이 나를 얼마나 괴롭혔는지 알아요? 하루에도 몇십 번씩 부엌에 달려와서 주인어른 차나 진지를 빨리 갖고 오라느니, 이건 너무 뜨겁다느니, 음식이 맛이 없다느니, 못생겼다느니, 굼벵이라느니, 이렇다 저렇다 소리를 질렀어요."

왕룽은 어떻게 말해야 좋을지 몰라서 대꾸하지 않았다.

기다려도 대답이 없자 그녀의 눈에서 뜨거운 눈물이 천천히 흘러내렸다. 눈을 깜박여서 그 눈물을 삼키려고 애쓰다가 끝내 푸른 앞치마 끝으로 훔쳐내야 했다.

"내 집에서 이런 짓을 하다니 너무해요. 이 집을 나갈래도 친정도 없고……."

그래도 왕룽이 묵묵부답으로 걸상에 앉아 있다가 담뱃대에 불을 붙이자, 그녀는 말 못하는 짐승처럼 서럽고도 멍한 눈으로 그를 바라보다가, 이윽고 단념하고 눈물이 앞을 가리는지 손으로 문을 더듬어 찾아 나갔다.

왕룽은 그녀가 사라지자 혼자가 된 것이 기뻤으나 마음 한구석은 부끄러웠는데, 그 부끄러움이 못마땅해서 누구하고 말다툼이라도 하듯 큰 소리로 중얼거렸다.

"딴 사내들도 하는 짓인데. 난 아내에게 충분히 잘 해줬어, 나보다 더 지독한 놈도 있는걸." 그러니까 오란이 그쯤은 참아야 한다고 생각했다.

그러나 오란은 그것으로 끝이 아니었다. 그녀는 자기 식으로 해나갔다. 아침이면 물을 끓여서 노인에게 주었고, 왕룽이 련화에게 가 있지 않으면 그에게도 차를 주었다. 그러나 뚜챈이 그녀의 주인을 위해서 더운 물을 뜨러 가면 큰 냄비는 항상 비어 있었고, 아무리 투덜거려도 오란은 전혀 상대하지 않았다. 그래서 뚜챈은 더운 물이 필요하면 손수 끓여야 했다. 이런 때도 있었다. 아침 식사 때문에 물을 끓일 냄비가 없다고 뚜챈이 큰 소리로 떠드는데 오란은 대꾸없이 태연하게 제 할 일만 했다.

"작은마님이 차가 마시고 싶어서 목이 말라 죽을 지경인데 상관없어요?"

오란은 들은 체도 않고, 옛날에 한 잎의 가랑잎도 아껴가며 때던 시절과 조금도 다름없이 조심스레 절약해서 아궁이에 잎과 짚을 넣을 뿐이었다. 뚜챈이 왕룽에게 불평하자, 그는 사랑하는 련화가 이런 일로 고통 받는 것이 노여워 오란에게 소리쳤다.

"아침에 물을 더 많이 끓일 수 없어?"

그녀는 전보다도 더 상을 찌푸리며 대답했다.

"나는 이 집에서 종년의 종노릇은 못해요."

왕룽은 화를 참지 못해 오란의 어깨를 잡아 흔들었다.

"못난 소리 그만해. 뚜챈을 위해서가 아니라 그 주인을 위해서야."

오란이 그의 손짓을 참다가, 그를 바라보고 짧게 말했다.

"그 계집에게 내 진주 두 개를 주었죠?"

그 말에 왕룽의 손이 오란의 어깨에서 떨어졌다. 그는 아무 말도 못했다. 그는 노여움을 잊고 부끄러워하면서 그곳을 나와 뚜챈에게 가서 말했다.

"아궁이를 따로 내어 부엌을 따로 만들지. 저 미련한 것은 꽃 같은 련화의 몸에 필요한 음식이며 네가 좋아하는 것을 몰라. 새 부엌에서 자네도 마음대로 솜씨를 부려보지 그래?"

그는 일꾼들에게 부엌과 아궁이를 만들게 하고 새 솥을 사오게 했다. 거기서 마음대로 솜씨를 부려보라는 말이 뚜챈을 기쁘게 했다.

왕룽은 이제 시끄러운 일도 잠잠해졌고 여자들도 말이 없어졌으니 이젠 자기의 사랑을 맘껏 즐길 수 있으리라고 생각했다. 이것이 그의 기분을 좋게 했던지, 련화가 백합꽃 같은 눈썹을 내리깔고 애교를 부리거나 그에게 눈웃음치는 모습이 새삼 더 예뻐보였다.

그러나 새 부엌은 새로운 문제를 만들었다, 뚜챈이 매일 성안으로 가서 남쪽에서 온 비싼 음식을 이것저것 사들였다. 여주 열매, 꿀에 담근 대추, 진기한 찹쌀 과자, 호두, 흑설탕, 해물, 그밖에 이것저것 모두가 왕룽이 들어본 일 없는 것뿐이었다. 뚜챈은 비싼 가격을 더 비싸게 불러서 돈을 받아냈지만 '네가 내 살을 갉아먹고 있다'고 화를 냈다가 련화까지 얼굴을 찡그릴 것이 두려워서 어쩔 수 없이 돈을 주었다. 매일 이것이 그에게 가시가 되었다. 불평을 털어놓을 상대가 없어서 고통은 더욱 심했다. 이것이 련화에 대한 애욕의 불꽃을 다소 가라앉혔다.

이 문제에 또 다른 조그만 고통의 씨가 따라붙었다. 숙모가 맛있는 것을 얻어먹으러 연신 련화에게 가는 것이었다. 왕룽은 련화가 숙모를 친구로 삼는 것이 못마땅했다. 세 여자는 안뜰에서 잘 먹고 소곤거리며 웃곤 했다. 련화는 숙모의 어디가 좋은지 숙모를 좋아했고 세 사람은 모두 행복해 보였다. 그러나 왕룽은 싫었다. 그는 부드럽게 타일러 보았다.

"련화, 그런 극성스런 뚱뚱보 여편네에게 친절하게 해봤자 소용없어.

내게나 더 다정하게 해줘. 숙모는 거짓말쟁이라 믿을 만한 사람이 못돼. 온종일 그 여편네가 련화 곁에 있는 게 난 반갑지 않아."

련화는 토라져서 입술을 삐죽거리더니 외면하면서 투정을 했다.

"나에겐 당신 말고는 아무도 없어요. 친구가 한 사람도 없어요. 나는 지금까지 사람 많은 집에서 살아 왔어요. 그런데 이 집에서는 당신 부인은 나를 미워하고, 애들은 귀찮게 굴고, 친구라곤 아무도 없잖아요."

그녀는 그날 밤 그를 방에 못 들어오게 했다.

"나의 행복을 생각해 주지 않는다면 나를 사랑하지 않는 거예요."

왕룽은 풀이 죽고 걱정이 되어서 후회하며 말했다.

"네 맘대로 해, 언제까지나."

련화는 여왕처럼 그를 용서했다. 왕룽은 그녀를 나무라기가 무서웠다. 그 뒤부터 련화는 숙모와 차를 마시거나 과자를 먹고 있을 때면 그가 와도 기다리라고 하고 거들떠보지 않았다. 그때 그가 들어가면 싫은 기색마저 보이자 화가 치밀어서 성큼 그 자리를 떴다. 그러면서 그의 정열은 조금씩 식어갔다.

더 견딜 수 없는 것은 련화를 위해 산 값비싼 음식을 숙모가 먹고 전보다 더 살찌고 기름기가 도는 일이었다. 그러나 숙모는 영악해서 그의 비위를 잘 맞추었다. 그가 방에 들어오면 일어서곤 했기 때문에 그는 트집을 잡을 수도 없었다.

이제 련화에 대한 그의 애정은 전처럼 열렬하지 않았다. 조그만 분노들이 쌓여 갔는데, 오란과 생활이 갈라져 있어서 가볍게 이야기하며 털어버리지도 못해서 그는 끙끙 앓아야 했다.

들판의 가시덩굴이 한 뿌리에서 이리저리 퍼지듯 왕룽의 괴로움이 점점 늘어갔다. 어느 날 늙은 아버지가 양지에서 졸다가 번쩍 눈을 뜨고는,

아들이 칠순 생일 선물로 사 준 용머리가 새겨진 지팡이를 짚고 안뜰 입구까지 뒤뚱뒤뚱 걸어갔다. 노인은 그 문에 주의한 일도 없었고 언제 안뜰이 생겼는지도 몰랐다. 새로운 이야기를 해줘도 못 알아들었기 때문에 왕룽은 첩을 두었다고 노인에게 말하지 않았다.

그런데 오늘은 웬일인지 노인이 이 문을 발견하고 다가가 휘장을 올렸다. 저녁때라 왕룽은 련화와 안뜰을 산보하며 연못가에 서서 금붕어를 보고 있었다. 왕룽은 련화만 보고 있었다. 노인은 아들이 화장한 날씬한 여자와 서 있는 것을 보고 목이 째져라 외쳤다.

"이 집에 갈보가 있구나!"

련화는 화가 나면 쇳소리로 비명을 지르며 손뼉을 치는 버릇이 있었다. 왕룽은 그녀가 화낼까 봐 겁이 났지만 노인은 입을 다물지 않았다. 그래서 왕룽이 서둘러 노인을 바깥마당으로 데려가면서 달랬다.

"조용히 계세요, 아버지. 갈보가 아니고 제 작은마누라예요."

그러나 노인은 잘 안 들리는지 큰 소리로 몇 번이나 되풀이했다.

"이 집에 갈보가 있구나!" 그는 왕룽이 곁에 있는 것을 보자 별안간 말했다. "내 마누라는 하나밖에 없었다. 내 아버지의 마누라도 하나밖에 없었어. 우리는 농사꾼이란 말이다." 그러더니 잠깐 있다가 또 소리를 질렀다. "저런 갈보!"

노인은 꾸벅꾸벅 졸다가 깨면 냅다 련화에게 욕을 퍼붓게 되었다. 안뜰 입구에 가서 느닷없이 소리를 지르는 것이었다.

"갈보!"

그렇지 않으면 휘장을 젖히고 마루에 침을 뱉었다. 쇠약한 팔로 작은 돌을 주워 연못에 던져서 금붕어를 놀라게 하기도 했다. 장난꾸러기 아이 같은 유치한 방법으로 그는 노여움을 표출했다.

이 일은 왕룽의 집을 몹시 시끄럽게 만들었다. 늙은 아버지를 나무랄 수는 없었고, 련화가 신경질을 낼까 봐 두려웠다. 련화에 대한 아버지의 노여움을 풀기 위해 신경을 쓰는 일도 그를 지치게 했다.

어느 날 뒤채에서 비명이 들렸다. 련화였다. 그가 급히 달려가니, 쌍둥이들이 천치 누이를 가운데 데리고 서 있었다. 천치 누이를 뺀 네 아이들은 모두 뒤채 여자에게 호기심을 갖고 있었다. 위의 두 아이는 그녀가 거기서 사는 이유와 아버지와의 사이를 알고 둘이만 몰래 수군댔다. 막내 둘은 그곳을 기웃거리다 깜짝 놀라거나 여자의 향수 냄새를 맡거나 뚜챈이 식후에 날라가는 접시에 손가락을 넣어 핥아 보았다. 그러나 그 호기심을 만족시킬 수가 없었다. 련화가 몇 번이나 아이들이 귀찮아 죽겠다고 불평하면서 그들이 오지 못하게 해달라고 했지만, 왕룽은 그저 농담으로 돌리며 말했다.

"그놈들도 제 애비처럼 예쁜 얼굴이 보고 싶은 거야."

그리고 아이들에게는 안뜰에 가지 말라고 말했을 뿐이었다. 아이들은 그가 보고 있을 때는 가지 않았지만 보지 않으면 몰래 드나들었다. 천치 계집아이만 아무것도 모른 채 바깥뜰의 벽에 기대어 생글생글 웃으면서 헝겊 조각을 가지고 놀았다.

그런데 이날 두 아들이 학교에 간 뒤, 쌍둥이 둘이서 누나도 그 여자가 보고 싶을 것이라고 생각하고 누이를 안뜰로 데리고 갔다. 련화는 이 계집아이를 마주 보았다. 천치 아이는 련화의 비단옷과 귀고리가 예뻤는지 그 반짝임을 잡으려고 손을 내밀고 소리 내어 웃었다. 이것에 놀란 련화가 비명을 질렀고, 그래서 왕룽이 달려온 것이다.

련화는 바들바들 떨면서 작은 발을 굴렀다. 그리고 웃고 있는 천치 아이를 가리키며 외쳤다.

"얘가 다시 내 옆에 오는 날엔 이 집을 나가겠어요. 이런 천치를 볼 줄은 전혀 몰랐어요. 알고 있었다면 누가 와요. 어쩌면 아이들이 이렇게 더러워요!"

그러고는 옆에서 입을 멍하게 벌리고 누이의 손을 잡고 서 있는 사내아이를 밀쳤다. 그러자 아이들을 사랑하는 왕룽이 사납게 말했다.

"아이들 욕을 하면 그냥 두지 않겠어. 누구든 용서 못해. 이 아이 욕 듣기 싫어. 아이를 낳아본 일도 없는 주제에 네까짓 것이 무슨 소리야."

그는 아이들에게 말했다.

"자아, 가자. 다시는 이 여자한테 오면 안 돼. 이 여자는 너희들을 싫어하니까. 너희들을 싫어한다는 건 너희들 아버지도 싫어한다는 거다."

그리고 천치 아이에게 부드럽게 말했다.

"자, 저 양지쪽으로 가자."

딸아이는 미소를 지었다. 그는 딸의 손을 붙잡고 나갔다.

그는 이 천치 딸아이를 욕한 련화에게 분노했다. 그리고 아이들을 생각하는 고통의 짐이 새롭게 마음을 눌렀다. 그는 이틀 동안 련화에게 가지 않고 아이들과 놀았고, 성안에 가서 천치 딸아이에게 둥근 보리 과자를 사 주고 이에 쩍쩍 달라붙는 과자를 어린아이같이 좋아하는 모습에 마음을 달랬다.

그가 다시 련화에게 갔을 때 그가 이틀 동안 오지 않은 것에 대해서 두 사람 모두 아무 말도 하지 않았다. 그녀는 그를 환대하기 위해서 특별히 마음을 썼다. 그가 갔을 때 마침 숙모와 차를 마시고 있었는데, "주인이 오셨어요. 저는 주인 분부대로 따르지 않으면 안 돼요. 그렇게 하는 것이 기쁘거든요." 하면서 자진해서 일어나 숙모를 돌려보냈다.

그러고는 왕룽 곁으로 와서 그의 손을 잡아 제 뺨에 갖다 대고 아양을 떨었다. 그는 또다시 그녀를 사랑하긴 했으나 전처럼 깊이는 사랑하지 않았다. 그 사랑은 다시는 전처럼 정신없을 만큼이 되지 않았다.

여름이 끝날 무렵의 어느 날이었다. 이른 아침의 하늘은 맑게 쌀쌀했고 바다처럼 파랬으며, 상쾌한 가을바람이 논밭 위를 불어갔다. 왕룽은 잠에서 갠 듯 정신이 맑아졌다. 대문 앞에 나가 밭을 둘러보았다. 물이 빠진 논밭이 건조한 찬바람과 뜨거운 햇볕 아래서 빛나고 있었다.

어떤 소리가 마음 깊은 곳에서 울려왔다. 욕망보다 더 진한, 마음 깊은 곳으로부터 솟아나는 땅을 향한 외침이었다. 생활의 다른 어떤 소리보다도 강력한 외침이었다. 그는 두루마기를 벗어던지고 우단 신발과 하얀 양말을 잡아채듯이 벗었다. 그리고 바지를 무릎까지 걷어올리고 늠름하고 기운차게 일어서며 외쳤다.

"호미 어딨지, 괭이는 어디 있어? 밀씨는? 여보게 칭 서방, 얼른 모두 불러주게, 들로 가세!"

## 22

대지는 이전에 남쪽에서 돌아왔을 때처럼 그의 마음의 병을 고쳐주고 괴로움을 달래주었다. 이번에도 왕룽은 검은 대지 덕분에 애욕의 상처를 고칠 수 있었다. 발밑에서 눅눅한 흙을 느꼈고, 밀씨를 뿌리려고 갈아엎은 밭두덩에서 흙냄새를 맡았다. 그는 머슴들을 이리저리 부리고 이곳저곳을 갈며 종일 무섭게 일했다. 처음에는 소 뒤에 서서 소 등에 채찍질을 하며 가래가 흙을 부수고 고랑을 만드는 모양을 보고 있다가, 칭 서방을 불러 그에게 고삐를 넘기고 스스로 괭이를 들어 파헤쳐진 흙을 흑설탕처럼 부드럽게 부쉈다. 흙은 아직 젖어 있어서 검었다. 그는 필요해서가 아니라 진정 기뻤기 때문에 그렇게 했다. 지치면 땅바닥에 누어서 잤다. 대지의 입김이 몸에 배어들어 애욕의 상처를 아물게 했다.

한 점 구름 없는 하늘에 빛나던 태양이 기울고 밤이 되자, 몸은 마디마디 쑤시고 아팠지만 싸움에 이긴 기분이 되어 성큼성큼 집으로 돌아왔다. 휘장을 걷고 안뜰로 가니 련화가 비단옷을 입고 거닐다가, 그의 흙투성이 모습에 비명을 지르며 몸을 피했다. 왕룽은 시꺼먼 흙이 묻은 손으로 나긋한 손을 잡고 껄껄 웃었다.

"네 주인은 농사꾼이야. 너는 농사꾼 여편네야."

련화는 다급히 말했다.

"당신이 어쨌든 나는 농사꾼 여편네가 아니에요."

그는 다시 껄껄 웃으며 미련없이 그녀 곁을 떠나 집으로 왔다.

전처럼 흙투성이인 채로 저녁을 먹고 자기 전에야 내키지 않는 목욕을 했다. 몸을 씻으면서 그는 또 웃었다. 계집을 위해서 씻는 것이 아니었기 때문이었다. 그는 애욕에서 빠져나온 것이 기뻤다.

갑자기 왕룽은 자기가 오랫동안 집을 비웠던 것처럼 느껴졌다. 할 일들이 산더미였다. 땅은 빨리 갈아서 씨를 뿌리라고 아우성쳤다. 그는 매일 그 때문에 일했다. 여름 동안 애욕 생활로 창백해진 몸이 햇볕에 그을려 검어졌고, 애욕으로 인한 게으름 때문에 못이 빠졌던 손도 괭이와 쟁기가 닿는 곳이 다시 굳어졌다.

점심도 저녁도 그는 오란이 마련해준 것을 먹었다. 쌀과 배추, 두부, 마늘을 넣어서 만든 만두였다. 련화는 마늘 냄새가 난다고 손으로 코를 막았지만, 그는 그녀에게 일부러 마늘 냄새를 훅 내뿜기도 했다. 그가 먹고 싶은 것을 먹겠다는데, 참지 않으면 안되는 것은 오히려 련화 쪽이었다. 왕룽은 다시 건장해졌다. 그녀에게 갔다가도 곧바로 다른 일을 할 수 있었다.

이렇게 두 여자는 달랐다. 련화는 왕룽의 노리개로, 여성적인 아름다움과 나긋함과 성적 매력으로 그를 기쁘게 했다. 오란은 왕룽의 노동의 반려이자 아이들의 어머니로서, 집안 살림을 했고 남편과 노인과 아이들의 식사를 챙겼다. 왕룽은 마을 사람들이 련화를 부러운 듯 입에 올리는 것이 자랑스러웠다. 그것은 귀중한 보석이나 값비싼 장난감과 같은 것으로, 먹고 입는 것에 허덕이지 않아서 원하는 대로 쾌락에 돈을 쓸 수 있다는 표시였다.

마을 사람들 틈에 끼여 그가 부자라는 것을 자랑하고 다니는 사람은 숙부였다. 요즘의 숙부는 아침을 떨고 은혜를 구하는 개와도 같았다.

"내 조카는 우리 같은 평민은 본 일도 없는 미인을 데리고 즐기고 있지." 그리고 또 말했다. "그는 대가댁 마나님처럼 비단과 공단 두루마기를 입는 미인을 데리고 살아. 나는 본 일이 없지만 마누라가 알고 있어서 들었어." 그리고 또 말을 이었다. "내 조카는, 우리 형님 아들인데 엄청나게 재산을 모았어. 그 집 아이들도 부잣집 자식이라 평생 일하지 않고 살 수 있어."

그래서 마을 사람들은 존경하는 마음을 가지고 왕룽을 대했다. 그와 말할 때 큰집 나리 대우를 하면서 자기들과 동격으로 대하지 않았다. 사람들은 그에게 이자를 물고 돈을 빌리러 왔고, 아들딸 혼담을 의논하러 왔다. 밭의 경계 때문에 싸움이 붙으면 왕룽에게 해결을 부탁했고, 그가 결정하면 두말없이 받아들였다.

이전의 왕룽은 애욕으로 분주했지만, 지금은 그것에 마음을 빼앗기는 일 없이 여러 가지 일로 분주했다. 비는 순조롭게 왔고, 밀은 싹이 터서 자랐다. 겨울에 가격이 오르기를 기다렸다가 수확물을 팔러 시장에 갔다. 이번에는 큰아들을 데려 갔다.

아들이 종이에 쓰인 글자를 소리내서 읽거나 붓에 먹을 찍어 남도 읽게 글자를 쓰거나 하는 것을 보는 일은 어버이로서 매우 자랑스러운 일이다. 왕룽은 지금 그런 자랑스러움을 느끼고 있었다. 하지만 전에 자기를 업신여기던 점원이 "어린아이가 글씨를 참 잘 쓰는데요. 영특한 아드님을 두셨네요." 하고 감탄할 때 만족스러운 웃음이 새어나오는 것을 참았다. 아들이 "이 자는 삼수변이어야 되는데 나무목변이 돼 있군요." 하고 똑똑하게 말했을 때도 별 일 아니라는 얼굴 표정을 지어 보였지만, 왕룽의 가슴은 자랑스러움으로 터질 것 같았다. 그래서 헛기침을 해서 싱글거리고 싶은 마음을 눌렀다. 잘못 씌어진 글씨를 지적한 아들에게 점원들이 놀란 기색을 보이자 태연한 척 이렇게 말했다.

"그럼 고쳐 쓰거라. 글자가 틀린 계약서에 도장을 찍을 수야 있나."

그는 아들이 붓을 들고 틀린 글자를 고치는 것을 자랑스럽게 지켜보았다. 아들은 매매계약서와 대금 영수증에 아버지의 이름을 써넣었다. 왕룽은 아들과 함께 집으로 돌아오며 생각했다.

'내 아들도 이제 어른이 되었다. 그렇다면 부모로서 해줄 일을 해줘야지. 며느릿감을 골라 약혼해 두는 일이다. 내 아들은 지주 아들이니까, 옛날의 나처럼 대갓집에 가서 아무도 달라는 사람이 없는 종을 얻어 올 필요가 없어.'

그래서 왕룽은 며느릿감을 찾기 시작했다. 그러나 왕룽이 보통 집안의 딸로는 만족하지 않아서 여간 힘든 일이 아니었다. 어느 날 밤 그는 칭 서방과 가운뎃방에서 봄 파종에 무슨 씨앗을 살까, 남아 있는 씨앗이 얼마나 되나 하는 것을 의논하다가 이 이야기를 꺼냈다. 칭 서방은 단순한 사람이기 때문에 큰 도움은 안 되겠지만, 그래도 신용할 수 있는 사람이기에 혼자 속을 썩이느니 이야기하고 위안을 받고 싶었다.

칭 서방은 탁자 앞에 앉은 왕룽 앞에 서 있었다. 아무리 권해도 왕룽이 부자가 된 지금에는 그와 마주 앉으려고 하지 않았다. 왕룽의 며느릿감 이야기를 들은 칭 서방은 왕룽의 말이 끝나자 한숨을 쉬고 주저하면서 말했다.

"내 딸년이 살아 있다면 은혜를 갚을 겸 거저 드리겠지만 어디 있는지 알 수도 없고, 아마 죽었을 거요……."

왕룽은 그의 호의에 감사를 표했지만, 사실은 사람 좋기만 한 머슴살이 농부 칭 서방보다는 더 좋은 집안의 딸을 며느리로 삼고 싶었다. 하지만 입밖에 꺼내어 말하지는 않았다. 왕룽은 찻집에서 어떤 딸이 화제가 된다거나 나이 찬 딸을 두고 있는 성안 부잣집 이야기가 나오면 열심히 귀기울여 들으며 이리저리 궁리했다. 숙모에게는 자기 생각을 말하지 않았다. 숙모는 련화를 데리고 온 것만으로 족했다. 숙모는 그런 일을 부탁하기에는 알맞았지만, 자기 큰아들의 색시를 알고 있으리라고는 생각되지 않았고, 또 아들 일을 그녀에게 부탁하고 싶지도 않았다.

그해도 저물어 눈이 오고 추운 겨울이 되었고, 이윽고 설날이 왔다. 사람들은 먹고 마시며 즐겼다. 마을뿐만이 아니라 성안에서도 많은 사람들이 왕룽에게 세배를 왔다.

"아드님도 많고 마나님들도 계시고 돈도 있고 땅도 있으니 이 이상 바랄 것이 없군요."

왕룽은 비단 두루마기를 입고 양편에 좋은 옷을 입힌 아이들을 거느리고서, 과자와 수박씨와 호두가 탁자 위에 놓여 있고, 입춘대길立春大吉이니 건양다경建陽多慶이니 하는 붉은 종이를 문마다 붙인 모양을 보며 자기의 행복을 흐뭇하게 즐겼다.

봄이 왔다. 버들은 연초록빛, 복숭아 봉오리는 연분홍빛으로 물들었지만 아직도 며느릿감은 구하지 못했다.

봄날도 깊어 따뜻해졌다. 자두와 벚꽃이 향기롭게 피고, 버들은 잎을 길게 드리우고 푸르러졌다. 축축한 땅은 아지랑이를 올리며 농사에 대비하고 있었다. 그 무렵 장남은 갑자기 어른티가 나게 자라더니 우울해했고, 신경질을 부리며 먹지도 않고, 책에도 싫증을 냈다. 왕룽은 놀라서 어쩔 줄 몰라 의원에게 의논했지만 소용없었다.

"고기 반찬에 밥을 먹자." 하고 달래도 아들은 외고집이 되고 더 우울해했다. 그렇다고 조금이라도 야단을 치면 울면서 방에서 나가버렸다. 왕룽은 아들 뒤를 쫓아가며 가능한 한 부드럽게 타일렀다.

"나는 네 아버지야. 가슴속에 있는 일은 뭐든 얘기해도 된다." 그러나 아들은 더 세게 고개를 가로저을 뿐이었다.

늙은 선생도 싫어졌다면서 아침에 서당에 가기 위해 잠자리에서 일어나려고도 하지 않았다. 왕룽이 꾸짖고 때리면 뿌루퉁해서 나가지만 그냥 거리를 방황하며 하루 종일 놀면서 시간을 보냈다. 작은아들이 심술궂게 일렀을 때에야 왕룽은 그것을 알았다.

"오늘 형은 서당에 안 왔어요."

왕룽은 큰아들에게 소리쳤다.

"월사금을 버릴 셈이냐?"

그는 화가 나서 대나무 회초리로 아들을 때렸다. 그런데 오란이 이 소리를 듣고 부엌에서 뛰어나와 아버지와 아들 사이를 가로막았기 때문에 소년에게 내려진 대나무 회초리는 세차게 오란을 때리는 결과가 되었다. 이상한 일은 아무것도 아닌 잔소리에도 울먹이던 아들이 이때는 조각상처럼 얼굴이 굳으면서도 소리 하나 내지 않고 내리치는 매 아래 서 있는 것이었다. 왕룽은 밤낮으로 이 일이 마음에 걸렸지만 영문을 알 수 없었다.

어느 날 저녁, 밥을 먹고 난 뒤에도 그는 이 일을 생각하고 있었다. 그날도 아들이 서당에 가지 않아서 때렸던 것이다. 그가 생각에 잠겨 있자니 오란이 방으로 들어와서 조용히 그의 앞에 섰다. 그는 아내가 할 말이 있나 보다 하고 짐작했다.

"뭐야, 말해 봐요."

"아이를 때려도 아무 소용없어요. 황 대인 집 도련님들이 우울해지는 것을 본 일이 있어요. 그럴 때 주인영감님은 도련님들에게 계집종을 붙여

줬어요. 그러면 간단하게 병이 나았어요."

"그런 것만도 아니야. 내가 젊었을 때는 저렇게 우울해 있거나, 울거나, 신경질을 부리지는 않았단 말이오. 종도 없었고."

오란은 왕룽의 말이 끝나기를 기다렸다가 천천히 말했다.

"나도 도련님들 말고는 그런 걸 본 일이 없어요. 당신은 밭에서 일했지만, 저 아이는 그 도련님들처럼 일 같은 건 조금도 안 하잖아요."

왕룽은 한참 생각하다가 아내의 말이 맞다는 것을 깨닫고 깜짝 놀랐다. 그 나이 때 그는 새벽에 일어나 소를 돌보고 밭을 갈았고, 추수 때는 등이 아플 때까지 일했다. 우울할 틈이 없었다. 운다고 달래줄 사람도 없었다. 아들이 서당을 도망치듯 밭에서 도망칠 수도 없었다. 도망치면 즉시 먹을 것이 떨어졌으니 말이다. 그는 일하지 않을 수 없었다. 이런 일을 회상하고 그는 생각했다.

'그러나 내 아들은 달라. 저 녀석은 옛날의 나처럼 튼튼하지 못해. 내 아버지는 가난했지만 저 녀석의 아버지는 부자고, 또 내가 밭에서 일하고 있으니 일할 필요도 없어. 그리고 학자 아들에게 쟁기를 쥐게 하다니 말도 안 되지.'

그는 이런 아들을 둔 것에 남몰래 자랑을 느꼈다. 그래서 오란에게 말했다.

"설사 그 도련님들과 같다고 해도, 그 녀석에게 계집종을 사 주진 않을 거야. 약혼시켜서 빨리 장가를 들이지. 그게 제일 좋아."

그렇게 말하고 그는 일어나 뒤뜰로 갔다.

## 23

런화는 왕룽이 자기 앞에서도 딴 생각에 빠져 있자 앙탈을 부렸다.

"한 해도 못 가서 나를 봐도 본체만체할 줄 알았더라면 그대로 찻집에 있을 걸 그랬어요."

이렇게 말하면서 그녀는 샐쭉하니 눈을 흘겼다. 왕룽은 웃으면서 그녀의 손을 잡아 얼굴에 대고 향기를 맡으며 말했다.

"남자는 옷에 매단 보석만 생각하고 있을 수 없어. 그러나 그것이 없어지면 아쉬워지지. 요즘 큰놈이 어른이 되어 가는지 엉뚱하게 굴어서 그래. 장가를 보내야겠는데 적당한 상대를 구하느라고 애를 먹고 있거든. 마을 농사꾼 딸을 데려오는 것은, 내키지도 않을뿐더러 모두 같은 성姓이라 곤란해. 그렇다고 딸을 우리 집 며느리 삼자고 허물없이 의논할 만큼 친한 성안 사람이 있는 것도 아니고. 중매를 전문으로 하는 장사치에게 가는 것도 싫고 말이야. 병신이나 바보 딸을 둔 사람과 이야기가 돼도 곤란하거든."

런화는 장남이 키가 큰 훌륭한 젊은이가 된 것에 호감을 갖고 있었다. 그녀는 왕룽의 말을 듣고 한참 생각하다 말했다.

"찻집에 있을 때 내게 놀러오던 사람이 있었는데, 그 사람이 곧잘 자기 딸 이야기를 했어요. 그 딸이 아직 어린아이지만 나처럼 몸이 작고 예쁘다던데요. '널 귀여워하지만 이상하게 마음이 끌리질 않아. 어쩐지 내 딸 같아서 말이지. 너무 닮아서 마음에 걸리는 모양이야.' 그래서 나를 제일 좋아하면서도 석류화란 이름의 얼굴이 붉고 큰 여자에게 갔지요."

"어떤 사람이야, 그 남자는?"

"좋은 사람이에요. 돈도 많고 약속을 하면 꼭 지켰어요. 인색하지 않아서 우리가 모두 호의를 가졌어요. 때로 여자가 지쳐하면 속았다고 고함치는 사람도 있는데, 그 사람은 언제나 귀족이나 학자처럼 인자하게 말하는 거예요. '돈은 여기 놓고 갈 테니 잘 쉬어라. 다시 사랑의 꽃이 필 때까지.' 이런 식으로요. 무척 말씨가 점잖은 사람이었어요."

련화가 생각에 잠기자 왕룽은 급히 그녀에게 물었다. 그녀가 옛 생각을 하는 것이 싫었던 것이다.

"그렇게 돈이 많았으면, 직업은 뭔데?"

"곡물상 주인이라고 생각되지만 잘은 몰라요. 뚜챈에게 물어봐요. 남자나 재산에 대해서는 모르는 것이 없으니."

그녀가 손뼉을 치자 뚜챈이 부엌에서 종종걸음으로 들어왔다. 불에 익어 뺨과 코가 빨갰다.

"왜 있잖아, 내가 좋지만 딸을 닮았다면서 석류화를 찾던 그 사람, 뚱뚱하고 몸집이 큰 그이 이름이 뭐랬더라?"

"아, 곡물상 류劉 씨요? 좋은 분이었죠. 언제나 제게 은전을 주곤 했어요."

"가게는 어딘데?" 왕룽은 여자들 이야기라 믿을 수는 없다고 생각했지만 어쨌든 물어보았다.

"돌다리 거리예요."

그녀의 말이 끝나기도 전에 왕룽은 손뼉을 쳤다.

"내가 곡식을 파는 가게로군! 이건 길조야. 일이 잘되겠는데."

비로소 그는 관심을 가졌다. 거래하는 곡물상 집의 딸을 며느리로 삼으면 여러 가지로 좋을 것이라고 생각했기 때문이다.

쥐가 기름 냄새를 맡듯 그 일에서 돈 냄새를 맡은 뚜챈이 앞치마에 손을 닦으며 다급히 말했다.

"제가 도울 수 있어요."

왕룽은 그녀를 신용하지 않았다. 그런데 련화가 명랑하게 말했다.

"그래요, 뚜챈이 류 씨한테 가서 물어보면 돼요. 뚜챈이 그이를 잘 아니까 일이 잘될 거예요. 일이 잘되면 중매료를 뚜챈에게 주고요."

"잘 성사시켜 볼게요." 뚜챈은 열심히 말했다. 사례금을 듬뿍 받을 수 있다는 생각에 저도 모르게 싱글거렸다. 그녀는 이미 허리에서 앞치마를 풀고 있었다. "지금 당장 다녀올게요. 고기는 조금만 손보면 되고 채소도 다 씻어 두었으니까요."

그러나 왕룽은 이 일을 그렇게 허둥지둥 서두르기 싫었다.

"아니, 나는 아직 아무 결정도 하지 못했어. 이삼일 잘 생각해 봐야지. 그때 다시 의논하지."

뚜챈은 돈이 탐나고 련화는 새 사건이 궁금해서 서로 갑갑해 했다. 그러나 왕룽은 이렇게 말하고는 나가버렸다.

"내 아들 일이니 잘 생각해 봐야겠어."

왕룽이 이 생각 저 생각에 결정을 못 내리던 어느 날, 큰놈이 벌겋게 취해서 새벽녘에 집으로 돌아왔다. 술 냄새가 풍기고 걸음걸이가 뒤뚱거렸다. 누군가 마당에서 넘어지는 소리에 왕룽이 놀라서 뛰어나가니, 장남이 속이 거북한지 토하고 있었다. 집에서 쌀로 빚은 순한 술만 먹어본 그가 어디서 독한 술을 먹었는지 한참을 토하더니, 그 자리에 쓰러졌다.

왕룽은 놀라서 오란을 불러 함께 큰아들을 일으켰다. 오란이 토한 것을 씻기고 제 방 침대에 눕혔다. 큰아들은 곯아떨어져 죽은 사람처럼 축 늘어졌다. 아무리 불러도 듣지 못했다. 왕룽은 형제 방으로 갔다. 둘째아들이 하품을 하고 기지개를 켜면서 서당에 가져갈 책을 싸고 있었다.

"간밤에 형은 너와 같이 안 잤니?"

아이가 우물쭈물했다.

"네……."

뭔가 두려워하는 눈치였다. 왕룽은 그 모양을 보고 사납게 소리쳤다.

"그럼 형은 어디 갔었니?" 아이는 대답하려고 하지 않았다. 왕룽은 아이의 멱살을 잡고 더 크게 소리쳤다. "이놈, 바른대로 말 못해, 이놈아!"

겁이 난 둘째아들이 흐느끼며 말했다. "형이 아버지께 말하지 말라고 했어요. 말하지 않으면 돈을 주겠지만, 말하면 때리고 부젓가락으로 지지겠다고 했어요."

이 말에 왕룽은 펄쩍 뛰었다.

"말해, 말해 봐. 말 안 하면 죽인다!"

아이는 아버지를 바라보며 정말로 목 졸라 죽일지도 모른다고 느꼈는지 될 대로 되라는 듯이 입을 열었다.

"형은 오늘까지 사흘 밤 집에 안 들어왔어요. 무슨 짓을 하는지는 몰라요. 오촌 아저씨하고 같이 나간 것밖에 몰라요."

왕룽은 멱살을 풀고 얼른 숙부네 방으로 갔다. 사촌 동생이 술에 취한 붉은 얼굴을 하고 있었다. 그러나 정신은 말짱해 보였다. 큰아들보다 손위이기도 하려니와 술을 많이 마시기 때문이다. 왕룽이 소리쳤다.

"우리 아이를 어디 데려갔었나?"

젊은이는 비웃듯이 왕룽을 보고 말했다.

"형님 아들은 제가 데려갈 필요가 없어요. 혼자서도 자알 가던걸요."

왕룽은 다시 소리쳤다. 당장에라도 이 건방지고 뻔뻔스러운 사촌을 자기가 죽이는 것이나 아닐까 싶게 무서운 소리가 터져 나왔다.

"간밤에 우리 아이를 어디 데려갔었나?"

젊은이는 너무나 큰 소리에 놀라서 왕룽을 바라보다가 눈길을 돌리면서 마지못해 대답했다.

"예전 황 대인 집 안뜰에 있는 색싯집에 갔어요."

이 말에 왕룽은 크게 신음했다. 그 색시집 이야기는 누구나 알고 있었다. 이미 나잇살깨나 든 계집들이 가난뱅이나 막벌이꾼을 상대로 몇 푼 안 되는 돈에 몸을 파는 곳이었다. 왕룽은 아침도 거르고 집을 나가 밭을 가로질러 갔다. 밭곡식이 어떻게 되었는지, 얼마나 여물었는지 살펴보지 않았다. 아들 일로 가슴이 꽉 차 있었던 것이다. 그는 아들 생각만 하면서 성문을 지나 황 대인 집 자리로 갔다.

육중한 대문은 열린 채였다. 지금은 그 무거운 무쇠 빗장을 거는 사람이 없었다. 요즘은 누구나 마음대로 드나들었다. 안으로 들어가니 뜰에도 방에도 세들어 사는 가난뱅이가 가득했고, 주위는 형편없이 더러웠다. 뜰의 노송들은 잘린 것이 많았고, 남아 있는 것도 말라가고 있었다. 연못은 쓰레기로 가득 차 있었다.

그러나 왕룽은 아무것도 눈에 들어오지 않았다. 뜰을 마주 보고 있는 첫째 집에서 물어보았다.

"양揚이란 여자는 어디 있소?"

세 발 의자에 앉아서 신발을 꿰매던 여자가 얼굴을 들더니 옆 안뜰로 통하는 입구를 턱으로 가리키고는 또다시 일을 했다. 늘 같은 물음을 받는 모양이었다.

왕룽은 그쪽 방으로 가서 방문을 두드렸다. 안에서 신경질적인 목소리가 들려왔다.

"돌아가요. 오늘은 장사가 끝났어요. 밤새 일했으니 이젠 한숨 자야겠어."

그는 다시 문을 두드렸다. 안에서 큰 소리로 소리쳤다.

"누군데 이래?"

그는 대답하지 않고 또 두드렸다. 무슨 일이 있어도 만날 생각이었다. 그제야 질질 끄는 발소리가 나고 여자가 문을 열었다. 젊다고 할 수 없는 여자다. 지친 얼굴에 두툼한 입술은 축 처지고 이마의 분은 얼룩졌으며 입술연지도 뺨 연지도 지우지 않은 채였다. 여자는 날카롭게 말했다.

"밤까지는 안 돼요. 오려거든 밤에 좀 일찍 오세요. 지금은 자야겠으니까."

왕룽이 난폭하게 말을 막았다. 계집을 보고 있으니 견딜 수가 없어서였다. 내 아들이 이런 계집과 지냈다고 생각하니 참을 수가 없었다.

"내 일이 아냐. 나는 너 같은 것엔 볼일 없어. 아들놈 때문에 온 거야."

이렇게 말하고 나자 그는 문득 장남 생각에 눈물이 날 것 같았다. 계집이 되물었다.

"당신 아들이 어쨌단 말예요?"

왕룽은 목소리가 떨려 나왔다.

"간밤에 여기 왔었어."

"간밤에 여러 집 아들이 왔었죠. 누가 당신 아들인지 나는 몰라요."

왕룽은 애원조로 말했다.

"호리호리한 젊은 녀석이야. 키는 큰데 아직 어른이 채 못된 놈이지. 그 애가 계집질을 하다니 꿈에도 생각 못했어."

"그 말을 듣고 보니 둘이 온 손님이 있었어요. 한 사람은 모자를 비스듬히 쓰고 잘난 체하며 다 알고 있는 것 같은 눈을 한 청년이었고, 또 한 사람은 키가 크고 몸집이 컸는데 빨리 어른이 되고 싶어 하는 애송이였어요."

"그놈이야, 그놈. 그놈이 내 아들이야."

"그런데 당신 아들이 어쨌다는 거예요?"

왕룽은 덤비듯 말했다.

"녀석이 다시 오거든 내쫓아 줘. 어른만 상대한다든지 구실은 아무래도 좋으니까. 그놈을 쫓아 주면 그때마다 내가 갑절의 돈을 치르겠어."

계집은 건성으로 듣다가 갑자기 흥미를 느낀 듯이 말했다.

"일하지 않고 돈을 받는데 싫을 사람이 있나요. 사실 저도 어른이 좋지, 애들은 재미없어요."

그녀는 이렇게 말하면서 머리를 끄덕이고 요염하게 왕룽을 쳐다보았다. 그는 그 음탕한 표정에 혐오를 느끼자 빨리 말을 끝냈다.

"그럼, 그렇게 해줘."

그는 얼른 그곳을 떠나 집으로 돌아왔다. 걸어오면서도 그 계집을 생각하면 불쾌해져서 몇 번이나 퉤퉤 침을 뱉었다.

집에 오자마자 그는 뚜챈을 불렀다.

"자네 말대로 하지. 곡물상으로 가서 이야기를 넣어 주게. 지참금은 많을수록 좋지만, 처녀가 훌륭하고 얘기만 잘 풀린다면 많지 않아도 좋다고."

그는 방으로 돌아와 아들 곁에 앉아서 젊음이 넘치는 매끄럽고 잘생긴 얼굴을 바라보았다. 그러다가 지쳐빠진 얼굴에 화장을 두껍게 한 계집과 그 두꺼운 입술이 떠오르자, 불쾌감과 노여움으로 가슴이 찢어질 것같이 아팠다.

그때 오란이 들어왔다. 오란은 선 채로 땀이 흐르는 큰아들의 얼굴을 내려다보다가, 황 대인 집에서 도련님들이 술에 곯아떨어지면 그랬던 것처럼 뜨거운 물에 식초를 타서 정성스레 닦아 주었다. 앳된 얼굴이 땀을 닦아 주어도 깨지 못하고 취해 있는 것을 보자, 왕룽은 갑자기 숙부에 대한 노여움을 느꼈다. 지금은 숙부가 아버지 동생이라는 것도 생각나지 않았다. 자기 아들을 타락시킨 건방진 건달 놈의 아비라는 것밖에 떠오르지 않았다. 왕룽은 숙부의 방으로 가서 다짜고짜 소리쳤다.

"나는 배은망덕한 뱀에게 집을 내주었소. 그 뱀놈이 내게 덤벼들었소."

숙부는 탁자를 덮듯이 하고 앉아서 아침을 먹고 있었다. 해야 할 일이 없었기 때문에 그는 낮에야 일어났다. 숙부는 왕룽의 말에 약간 얼굴을 들고 귀찮은 듯이 물었다.

"왜 그러는 거지?"

왕룽은 숨을 헐떡이며 자초지종을 털어놓았다. 그러나 숙부는 웃을 뿐이었다.

"그런가. 하지만 아이가 어른이 되는 것을 막을 수야 있나. 암내를 맡은 수캐를 암캐로부터 떼어놓을 수는 없는 거야."

왕룽은 숙부의 웃음소리를 들을 때, 숙부 때문에 곤란했던 일들이 한꺼번에 떠올랐다. 저 흉년이 든 해에 땅을 팔라고 얼마나 강요했던가. 그러던 세 식구가 지금 그에게 신세지며 빈둥빈둥 놀고 먹고 있지 않은가. 숙모는 련화에게 가서 뚜챈이 사 온 값비싼 음식을 얼마나 파먹고 있는가. 그의 얌전한 아들을 숙부의 아들이 얼마나 타락시켜 놓았는가. 그는 혀를 깨물지 않을까 싶을 정도로 격하게 말했다.

"당장 이 집에서 나가요! 지금 이 시간부터 쌀 한 톨 주지 않겠소. 놈팡이 배신자를 두고 먹일 바에는 차라리 이 집을 불태워 버리겠소!"

그러나 숙부는 태연하게 앉아서 여기저기 접시로 수저를 옮기며 식사를 계속했다. 왕룽은 피가 솟구쳤다. 숙부가 자기를 쳐다보지도 않는 것을 보자 주먹을 쥐고 다가섰다. 그러자 숙부가 그를 바라보며 말했다.

"내쫓을 수 있으면 내쫓아 보지 그래."

"뭣, 뭣이! 뭣이라고!"

왕룽이 의미도 없는 말을 더듬으며 외치자, 숙부는 저고리를 헤치고 거기 붙은 것을 드러내 보였다. 붉은 수염과 붉은 헝겊이었다. 왕룽은 몸이 굳어 버렸다. 노여움이 가시고 기운이 쭉 빠지면서 온몸이 부들부들 떨렸다.

붉은 수염과 붉은 헝겊은 북서부를 약탈하고 다니는 화적단의 표시였다. 그들은 집들을 불태우고 여자들을 겁탈했다. 농민들을 자기 집 대문에 밧줄로 묶어두고 가기도 했다. 이튿날 사람들이 발견했을 때 그들은 미쳐서 횡설수설하거나, 불고기처럼 타죽어 있었다. 왕룽은 눈알이 튀어나올 만큼 그것을 보다가 아무 말 없이 돌아서 나왔다. 등 뒤로 숙부가 찻잔을 들며 나직이 웃는 소리가 들렸다.

그 후 숙부는 여전히 반백의 수염이 듬성듬성한 얼굴에 엷은 웃음을 지으며 언제나처럼 두루마기 위에 아무렇게나 허리띠를 두르고 들락날락했다. 왕룽은 숙부를 보면 진땀이 났지만 무슨 앙갚음을 당할지 몰라서 공손하게 응대했다. 사실 풍년이 들었던 해나, 반대로 흉년이 들어서 굶주림에 시달렸던 해에도 그는 화적이 염려되어 밤이면 반드시 대문 빗장을 걸곤 했었다. 그러나 집에도 논밭에도 한 번도 화적의 습격이 없었다. 애욕의 생활을 시작한 여름 전까지만 해도 일부러 초라한 옷을 입어서 돈이 있어 보이는 것을 피했고, 마을에서 화적 이야기라도 들으면 집에 와서 잠을 못 이루고 달각하는 소리에도 귀를 곤두세우곤 했다.

그러나 화적의 습격이 없자 차차 마음을 쓰지 않게 되었고, 대담해져서 자기에게는 하늘의 가호가 있다고 믿게끔 되었다. 지신에게 향을 올리는 일도 없어지고 자기 자신의 일과 논밭 생각만 하게 되었다. 그랬는데 이제 자기가 안전했던 진짜 이유를 알게 되었다. 그리고 숙부네 식구를 부양하고 있는 한 앞으로도 안전하리라는 것도 알게 되었다. 그것을 생각하자 진땀이 났다. 그는 숙부가 저고리 안에 감추고 있는 것을 누구에게도 말할 수가 없었다.

그는 이제 숙부에게 이 집을 나가라고 다시는 말하지 않았다. 숙모에게도 될 수 있는 대로 기분을 맞췄다.

"련화한테 가서서 구미에 맞는 음식을 자시지요. 이것은 조금이지만 용돈 쓰시고요."

사촌 동생에게는 여전히 가슴이 울렁일 정도로 화가 치밀어 올랐지만 그래도 이렇게 말했다.

"조금이지만 이 돈을 받아. 젊을 때는 놀고 싶을 테니."

그러나 자기 아들은 해만 지면 밖으로 내보내지 않았다. 그러면 장남은 화를 내고 트집을 잡아 동생을 때리곤 했다.

왕룽은 자기에게 닥친 이런 걱정거리들 때문에 일손이 안 잡혔다. 그는 밤낮으로 궁리했다. '숙부를 쫓아내고 성안으로 이사할까. 그곳은 밤마다 성문을 닫으니까 화적의 습격이 없겠지.' 그러다가 생각해 보니 매일 들일을 나가야 하는데다가, 자기 땅에 어떤 일이 일어날지 모를 일이었다. 게다가 성안에서는 살 기분이 나지 않았다. 내 땅을 떠나서 살 바에는 차라리 죽는 것이 나았다. 그리고 극심한 흉년이 오면 황 대인 집이 당한 것처럼 성안에 있어도 안전하지 않았다.

성안 관청에 가서 호소할 수도 있었다.

"제 숙부가 붉은 수염 화적단입니다."

그러나 누가 믿을까. 숙부를 고발한다고 그가 먼저 불효죄로 매를 맞을 지도 모른다. 게다가 화적단이 이 소리를 들으면 복수한다고 자기의 목숨을 노릴 것이다. 그러면 한평생 목숨의 위협을 느끼며 살아야 한다.

뚜챈이 가져 온 곡물상으로부터의 회답도 그를 당황하게 했다. 약혼 이야기는 잘되었지만, 딸이 아직 열네 살이니 이번에는 약혼서만 교환하고 결혼은 삼 년 후에 시키자는 것이었다. 삼 년이나 더 아들의 짜증과 게으름을 받아 줘야 한다는 말인가. 큰아들은 요즘 열흘이면 이틀은 서당을 빠졌다. 왕룽은 저녁을 먹으면서 오란에게 말했다.

"아랫놈들은 빨리빨리 약혼을 시켜야겠어. 빠를수록 좋아. 철들면 곧바로 결혼시키는 거야. 이런 꼴을 세 번이나 또 본다면 난 견딜 재간이 없어."

그날 밤 왕룽은 한잠도 이루지 못했다. 이튿날 아침 그는 두루마기와 신을 벗어던지고 괭이를 들고 밭으로 갔다. 집안 일이 감당하기 어려워지면 그는 언제나 그렇게 했다. 바깥마당을 지나치는데 천치 딸이 방실방실 웃으며 앉아서 헝겊을 손가락에 감았다 풀었다 하고 있었다. 그는 중얼거렸다.

"저 아이가 다른 아이들보다 훨씬 더 나를 위로해 주는구나."

그는 매일 밭에 나갔다. 흙은 다시금 그를 치료했다. 태양은 머리 위에서 빛나며 괴로움을 잊게 했고, 여름의 더운 바람은 그를 부드럽게 안아 주었다. 그러더니 그의 걱정거리를 통째로 날려버릴 더 큰 일이 어느 날 남쪽 하늘에 나타났다. 처음에는 조그맣게, 안개처럼 조용하게 지평선에 걸려 있더니 이윽고 부채 모양으로 퍼졌다.

마을 사람들은 그것을 보면서 공포에 사로잡혔다. 농작물을 죄다 먹어 치우는 메뚜기 떼가 오고 있었던 것이다. 왕룽도 함께 서서 그것을 보고 있었다. 보고 있자니 그들 발밑에 바람에 날려 떨어지는 것이 있었다. 한 사람이 얼른 몸을 굽혀 주워 보았다. 죽은 메뚜기였다.

왕룽은 지금까지 마음을 괴롭혀온 일들을 까맣게 잊어버렸다. 여자의 일도, 아이의 일도, 숙부의 일도 잊었다. 그리고 놀라 어쩔 줄 몰라 하는 마을 사람들 사이를 뛰어다니면서 소리쳤다.

"자, 우리들 밭을 위해 하늘에서 오는 적과 싸웁시다."

그러나 처음부터 희망을 버리고 머리를 절레절레 흔드는 사람도 있었다.

"무슨 짓을 해도 소용없어. 올해는 굶주리게 되어 있는 천명에 대항해서 싸워 봤자 헛수고야."

아낙네들은 울면서 당집 지신께 올릴 향을 사러 성안으로 갔다. 어떤 사람은 하늘의 신을 모시고 있는 성안 큰 당집에 가서 빌었다. 이렇게 사람들은 천지 신을 찾아 기원을 올렸다.

그러나 메뚜기 떼는 하늘 가득히 퍼지더니 지상까지 뒤덮었다.

왕룽은 머슴들을 불러 모았다. 칭 서방은 말없이 그의 곁에 서서 명령을 기다렸다. 다른 집 젊은 농부들도 끼어 있었다. 그들은 제 손으로 밭에 불을 질러서 거의 익어서 알이 밴 밀을 태웠고, 도랑을 넓게 파고 물을 날라 채웠다. 모두 밤새워 일했다. 오란은 왕룽에게, 다른 여자들은 제각기 자기 집 식구들에게 도시락을 날랐다. 사내들은 밭에 선 채 들짐승처럼 허겁지겁 음식을 퍼먹고 밤낮없이 일했다.

드디어 하늘이 캄캄해지고 날개를 부딪쳐대는 묵직하게 가라앉은 소리가 가득 차더니 메뚜기 떼가 소나기처럼 밭으로 떨어졌다. 그냥 지나간 밭들은 멀쩡했지만, 일단 내려앉은 밭은 겨울 밭처럼 벌거숭이가 되어버렸다. 사람들은 한숨을 쉬었다.

"천명이야."

그러난 왕룽은 미친 사람처럼 뛰어다니며 닥치는 대로 메뚜기 떼를 때려죽였다. 머슴들은 도리깨를 휘둘러 때려잡았다. 메뚜기는 불에 떨어져 타죽는 놈도 있었고 개울에 떨어져 빠져 죽는 놈도 있었다. 수백만 마리가 죽었지만, 그보다 더 엄청난 숫자의 메뚜기 떼가 살아서 지나갔다.

그래도 왕룽은 싸운 보람이 있었다. 메뚜기 구름이 사라진 후 겨우 한숨을 돌리고 살펴보니 수확할 수 있는 밀이 꽤 많이 남아 있었고 못자리도 피해를 면했다. 그는 그것으로 만족했다. 사람들이 메뚜기를 볶아 먹었지만 왕룽은 먹지 않았다. 전답을 망친 놈들이라는 생각에 불쾌해서 먹기 싫었다. 그러나 오란이 기름에 튀겨낸 메뚜기를 머슴들은 맛있게 씹어대고, 아이들이 눈이 무섭다고 하면서도 날렵하게 찢어먹는 것에는 별 말을 하지 않았다.

그래도 메뚜기가 그를 도와준 것도 있었다. 논밭을 지키려고 몰두했던 일주일 동안 그는 마음의 고통과 공포를 잊었다. 그는 조용히 생각했다.

"사람은 누구나 걱정거리가 있는 법이다. 그러니까 나도 걱정거리를 안고 살아가는 방법을 궁리해야겠어. 숙부는 나이가 많으니까 나보다 먼저 죽겠지. 큰놈도 삼 년만 참자. 괜히 애태울 필요는 없는 거야."

밀을 거둬들이고 비가 왔다. 논에 물을 대고 모를 심었다. 또 여름이 되었다.

# 24

이젠 집안이 평온해졌다고 왕룽이 생각하고 있던 어느 날, 점심을 먹으러 밭에서 돌아오자 큰아들이 곁에 와서 말했다.

"아버지, 제가 학자가 될 것이라면 이제 훈장에게는 더 배울 것이 없어요."

왕룽은 부엌 가마솥에서 더운 물을 퍼서 수건을 적셔 얼굴을 문지르고 있었다.

"그렇겠군. 그래서 어쩌자는 거지?"

아들은 잠깐 망설이다가 말을 이었다.

"학자가 되기 위해 남쪽 도시로 가서 알고 싶은 걸 다 배울 수 있는 대학에 입학하고 싶어요."

밭일이 고됐던 왕룽은 뜨거운 수건으로 닦아서 김이 나는 얼굴로 사납게 아들에게 말했다.

"못난 소리, 그건 안 돼. 졸라도 소용없다. 못 가. 이 고장 사람이면 그만큼 공부했으면 됐어."

왕룽은 수건을 또 물에 적셔서 짰다.

아들은 아버지를 원망스럽게 쏘아보며 투덜거렸다. 왕룽은 무슨 말인지 들리지가 않아서 화내며 야단쳤다.

"하고 싶은 말이 있거든 똑똑히 말해."

아버지의 목소리가 사나워지자 아들도 성난 목소리로 말했다.

"그래도 저는 갈 거예요. 남쪽으로 갑니다. 이런 시시한 집에서 누가 어린아이처럼 감독이나 받고 살아요. 이런 촌구석 조그만 거리에서 누가 사냐고요. 저는 나가서 공부하고 다른 고장을 보고 오겠어요."

왕룽은 아들을 바라보았다. 그리고 자기 자신을 보았다. 아들은 더위를 막는 얇고 가벼운 은회색 리넨 두루마기를 입고 있었다. 입술 위에 듬성듬성 수염이 나기 시작했고 살결은 매끄럽고 빛났다. 긴소매 밖으로 나와 있는 손은 여자 손처럼 부드럽고 나긋했다. 눈을 돌려 자기 자신을 보니까 몸은 울퉁불퉁하고 흙투성이였다. 허리에서 무릎까지 오는 푸른색 무명 반바지만 입은 데다 상반신은 벌거숭이라서 이 젊은이의 아버지가 아니라 머슴 같았다. 그러자 왕룽은 갑자기 키가 호리호리하게 큰 아들의 모습에 대해 경멸을 느꼈다. 그는 난폭하게 고함을 쳤다.

"그럼 우선 밭에 가서 흙을 묻히고 와! 계집아이로 보이지 않게 말이다. 그리고 네가 먹을 것쯤은 네가 스스로 벌어 봐."

왕룽은 아들의 글씨와 공부를 자랑스러워했던 일을 잊어버리고, 밖으로 나가면서 맨발을 퉁탕거리며 마루에 퉤 침을 뱉었다. 아들의 점잖은 체하는 꼴은 견딜 수 없었다. 젊은이는 원망스러운 듯이 아버지를 보고 서 있었지만 왕룽은 아들을 돌아보지 않고 나가 버렸다.

그날 밤 왕룽은 안뜰로 갔다. 련화는 침대에 돗자리를 깔고 그 위에 누워서 뚜챈에게 부채질을 시키고 있었다. 련화가 자연스럽게 이야기를 꺼냈다.

"당신 큰 아드님이 집을 나가고 싶어서 고민하는 것 같아요."

왕룽은 아들에 대한 노여움에 격한 어조로 말했다.

"그게 너와 무슨 상관이야? 개도 나이가 어느 정도 됐으니 이곳에 오지 못하게 해."

련화는 당황해서 말했다. "아니에요, 그렇지 않아요. 뚜챈에게 들었을 뿐이에요." 뚜챈이 얼른 말을 받았다. "아드님이 훌륭한 청년으로 자랐는데, 아무것도 하는 일이 없이 생각에만 잠겨서 지내고 있다는 것쯤은 누구나 짐작할 수 있어요."

두 여자가 교묘하게 넘겼지만, 왕룽은 화가 풀리지 않았다.

"절대로 그놈은 보내지 않아. 내 돈을 그런 터무니없는 데 쓰고 싶지 않아."

왕룽은 입을 닫아 버렸다. 련화는 왕룽이 아직도 언짢은 것을 알고, 뚜챈을 내보내고 그를 혼자 있게 했다.

그후 얼마 동안은 별다른 일이 없었다. 큰아들도 마음을 잡은 듯 조용했다. 그래도 서당에는 가려고 하지 않았다. 왕룽은 그것을 모르는 체했다. 장남은 열여덟 살이 다 됐다. 어머니를 닮아서 뼈대가 컸다. 아버지가 집에 있으면 자기 방에서 독서를 하며 나오지 않았다.

'젊은 아이들에게 흔히 있는 탈선이었어. 자기가 하고 싶은 일을 아직 모르고 있으니까. 돈을 특별히 많이 주고 3년을 2년으로 줄여 봐야겠어. 더 주면 1년으로 될지도 모르고. 수확하고 겨울 보리 심기, 콩타작까지 끝나면 한번 말해 보자.'

그러고 나서 왕룽은 아들 일을 잊었다. 메뚜기가 갉아먹은 곳 빼놓고는 굉장한 풍년이라서 련화 때문에 쓴 비용쯤은 이미 다시 채웠다. 그는 새삼 돈이 아까워졌다. 여자 하나에 어쩌면 그렇게 돈을 마구 썼던가 하고 혼자 의아해지기도 했다.

처음처럼 강렬한 것은 아니지만 그는 여전히 련화에게 매력을 느꼈다.

숙모의 말처럼 그녀는 작은 몸집에 보기보다 젊지도 않고 아이를 낳을 수도 없는 여자였지만, 그래도 그녀를 소유하고 있는 것이 자랑스러웠다. 그는 이미 아들딸이 있으니 그녀는 왕룽에게 기쁨을 주면 그만이었다.

련화는 나이가 들면서 더 아름다워졌다. 이전에 결점이 있다면 너무 살이 없어서 얼굴 선이 날카롭고 광대뼈가 드러나 보인다는 것이었다. 그러나 지금은 뚜챈이 만드는 요리를 먹고 한 남자만 상대하는 편한 생활을 하기 때문에 몸도 부드럽게 토실토실해졌고, 얼굴도 복스러워졌다. 큰 눈과 작은 입 때문에 점점 더 고양이처럼 되었다. 연꽃 봉오리는 아니라 해도 만개한 시절을 지난 느낌은 아니었다. 젊지 않았지만 늙지도 않았다. 젊다거나 늙었다거나 하는 느낌이 그녀에게는 없었다.

생활은 다시 평온해지고 아들도 조용해져서 왕룽이 만족하고 있던 어느 날, 밤에 옥수수와 쌀을 얼만큼 팔까 손가락으로 계산하고 있는 그의 앞에 오란이 조용히 와서 섰다. 그녀는 점점 말라서 갈수록 광대뼈가 도드라졌고 눈이 움푹 꺼졌다. 무슨 일이냐고 물어도 그녀는 이렇게 대답할 뿐이었다.

"속이 타서요."

지난 3년 동안 그녀의 배는 임신한 것처럼 불룩해 있었다. 그래도 그녀는 해와 함께 일어나서 자기 일을 했다. 왕룽은 탁자와 의자, 그리고 마당의 나무를 보듯 그녀를 보았다. 머리 숙인 소나 식욕 잃은 돼지보다도 무관심했다. 그녀는 혼자서 일했다. 숙모와는 꼭 필요한 말만 했고, 뚜챈과는 전혀 말을 하지 않았다. 련화가 있는 안뜰에는 한 번도 안 갔고, 어쩌다가 련화가 안마당에서 밖으로 나와 거닐고 있으면 오란은 자기 방에 틀어박혀서 누가 "가고 없어요."라고 알려줄 때까지 나오지 않았다. 묵묵히 식사 준비를 하고 한겨울에 얼음을 깨고 연못에서 빨래를 했다.

그래도 왕룽은 "이젠 돈을 아낄 필요도 없는데 왜 사람을 부리거나 종을 사지 않아?" 하고 묻지 않았다. 그럴 필요는 없다고 생각하는 것이다. 그러면서 자신은 머슴을 사서 들일을 시키고, 소와 말과 돼지를 돌보게 했다. 여름에 냇물이 넘치면 물에 놓아줄 오리나 거위를 돌볼 사람까지도 고용했다.

납 촛대에 촛불을 켜고 혼자 앉아 있는 그의 앞에서 오란이 잠시 머뭇거리다가 입을 열었다.

"할 말이 있어요."

그는 놀라며 그녀를 보고 말했다.

"말해 봐."

왕룽은 그녀 얼굴의 움푹 패인 곳을 보면서, 이 여자는 어쩌면 이렇게 아름다움이 없을까, 이 여자를 멀리한지 몇 해가 되었나 하고 생각했다.

그녀가 거친 목소리로 말했다.

"큰아이가 안뜰에 자주 가요. 당신이 없으면 바로 가요."

왕룽은 한참 동안 이해가 안 돼서, 몸을 내밀며 물었다.

"뭐라고?"

그녀는 말없이 큰아들 방을 가리켰다가 두껍고 마른 입술을 모아서 뒤채 쪽 문을 가리켰다. 왕룽은 믿을 수가 없어서 그녀를 노려보았다.

"당신 꿈이라도 꾼 거야?"

오란은 머리를 가로저었다. 말이 나오지 않아서 거북한 모양이었다.

"한번 불쑥 와보세요." 한참 입을 다물었다가 다시 말을 이었다. "남쪽이고 어디고 보내는 것이 좋겠어요."

그녀는 탁자로 다가와 왕룽의 찻잔을 들어 벽돌 바닥에 식은 차를 버리고 더운 차를 따르고는 올 때와 마찬가지로 조용히 나갔다.

그는 오란이 련화를 질투한다고 생각했다. 장남은 조용히 매일 자기 방에서 책을 읽고 있었다. 걱정할 것 없다고, 여자들이 사소한 것을 마음에 두는 것이라고 생각하며 방금 들은 이야기를 잊으려고 했다.

그런데 그날 밤 그가 련화의 침대로 올라가자 그녀가 그를 밀어냈다.

"더워요. 게다가 당신한테서 고약한 냄새가 나요. 제 곁에 오실 때는 몸을 씻고 오세요."

련화는 침대 위에 고쳐 앉더니 얼굴에 감기는 머리카락을 쓸어 올렸다. 왕룽이 끌어안으려 해도 어깨를 흔들며 빠져 나갔고 달래도 말을 듣지 않았다. 그는 조용히 누워서 요 며칠 그녀가 그를 밀어냈던 일을 떠올렸다. 처음에는 그녀의 응석이거나 여름밤 더위 때문에 기분이 좋지 못한 것이라고 생각했는데, 지금은 오란의 말이 떠올랐다. 그는 벌떡 일어서며 말했다.

"그럼 혼자 자."

그는 가운뎃방으로 가서 의자 두 개를 나란히 붙이고 그 위에 누웠다. 잠이 오지 않았다. 일어나서 대문 밖으로 나가 흙담 옆 대숲을 거닐었다. 더운 몸이 서늘한 밤바람에 식었다. 다가오는 가을 냉기가 느껴졌다.

련화가 남쪽으로 가고 싶어 하는 장남의 소망을 알고 있던 일이 떠올랐다. 어떻게 알았을까? 장남이 요새 집을 나가고 싶다는 말을 하지 않고 조용해진 것도 생각했다. 왜 그럴까? 왕룽은 분연히 마음속으로 중얼거렸다.

'내 눈으로 봐야겠어.'

날이 밝았다. 그는 자기 밭의 안개 위로 새벽이 장밋빛으로 다가오는 것을 보았다.

들판 끝이 태양에 황금빛으로 물들었다. 그는 집에 가서 점심을 먹고 수확기와 파종기의 습관대로 머슴들을 감독하러 다시 나갔다. 밭을 이리저리 돌아본 후, 집으로 돌아왔다가 집 안에 있는 사람이면 누구에게나 들릴 만큼 큰 소리로 말했다.

"이제부터 성 밑 해자 근처 논을 보고 오겠어. 늦어질 거야."

그는 성안 쪽으로 향했다. 당집까지 와서는 길가 임자 없는 무덤 옆 풀밭에 주저앉았다. 풀을 뽑아 손가락에 감으며 생각에 잠겼다. 맞은편에서 작은 지신이 그를 노려보고 있었다. 왕룽은 문득 전에는 그 신을 자기가 존경하고 두려워했음을 생각했다. 그러나 지금은 부자라서 신을 경배할 필요도 없고, 기도할 일도 없었다. 그는 마음속으로 거듭거듭 생각하고 있었다.

그때 별안간 간밤에 런화가 그를 밀어낸 일이 떠올랐다. 그녀를 위해서 얼마나 많은 것들은 해줬던가 생각하니 그녀가 더욱 괘씸해졌다.

'그년은 그대로 찻집에 있었으면 신세를 망쳤을 거다. 내 집에 왔으니 먹을 것도 먹고 사치스런 옷도 입는 거지.'

노여움이 있는 대로 일어난 그는 딴 길로 집에 돌아가서 살그머니 안으로 들어갔다. 그리고 안마당으로 통하는 문의 휘장 뒤에 섰다. 중얼거리는 사내의 목소리가 들렸다. 큰아들 목소리였다.

사람들에게 부잣집 나리라고 불리게 된 요즘의 그는, 젊었을 때와 같은 시골 사람의 소심함이 없어지고 사소한 일에도 버럭 화를 내고 성안에서조차 고집을 꺾지 않았다. 그런데 지금 왕룽의 마음에 이는 분노는 일찍이 한번도 경험한 일이 없을 정도로 격심한 것이었다. 사랑하는 여자를 도둑질한 남자에 대한 남자로서의 분노였다. 더구나 그 도둑질한 사내가 아들이라고 생각하자, 속이 메스꺼울 정도로 불쾌했다.

그는 이를 악물고 밖으로 나와서 대숲에서 호리호리한 대나무를 골라가는 끈 같은 가지만 남기고는 나머지 가지는 꺾어 버리고 잎을 훑어냈다. 그리고 살금살금 집으로 들어가 느닷없이 휘장을 걷었다. 장남은 연못 끝 작은 의자에 앉은 련화를 내려다보며 서 있었다. 련화는 분홍 비단 두루마기를 입고 있었다. 아침부터 이런 몸차림을 한 그녀를 그는 본 적이 없었다.

둘은 뭔가를 이야기하고 있었는데, 계집은 명랑하게 웃고 고개를 갸웃거리며 곁눈질로 청년을 보았다. 둘은 왕룽이 온 것을 눈치 못 채고 있었다. 그는 그 자리에 선 채 그 모양을 뚫어지게 보았다. 얼굴이 파랗게 질리고, 입술이 말려 올라가 이빨이 드러났다. 대나무 회초리를 쥔 손에 힘이 들어갔다. 둘은 아직도 그를 모르고 있었다. 집에서 나오던 뚜챈이 비명을 지르지 않았더라면 언제까지고 모르고 있었을 것이다.

왕룽은 달려들며 아들을 후려갈겼다. 장남은 아버지보다 키는 컸지만, 들일로 단련된 힘센 아버지를 당할 수는 없었다. 왕룽은 아들의 얼굴에서 피가 흐를 때까지 때렸다. 련화가 비명을 지르며 왕룽의 팔에 매달리자 그는 난폭하게 밀어냈다. 그녀가 다시 비명을 지르며 매달리자 이번에는 그녀를 때렸다. 그녀는 달아났다. 왕룽은 아들을 계속 때렸다. 마침내 아들은 두 손으로 얼굴을 가리고 땅바닥에 주저앉았다.

왕룽은 때리던 것을 멈추었다. 숨이 가빠 입술 사이로 피리 소리 같은 것이 새어나왔다. 땀이 비 오듯 전신에 흘렀다. 병자처럼 지쳐버린 그는 회초리를 내던지고 숨을 몰아쉬며 아들에게 말했다.

"네 방에 가서 내가 나오라고 할 때까지 나오지 마. 나오면 때려죽인다."

아들은 말없이 일어서서 가 버렸다.

왕룽은 련화가 앉았던 의자에 앉아서 머리를 두 손으로 감싸고 눈을 감은 채 숨을 헐떡였다. 아무도 그에게 다가오려 하지 않았다. 그는 호흡이 가라앉고 노여움이 풀릴 때까지 혼자서 그렇게 앉아 있다가, 이윽고 귀찮은 듯이 일어나서 방으로 들어갔다. 련화는 침대 위에서 소리 내어 울고 있었다. 그가 잡아 일으키자 그녀는 누운 채 그를 쳐다보며 울었다. 얼굴에 매 맞은 자국이 퍼렇게 부풀어 있었다. 그가 침통하게 말했다.

"너는 여전히 갈보로구나. 내 자식에게까지 몸을 팔려는 거냐?"

그러자 그녀는 더욱 목청을 높여서 울었다.

"아니에요, 그런 일 없어요. 그 아이는 쓸쓸해서 놀러온 거예요. 아까 마당에서 당신이 보신 곳보다 더 가까이 내 침대 쪽으로 온 적이 있나 없나 뚜챈에게 물어보세요."

그녀는 애처롭게 왕룽을 쳐다보다가 그의 손을 잡아 제 얼굴의 부은 곳에 갖다 대고는 흐느꼈다.

"당신이 당신의 련화에게 어떤 짓을 하셨는지 보세요. 이 세상에서 남자는 당신 하나예요. 그는 당신 아들이 아니에요? 저에게 그 사람이 뭐겠어요."

그녀는 그를 쳐다보았다. 그 아름다운 눈을 깨끗한 눈물로 적시고 있었다. 그는 신음했다. 이 계집은 어쩔 수 없을 정도로 아름다웠다. 사랑해서는 안 될 때도 사랑하지 않을 수 없었다. 갑자기 그는 아들과 련화 사이에 어떤 일이 있었는지를 안다는 것이 견딜 수 없다고 생각했다. 차라리 알고 싶지 않다고 생각했다. 모르는 편이 마음 편하다고 생각했다. 그래서 그는 신음하며 그곳을 나왔다. 아들 방 앞을 지나치면서 문밖에서 말했다.

"네 물건을 챙겨서 내일 남쪽으로 가라. 하고 싶은 대로 해. 부르러 보낼 때까지 오면 안 된다."

그리고 그는 그 자리를 떠났다. 오란은 앉아서 그의 옷을 깁고 있었는데, 그가 지나가도 아무 말 안 했다. 때리는 소리와 비명소리를 들었을 텐데 그런 눈치를 조금도 보이지 않았다. 그는 밭으로 갔다. 한낮의 태양이 빛나고 있었다. 하루 종일 일한 것처럼 지쳐 버렸다.

# 25

아들이 떠나자 왕릉은 집안에서 큰 불안을 내쫓은 것 같아 한숨을 돌렸다. 그러고는 앞으로는 다른 아이들에게도 마음을 쓰자고 마음먹었다. 지금까지는 자기 자신의 걱정거리도 있고, 때 되면 꼭 해야 하는 씨 뿌리기와 수확에 쫓겨서 장남 외의 아이들에게는 마음을 쓸 겨를이 없었다. 그는 둘째 놈을 서당을 그만두게 하고 장사를 배우게 해서, 큰놈처럼 사춘기의 발동 때문에 집안의 골칫거리가 되지 않게 해야겠다고 마음먹었다.

둘째는 형을 닮지 않았다. 장남은 북쪽 사람인 어머니를 닮아서 키가 크고 뼈대가 굵고 얼굴이 붉었는데, 둘째는 키도 크지 않고 몸집이 가늘고 살결이 노랬다. 교활하고 짓궂으며 필요하다면 심술도 부릴 성싶은 모습이 꼭 늙은 아버지를 닮았다고 생각되었다.

'이 아이는 상인을 만들자. 서당을 그만두게 하고 곡물상에 견습을 보내자. 내가 거래하는 곡물상에 두면 안성맞춤이다. 주의해서 저울을 보고 다소나마 저울눈도 속여 주겠지.'

그래서 어느 날 그는 뚜챈에게 말했다.

"큰놈 약혼자 집에 가서 류 생원께 내가 할 말이 있다고 전하게. 사돈이 될 테니 술 한 잔이 없어서야 되겠나."

뚜챈은 돌아와서 말했다.

"언제라도 좋으시다고 하세요. 오늘 낮에 오셔서 한잔 하셔도 좋고, 직접 오실 수도 있대요."

그러나 왕룽은 성안 장사꾼이 자기 집에 오는 것이 달갑지 않았다. 이것저것 장만하려면 큰일이다 싶어서였다. 그래서 그는 목욕을 하고 비단옷을 입고는 밭을 가로질러서 성안으로 갔다. 그는 뚜챈에게 들은 대로 돌다리 거리에 가서 류 씨 이름이 쓰인 대문 앞에 섰다. 글자는 모르지만 다리를 건너서 오른 쪽으로 두 번째 집이라니 여기일 것이라고 짐작하고는 행인에게 물어 류劉 자를 확인한 것이다. 당당한 나무 대문이었다. 왕룽이 손바닥으로 대문을 두드렸다.

곧 대문이 열리고 계집종이 나타났다. 젖은 손을 앞치마로 훔치며 누구시냐고 물었다. 그가 이름을 대자 그녀는 찬찬히 그를 보고 남자들만 쓰는 사랑채 방으로 안내하여 의자를 권했다. 이 집 딸의 시아버지 될 사람인 줄 아는지 유심히 왕룽의 얼굴을 바라보다가, 주인을 부르러 갔다.

왕룽은 주위를 찬찬히 둘러보았다. 일어나서 입구의 휘장을 만져보고 탁자의 재목을 살폈다. 넉넉한 형편이지만 호사스러운 정도는 아니라는 점에 안심했다. 부잣집 딸은 건방지고 고집쟁이며, 먹는 것 입는 것에 이러쿵저러쿵 시끄럽고, 아들을 부모로부터 떼어놓기 십상이기 때문이다. 왕룽은 다 둘러보고 다시 자리에 앉았다.

점잖은 발자국 소리가 나더니 뚱뚱하고 나이가 지긋한 남자가 들어왔다. 왕룽은 일어나서 인사를 했다. 두 사람은 서로를 슬쩍 관찰하면서 인사를 하고는 서로가 상대방이 훌륭하고 유복한 인물이라는 것에 경의를 느끼며 호의를 가졌다. 두 사람은 의자에 앉아 계집종이 따라 주는 따뜻한 술을 마시면서 농작물의 상태와 가격, 올해 풍년이 들면 쌀값은 얼마나 할까 하는 이야기를 천천히 나누었다. 끝으로 왕룽이 말했다.

"사실은 부탁드릴 말씀이 있어서 왔습니다만, 별로 내키지 않으시면 딴 이야기를 하지요. 사돈댁에 심부름꾼이 필요하시면 제게 제법 영리한 둘째 놈이 있는데 어떻습니까? 그러나 필요하지 않으시다면 딴 이야기를 하지요."

류 생원은 대단히 기분 좋게 말했다.

"그렇습니까? 마침 영리한 아이를 하나 두려던 중입니다. 읽고 쓰기를 모르면 곤란합니다만."

왕룽은 의기양양하여 말했다.

"아들놈 둘 다 공부는 잘하지요. 두 놈 다 틀린 글자가 있으면 나무목변이 옳거니 삼수변이 옳거니 단번에 알아냅니다."

"그것 참 훌륭합니다." 류 생원이 말했다. "그렇다면 보내 주십시오. 장사를 익히기까지는 숙식만 제공되지만, 1년 지나면 매달 은전 한 닢, 3년째부터는 은전 세 닢, 그 뒤부터는 견습이 아니니까 장사의 능력에 따라 얼마든지 벌 수 있습니다. 보수 외에 사고팔고 하는 사람에게서 얼마의 중개료를 받든 그것은 본인의 수완에 달린 것이니 저는 관계치 않습니다. 댁과는 사돈이 될 사이니 자제를 제 집에 둔다고 해도 보증금은 필요 없고요."

왕룽은 기뻐 일어서서 웃으며 말했다.

"친절하게 해주셔서 말씀드립니다만, 저희 집 둘째 딸과 혼사를 맺을 만한 아드님은 혹 없으신지요?"

류 생원이 웃었다. 뚱뚱하게 살이 쪘고 좋은 음식을 먹어 목소리까지 복스럽게 들렸다.

"열 살 되는 둘째 놈이 있습니다. 아직 약혼은 안 했습니다만 댁의 따님은 몇 살인지요?"

"다음 생일에 열 살이 됩니다. 꽃같이 예쁜 계집아이지요."

두 사내는 소리를 합쳐 마주 웃었다. 류 생원이 말했다.

"그러면 우리는 두 겹 끈으로 묶이는 셈이군요."

두 사람은 거기서 이야기를 끝냈다. 그 이상은 당사자끼리 이야기할 성질의 것이 아니었기 때문이다. 그래서 작별을 하고 아주 기뻐하며 돌아왔다. 그리고 마음속으로 중얼거렸다. '이 일은 성사되겠지.' 집으로 돌아와서 그 딸아이를 보았다. 예쁜 아이였다. 어머니가 전족을 시켜 작고도 맵시 있는 걸음걸이를 하고 있었다.

그런데 유심히 보니 딸의 뺨에 눈물 자국이 있었다. 얼굴이 희고 나이보다 철이 들어 있었다. 그는 딸의 손을 잡아 끌며 물었다.

"왜 울었니?"

아이는 고개를 숙이고 윗도리의 단추를 만지작거리면서 부끄러운 듯 반은 속삭이며 말했다.

"엄마가 매일 발의 천을 단단히 졸라매서 밤에 잘 수가 없어요."

"네가 우는 소리를 들은 적이 없는걸." 왕룽은 의아했다.

"그게요, 엄마가 소리내서 울면 안 된다고 하는 걸요. 아버지는 마음이 너무 좋고 또 약하기 때문에 전족을 그만두라고 할 거래요. 전족을 안하면 엄마가 아버지한테 귀염을 못 받는 것처럼 나도 귀염을 받지 못한대요."

딸아이는 천진하게 말했다. 그러나 왕룽은 자기가 이 아이의 엄마를 사랑하고 있지 않다고 오란이 딸아이에게 말했다는 것을 듣고 마음이 찔리듯이 아팠다. 그래서 그는 얼른 말을 돌렸다.

"오늘은 말이다, 네 훌륭한 신랑감을 정하고 왔지. 뚜챈을 시켜서 잘 성사시킬 거야."

딸아이는 미소 지으며 고개를 숙였다. 갑자기 아이에서 어른이 된 듯했다. 그날 밤 련화에게 갔을 때 왕룽은 뚜챈에게 말했다.

"될지 안 될지 한번 힘써 주게."

그는 련화와 같이 자리에 들어서도 마음이 편하지 않아서 뜬눈으로 생각했다. 자기의 지금까지의 생활이며, 오란이 그의 첫 번째 여자였던 일, 그녀가 얼마나 그에게 충실하게 살아 주었는가 하는 일들을 생각했다. 딸아이가 한 말을 생각하니 비참한 기분이 들었다. 오란은 무심한 듯했지만 그의 마음을 똑똑히 들여다보고 있었던 것이다.

며칠 뒤 그는 둘째 아들을 성안으로 보냈고, 딸아이의 약혼서에 서명을 하고 지참금을 정하고 혼수와 패물까지 합의했다. 왕룽은 휴우 한시름 놓으며 마음속으로 말했다.

'이것으로 아이들에게는 할 만큼 했다. 저 천치 아이만은 헝겊 갖고 양지쪽에서 놀게 둘 수밖에 없지만 말야. 막내 녀석은 밭에서 일을 시키고 공부는 시키지 말자. 눈뜬 놈은 둘이면 충분해.'

왕룽은 하나는 학자, 하나는 상인, 하나는 농부, 이렇게 세 아들을 둔 것이 자랑스러웠다. 그는 만족해서 아이들 생각을 그만하기로 했다. 그러자 그에게 이 아이들을 낳아준 여자의 일이 어쩔 수 없이 떠올랐다.

오랜 세월을 오란과 함께 살아왔지만 그제야 비로소 그녀의 일을 진지하게 생각했다. 그녀가 시집왔을 때도 그녀가 자기의 첫 번째 여자라는 것 말고는 생각한 일이 없었다. 이것저것 분주했기 때문에 생각할 틈도 없었다. 이제는 아이들의 장래도 정해졌다. 밭은 손질이 잘 되어서 다가오는 겨울 하늘 밑에서 조용했다. 련화와의 생활도 그가 매질을 한 후부터 질서가 잡혀서 아주 편안해졌다. 오란의 일만 남았다.

왕룽은 오란을 유심히 보았다. 이번에는 여자로서가 아니고, 이상한 뉘우침의 감정으로 바라보았다. 그랬더니 그녀가 아주 여위고 살결이 꺼칠꺼칠하고 노랗게 된 것이 보였다. 들일을 할 때 오란의 살결은 검붉었다. 그러나 지금은 들일을 그만둔 지 오래다. 2년 전 추수 때 들에 나왔더니 사람들이 "지주 마나님이 아직 들일을 하세요?" 하고 말해서 그가 못나오게 했다.

그래도 그는 어째서 그녀가 자진해서 들에 나오지 않는지, 어째서 동작이 점점 둔해지는지 생각해 본 적이 없었다. 지금 돌이켜 보니, 그녀는 아침에 잠자리에서 일어나 나올 때나 엎드려서 아궁이에 불을 지필 때 종종 신음소리를 냈다. 그가 "왜 그래?" 하고 물으면 신음을 그쳤다. 그런데 지금 그녀의 아랫배가 이상스레 부른 것을 보자 알 수 없는 회한의 정에 차는 것이었다.

'그렇다고 련화를 사랑하는 것처럼 아내를 사랑하지 않는 것이 내 죄는 아니다. 세상 사내들은 모두 그런 거야.' 그리고 혼잣말로 자기를 달랬다. '나는 오란을 때린 일도 없고 달라면 돈도 주었다.'

그래도 역시 딸아이의 말을 잊을 수가 없었다. 가슴을 찌르는 것이었다. 돌이켜 생각해 보더라도 자기는 오란에 대해서 좋은 남편이었다. 보통 이상으로 좋은 남편이었다고 생각하는데 왜 회한이 느껴지는지 알 수가 없었다.

오란에 대한 자책감이 떠나지 않았기 때문에 그는 그녀가 밥상을 나르거나 이리저리 돌아다니는 모습에서 눈을 뗄 수가 없었다. 어느 날 식사를 끝낸 후 벽돌 바닥을 쓸던 오란의 얼굴이 잿빛으로 변했다. 그녀가 입을 벌리고 헐떡이며 아랫배를 손으로 눌렀다. 그러면서도 여전히 바닥을 쓸고 있었다. 그가 날카롭게 물었다.

"왜 그래?"

"아무것도 아니에요. 전부터 배가 자주 아팠는데 또 그래서요."

그는 뚫어지게 그녀를 보다가 막내딸에게 말했다.

"네가 쓸어라, 엄마가 아프다."

그리고 오란에게 요 몇 해 동안 없었던 부드러운 음성으로 말했다. "자리에 가서 누워요. 곧 저 아이한테 더운 물을 가져가게 할 테니. 일어나선 안 돼."

오란은 말없이 느릿느릿 일어나 시키는 대로 방으로 갔다. 부스럭거리는 소리가 나더니 곧 누웠는지 신음소리가 났다. 그는 신음소리를 도저히 그대로 듣고 있을 수가 없어서 의원을 데리러 성안으로 갔다.

둘째 아들이 있는 곡물상 지배인이 추천하는 의원에게 갔다. 의원은 한가하게 차를 마시고 있었다. 길고 흰 수염을 드리운 노인으로 코에 부엉이 눈같이 큰 놋테 안경을 걸치고, 손이 다 덮이게 긴 때 묻은 두루마기를 입었다. 왕룽이 아내의 병세를 말하자 그는 탁자의 서랍을 열고 검은 보퉁이를 꺼내 들었다.

"그럼 가 보지요."

둘이 오란의 방에 들어가자 그녀는 선잠이 들어 있었다. 윗입술과 이마에 이슬방울 같은 땀이 솟았다. 의원은 환자를 보자 고개를 저었다. 그리고 원숭이같이 시든 노란 손을 내밀어 오란의 맥을 짚었다. 오랫동안 맥을 짚고 있더니 침통하게 머리를 저으며 입을 열었다.

"비장脾臟이 부었고 간장도 나쁘오. 복부에 사람 머리만 한 돌이 있소. 위장도 헐었소. 심장은 겨우 움직이고 있는데, 회충이 있는지도 모르겠소."

왕룽은 심장이 멎는 것 같았다. 그는 두려움에 화난 것처럼 소리쳤다.

"그럼 약을 주시오! 지어 주시겠죠?"

왕룽의 큰 소리에 오란이 눈을 떴으나, 고통 때문에 의식이 혼미해서 왕룽이 왜 외쳤는지도 모르고 시름없이 두 사람을 보았다. 의사는 또 말했다.

"난치병이오. 완쾌의 보증이 필요 없다면 은전 열 닢으로 약초와 말린 호랑이 심장과 개 이빨의 처방을 해드리겠소. 그것을 함께 달여 먹이시오. 허나 완쾌의 보증이 필요하다면 은전 오백 닢을 내셔야겠소."

오란은 '은전 오백 닢'이란 말에 갑자기 혼수상태에서 깨어나서 맥없이 중얼거렸다.

"그만두세요. 내 목숨은 그만한 가치가 없어요. 그 돈이면 좋은 땅을 살 수 있는데."

왕룽은 그 말에 양심의 가책이 더 커져서 격렬하게 말했다.

"이 집에서 장사를 지내고 싶지 않아. 그쯤은 낼 수 있어."

의사는 '낼 수 있다'는 말을 듣고 탐욕스럽게 눈을 빛냈지만, 만일 그가 말한 대로 완쾌하지 않고 병자가 죽으면 처벌을 받아야 했기 때문에 유감스러운 듯이 말했다.

"글쎄, 눈동자 흰자위를 보니 잘못 보았나 보오. 완쾌의 보증은 은 천 닢이 아니고서는 어렵겠소."

왕룽은 의원의 말뜻을 알아들었다. 방법이 없다는 뜻이었다. '이 병자는 죽는다.'고 선언한 것이나 다름없었다. 그는 밖으로 나가 의원에게 은전 열 닢을 주었다. 의원이 가자 왕룽은 오란이 그 생애의 대부분을 보낸 어둠침침한 부엌으로 갔다. 그녀가 없는 그곳에서 그는 그을린 벽을 향해 혼자 울었다.

## 26

오란은 금방 죽지 않았다. 이제 겨우 중년을 넘어섰을 뿐이라서 생명은 좀처럼 육체에서 떠나려 하지 않았다. 겨우내 오란은 쭉 병상에 누워 있었다. 왕룽과 아이들은 처음으로 그녀가 가정에서 어떤 존재였나를 깨달았다. 모두가 얼마나 오란 덕분에 자신들이 편안했는지 전혀 몰랐던 것이다.

마른잎을 지펴서 아궁이의 불을 때려면 어떻게 하는지, 생선을 부스러뜨리거나 태우지 않고 구우려면 어떻게 하는지, 야채를 튀길 때 참기름이 좋은지 콩기름이 좋은지 아무도 몰랐다. 음식물 찌꺼기나 부스러기가 탁자 밑에 떨어져도 아무도 쓸지 않았다. 냄새가 지독해지면 참을 수가 없어서 개를 불러 먹이거나 막내딸을 꾸짖어 쓸게 했다.

막내딸은 어머니 대신 할아버지의 시중도 들었다. 노인은 늙어서 어린아이처럼 철이 없었다. 오란이 이제 차나 더운 물을 가져가지 못하고, 일어나고 자고 할 때 시중 들지 못한다는 사실을 노인은 아무리 말해도 이해하지 못했다. 노인은 아무리 불러도 오란이 오지 않자 짜증을 부리며 고집쟁이 아이처럼 찻잔을 땅바닥에 내동댕이쳤다. 왕룽은 아버지를 오란의 방으로 데려가서 그녀가 누워 있는 모습을 보여 주었다. 노인은 눈이 어두워서 잘 보이지 않았지만 그래도 희미하나마 오란에게 나쁜 일이 있는 것을 알아챈 듯 입속으로 중얼거리고는 눈물을 흘렸다.

천치 딸만은 아무것도 몰랐다. 그냥 히죽히죽 웃으면서 헝겊을 만지작거리며 놀 뿐이었다. 누군가는 그녀를 돌봐야 했다. 양지쪽에 앉혔다가 비가 오면 집 안으로 데리고 들어오고, 밤이 되면 저녁을 먹여서 재워야 했다. 그러나 식구들은 그 아이를 잊는 일이 많았다. 언젠가는 하룻밤 내내 밖에 내버려두어서, 이튿날 새벽 추위에 떨며 울고 있는 아이를 발견했다. 왕룽은 화를 내며 아이들에게 불쌍한 천치 누이를 잊었다고 꾸짖었다. 그러나 아이들이 오란을 대신할 수 있을 리가 없었으므로, 왕룽은 자신이 딸을 돌보려고 애썼다. 비나 눈이 오고 찬바람이 불면 집 안으로 불러들여서 아궁이 앞 따뜻한 곳에 앉혔다.


오란이 빈사 상태로 지낸 겨울 동안 왕룽은 밭일을 일체 돌보지 않았다. 머슴들 감독도 칭 서방에게 맡겨 버렸다. 칭 서방은 충직하게 일했다. 아침저녁으로 반드시 오란의 방문 앞에 와서 그 피리 소리같이 속삭이는 목소리로 그녀의 병세를 물었다. 그러면 왕룽은 오늘은 닭고기 국물을 좀 마셨다든지 오늘은 미음을 좀 먹었다고 대답했는데, 나중에는 그것도 귀찮아졌다. 그래서 칭 서방에게 문안을 오지 않아도 좋으니 일만 잘 해달라고 일렀다.

겨우내 왕룽은 오란의 병상에 붙어 있었다. 그녀가 추운 것 같으면 화로에 숯을 지펴 침상 곁에 놓아 따뜻하게 해주었다. 그때마다 그녀는 힘없이 중얼거렸다.

"미안해요."

왕룽은 그녀의 그런 말이 견딜 수가 없어서 말했다. "그런 말을 왜 해.

당신을 고칠 수만 있다면 땅을 다 팔아도 아깝지 않아."

그녀는 그 말에 힘없이 미소 지으며 숨찬 목소리로 속삭였다.

"아니에요, 그래서는 안 돼요. 나는 죽을 몸이에요. 어차피 언젠가는 죽을 몸이에요. 그러나 땅은 내가 죽어도 남아요."

그는 그녀의 입에서 죽는다는 말을 듣고 싶지 않았다. 그래서 그녀가 그런 말을 하면 일어나서 밖으로 나왔다.

하지만 그녀가 곧 죽을 것이라는 것은 알고 있었다. 그래서 그는 의무라고 생각하고 성안 장의사에게 가서 진열된 관을 하나씩 돌아보며 무겁고 단단한 나무로 짠 질 좋은 검은 관을 골랐다. 주인이 잽싸게 말했다.

"두 개를 사시면 값의 3분의 1을 깎아 드려요. 손님 것도 사 두시면 안심되실 텐데요."

"내 것은 자식들이 해줄 거니까." 그때 문득 아버지의 관을 사 두지 않은 것이 떠올라서 뜨끔했다. 그래서 말을 이었다. "그런데 연로하신 아버님이 계시오. 이젠 걷는 힘도 약하고, 귀도 멀고 눈도 거의 보이지 않소. 곧 돌아가실 거요. 그러니 두 개를 사기로 하겠소."

주인은 관에 한 번 더 칠을 해서 집에 갖다 주기로 했다. 왕룽은 이 말을 오란에게 했다. 오란은 남편이 자기를 위해서 마음을 써준 일과, 죽을 준비가 된 것을 기뻐했다.

이렇게 그는 하루의 대부분을 그녀 곁에서 보냈다. 그녀가 쇠약해져 있었기 때문에 두 사람은 별로 말을 하지 않았다. 게다가 할 이야기도 별로 없었다. 왕룽이 옆에 앉아 있는데도 그녀는 가끔 자기가 어디 있는지 잊는 모양이었다. 그래서 때로는 어릴 때 일을 중얼거렸다. 왕룽은 처음으로 그녀의 마음속을 엿보았다. 그녀가 중얼거림은 극히 단편적인 것이었다.

"저는 문간까지만 요리를 가져갈게요. 저는 못생겨서 훌륭한 분 앞에는 나갈 수가 없어요."

"때리지 마세요. 두 번 다시 훔쳐 먹지 않을 테니까요."

"아버지…… 어머니…… 아버지…… 어머니……."

이 말은 몇 번이나 했다. "나는 못생겨서 사랑받지 못한다는 걸 잘 알고 있어요……."

왕룽은 오란의 말을 들으며 슬퍼져서, 죽은 사람의 손같이 딱딱하고 거친 그녀의 큰 손을 어루만져 주었다. 그녀의 말이 사실이라서 더 안타까웠다. 하지만 그녀의 손을 쓰다듬어도, 련화가 토라진 듯 입을 비죽거릴 때와 같은 애정이나 감동이 들지 않는 것이 더 슬프고 부끄러웠다. 그 딱딱한 손을 만지면 오히려 그녀가 가없다는 마음까지도 사라지는 것이었다.

그럴수록 그는 그녀를 더 돌봤다. 특별한 음식을 사 오고 뱅어와 맛있는 배춧속 국도 먹였다. 오랫동안 계속되는 죽음을 기다리는 지친 마음을 달래려고 련화에게로 가도 오란의 일이 머리에서 떠나지 않았다. 오란을 생각하면 련화를 안고 있던 손에서 힘이 빠져나갔다.

때때로 오란의 의식이 또렷해지면서 주위 일을 분간할 때가 있었다. 그럴 때 한번 그녀가 뚜챈을 찾았다. 왕룽이 깜짝 놀라 뚜챈을 데려오자 오란은 비틀거리며 일어나 앉아 덤덤하게 말했다.

"자네는 황 대인 댁 주인어른의 시중을 들었고 미인이란 말도 들었지. 하지만 자네는 아직도 남의 종이고, 나는 한 남자의 아내가 되어 자식을 낳았네."

뚜챈이 발끈해서 말대꾸를 하려는데 왕룽이 그녀를 달래서 밖으로 데리고 나갔다.

"저 사람은 무슨 말을 하고 있는지 자신도 몰라."

방에 돌아오자 오란은 아직도 손에 머리를 얹고 있었다. 그녀는 말했다.

"내가 죽어도 저 여자나 저 여자 주인을 내 방에 들어오게 하거나 내 것에 손대게 하면 안 돼요. 그런 짓을 하면 나는 귀신이 되어서 찾아오겠어요."

그녀는 꾸벅꾸벅 졸기 시작하다가 머리를 베개에 떨구었다.

설날이 가까워진 어느 날, 오란은 촛불이 꺼지기 직전에 또렷이 빛나듯 갑자기 병세가 좋아졌다. 지금까지와 달리 의식이 뚜렷해졌고 침상에 일어나 앉아 제 손으로 머리를 매만지고는 차를 마시고 싶다고 했다.

왕룽이 오자 그녀는 말했다.

"설이 다가오는데 아직 과자며 음식 장만이 안 됐어요. 저는 저 종년을 내 부엌에 들이고 싶지 않아요. 그래서 생각했는데, 며느리를 불러 주세요. 여러 가지 절차를 내가 말해 주겠어요."

왕룽은 설 같은 것은 아무래도 좋다고 생각했지만 그녀가 기운을 차린 것이 기뻐서, 뚜챈을 시켜서 류 생원에게 절박한 사정을 전했다. 류 생원은 오란이 봄까지 살기 힘들 것이라는 말을 듣자, 열여섯이 된 딸아이의 결혼을 승낙했다. 그보다 어려도 시집가는 경우는 얼마든지 있었기 때문이다.

오란이 병석에 있기 때문에 요란한 잔치는 하지 않았다. 새색시는 모친과 늙은 몸종과 함께 가마를 타고 조용히 왔다. 장모 되는 사람은 딸을 시어머니 될 오란에게 넘겨 주고 곧 가고, 늙은 몸종만 남았다.

만사는 잘 되었다. 왕룽은 예절대로 며느리와는 말을 하지 않고 그녀가 인사를 하면 점잖게 머리를 숙일 뿐이었다. 그러나 며느리가 자기 입장을 잘 알고 걸을 때도 눈을 내리깔고 얌전하게 행동해서 기뻤다. 용모도 곱고 거만하지도 않았다. 며느리는 시어머니 곁으로 가서 얌전하게 간호했다. 그래서 오란에 대한 왕룽의 부담감도 다소 덜어졌다. 오란도 좋아했다.

그렇게 사흘쯤 지나자 오란은 무엇을 생각했는지 왕룽이 아침에 병세를 보러 들어왔을 때 말했다.

"죽기 전에 한 가지 부탁이 있어요."

그는 역정을 냈다.

"제발 죽는다는 말 좀 하지 마."

그녀는 미소 지었다. 눈까지 웃음이 미치지 못하는, 언제나 같은 그 웃음이었다.

"나는 죽어요. 몸이 죽음을 기다리고 있는 것을 느껴요. 그러나 큰아이가 돌아와서 이 아이와 혼인하는 것을 보기 전에는 죽을 수 없어요. 정말 좋은 며느리예요. 내게 참 잘해요. 더운 물 대야를 꼭 잡아 주고 내가 괴로워서 땀을 흘리면 얼굴을 닦아 줘요. 어차피 나는 죽으니 그 전에 큰아이를 불러와서 혼례를 치렀으면 해요. 당신에게는 손자, 아버님께는 증손자가 되는 놈이 생길 것을 알고서 마음 편히 죽고 싶어요."

그녀는 건강할 때도 이렇게 많은 말을 한 적이 거의 없었다. 게다가 이렇게 똑똑하게 말한 일은 요 몇 달 동안 없었다. 왕룽은 오란이 목소리에 힘이 있고 원하는 바를 분명히 말하는 것이 기뻤다. 장남의 혼례는 좀 더 미룰 생각이었지만 아내의 청을 마다할 수 없어서 동의했다.

"좋아, 그렇게 하자. 오늘 남쪽으로 사람을 보내서 아이를 찾겠소. 집에 데려와서 혼례를 시키지. 그러니 당신도 다시 기운을 내서 죽는다는 소리는 그만하고 꼭 낫겠다고 약속해요. 당신이 없으니 집이 꼭 짐승 굴 같다구."

왕룽은 그녀를 기쁘게 하려고 이렇게 말했다. 오란은 아무 말도 안 했지만 기뻐하는 기색이 역력했다. 어슴푸레한 미소를 지으며 눈을 감고 누웠다.

왕룽은 남쪽으로 보낼 사람에게 말했다.

"도련님께 말해라. '어머니가 위독하다. 네 혼례식을 보기 전에는 마음이 놓이지 않는 모양이다. 네가 부모나 집을 소중히 여긴다면 즉시 돌아와라. 오늘부터 사흘 후에 손님을 부르고 혼례식을 올린다.' 이렇게 전해라."

왕룽은 준비를 시작했다. 뚜챈에게 최대한 성대한 잔치를 준비하게 시키며 은전을 수북이 주었고, 성안 찻집에서 요리사를 불러서 돕게 했다.

"황 대인 집에서 하던 것과 똑같이 해주오. 돈은 얼마든지 있으니."

마을 사람을 모조리 손님으로 불렀고, 찻집이나 곡물상에서 알게 된 성안 사람들도 전부 불렀다. 숙부에게도 말했다.

"아들놈 혼례식 때 숙부 친구 분도, 사촌의 친구들도 모두 부르세요."

왕룽은 숙부를 공손한 태도로 대했고 존경하는 손님처럼 대했다. 숙부의 신분을 알게 된 그날부터 이렇게 해왔다.

혼례식 전날 밤 아들이 돌아왔다. 그는 늠름하게 방으로 들어섰다. 왕룽은 그가 집에 있을 때 자기를 얼마나 난처하게 했는지를 깨끗이 잊었다. 아들과 헤어진 지 벌써 2년이 넘었다. 돌아온 아들은 이미 소년이 아니라 키가 큰 훌륭한 남자였다. 체격이 크고 튼튼했고 뺨도 불그스레했으며, 검은 머리를 짧게 깎아 기름을 번지르르하게 발랐다. 옷은 남쪽 도시의 상점에서나 볼 수 있는 진홍색 공단 두루마기에다 짧은 우단 조끼를 입었다. 왕룽은 아들의 훌륭한 모습이 자랑스러워서 다른 생각은 다 잊은 채 아내에게 데려 갔다.

아들은 어머니 침대 옆에 앉았다. 병색이 완연한 어머니의 모습에 눈물이 맺혔지만, 쾌활하게 이렇게 말했을 뿐이다. "듣던 것보다 훨씬 좋아 보이세요. 돌아가시다니 어림도 없는 일이에요."

그러나 오란은 간결하게 대꾸했다.

"네 혼례식을 보고 죽겠다."

신부는 혼례 전에 신랑에게 얼굴을 보이면 안 된다. 련화는 신부를 자기 방으로 데려 갔다. 이런 일에 련화와 뚜챈과 숙모는 다른 사람이 흉내 낼 수 없을 정도로 능숙했다. 세 사람은 결혼식 날 아침 신부를 머리부터 발끝까지 깨끗하게 씻기고 새 흰 천으로 전족을 고쳐 감아 주고 새 버선을 신겼다. 련화는 신부 살결에 향기로운 자기의 편도유를 발라 주고, 신부가 친정에서 가져온 옷을 입혔다. 곱고 순결한 살결에 흰 꽃무늬 비단 속옷을 입히고, 그 위에 최고급 양털로 짠 내리닫이를 입히고, 그 위에 붉은 공단 예복을 입혔다. 이마에 석회수石灰水를 바르고 빳빳하게 풀먹인 비단실을 꼬아서 이마의 잔털을 없애서 이마를 봉긋하고 매끄럽게 보이게 했다. 그러고 나서 분을 바르고 연지를 찍고, 붓으로 눈썹을 길고도 가늘게 그리고, 머리에 족두리와 구슬 베일을 씌우고, 전족한 발에 수놓은 신발을 신겼다. 손톱을 물들이고 손에 향수를 뿌리는 것으로 혼례식 준비를 마쳤다. 신부는 시키는 대로 얌전히 있으면서, 처녀답게 수줍어하는 모양으로 순종했다.

왕룽과 늙은 아버지, 숙부, 손님들은 가운뎃방에서 기다렸다. 신부는 양편에서 늙은 몸종과 숙모의 부축을 받으며 들어왔다. 고개를 숙이고 얌전하게 걸었는데, 부축을 받지 않으면 혼자서 도저히 걷지 못할 듯한 걸음걸이였다. 그것이 정숙함을 나타내는 것으로 보여서 왕룽은 좋은 며느릿감이라고 기뻐했다.

이어서 왕룽의 장남이 붉은 두루마기에 검은 조끼를 입고 들어왔다. 머리는 빗질을 했고 얼굴은 깨끗하게 면도를 했다. 그 뒤로 동생 둘이 들어왔다. 왕룽은 그들의 모습을 보고 자기 육체의 생명을 이어받은 훌륭한 자식들을 가진 자랑으로 가슴이 터질 듯했다. 노인은 무슨 일이 일어나고 있는지 큰 소리로 일러 주어도 전혀 알아듣지 못하다가, 갑자기 이해가 된 듯 쉰 목소리로 크게 웃고는 몇 번이고 피리 소리 같은 목소리로 되풀이해서 말했다.

"혼례로구나. 또 아이들이 생기는구나. 손주 녀석들이 생긴다."

손님들 모두 그가 기뻐하는 모습에 따라 웃었다. 왕룽은 오란이 앓아누워 있지만 않다면 얼마나 기쁜 날이겠는가 하고 생각했다.

왕룽은 아들이 며느리를 어떻게 보는지 예리하게 살펴보고 있었다. 신랑은 꼭 한 번 곁눈질로 신부를 보았는데, 기쁜 기색이 몸짓에 보였다. 왕룽은 뿌듯했다.

'어떠냐, 아버지가 고른 신부가 마음에 들었지?'

신랑과 신부는 노인과 왕룽에게 큰절을 하고 오란의 방으로 갔다. 오란은 고급 검정 두루마기로 갈아입고 침대에 앉아서 두 사람을 맞았다. 그녀의 양뺨이 타는 듯 붉어서 왕룽은 그녀가 건강해진 줄 알고 "이제 낫겠다!" 하고 소리쳤다. 두 사람이 큰절을 하자 오란은 침대를 가볍게 두드리면서 말했다.

"여기 앉아서 혼례술을 마시고 밥도 먹어라. 나는 그것이 보고 싶구나. 이 침대는 내가 죽으면 너희들의 침대가 될 것이다."

아무도 뭐라고 대꾸할 수가 없었다. 두 사람은 입을 다물고 수줍게 나란히 앉았다. 뚱뚱한 숙모가 점잔을 빼면서 따뜻하게 데운 술잔 두 개를 가져왔다. 신랑과 신부는 우선 따로따로 입을 댔다가 두 잔의 술을 섞어서 다시 한 번 마셨다. 둘이 한 몸이 됐음을 의미했다. 두 사람은 밥도 각

각 먹다가 한데 섞어서 먹었다. 둘의 생명이 하나가 됐음을 의미했다. 이렇게 하여 혼례식은 끝났다. 두 사람은 다시 오란과 왕룽에게 큰절을 하고, 밖으로 나가서 손님들에게도 큰절을 했다.

피로연이 시작되었다. 방과 마당이 탁자와 음식 냄새와 웃음소리로 꽉 찼다. 왕룽이 사방에서 손님을 청한 탓도 있지만, 부잣집 혼례라면 인색하지 않게 먹을 것을 많이 대접해 줄 것이라는 생각에 초대받지 않고 온 사람들도 많았다. 요리사는 농가 부엌에서는 마련할 수 없는 음식을 많이 장만했다. 요리는 성안에서 만들어진 후, 데우기만 하면 바로 내놓을 수 있는 상태로 큰 광주리에 담겨서 왔다. 요리사는 기름 묻은 앞치마를 두르고 분주히 돌아다녔다. 모든 사람이 배를 두드리며 먹고 마시고 기분 좋게 떠들어댔다.

오란은 사람들의 떠들썩한 웃음소리를 들으려고 문의 휘장을 젖혀 놓게 했다. 그러고는 종종 살피러 오는 왕룽에게 몇 번이고 물었다.

"술은 모자라지 않아요? 식탁 가운데의 팔보채는 따뜻해요? 기름과 설탕과 과일이 틀림없이 여덟 개씩 들었나요?"

왕룽이 "모두 당신이 시킨 대로 잘 되어 있다." 하고 대답하자 오란은 안심하고 누워서 잔치 소리에 계속 귀를 기울였다.

밤이 되자 잔치가 끝나고 손님이 떠났다. 들뜬 기운이 잠잠해지자 오란은 갑자기 지쳐 보였다. 오란은 신랑 신부를 곁에 불렀다.

"이제 죽어도 여한이 없다. 아들아, 너는 아버지와 할아버지를 잘 모시거라. 새아기에게는 남편과 시아버님과 시할아버님, 그리고 특히 천치 시누이를 잘 부탁한다. 그밖에는 네가 섬길 사람이 아무도 없다."

마지막 말은 그녀가 이제껏 입에 올린 적이 없는 련화를 두고 한 말이었다. 둘은 오란이 더 말할 줄 알고 기다렸는데, 오란은 발작적인 혼수 상태에 빠진 듯했다. 다시 눈을 뜨고 입을 열었을 때 그들이 그곳에 있는지 자기가 어디에 있는지 모르는 듯했다.

"난 못생겼어. 그래도 난 아이를 낳았어. 난 종이었어. 그러나 지금 내 집에는 훌륭한 자식들이 있어."

"저 계집이 내가 해온 것처럼 남편의 식사 준비를 하고 시중을 들 수 있을까? 곱다는 것만으로는 아이를 못 낳아."

왕룽은 둘에게 나가라고 눈짓을 하고, 오란이 자며 깨며 하는 것을 곁에 앉아 지켜보았다. 오란이 죽어가는 순간에도 자줏빛 큰 입술에서 이빨이 나와 있는 것이 추하다고 느끼는 자신이 미웠다. 그때 오란이 갑자기 눈을 떴다. 그녀는 왕룽이 누구인지 모르는 것처럼 뚫어지게 바라보았다. 별안간 그녀의 머리가 둥근 베개에서 떨어졌다. 그리고 몸을 떨었다. 오란의 임종이었다.

오란이 일단 죽고 나자 왕룽은 아무래도 오란 곁에 있고 싶지 않았다. 그래서 숙모를 불러서 장례를 위해 시체를 씻기고, 숙모와 장남과 며느리에게 관에 넣게 했다. 그는 마음을 가라앉히려고 성안에 가서 관습대로 관을 밀봉하는 데 필요한 인부를 불러오고, 지관에게 장례식에 좋은 날을 물어보았다. 지관이 꼽은 날짜는 석 달 후였다. 그 전에는 좋은 날이 없다고 했다. 왕룽은 지관에게 사례금을 주고 성안 절로 가서 주지와 상의하여 장례식까지 관을 그곳에 맡기기로 했다. 집 안에, 눈길 가는 곳에 관이 놓여 있으면 견딜 수 없을 것 같았다.

왕룽은 고인을 위해서 해야 할 일을 모조리 했다. 자신은 물론이고 아이들까지 전부 상복을 입었다. 흰 무명 신발을 신고 흰 각반을 둘렀으며, 여자들은 흰 천으로 머리를 묶었다.

왕룽은 오란이 죽은 방에서 자는 것이 싫어서 련화의 거처로 옮기고 장남에게 말했다.

"네 처와 함께 어머니 방으로 옮기거라. 어머니가 너를 낳은 곳도, 죽은 곳도 그 방이니 너도 그곳에서 네 자식을 낳는 게 좋겠다."

둘은 그곳으로 옮기고 만족해했다.

한 번 죽음이 찾아오면 좀처럼 그 집에서 떠나지 않는 모양이다. 왕룽의 아버지는 오란의 굳은 시체를 관에 넣는 것을 보고 정신이 이상해지더니, 어느 날 아침 둘째 딸이 차를 가지고 들어갔을 때 듬성듬성한 수염이 위로 가게 머리를 뒤로 젖힌 채 침대에서 숨져 있었다.

둘째 딸은 그것을 보고 비명을 지르고 울면서 아버지에게 달려갔다. 왕룽이 가 보니 죽은 지 이미 오래였다. 그 마르고 가벼운 늙은 육체는 차가웠고 노송처럼 굳어 있었다. 오래 전에, 아마도 침대에 눕자마자 곧 숨을 거둔 것이리라. 왕룽은 손수 노인의 시체를 씻기고 미리 사둔 관에 조용히 눕히고서 밀봉했다.

'둘을 같은 날에 매장하자. 내 땅의 둔덕진 좋은 장소를 골라서 그곳에 함께 매장하자. 내가 죽었을 때도 그곳에 함께 묻어 달라고 해야지.'

그는 생각한 대로 말하고, 말한 대로 했다. 아버지의 관은 가운뎃방 걸상 두 개를 나란히 붙여서 그 위에 놓았다. 죽었더라도 그곳이 노인에게 편할 것 같았고, 왕룽도 아버지를 가까이 느낄 수 있었다. 노부는 고령이라 천명을 누렸고 또 오랫동안 반은 죽은 거나 다름없는 상태였기 때문에 그다지 슬프지는 않았다.

지관이 정한 날은 화창한 봄날이었다. 왕룽은 도교道敎사원에서 도사들을 불렀다. 그들은 노란 옷을 입고 긴 머리카락을 틀어 올리고 왔다. 절에서도 스님을 불렀다. 그들은 회색 옷을 입고 머리를 깎고서 아홉 개의 성스러운 부적을 몸에 달고 왔다. 스님들은 하룻밤 내내 죽은 사람을 위해 북을 치며 경을 읽었다. 독경 소리가 꺼질 듯하면 그때마다 왕룽은 은전을 쥐어 주었다. 그러면 독경 소리가 다시 높아졌다. 독경 소리는 새벽녘까지 그칠 줄을 몰랐다.

왕룽은 언덕 대추나무 밑의 밭 한 모퉁이를 묘지로 골라서, 칭 서방에게 구멍을 파고 흙벽을 만들게 했다. 그렇게 왕룽과 아들과 며느리, 그리고 또 그 아이들의 몫까지 장소가 마련되었다. 이 땅은 고지대라서 밀농사가 잘 되는 곳이었지만 왕룽은 아깝지 않았다. 그것은 그들 가족이 땅에 굳건히 뿌리를 박고 있다는 상징이었기 때문이었다. 그들은 살아서도 죽어서도 자기 땅에서 쉬는 것이다.

장례식 날 스님들의 밤 독경이 끝나자 왕룽은 흰 상복을 입었다. 숙부와 숙부의 아들, 자기 아들들, 며느리, 두 딸 모두에게 상복을 입혔다. 그리고 가난뱅이나 보통 농민들처럼 장지까지 걸어가는 것은 체면 문제이기 때문에 성안에서 가마를 불러서 탔다. 그는 난생 처음 가마를 타고 오란의 관 뒤를 따랐다. 노인의 관은 숙부가 역시 가마로 뒤따랐다. 오란이 살아 있을 때에는 오란 앞에 얼씬도 못하던 련화는 큰부인께 충실했다는 것을 남에게 보이기 위해서 가마를 타고 행렬에 끼었다. 천치 딸은 상복을 입히고 가마에 태우자, 얼떨떨해하면서 울어야 할 이때 소리 높여 웃었다.

행렬은 애도하는 소리, 곡소리와 함께 장지로 향했다. 머슴들과 칭 서방은 흰 신발을 신고 걸어서 그 뒤를 따랐다. 왕룽은 두 개의 묘 옆에 섰다. 절에서 운반된 오란의 관은 아버지가 묻힐 때까지 땅바닥에 놓아두었다. 왕룽은 서서 그것을 바라보았다. 슬픔은 극심했지만 다른 사람들처럼 소리내서 울지는 않았다. 당연히 일어날 일이 일어났을 뿐이고, 누구나 이 이상은 할 수 없으리라고 생각했기 때문이다.

그러나 관 위에 흙을 덮어 봉분을 마치자 그는 가마를 먼저 보내고 혼자 묵묵히 걸어서 돌아왔다. 침통한 슬픔 속에서 한 생각이 뚜렷하게 떠올랐다. 오란이 연못가에서 그의 옷을 빨고 있을 때 진주 두 알을 빼앗은 일이었다. 련화가 그 진주 귀고리를 하는 것을 두 번 다시 못 볼 것 같았다.

'저기 내 땅에 나의 반생이, 아니 그 이상이 묻혔다. 나의 반신이 묻힌 것과 다름없다. 이제 앞으로는 다른 인생인 것이다.'

별안간 눈물이 흘렀다. 왕룽은 어린아이처럼 주먹으로 눈물을 닦았다.

# 27

그동안 왕룽은 혼례식이다, 장례식이다 해서 분주했기 때문에 농사일을 생각할 겨를이 없었다. 어느 날 칭 서방이 와서 말했다.

"장례도 혼사도 끝났으니 밭일을 의논해야 되겠는데……."

"말하게. 요즘 죽 장례일만 생각하느라고 밭이 있는 것조차 잊고 있었네."

칭 서방은 왕룽의 말은 존중해서 잠깐 사이를 두고 말했다.

"하늘님이 올해는 유례없이 큰 홍수를 내릴 것 같아요. 아직 여름이 안 왔는데 강물이 벌써 불기 시작했거든요."

왕룽은 강한 어조로 말했다.

"난 하늘의 늙어빠진 신에게 은혜 같은 거 받은 일 없네. 분향을 하거나 안 하거나 골탕만 먹인단 말이야. 자아, 지금부터 가서 같이 논밭을 둘러보세."

칭 서방은 소심해서 흉년에도 왕룽처럼 신을 욕하지는 못했다. "신의 뜻이오." 하고 홍수나 가뭄을 그냥 받아들였다.

왕룽은 논밭을 이리저리 걸으며 칭 서방이 말한 대로임을 알았다. 황 대인 집에서 산 논밭은 논바닥에서 솟는 물이 많아서 질퍽거렸고, 보리는 누렇게 병들어 있었다.

큰도랑에 물이 호수처럼 가득 차서 넘실거렸고, 봇도랑은 소용돌이치며 흐르는 급류처럼 되어 있었다. 여름비가 오기 한참 전에 이 모양이면 올해는 무서운 홍수가 오리라. 그리고 또 남자도 여자도 아이들도 굶주리리라. 아무리 아둔한 자가 보더라도 명백한 사실이었다. 왕룽은 논밭을 뛰어다녔고 칭 서방은 그림자처럼 말없이 그의 뒤를 따랐다. 두 사람은 어떤 논에 모를 심을까, 어떤 논이 모를 심기도 전에 물바다가 될까 등등을 살폈다. 벌써 봇도랑에 물이 찰락말락한 것을 보면서 왕룽은 하늘을 저주했다.

"망할 놈의 하늘이 기뻐하고 있겠군. 사람들이 빠져 죽거나 굶주려 죽는 것을 보고 싶은 거야. 그 욕심쟁이가 좋아할 일이야."

그가 큰 소리로 노해서 떠들자 칭 서방은 몸을 떨었다.

"설혹 그렇다 해도 하늘의 신은 우리들 누구보다도 강해요. 그런 말을 해서는 안 돼요."

그러나 왕룽은 부자가 된 후 언제라도 누구에게라도 화내고 싶으면 화를 냈다. 논밭과 농작물이 물바다가 될 것을 생각하며 집으로 돌아가면서도 중얼중얼 불평했다.

과연 북쪽 제방이 무너지기 시작했다. 우선 제일 먼 둑이 터지자, 사람들은 다급히 공사비를 모으러 뛰어다녔다. 모두가 힘닿는 데까지 돈을 냈다. 둑을 지키는 것은 그들의 이해에 직접 관계되기 때문이다. 그들은 돈을 신임 지방관에게 넘겼다. 신임 지방관은 가난한 사람이라 이런 큰돈을 처음 만져 봤다. 지방관은 그의 아버지가 빚 내서 사준 벼슬이었다. 그는 지방장관 자리에서 기회를 잡아 한 재산을 만들어야 했다. 강둑이 또 터지자 사람들은 지방관 관저로 몰려갔는데, 그는 은화 삼천 냥을 착복하고 숨어 있었다. 군중은 분풀이로 그를 죽이라고 고함치면서 관저에 난입했다. 그는 자기가 피할 수 없다는 것을 알고 강물에 뛰어들어 죽었다. 사람들의 분노는 가라앉았지만 돈은 증발해 버렸다.

강이 넘쳐서 둑이 계속 차례로 무너졌다. 결국 모든 둑이 무너져서 언제 어디에 둑이 있었는지 흔적도 없어져 버렸다. 불어난 강물이 해류처럼 흘러갔다. 밀과 볏모가 물에 잠겼다. 마을은 차례로 섬이 되고 사람들은 물이 차오르는 것을 보고 있었다.

문간 바로 앞 두 자 길이까지 물이 불자 사람들은 탁자와 침대를 같이 묶고, 문짝을 빼서 뗏목 위에 실었다. 물은 집 안까지 들어와 흙벽을 무너뜨렸다. 지상의 물이 천상의 물을 끌어들이는 것처럼 맹렬한 기세로 비가 퍼부었다. 매일매일 비가 왔다.

왕룽은 문간에 앉아서 물을 보았다. 높고 넓은 언덕 위에 있는 그의 집은 물이 아직 미치지 않았지만, 논밭은 모두 물에 잠겼다. 새로 만든 묘지가 물에 잠기지 않을까 싶어서 바라보니, 누런 흙탕물이 굶주린 야수처럼 주위를 핥아댔지만 아직 물이 들지는 않았다.

이 해는 수확이 전혀 없었다. 도처에서 사람들이 굶주리며 또다시 닥친 재난을 저주했다. 어떤 사람은 남쪽으로 갔다. 어떤 사람은 배짱이 두둑해져서 하늘을 저주하고 땅을 저주하며 화적단에 들어가 약탈하고 다녔다. 화적이 점점 늘어나서 성안을 습격하려 하자, 성안 사람들은 서수문西水門이라고 불리는 작은 성문 하나만 열고 나머지는 모조리 닫았고, 서수문도 병사가 지키고 있다가 밤에는 닫았다. 칭 서방처럼 늙고 지치고 소심하고 자식도 없는 사람들은 그대로 머물러 있으면서 산에서 캔 풀과 나물을 닥치는 대로 먹었다. 그래도 사람들이 계속 땅에서 물에서 죽어 나갔다.

왕룽은 전에 없던 기근이 닥쳐오고 있음을 느꼈다. 겨울 밀씨를 뿌릴 때가 되어도 물이 빠지지 않았다. 이래서는 내년 수확도 없다. 그는 살림

살이를 살펴서 돈이며 음식물의 낭비를 막았다. 뚜챈이 여전히 성안에서 매일 고기를 사오기에 정색해서 나무랐는데, 홍수로 길이 막히는 바람에 뚜챈은 사러 가고 싶어도 갈 수 없게 되었다. 왕룽은 배를 내는 것을 허락하지 않았고, 칭 서방은 그의 분부를 잘 지켜서 뚜챈이 아무리 구워삶아도 소용없었다. 또 왕룽은 겨울까지 자기가 허락한 양 이외에는 곡식 매매를 금지시켰고, 가지고 있는 것은 아껴서 며느리에게 그날그날 필요한 식량을 내줬다. 그는 머슴들의 양식을 칭 서방에게 주었는데, 칭 서방은 왕룽이 머슴들을 놀고 먹이는 것을 탐탁치 않아 하는 것을 알고는, 겨울에 물이 얼자 머슴들에게 봄이 되면 돌아오라고 내보냈다. 왕룽은 런화에게만은 몰래 설탕과 기름을 주었다. 그녀는 궁핍한 생활에 익숙하지 않았기 때문이었다. 설날에도 그들은 호수에서 낚은 생선 한 마리와 사육장에서 잡은 돼지를 먹었을 뿐이었다.

왕룽은 사실 궁색할 정도로 가난하지는 않았다. 본인들은 모르지만 장남과 며느리가 자는 방의 벽에 은화를 감춰 두었고 물에 잠긴 가장 가까운 밭 밑에도 은전 항아리가 묻혀 있으며, 대숲 밑동에도 얼마간 묻어 두었다. 시장에서 팔다 남은 작년 곡식도 있었다. 그의 집은 굶어죽을 염려는 아직 없었다.

그러나 그의 주위에는 가난뱅이들뿐이었다. 그는 전에 황 대인 집을 지날 때 들었던 굶주린 사람들의 고함소리를 생각했다. 그가 아직도 식구들을 먹일 양식을 가지고 있기 때문에 많은 사람들이 자기를 미워하는 것도 알고 있었다. 그래서 그는 문을 닫아걸고 낯선 사람은 집에 들이지 않았다. 그렇게 조심해도 숙부가 없으면 화적이나 불법자들의 약탈을 막을 도리가 없음도 잘 알고 있었다. 그래서 숙부네에게 더 친절하게 대했고, 귀빈처럼 모셨다. 그들은 누구보다 먼저 차를 마시고 식사 때 누구보다 먼저 수저를 들었다.

왕룽이 자기들을 두려워한다는 것을 잘 알고 있었기 때문에 세 사람의 콧대는 점점 높아졌다. 요구가 많아졌고 음식을 불평했다. 특히 숙모가 련화에게 얻어먹던 음식이 끊어지자 남편에게 잔소리를 했고, 세 사람이 왕룽에게 트집을 부렸다. 숙부는 나이가 들어서 만사 귀찮아하는 꼴이기에 내버려두면 별일이 없을 줄 알았는데, 그의 처와 아들이 그를 들볶았다. 어느 날 왕룽이 문간에 서 있는데 두 사람이 노인을 부추기는 소리가 들렸다.

"왕룽은 양식도 돈도 있으니 은전을 달라고 합시다. 이런 좋은 기회는 두 번 다시 없어요. 당신이 붉은 수염 화적단 부두목이란 사실을 왕룽은 알고 있으니까요. 당신이 쟤 숙부가 아니었으면 이 집은 화적들에게 깡그리 약탈되고 잿더미가 됐을 거예요."

이 말에 왕룽은 피가 거꾸로 솟았다. 꾹 참고 세 사람을 어떻게 하나 궁리해 보았지만 뾰족한 수가 없었다. 그래서 이튿날 숙부가 "조카, 담뱃대와 담배도 사야 하고, 네 숙모 옷도 다 해져서 새 것이 필요하다니 은전을 좀 주려무나." 하고 말했을 때도 속으로 이를 갈면서도 허리춤에서 은전 다섯 닢을 꺼내 주었다. 가난뱅이 시절에도 이렇게 불쾌한 기분으로 남에게 돈을 준 일은 없었다.

그러나 이틀도 안 지나서 숙부가 또 은전을 요구했다. 왕룽은 결국 "그만하세요." 하고 소리쳤다. "이러다가는 며칠 안 가 바닥나요. 그래도 좋으세요?"

숙부는 웃으며 아무렇지 않게 말했다.

"너는 운이 좋아. 너보다 가난한 사람이 자기 집 대들보에 매달려 불타 죽는 경우가 얼마나 많은데."

왕룽은 진땀이 났다. 그래서 돈을 주었다.

왕룽의 식구들은 고기를 못 먹었는데 숙부네는 꼭 고기를 먹었다. 왕룽은 거의 담배를 피우지 않는데 숙부는 담뱃대를 입에 물고 있었다. 왕룽의 장남은 신혼 생활에 정신이 빠져서 이런 사정에 관심이 없었고, 다만 숙부 아들에게 신부를 보이지 않으려고 잔뜩 경계했다. 둘은 이미 친구가 아닌 적이었다. 왕룽의 장남은 숙부의 아들이 외출하지 않았으면 아내를 방 밖으로 내보내지 않았다. 그래서 낮에는 거의 방 안에 가둬 두었다. 그러다가 숙부네가 건방지게 구는 것을 보자 발끈했다.

"아버지의 아들과 손자를 낳아줄 며느리보다도 저 호랑이 같은 것들을 애지중지하시다니 그런 우스운 일이 어디 있어요? 그렇다면 저희는 따로 나가 살겠어요."

그래서 왕룽은 아무에게도 말하지 않았던 비밀을 장남에게 알려 주었다.

"나도 저들이 밉다. 좋은 수만 있다면 혼내주고 싶어. 그러나 숙부가 화적단의 부두목이란다. 그러니 그를 잘 모셔야 우리가 안전하다. 숙부네를 건드려서는 안 돼."

장남은 깜짝 놀랐다. 한참을 생각하더니 격앙된 어조로 말했다.

"이렇게 하면 어때요? 밤에 그치들을 물 속에 처넣는 거예요. 숙모는 뚱뚱한데다가 쇠약하기도 하니 칭 서방이라도 혼자 해치울 수 있을 거예요. 그 아들놈은 제 처를 넘보는 망할 놈이니 제가 맡지요. 아버지는 숙부를 해치우세요."

그러나 그럴 수는 없었다. 왕룽은 소보다는 숙부를 죽이는 편이 쉽다고 생각은 했지만, 그래도 밉다고 죽일 수는 없었다.

"그래도 내 아버지의 동생인데 그럴 수는 없다. 그리고 만일 화적패들이 그 말을 들으면 어떡하니? 그치가 살고만 있으면 우리는 안전하다. 그치가 어디 가버리면 요즘 같은 때 돈푼 깨나 있다는 사람들처럼 우리도 무서운 꼴을 당하게 된다."

큰아들은 아버지의 말에 일리가 있다고 생각했다. 죽이는 것으로는 문제가 해결되지 않는다. 그들은 다른 방법을 궁리했다.

"그치들을 이곳에 둔 채 말썽만 일어나지 않게 할 방법이 없을까? 그런 요술은 도저히 없을까?"

그때 장남이 손뼉을 치며 소리쳤다.

"좋은 수가 있어요! 아버지 말씀에 떠오른 생각인데요, 그치들에게 아편을 먹이죠. 부자들처럼 실컷 즐기게 해요. 제가 아들 녀석을 꾀어서 성안 찻집으로 데려가 아편을 먹일게요. 부모님께도 사드리게 하고요."

"돈이 많이 들 텐데. 아편은 비취만큼이나 비싸니까"

"하지만 이대로 나가면 비취보다 훨씬 비싸게 먹히지요. 게다가 그치들의 뻔뻔스런 꼴이며 아들놈이 제 처를 넘보는 것을 도저히 견딜 수가 없어요."

왕룽은 동의하지 않았다. 은전이 자루 하나 가득히 필요한 일이었다. 그 후에 기어이 사건이 일어나지 않았더라면 실행하지 않았을 것이다. 홍수가 끝날 때까지 그냥 그대로 지나갔을 것이다.

사건은 숙부의 아들이 왕룽의 둘째 딸, 오촌 조카에게 눈독을 들인 것이다. 왕룽의 둘째 딸은 매우 예쁜 아가씨였다. 둘째 딸은 몸집이 작고 명랑했다. 살결이 하얘서 복숭아꽃처럼 예뻤고, 코는 작고 소담스러운 데다, 입술은 붉었고, 발은 작았다. 어떤 날 밤 딸아이가 혼자서 부엌에서 나와 마당을 지나는데 그 녀석이 딸을 붙잡고 손을 젖가슴에 쑥 넣었다. 딸아이가 비명을 질렀다. 왕룽이 달려가서 그의 머리를 때렸지만, 그는 도둑질한 고기를 입에 문 개처럼 떨어지려고 하지 않았다. 왕룽이 간신히 딸을 빼내자, 그는 희미하게 웃으며 말했다.

"장난이에요. 조카 아닙니까. 조카에게 못된 짓이야 하겠어요?"

그렇게 말하면서도 그의 눈은 욕정에 불타고 있었다.

왕룽은 딸을 제 방에 데려다 주고, 그날 밤 이 사건을 장남에게 말했다. 장남은 정색했다.

"그 아이를 약혼자 집에 보내죠. 장인어른이 흉년이라 혼례를 치르기 곤란하다고 해서도 맡겨야 해요. 그렇게라도 하지 않으면, 암내를 맡은 호랑이 같은 놈이 집 안에 있는 한 순결을 지켜주기 힘들어요."

왕룽도 동의했다. 그는 이튿날 성안 상인 집으로 가서 말했다.

"딸아이도 이제 열 셋이니 어리지 않소. 결혼해도 좋은 나이입니다."

그러나 류 생원은 마음이 내키지 않는 모양이었다.

"올해 저희가 불경기라서요. 이런 해에 새 살림을 꾸미게 하고 싶지 않군요."

왕룽은 "집에 있는 사촌 동생이 망나니라서요." 하고 실토하는 것이 창피해서 이렇게 말했다.

"그 아이 뒷바라지가 힘겹습니다. 제 어미는 죽어 없는데, 아이는 점점 예뻐지고 나이는 차 가고요. 제 집은 커서 노상 어수선한 판이라 그 아이를 미처 챙기지 못하는 일도 있어요. 어차피 댁의 식구가 될 것이니 잘못이 없도록 하고 싶군요. 혼례 시기는 댁의 형편이 좋을 대로 하셔도 됩니다."

너그럽고 친절한 류 생원은 대답했다.

"그렇습니까? 그런 사정이라면 따님을 보내시지요. 안사람에게 소홀함이 없도록 보살피라고 하지요. 혼례식은 내년 추수 때쯤이 좋겠습니다."

왕룽은 대단히 만족해서 돌아왔다.

칭 서방이 배를 띄우고 기다리는 성문까지 가는 길에 담배 가게가 있었다. 자기 담배를 조금 사러 들어갔다가, 점원이 저울질하고 있을 때 그다지 내키지 않는 마음으로 슬쩍 물어보았다.

"아편은 얼마나 하나? 여기서 팔면 말이오."

"가게에 내놓고 파는 것은 요사이 법으로 금하고 있습죠. 그러나 필요하시다면, 그리고 은전이 있으시다면 뒷방에서 드립죠. 한 돈쭝에 은전 한 닢입니다."

왕룽은 지체 없이 주문했다.

"여섯 돈쭝 주시오."

## 28

둘째 딸을 시집으로 보내고 난 어느 날, 왕룽은 숙부에게 말했다.

"작은아버지, 좋은 담배 좀 드릴까요?"

아편 항아리를 열자 끈적끈적하면서 달큰한 냄새가 났다. 숙부가 그것을 들고 냄새를 맡았다.

"참 좋군. 전에 피워는 봤지만 늘 피우지는 못했어. 너무 비싸니까. 그러나 나는 좋아해."

왕룽은 아무렇지 않은 듯이 말했다.

"아버지가 노년에 밤잠을 못 이루실 때 조금 사 드렸죠. 오늘 쓰다 남은 것이 눈에 띄어서 작은아버지께 드려야겠다 싶었어요. 전 아직 젊으니까 나중에 피워도 되니까요. 가져가서 생각이 나거나 골치가 아플 때 피워보세요."

숙부는 허겁지겁 아편을 받았다. 냄새가 좋고 부자만 피울 수 있는 물건이었기 때문이다. 그는 담뱃대를 사서 하루 종일 침대에 누워서 아편을 피웠다. 왕룽은 담뱃대를 여럿 사서 여기저기 놓아두고 자기도 피우는 체했는데, 사실은 한모금도 피우지 않았다. 두 아들과 련화에게는 비싸다는 핑계로 아편에 손도 못 대게 하면서, 숙부와 사촌 동생에게는 권했다. 온 집 안이 달큰한 담배 냄새로 가득해졌다. 여기에 쓰는 은전을 왕룽은 아끼지 않았다. 그 대신 평화를 얻었기 때문이다.


겨울이 가고 물이 빠지기 시작하자 왕룽이 이곳저곳의 논밭을 돌아보았다. 어느 날 장남이 쫓아와서 자랑스럽게 말했다.

"아버지, 머지않아 식구가 늡니다. 아버지의 손자 말이에요."

왕룽은 돌아보며 웃었다. 그리고 두 손을 비비면서 말했다.

"정말 좋은 날이구나. 정말 좋은 날이야!"

그는 또 한 번 웃었다. 그리고 칭 서방을 성안으로 보내어 생선과 맛좋은 음식을 사 오게 해서 며느리에게 주었다.

"이걸 먹고 튼튼한 손자를 낳으렴."

이 봄 내내 왕룽은 손자가 생기는 것을 낙으로 삼으며 살았다. 다른 일로 분주할 때도 손자를 생각했다. 마음이 괴로울 때도 손자를 생각했다.

여름이 오자 홍수 때 고향을 떠났던 사람들이 지친 행색으로 한 사람 두 사람, 한 무리 또 한 무리 돌아왔다. 그들의 집이 있던 곳은 황토만 질척거렸다. 그러나 그들은 귀향을 기뻐했다. 이 진흙으로 집을 다시 세울 수 있으니까. 그래도 지붕을 덮을 거적은 사야 했다. 많은 사람들이 왕룽에게 돈을 빌리러 왔다. 왕룽은 고리로 돈을 빌려 주었다. 빌릴 사람이 엄청나게 많다는 것을 알기 때문이다. 담보는 반드시 땅이어야 한다고 했다. 그들은 돈을 빌려서 소, 씨앗, 쟁기를 사서 물에 잠겨서 비옥해진 땅에 씨를 뿌렸다. 더 이상 돈을 빌릴 수 없는 사람들은 땅을 팔고 남은 논밭에 씨앗을 뿌렸다. 왕룽은 이런 논밭을 닥치는 대로 샀다. 은전이 필요했던 사람들은 별 수 없이 헐값에 땅을 넘겼다. 왕룽이 부자고 세력가고 친절한 사람이라는 것을 아는 사람들이 딸을 팔러 오기도 했다.

그는 곧 태어날 손자와, 자식들이 모두 결혼하여 연이어 태어날 손자들을 생각해서 계집종을 다섯 샀다. 둘은 열두 살에 발이 크고 몸집이 튼튼했다. 더 어린 둘은 가사일을 거들게 하고, 한 아이는 련화의 시중을 들게 했다. 뚜챈이 늙은 데다 막내딸이 나가면서부터 가사일 할 사람이 없었기 때문이다. 그는 다섯을 한꺼번에 샀다. 마음먹은 일을 곧 실행할 수 있을 정도로 그는 부자였다. 그런데 얼마 지나지 않아서 한 사내가 일곱 살짜리 작고 여린 계집아이를 팔러 왔다. 왕룽은 아이가 너무 작고 약해 보여서 거절했는데, 련화가 고집을 부렸다.

　"난 이 아이가 갖고 싶어요. 요렇게 예쁜걸요. 지금 있는 아이는 천하고 고약한 냄새가 나서 싫어요."

　왕룽은 계집아이를 다시 보았다. 겁먹은 눈을 하고서 가엾을 정도로 말라 있었다. 왕룽은 반은 련화의 기분을 맞춰주고 싶은 생각에서, 반은 이 아이에게 먹을 것을 주어 살찌워 주고 싶은 생각에서 말했다.

　"그렇게 소원이면 그렇게 해."

　그는 은전 스무 닢에 아이를 사서 련화의 침대 밑바닥에서 자게 했다.


　물이 빠지고 여름이 와서 밭에 씨앗을 뿌릴 계절이 되자, 그는 여기저기 밭을 전부 둘러보았다. 그리고 밭마다의 토질이며, 기름진 땅과 메마른 땅에 따라서 심을 농작물에 관해서 칭 서방과 의논했다. 그는 밭에 나갈 때 막내아들을 데리고 갔다. 밭일을 이어받게 할 생각으로 견습차 데려갔는데 막내는 고개를 떨구고 뚱한 얼굴로 쫓아다녔다.

　농사 계획이 완전히 끝나자 왕룽은 안심했다.

　'나도 이제 젊지 않아. 집에는 머슴이 있고 자식도 있고 게다가 집안도

이 땅으로 인해서 너도 농사꾼 자식이지만 그나마 때를 벗을 수 있었어."

왕룽은 일어나 가운뎃방으로 들어가서 쿵쾅거리며 걷거나 난폭한 몸짓을 하거나 바닥에 침을 탁 뱉으며 상스러운 농부처럼 굴었다. 왕룽은 아들의 세련됨이 자랑스러웠지만, 유약함이 싫기도 했다. 하지만 자랑스러움이 더 컸다. 누가 봐도 아들은 농부의 아들이라고 믿기지 않을 정도로 세련되었다.

장남은 단념하지 않고 아버지 뒤를 쫓아가면서 말했다.

"황 대인 저택이 있지 않아요? 바깥채에 가난뱅이들이 몇 집 살고 있지만 안채는 닫힌 채 비어 있대요. 그것을 빌려서 살아요. 그곳이라면 평화롭게 살 수 있습니다. 아버지와 막내 동생은 논밭을 두루 살펴볼 수 있고, 저는 불한당 아저씨 때문에 속썩이지 않아도 되고요." 그의 눈에 눈물이 글썽이다가 뺨으로 흘러내렸다. 그는 눈물을 닦지 않았다. "저도 효자가 되려고 노력합니다. 노름도 않고 아편도 안 해요. 여자도 아버지가 정해주신 처로 만족하고 있습니다. 그런 제가 드리는 아주 작은 청입니다. 저의 청은 이것뿐이에요."

왕룽은 눈물 때문에 마음이 움직였는지 어쨌는지는 자신도 몰랐지만 '황 대인의 저택'이라는 말에 마음이 움직인 건 확실했다. 왕룽은 예전에 그 저택에 겁먹고 들어갔던 일, 문지기에게까지 모욕을 당했던 일을 잊지 않았다. 평생의 수치로 머리에 남아 있었다. 그는 그 추억을 미워했다. 그는 성안 사람들이 자신을 자기네들보다 한층 낮은 인간으로 무시한다는 것을 느껴왔다. 그것을 가장 통감한 것이 황 대인 집 큰마님 앞에 섰을 때였다. 그래서 장남이 그 저택에서 살자고 조르자 이런 생각이 번개처럼 스쳐갔던 것이다.

'그 큰마님이 나를 노비처럼 앞에 세워두고 앉아 있던 그 의자에 내가 앉을 수 있다. 거기에 앉아 내 앞에 누구든 불러놓고 호령할 수 있다.' 그는 한참 생각하다가 또다시 혼잣말을 했다. '하려고만 하면 그렇게 할 수 있다.'

그는 이 생각을 즐기며 담배를 담아 불쏘시개로 불을 붙여 담배를 빨면서, 하려고 하면 할 수 있는 일들을 이것저것 상상했다. 자식을 위해서도 사촌 동생을 피해서도 아닌, 자기가 황 대인 저택에 사는 상상이었다. 그 집은 그에게 호화로운 저택의 상징이었다.

그는 처음엔 성안으로 이사하자거나 뭔가 바꿔보자거나 하는 말을 입밖에 꺼내지 않았다. 그러나 아들의 말을 들은 후로 사촌 동생이 더 불쾌하게 여겨졌다. 유심히 살펴보니 그 녀석이 여종들에게 눈독을 들이는 것은 사실이었다.

'더 이상 발정난 개 같은 놈과 한 지붕 밑에서 살 수 없다.'

숙부는 아편을 피우면서 눈에 띠게 마르고 살빛이 누렇게 떠서 허리가 굽으며 늙어갔다. 기침을 하면 피를 토하기도 했다. 숙모는 배추처럼 둥글게 살이 쪄서 아편대를 손에서 놓지 않고 종일 졸았다. 두 사람 모두 이제 시끄럽게 굴 기력이 없었다. 아편이 왕룽이 원했던 대로 역할을 해준 것이다.

그러나 사촌 동생은 결혼을 안 해서 욕정으로 들끓는 야수였다. 두 노인처럼 간단하게 아편에 지지도 않았고, 정욕을 잊으려고도 하지 않았다. 왕룽은 이 건달에게 짝을 지워주려고 하지 않았다. 이런 놈이 자식을 낳으면 큰일이다 싶었던 것이다. 밤에 나다니는 외에는 아무것도 하지 않았다. 일할 필요가 없고 아무도 그에게 일을 하라고 강요하는 사람도 없었다. 그런데 요즈음 외출도 줄었다. 사람들이 귀향하고 마을에 질서가 회복되자 화적들이 서북 산악 지대로 물러가버렸기 때문이다. 그는 왕룽 집에서 사는 게 편했기 때문에 그들을 따라가지 않았다. 그는 집안의 골칫 거리가 되어 있었다. 떠들고 빈둥거리고 하품을 하며 집 안 여기저기를 함부로 돌아다녔고, 대낮에도 옷을 제대로 입고 있는 일이 없었다.

왕룽은 성안에 간 김에 곡물상 둘째와 의논해 보았다.

"황 대인 집의 안채를 빌려서 성안으로 이사하면 어떠냐고 네 형이 그 러더구나. 네 생각은 어떠냐?"

둘째는 이제 늠름한 청년이었다. 여전히 몸집은 작고 노란 살빛에 교활 한 눈매였지만, 여느 점원처럼 꽤 붙임성이 있는 말쑥한 사내가 되어 있 었다.

"참 좋은 생각이네요. 제게도 편리하지요. 저도 그 저택에서 결혼하여 처를 맞을 수 있으니 온 가족이 한 지붕 밑에서 살 수 있는 셈이지요."

왕룽은 이 아들의 결혼에 대해서는 아무 생각을 않고 있었다. 둘째는 냉정해서 여자에 흥미가 없어 보였기 때문에, 왕룽은 다른 일들을 고민하 느라 둘째 혼인 따위는 염두에 두지 않았던 것이다. 왕룽은 둘째에게 미 안해졌다.

"네 결혼을 오래 생각해 왔지만 이런저런 일로 틈이 없었고, 또 흉년 때 문에 음식을 차릴 수 없기도 해서 미뤄 왔단다. 이제 다시 먹고 살 수 있 는 세상이 됐으니 네 결혼을 결정지어 보도록 하자."

왕룽이 어디서 며느리를 데려 올까 이것저것 궁리하는데, 둘째가 말 했다.

"그렇다면 저도 결혼하겠어요. 가정을 갖는 건 좋은 일이고, 색싯집에 돈을 쓰는 것보다 훨씬 나으니까요. 그러나 형수 같은 성안 여자는 얻지 않겠어요. 밤낮 친정을 들먹이면서 비교하고, 남편에게 돈을 헤프게 쓰게 만드니까요. 저는 그런 건 싫어요."

왕룽은 놀랐다. 그는 큰며느리가 행동이 단정하고 정숙한데다 얼굴도 예쁘다고만 생각했지 그런 면이 있는 줄은 몰랐다. 또한 둘째 아들이 현명하고, 돈을 모으는 데도 빈틈이 없음을 알고 기뻤다. 사실 그는 둘째 아들에 대해 거의 몰랐다. 활발한 형의 그늘에서 눌려 자라서 별로 눈에 띄지 않았다. 더구나 성안 상점으로 간 후부터는 아예 잊고 지낸 날이 많았다. 누군가 아들이 몇이냐고 물으면 "셋이지요." 하고 대답하며 그제야 생각할 정도였다.

지금 새삼 청년이 된 둘째를 보니, 짧게 깎아 기름으로 잘 다듬은 머리에 잔무늬 회색 비단 두루마기를 입고서 행동이 민첩하고 상대를 차분히 꿰뚫어보는 듯했다. 그는 '내게 이런 아들도 있었던가!' 놀라며 천천히 말했다.

"너는 어떤 여자가 좋니?"

젊은이는 오래 전부터 생각해 두었던 것처럼 딱 잘라 말했다.

"농가에서 자란 색시가 좋아요. 상당한 지주 집안이어서 지참금은 꽤 있지만 가난한 친척은 없고, 얼굴은 곱지도 밉지도 않고, 음식 솜씨가 있으면서 부엌 종들을 감독할 줄도 아는 여자요. 쌀을 살 때는 충분히 사되 한 톨이라도 여분은 사지 않으며, 옷을 마름질할 때 한 치도 남기지 않는 그런 여자를 얻고 싶어요."

왕룽은 더욱 놀랐다. 자기 자식이지만 도대체 둘째의 생활을 제대로 살펴본 적이 없었던 것이다. 왕룽이 젊었을 때도, 왕룽의 장남에게도 이런 기질은 없었다. 왕룽은 똑똑한 둘째에게 감탄하여 웃었다.

"좋아, 그런 색시를 구해 보자. 칭 서방을 시켜서 여러 마을을 뒤져 보지."

그는 웃으며 둘째와 헤어져서 황 대인 집이 있는 거리로 갔다. 돌사자상 앞에서 잠시 망설이다가, 아무도 말리는 사람이 없길래 저택 안으로 쓱 들어갔다. 앞뜰은 장남 때문에 갈보를 만나러 온 때와 별로 다름이 없어 보였다. 나무에 빨래가 널려 있고 여자들이 도처에 앉아서 긴바늘을 이리저리 움직여 신발 바닥을 기우면서 재잘거렸다. 아이들은 알몸으로 뒹굴며 마당에서 흙투성이가 되어 놀았고, 몰락한 이 넓은 마당에 꽉 찬 가난뱅이들의 냄새가 악취로 떠돌고 있었다. 그는 전의 그 갈보가 살던 방문을 보았다. 문은 열려 있었으나 웬 늙은이가 앉아 있었다.

황 대인이 이곳에 살 때 왕룽은 이들 가난뱅이들처럼 황 부자를 반은 미워하고 반은 두려워했다. 그러나 지금 땅과 금과 은을 가진 그는 그곳에 떼로 앉아 있는 가난뱅이들을 경멸했다. 그들이 더럽게 느껴져서 옆을 지나갈 때 고개를 돌려서 악취를 맡지 않으려고 숨을 죽였다. 자기도 황 부자네 누구나 되는 것처럼 그들을 혐오했다.

그 집을 빌리겠다고 결정한 것도 아닌데 호기심이 동해서 그 많은 뜰을 지나갔다. 안쪽에 다른 중정으로 통하는 빗장 걸린 대문이 있고, 그 옆에서 노파가 졸고 있었다. 가만보니 눈에 익은 곰보얼굴이 이전 문지기의 여편네였다. 그가 기억하는 여편네는 뚱뚱한 중년 아낙네였는데, 지금은 여위고 주름지고 백발로 누런 이빨을 덜렁거리는 노파가 되어 있었다. 찬찬히 여자를 보고 있자니, 그가 첫 아이를 안고 왔을 때부터 얼마나 많은 세월이 쏜살같이 흘러가 버렸는지 똑똑히 보이는 듯했다. 왕룽은 세월을 느꼈다. 그래서 그는 노파에게 슬픈 어조로 말을 걸었다.

"나를 대문 안으로 인도해 주지 않겠소?"

노파는 눈을 끔벅이며 깨더니 마른 입술을 핥으며 말했다.

"안채 전부를 빌릴 분이 아니면 대문을 열지 말라는 분부인데요."

갑자기 왕룽이 충동적으로 말했다.

"마음에만 든다면 빌리고말고!"

그는 자기가 누구라고 말하지 않고 노파를 따라 안으로 들어갔다. 안뜰은 쥐 죽은 듯 고요했다. 길이 뚜렷이 기억났다. 그가 혼례용 음식 광주리를 두었던 작은 방, 주홍색 칠을 한 대들보에 이어진 긴 복도……. 그가 대청마루로 들어섰다. 이 집 여종과의 결혼을 기다리며 이곳에 서 있던 때부터의 지난 세월이 마음속에 떠올랐다 사라졌다. 대청에 은색 공단 옷을 입은 노부인이 앉아 있었다. 그는 야릇한 충동으로 노부인이 앉았던 곳에 앉아서, 난간을 짚고 그가 무엇을 하나 눈을 끔벅이며 지켜보는 바보스러운 노파를 내려다보았다. 그러자 지금까지 남몰래 동경해 마지않았던 만족감이 솟아올랐다. 그는 탁자를 탁 치며 느닷없이 말했다.

"좋아, 이 집을 빌리지!"

요즈음 왕룽은 마음먹으면 빨리 실행해 버려야 했다. 나이를 먹을수록 일을 빨리 마치고 남은 시간에 한가하게 석양을 보거나 낮잠을 자는 게 좋아졌던 것이다. 그래서 장남에게 황 대인 집을 빌리기로 결정한 것을 말하고 처리를 분부하고는 둘째 아들을 불러서 이사를 거들게 했다. 련화와 뚜챈이 종들과 물건들을 챙겨서 먼저 가고, 그 다음에 장남 부부가 하인과 종을 데리고 갔다. 그러나 왕룽은 셋째 아들과 함께 남았다. 태어난 땅을 떠날 때가 오자 생각했던 것처럼 그렇게 쉽사리 떠날 수가 없었다. 아들들이 채근하자 그는 말했다.

"나 혼자만의 방을 준비해 다오. 내키는 날 가지. 손자가 태어날 때까지는 가겠다. 그리고 돌아오고 싶으면 이곳으로 또 돌아오고."

그들이 재차 재촉하자 그는 말했다.

"너희 천치 누이 때문에 그래. 그 아이를 데리고 가나 어쩌나 망설여진단다. 데리고 가야겠지. 나 아니면 아무도 그 아이를 돌볼 사람이 없으니 말이다."

왕룽은 큰며느리를 비난하는 뜻으로 이렇게 말했다. 며느리는 천치 딸 아이가 가까이 오는 것도 싫어했다. "저런 사람은 죽는 편이 나아요. 저 사람을 보면 뱃속 아이에게 나쁜 영향이 가요."

장남은 아내가 누이를 싫어한다는 것을 알기 때문에 입을 다물었다. 왕룽은 비난 비슷한 말을 한 것이 후회되어 부드럽게 말했다.

"둘째 색시감이 나서면 가겠다. 혼담이 완전히 성립될 때까지는 칭 서방이 있는 이곳이 편해." 이 말에 둘째도 권하는 것을 그만두었다.

집에 남은 사람은 왕룽과 셋째 아들, 천치 딸, 숙부네 일가, 칭 서방과 하인들뿐이었다. 숙부네는 련화가 살던 뒤채를 독차지했다. 왕룽은 그것을 괴롭게 생각하지 않았다. 숙부의 여생이 얼마 남지 않았다고 생각했기 때문이다. 숙부가 죽으면 어른에 대한 의무는 끝나니까, 그때는 숙부의 아들을 쫓아내도 아무도 욕할 수 없다. 칭 서방과 하인들이 바깥채로 옮기고, 왕룽과 셋째 아들과 천치 딸이 가운뎃방에서 살았다. 왕룽은 이곳에서 시중을 들 몸이 튼튼한 여자를 고용했다.

왕룽은 잘 자고 잘 쉬었고 아무 일에도 마음을 쓰지 않았다. 갑자기 심한 피로를 느낄 때가 있었는데, 집 안이 너무 조용했기 때문이기도 했다. 셋째 아들은 입을 꾹 다물고 왕룽에게 거리를 두었다. 왕룽은 그 아이가 어떤 성격인지 거의 알지 못했다. 셋째는 말수가 적었다.

왕룽은 칭 서방을 불러서 둘째 며느리감을 찾아보라고 독촉했다. 칭 서방은 늙고 갈대처럼 말라 있었다. 왕룽은 이제 칭 서방에게 괭이를 들게 하거나 소를 부려 밭을 갈게 하지 않았지만, 칭 서방은 여전히 왕룽에게 충성스러웠다. 아직도 다른 머슴을 감독하고 곡식의 무게를 달 때 옆에서 감시했다. 그는 목욕을 하고 푸른빛 나는 좋은 옷으로 갈아입고서 여기저기 돌아다니며 많은 색시를 보고 돌아왔다.

"며느리감이 아니라 제가 젊었다면 장가들겠다 싶은 색시가 있어요. 세 마을 건너서인데, 마음씨가 착하고 몸집이 좋고 상냥한 색시예요. 흠을 잡자면 잘 웃는 것이라고나 할까요. 색시 아버지는 이쪽과 혼인하기를 원해서 발벗고 나서더군요. 지주 집이라 지참금도 좋고요. 주인께 여쭤봐야 한다고 대답해 두었습니다만."

왕룽은 충분하다고 생각되었다. 빨리 결말을 맺고 싶어서 승낙했다. 혼인 계약서가 오자 도장을 찍고 한숨 돌리며 말했다.

"이젠 한 놈만 남았구나. 색시를 얻어주는 일도 거의 끝났군. 한시름 놓을 수가 있으니 고마운 일이야."

혼례일이 정해지자 그는 마음이 편해져서 양지쪽에 앉아 전에 늙은 아버지가 그랬던 것처럼 꾸벅꾸벅 졸았다.

요즈음은 칭 서방도 왕룽 자신도 늙어서 식사 뒤면 만사가 귀찮고 졸리기만 했는데, 그렇다고 셋째만 믿기에는 아직 어렸다. 그래서 가장 멀리 있는 밭부터 소작을 주기로 했다. 많은 사람들이 왕룽의 소작인이 되려고 왔다. 수확물의 반은 지주인 왕룽이, 나머지 반은 노동의 댓가로 소작인이 갖는 조건이었다. 비료와 콩깻묵와 참깻묵 등은 왕룽이 주고, 소작인은 왕룽에게 일정한 곡식을 내어주기로도 했다. 이제 손수 땅을 챙길 필요가 없어졌기 때문에 왕룽은 때때로 성안 큰 아들네도 들렀다. 그러나 날이 밝으면 새벽에 성문이 열리자마자 빠져나와 밭으로 갔다. 밭의 신선한 내음을 맡으면 왕룽은 세찬 희열을 느꼈다.


신께서 각별한 배려를 하여 만년의 그에게 복을 주려고 한 것 같은 일이 일어났다. 집 안에 여자라고는 머슴의 아내인 튼튼한 여종밖에 없게 되자, 숙부의 아들이 심심해 하다가 왕룽에게 와서 말했다.

"북쪽에서 전쟁이 났대요. 구경도 할 겸 가서 한몫 끼려는데, 군복과 침구와 어깨에 메는 외제 총을 살 돈이 필요해요."

왕룽의 가슴이 기쁨으로 뛰었지만, 겨우 기쁨을 감추고 반대하는 척했다.

"너는 숙부님의 외아들이야. 너 말고 누가 숙부님의 피를 잇겠어! 전쟁터로 가면 어떤 일이 생기는지 알고나 있나?"

"나는 바보가 아니에요. 위험한 곳엔 안 가요. 전투가 일어나면 끝날 때까지 숨어 있죠. 더 늙기 전에 여행을 해서 기분전환도 하고 다른 고장도 구경할래요."

왕룽은 얼른 돈을 주었다. 이때만은 그에게 돈을 주는 것이 괴롭지 않았다.

'제 발로 나가니 얼마나 좋은가? 집안 골칫거리가 없어지는구나. 전쟁은 나라 어디에선가 늘 있으니 말이다. 내 운이 더 좋다면 저놈은 죽을 거야. 전쟁터에서는 많이들 죽거든.'

기분좋은 기색을 얼굴에는 애써 감추고, 아들이 떠난다는 말에 우는 숙모를 위로했다. 그는 숙모의 아편대를 쟁여주고 불을 붙였다.

"그 아이는 장교가 될 겁니다. 가문의 이름도 틀림없이 높여 줄 거예요."

시골집은 졸기만 하는 숙부 내외만 남아서 매우 평화로웠다. 성안 집에서는 손자가 태어날 날이 가까워지고 있었다.

왕룽도 성안 집에 있는 날이 많아졌다. 그는 뜰을 거닐면서 세상만사의 변화에 대해 생각했다. 황 대인 집에 지금은 왕룽이 작은 부인과 아들, 며느리들와 함께 살고, 곧 3대째의 손자가 태어난다. 감개무량했다.

그는 무엇이든 살 수 있을 만큼 돈이 있었기 때문에 마음이 넓고 점잖아졌다. 그는 식구들에게 공단과 비단의 긴 옷을 사 주었다. 조각이 있는 의자와 남국의 흑단 조각이 있는 탁자에 흔해빠진 무명옷을 입고 앉는 건 조화가 되지 않는 일이었다. 종들에게도 헌옷이 아니라 질좋은 긴 무명옷을 입혔다. 그래서 그는 장남이 성안에서 사귄 친구들을 데리고 오면 대단히 기뻐하며 집 안 구경을 시켜주었다.

왕룽은 호사스러운 음식만 먹었다. 옛날의 그는 마늘 줄기와 밀가루 빵만으로 만족했는데, 지금은 아침에도 늦게까지 자고 들일도 안 하니 보통 음식으로는 만족스럽지 않았다. 겨울의 버섯, 새우 알, 남국의 생선, 북해의 조개, 비둘기 알 등 부자들이 저하된 식욕을 불러오려고 먹는 것들을 먹었다. 아들들도 먹었고 련화도 먹었다. 이렇게 변한 것을 보고 뚜챈이 웃으며 말했다.

"제가 옛날에 이 댁에 있을 때와 똑같이 변했네요. 다만 제 몸이 시들고 물기가 없어져서 주인영감을 모시지 못하게 된 것만 다르고요."

그녀는 왕룽을 슬쩍 곁눈질로 보고 웃었다. 그는 뚜챈의 호색스러운 말은 못 들은 척했지만, 그녀가 자기를 황 대인과 비교한 것은 슬며시 기뻤다.

왕룽은 있는 대로 게으름을 피우는 사치스러운 생활을 하며 손자가 태어날 날을 기다리고 있었다. 어느 날 아침 그는 며느리의 비명소리를 들었다. 장남의 거처로 가니 아들이 말했다.

"이제 낳으려나 봐요! 그런데 뚜챈의 말로는 처가 허리가 가늘어서 난산이 될 것 같대요!"

그래서 왕룽은 자기 방으로 돌아와 앉아서 산통을 하는 소리를 들었다.

오랜 세월 동안 안 겪어본 것이 없는 그마저도 걱정이 될 만큼 큰 신음소리가 들려서, 그는 신의 가호를 빌고 싶어졌다. 향 가게에 가서 향을 사들고 금빛 감실龕室 안에 관세음보살을 모신 절로 갔다. 그리고 한가로운 스님을 불러서 시주를 주고 향을 올리게 했다.

"남자인 내가 이런 짓을 하는 것이 쑥스럽기는 하지만 첫 손자가 나오려 해서 그러오. 산모가 성안 여자라 허리가 가늘어 난산일 듯한데, 아들 어머니가 죽고 없어 향을 올릴 여편네가 없어요."

스님이 불전의 향로 속에 향을 사르는 것을 보자 그는 불시에 공포에 사로잡혔다. 계집아이가 태어나면 어쩌지? 그래서 그는 다급히 외쳤다.

"사내아이가 태어나면 붉은 새 옷을 바치겠소. 그러나 계집아이면 아무것도 바치지 않겠소."

손녀가 태어날 수도 있다는 생각을 전혀 안 했기 때문에 그는 갑자기 초조해져서 밖으로 나왔다. 더운 날씨라 한길에는 먼지가 한 자나 쌓여 있었다. 그는 또 한 번 향을 사서 지신 둘이 나란히 있는 마을 당집으로 갔다. 향을 피우고 그 앞에서 작은 소리로 말했다.

"잘 들어요. 나도, 내 아버지도, 내 자식들도 모두 당신을 섬겨 왔소. 지금 내 손자가 태어나려 하는데, 그것이 사내아이가 아니면 앞으로 나는 당신들에게 아무것도 해드리지 않겠소."

그는 그로서 할 수 있는 일을 다 하고 나자 지칠 대로 지쳐서 집으로 돌아왔다. 탁자 앞에 앉아서 차와 얼굴을 닦을 물수건을 가져오게 하려는데 아무리 손뼉을 쳐도 아무도 나타나지 않았다. 다들 그를 잊고 이리저리 뛰어다니는지 어떤 아이를 낳았는지, 도대체 낳기는 낳았는지 물어보려 해도 불러 세울 사람이 없었다. 그는 먼지투성이가 되어 지쳐서 거기 앉아 있었다. 밤이 될 때까지 오래도록 기다리고 있자니까 련화가 무거운 몸을 뚜챈에게 기대어 작은 발로 뒤뚱뒤뚱 가까이 왔다. 그녀가 웃으며 큰 소리로 말했다.

"사내아이예요. 모자가 모두 건강해요. 아주 예쁘고 튼튼한 아기예요."

왕룽이 웃으며 일어나서 손뼉을 치며 좋아했다.

"그래? 난 내가 첫아들을 보는 것같이 어쩌면 좋을지 몰라서 그저 걱정만 하며 여기 앉아 있었지!"

련화가 제 방으로 돌아가고 그는 또 생각에 잠겼다.

'오란이 첫아이를 낳을 때도 이렇게 걱정하지는 않았어.'

그때 일이 떠올랐다. 오란이 혼자서 작고 어둑한 방으로 들어간 일, 누구의 도움도 받지 않고 혼자서 아들을 낳고, 또 몇이나 되는 아들딸을 말없이 낳은 일, 해산 후 곧 밭에 나와 그의 옆에서 일했던 일들을 생각했다. 그런데 지금 맏며느리는 아프다고 어린아이처럼 울부짖고 온 집 안 종들을 뛰어다니게 하며 남편을 문가에 세워두는 것이다.

그는 아득한 옛날일처럼 오란이 밭일 도중에 아이에게 실컷 젖을 먹이던 모습, 희고도 풍부한 젖이 땅 위에 흘러 떨어지던 광경을 떠올렸다. 그것이 사실이었나 싶을 정도로 먼 옛날 일처럼 느껴졌다.

그때 장남이 웃으며 자랑스레 들어와서 큰 소리로 말했다.

"손자예요, 아버지! 유모를 구해야겠어요. 처가 젖을 먹여 아름다움이 없어지거나 몸이 약해지는 일이 없도록 해야 해요. 성안의 신분 있는 여자들은 다 그렇게 한대요."

"그렇게 해야 한다면 그렇게 해야지. 자기가 자기 자식을 키울 수 없다면 말이다."

왕룽은 서글퍼졌다. 왜 서글픈지는 자기도 이유를 몰랐다.

아이가 태어난 지 열흘째, 왕룽의 장남은 잔치를 베풀어서 장인 장모와 성안 유지들을 다 초대했다. 수백 개의 붉은 달걀과 선물을 손님 모두에게 나누어 주었다. 축하연이 벌어지고 기쁨이 온 집 안에 넘쳤다. 아기는 잘 자라 어느 덧 생후 열흘이 되었으니 이제 염려도 없어진 것이다.

잔치가 끝나고 장남이 왕룽에게 다가왔다.

"우리 집도 3대째가 됐으니 대갓집답게 조상의 위패를 모셔야 하지 않을까요? 집안 기틀이 잡혔으니 축제 때 위패를 모시고 제사를 지내야지요."

왕룽은 대단히 기뻐하며 그렇게 하라고 했다. 대청에 많은 위패가 놓였다. 왕룽의 할아버지와 아버지의 이름을 쓰고, 왕룽과 자식들이 죽은 뒤를 생각하여 여백을 남겨두었다. 위패 앞에 향로를 놓았다. 그 일이 끝나자 왕룽은 관세음보살에게 약속한 붉은 옷이 생각나서 절에 가서 대금을 치렀다.

절에서 돌아오는 길에, 신이 은혜를 베풀기 싫어서 선물 속에 가시를 숨겨둔 것처럼, 왕룽의 밭에서 추수를 하던 사내 하나가 헐레벌떡 달려와서 칭 서방이 위독하니 빨리 와 달라고 전했다. 왕룽은 분노했다.

"성안 관음보살에게 붉은 옷을 봉납했다고 당집 두 지신이 질투를 했구나. 자신들은 땅을 지배할 뿐이지 아기의 탄생에는 아무 힘이 없는 줄 모르는 모양이다."

점심 준비가 되어 있었지만 그는 젓가락도 들지 않고 련화가 해질 때까지 기다리라고 큰 소리로 말하는 것도 못 들은 체 밖으로 나왔다. 련화는 종에게 종이우산을 들려 그의 뒤를 쫓게 했다. 튼튼한 여종이었지만 종이우산을 받들고 쫓아가기 힘들 만큼 왕룽의 걸음이 빨랐다.

왕룽은 칭 서방이 누워 있는 방으로 들어가며 소리쳤다.

"어떻게 된 거냐?"

방에 꽉 찬 머슴들이 어쩔 줄 몰라하며 경황없이 말했다.

"칭 노인이 손수 타작을 하시다가……."

"늙은이에겐 무리라고 말렸는데도……."

"새로 들어온 머슴이 도리깨질을 잘 못하니까 칭노인이 가르쳐 주신다
고……."

왕룽은 목이 터져라 호령했다.

"그놈을 앞으로 끌어내!"

끌려나온 사내는 드러난 무릎을 덜덜 떨며 서 있었다. 큰 몸집에 붉은
얼굴을 한 시골뜨기로, 뻐드렁니가 아랫입술에 뻐드러져 나왔고 소처럼
둥근 눈을 하고 있었다. 그러나 왕룽은 불쌍한 생각이 안 들었다. 그는 사
내의 양뺨을 철썩철썩 때리더니, 분이 안 풀려서 하녀의 손에서 종이우산
을 빼앗아 머리를 마구 때렸다. 아무도 말리지 않았다. 노인이기 때문에
잘못하다가는 노기가 혈관 속으로 들어가 독이 될 것을 우려했기 때문이
다. 시골뜨기는 울면서 죽여주십사고 서 있었다.

그때 침대에 누워 있던 칭 서방이 신음소리를 냈다. 왕룽은 종이우산을
집어던지며 소리쳤다.

"바보를 때리는 동안 칭 서방이 죽어버리겠구나!"

왕룽은 칭 서방의 손을 꼭 쥐었다. 시든 떡갈나무 잎처럼 가볍고 마른
손이었다. 그 속에 피가 흐른다고 믿어지지 않을 만큼 메마르고 뜨거웠
다. 여느 때는 푸르고 노랗던 칭 서방의 얼굴이 거무스름했고, 핏기 없이
반쯤 뜬 눈은 침침해서 보이지 않았으며, 호흡이 가빴다. 왕룽은 몸을 구
부려 그의 귀에다 대고 소리쳤다.

"내가 왔어! 관은 우리 아버지 것에 못지 않은 좋은 걸로 사 줄게!"

그러나 칭 서방의 귀는 피로 가득 찼다. 그는 반응 없이 숨을 헐떡이며

죽은 듯이 누워 있다가 죽었다.

칭 서방이 숨을 거두자 왕룽은 그의 위에 몸을 구부리고 아버지가 돌아가셨을 때보다 더 슬피 울었다. 특상품 관을 주문하고 장례식에 스님을 불렀다. 또 흰 상복을 비고 그 뒤를 따랐다. 그는 장남에게도 친척이 죽었을 때와 마찬가지로 발목에 흰 끈을 두르게 했다. 장남은 투덜거렸다.

"칭 서방은 머슴들의 감독에 지나지 않는데 하인을 위해서 상복을 입다니 온당치 못합니다."

왕룽은 사흘 동안 그렇게 하도록 고집했다. 그러나 아버지와 오란을 매장한 흙벽 안에 칭 서방을 묻겠다는 고집에는 자식들이 끝내 반대했다.

"어머니와 할아버지를 고용인과 같이 묻다니요? 저희도 죽으면 칭 서방과 함께 있어야 하나요?"

왕룽은 그렇게까지 집 안에 소란을 피우고 싶지 않아서 칭 서방을 토담 입구에 묻었다. 그리고 그것으로 스스로 위로했다.

"그렇지, 이것으로 좋아. 그 사람은 언제나 나를 재난으로부터 지켜준 수호신이었으니까."

그는 자식들에게 자기가 죽으면 칭 서방과 가장 가까운 곳에 묻으라고 일렀다.

그후부터 왕룽은 땅을 둘러보는 일이 더 드물어졌다. 칭 서방 없이 혼자 가는 길이 너무 가슴아팠기 때문이다. 혼자 울퉁불퉁한 밭길을 걸으면 뼈도 아팠다. 그래서 그는 거의 모든 밭을 소작을 주었다. 왕룽의 땅이 기름지다는 사실은 모두가 알고 있었기 때문에 너도나도 소작을 하려 했다. 왕룽은 한 뼘의 땅도 판다고는 하지 않았다. 1년 단위로 값을 흥정해서 빌려줄 뿐이었다. 그는 땅은 전부 자기 것이고, 여전히 자기 손아귀에 쥐고 있음을 항상 느꼈다.

그는 고용인 중의 한 사람을 골라서 식구들과 함께 왕룽의 시골집에 살면서 아편에 찌든 숙부 내외를 돌보게 했다. 그러고는 어쩐지 항상 우울해 하는 셋째 아들에게 이렇게 말했다.

　"우리도 성안으로 가자. 칭 서방이 죽어서 너도 이 집이 적적할 게다. 네 누이도 칭 서방이 없으니 아무도 돌봐주지 않을 테고. 얻어맞거나 형편없는 음식을 먹어도 챙겨줄 사람이 없겠지. 칭 서방이 없으니 너에게 밭일 가르쳐 줄 사람도 없고."

　그래서 왕룽은 셋째와 천치 딸아이를 데리고 성안 저택으로 갔다. 그 후로 시골집에는 오랫동안 거의 가지 않았다.

# 29

왕룽은 지금보다 더 바라는 것이 없었다. 천치 딸아이 곁에서 양지쪽에 앉아 담뱃대를 입에 물고 편안하게 세월을 보냈다. 논밭은 소작이 잘 되어서 걱정 없이 돈이 들어왔다.

그러나 만사가 태평이라고만 말할 수는 없었다. 장남이 항상 만족을 모르고 꼬투리를 찾아내는 성격이었기 때문이었다.

"아버지, 이 집에는 빠진 것이 여러 가지 있어요. 이 집에 살아도 우리가 대갓집이 됐다고 말할 수 없는 이유예요. 반년 안으로 동생 결혼식을 치러야 하는데, 그러기에는 손님용 의자나 찻잔, 탁자, 그릇 등이 모자랍니다. 게다가 손님들이 더럽고 시끄러운 빈민들이 우글거리는 대문을 통해 와야 하는 것도 창피해요. 동생이 결혼해서 아이가 생기면 바깥채도 필요해질 거예요."

왕룽은 좋은 옷을 입고 선 아들을 보다가 눈을 감고 담배를 세게 빨며 신음하듯 말했다.

"그리고 뭐야? 그 다음은 뭐지? 넌 언제까지 그런 말만 하고 있을 거냐!"

장남은 아버지가 자기 말을 귀찮아하는 줄 알면서도 물러서려 하지 않았다. 그는 좀 목소리를 높였다.

"바깥채까지 우리가 써야 한다는 겁니다. 대갓집에 걸맞는 모습을 갖춰야죠."

왕룽은 담뱃대를 보며 중얼거렸다.

"그러냐. 하지만 땅은 내 거다. 너는 그것에 손도 대본 일이 없을 텐데."

그 말을 듣자 장남은 소리쳤다.

"그래요. 그렇지만 저를 학자로 만들려던 분은 아버지예요. 그래서 지주의 아들답게 살려고 애쓰는 건데, 아버지는 저나 처를 머슴으로 만들 작정이십니까?"

그리고 젊은이는 몸을 날려 뜰의 구부정한 소나무에 머리를 부딪치려고 했다. 장남이 신경질적이라는 것을 알고 있는 그는 다치기라도 할까 봐 얼른 말했다.

"그래, 그래. 좋도록 해라, 좋도록 해. 나를 귀찮게 하지만 말아다오."

장남은 아버지 마음이 변하기 전에 재빨리 물러갔다. 그리고 재빨리 정교한 조각을 새긴 탁자와 의자를 쑤저우蘇州에서 사들였다. 입구에 걸 붉은 비단 휘장, 크고 작은 꽃병, 벽에 걸 미인도 족자, 남쪽 지방의 동산을 뜰에 만들기 위한 갖가지 기암奇岩 등도 샀다. 그렇게 오랫동안 분주했다.

그는 이런 일로 매일같이 바깥채를 하루에도 여러 차례 지나다녔는데, 그때마다 가난뱅이들 냄새가 견딜 수 없다면서 코를 막았다. 그곳 사람들은 장남이 지나가고 나면 비웃었다.

"저놈은 제 아비 문턱 앞에 쌓여 있던 거름 냄새를 잊었나 봐."

그러나 그가 눈앞을 지나갈 때 아무도 그런 말을 하지 않았다. 부잣집 아들이기 때문이었다. 그러다가 새로 집세를 정하는 날, 집세가 껑충 뛴 것을 알았다. 더 비싼 세로 들어올 사람이 있다는 것이었다. 그들은 이사를 가야 했다. 모두가 장남의 농간임을 알았다. 영악한 장남이 타지에 사는 황 영감의 아들과 편지 왕래로 교섭을 끝내버린 것이다. 황 영감의 아들은 누가 살건 돈만 많이 나오면 좋으니까 두말없이 승낙했다.

빈민들은 부자들의 경우 없는 짓을 저주하며 그곳을 떠났다. 잡동사니를 가지고 노여움에 가득 차서 '부자가 너무 살이 찌면 가난뱅이들이 쳐들어오는 법인데, 우리도 언젠가는 쳐부술 것이다'라고 중얼거리며 떠났다.

그러나 왕룽은 이런 내막을 전혀 모르고 있었다. 그는 안방에 틀어박혀 거의 밖으로 나오지 않았다. 자거나 먹거나 하면서 늘그막을 한가롭게 지내며 만사를 장남에게 맡기고 있었다. 장남은 목수와 석공을 불러서 망가진 바깥채의 방들과 뜰의 중문을 수리했다. 연못을 새로 여러 개 파서 잉어와 금붕어를 넣고, 연못가에 연꽃이며 백합이며 붉은 열매가 열리는 인도 대나무며, 그 밖에 남쪽 도시에서 살 때 본 것들은 죄다 생각해 내서 모조리 사다 심었다. 큰며느리도 공사를 구경하러 나왔다. 장남은 아내와 함께 뜰을 둘러보다가 아내가 이것저것 부족한 점을 발견해서 말하면 당장 그대로 실행했다.

사람들은 성안 거리에서 왕룽이 저택을 수리한다는 소식을 듣고, 예전 황 부잣집이 새로운 부자에 의해 얼마나 훌륭하게 달라질 것인가 하고 수군거렸다. 농사꾼 왕 서방은 어느새 왕 대인이라든가 왕 부자로 불리고 있었다.

비용은 모두 왕룽의 주머니에서 나갔지만, 그는 얼마가 나갔는지 거의 알지 못했다. 장남은 왕룽에게 이렇게 말할 뿐이었다.

"아버지, 은전 백 냥이 필요합니다."

"저 문을 새로 다는 데 돈이 약간 들어요."

"저곳에 긴 탁자를 놓지 않으면 보기 흉할 텐데요."

왕룽은 자기 방에서 한가롭게 담배나 피우면서 장남에게 돈을 내주었다. 매년 추수 때나 필요할 때는 언제든지 땅에서 쉽게 돈이 들어왔기 때문에 돈은 얼마든지 있었다. 그는 장남에게 얼마를 주었는지 몰랐다.

어느 날 아침, 태양이 아직 높이 떠오르기 전에 둘째가 왕룽을 찾아왔다.

"아버지, 이제 돈 낭비를 그만하세요. 대궐에서 살 필요가 있나요? 그 돈을 2할로 남에게 꿔주면 이자로만 상당한 은전이 굴러 들어올 거예요. 연못이니 열매도 맺지 않는 꽃나무니 백합 따위가 무슨 소용이에요."

왕룽은 두 형제가 싸움이라도 할까 봐 얼른 말했다.

"네 혼례식을 성대히 치르기 위해서야."

둘째 아들은 쓴 웃음을 지으며 조금도 기쁜 빛을 띠지 않고 대답했다.

"혼례식 비용이 신부 값의 열 곱이나 드는 건 우스운 일이에요. 아버지가 돌아가신 후 저희들이 분배할 유산이 형의 허영심 때문에 탕진되는 것을 더 이상 참을 수 없습니다."

왕룽은 둘째의 이야기가 길어질 것 같아서 얼른 대꾸했다.

"그러마, 더 이상 돈을 안 주도록 하마. 네 형에게 돈을 그만 쓰라고 할 테니까, 그만하면 됐지? 네 말이 옳다."

둘째는 형이 쓴 돈을 빠짐없이 적은 종이를 꺼냈다. 왕룽은 그 종이가 긴 것을 보고 당황했다.

"나는 아직 아침식사 전이다. 내 나이가 되면 밥을 먹기 전에는 기운이 나질 않아. 그 이야기는 딴 날 하도록 하자."

왕룽은 둘째를 남겨 두고 급히 몸을 돌려 자기 방으로 들어가 버렸다.

그날 저녁 때 왕룽은 장남에게 말했다.

"집을 칠하고 닦는 일은 이만하면 됐다. 어쨌든 우리는 결국 촌사람이니까!"

그러나 장남은 단호했다.

"그렇지 않아요. 성안 사람들은 이제 우리를 왕 부잣집이라고 불러요. 그러니 당연히 그 이름에 어울리는 살림을 해야 합니다. 동생이 그저 돈 밖에 모른다면 저희들 내외가 이 가문을 지키겠어요."

왕룽은 사람들이 그렇게 부르는 것도 몰랐다. 그는 늙어서 찻집에도 거의 가지 않게 되었고, 곡물 상점에는 둘째가 그의 대리로 일하고 있었기 때문에 그곳도 역시 가지 않았다. 왕 부잣집이라는 말은 왕룽을 은근히 기쁘게 했다.

"그래? 그렇지만 아무래도 우리는 농사꾼 출신이니 흙에 뿌리를 박고 살아가야 하는 거야."

장남은 왕룽의 말을 재치있게 받았다.

"그렇지요. 그러나 언제까지고 흙에만 머물러 있어서는 안 됩니다. 가지를 뻗고 꽃을 피워 열매를 맺어야죠."

왕룽은 아들이 준비한 듯 척척 대답하는 것이 마음에 들지 않았다.

"어쨌든 내 생각은 변함없다. 돈을 물 쓰듯 하는 것은 그만둬. 열매란 뿌리가 충분히 흙 속에 뻗어 있어야 하는 거야."

날도 저물어서 왕룽은 장남이 이제 그만 제 방으로 돌아가주기를 바랐다. 장남이 옆에 있으면 마음의 평화를 얻을 수 없었다. 마침 큰아들도 방과 뜰의 손질이 끝났기 때문에 한동안은 아버지 말씀에 따라야지 싶어서, 다른 이야기를 꺼냈다.

"이 이야기는 그만하지요. 그런데 드릴 말씀이 한 가지 더 있는데요."

왕룽은 담뱃대를 땅바닥에 팽개쳤다.

"정말 귀찮게 구는구나!"

장남은 고집스럽게 말했다.

"제 일이 아녜요. 막내, 아버지의 셋째 아들 문제예요. 막내를 공부도 시키지 않고 그냥 두는 것은 좋지 않습니다. 공부를 시켜야 해요."

왕룽은 생각도 못한 일이라서 깜짝 놀라 눈을 크게 떴다. 왕룽은 이미 막내의 장래를 결정해 두었던 것이다.

"글을 머리에 가득 넣은 사람은 이제 됐다. 둘이면 충분해. 막내는 내가 죽은 뒤 밭일을 할 거야."

"그래서 그 애가 매일 밤 우는 거예요. 그래서 얼굴에 핏기도 없이 마른 거라구요."

왕룽은 세 아들 중에서 하나는 반드시 농부가 되어야 한다고 혼자 결정했기 때문에, 셋째 아들에게 무엇을 하고 싶으냐고 물은 일이 없었다. 그러니 장남의 말이 뒤통수를 얻어맞은 것처럼 충격이었다. 그는 땅에서 천천히 담뱃대를 주우며 셋째에 대해서 생각해 보았다. 셋째는 두 형들과 달랐다. 어머니를 닮아 말이 없는 아이라서 아무도 그 아이에게 관심을 두지 않았다.

"걔가 제 입으로 그런 말을 하더냐?" 왕룽이 자신 없이 물었다.

"아버지가 직접 물어보세요."

"그래도 한 사람은 밭에 남아야 해!" 왕룽이 야단치듯 언성을 높였다.

"왜요?" 아들이 응수했다. "자식을 꼭 농부로 만들 필요는 없잖아요? 체면 문제입니다. 세상 사람들은 아버지를 구두쇠라고, 자기는 왕족처럼 살면서 자식은 농부로 부려먹는다고 수군거릴 거예요."

장남은 아버지가 세상의 소문에 굉장히 관심이 많다는 것을 알았기 때문에 약삭빠르게 이렇게 말했다. 그리고 다시 말을 이었다.

"가정교사를 두거나 남쪽 학교에 보내서 공부시키면 좋겠어요. 집에서는 제가 아버지의 일을 거들고, 장삿일은 둘째가 맡아 보니까, 셋째는 제 좋을 대로 시켜 보면 어떨까요?"

왕룽은 한참을 말없이 앉아 있다가 말했다.

"셋째를 불러 오너라."

잠시 후 셋째가 와서 아버지 앞에 섰다. 왕룽은 셋째의 얼굴을 물끄러미 바라보았다. 체격이 크고 호리호리했는데, 어머니의 침착성과 과묵성을 빼면 부모 누구도 닮지 않았다. 얼굴은 출가한 둘째 딸을 빼면 이 집에서 가장 뛰어났다. 다만 이마를 가로지르는 눈썹이 너무 진해서 희고 앳된 얼굴과 어울리지 않았다. 얼굴을 찡그릴 때 굵고 검은 두 눈썹이 일직선으로 달라붙어 보이는 것이었다.

"형이 그러던데, 네가 공부를 하고 싶다고?"

소년은 거의 입술을 움직이지 않고 대답했다.

"네."

왕룽은 담뱃재를 털어내고 엄지손가락으로 새 담배를 채우면서 말했다.

"그러니까 들일은 안 하겠다는 거구나. 셋이나 되는 아들 중에서 농사 일을 맡을 아들이 한 놈도 없다는 말이로구나."

왕룽은 쓴입을 다셨다. 소년은 아무 대답도 하지 않았다. 흰 여름 삼베 두루마기를 입고 우두커니 서 있었다. 왕룽은 그 침묵에 화가 치밀었다.

"왜 대답이 없어? 들일이 하기 싫다는 게 사실이야?"

"네." 셋째는 또 다시 딱 한마디만 했다.

왕룽은 자식 놈이 이놈이나 저놈이나 다 고생의 씨앗이고 무거운 짐이라는 생각이 들었다. 늙은 그로서는 도대체 어떻게 다루어야 좋을지 종잡을 수가 없었다. 자식들에게 이용만 당하는 기분이 들어서 부아가 치밀었다.

"네가 뭘 하든 난 모르겠다. 꼴 보기 싫으니 나가!"

소년은 휙 나가버렸다. 왕룽은 홀로 앉아서 아들보다 딸이 낫구나 하고 생각했다. 하나는 천치여도 먹을 것과 장난감 헝겊만 있으면 행복해 했고. 하나는 시집가서 집에 없었으니까. 노을이 방으로 스며들고 있었다.

언제나처럼 왕룽은 노여움이 가시자 장남을 불러서 승낙했다.

"셋째에게 가정교사를 붙여 주어라. 제 좋은 대로 해주고, 다시는 이 일로 나를 귀찮게 하지 말아라."

그리고 그는 둘째를 불러서 말했다.

"들일 할 자식이 없어졌으니 소작료나 추수 때의 수입 등을 네가 맡아서 관리하거라. 너는 저울질이나 측정을 할 줄 아니까 내 대리인을 하거라."

둘째는 돈의 출납이 자기 손을 거치게 되는 일이 대단히 기뻤다. 아버지의 수입을 알고 싶기도 했고, 필요 이상의 낭비가 생기면 아버지에게 이를 수 있었기 때문이다.

그러나 왕룽은 둘째가 다른 아들들보다 훨씬 이상한 것 같았다. 제 혼례식에 쓰는 것인데도 고기며 술에 드는 돈을 절약해서, 요리값을 알 만한 사람들에게만 좋은 고기로 상을 차려 냈고, 배만 부르면 좋아하는 소작인과 시골 사람 들에게는 값싼 고기와 술을 마당 탁자에 내주었다. 농부들의 밥상은 소찬이기 때문에 조금만 차려줘도 대단한 대접으로 생각한다는 것이었다.

둘째는 축의금이며 선물로 들어온 물건들도 세심히 지켜보았다. 종과 심부름꾼에게는 최소한의 급료만 주었다. 뚜챈에게도 은전 두 닢만 주어서, 그녀는 일부러 많은 사람 앞에서 빈정댔다.

"진짜 대갓집은 돈에 인색하지 않죠. 이 집안은 이 저택에 살 만한 자격이 없는 게지."

장남은 이 말을 듣고 창피하기도 하고 두견의 신랄한 말이 두렵기도 해서 그녀를 몰래 불러서 돈을 쥐어 주었다. 그리고 동생에게 화를 냈다. 이런 식으로 혼인날 손님이 식탁에 앉고 신부의 가마가 뜰 안에 들어올 때까지 그들은 다퉜다.

장남은 동생의 혼례식에 그다지 신분이 높지 않은 친구만 몇 사람 초청했다. 동생의 인색함과 신부가 시골 여자인 것이 창피해서였다.

"아버지 지체를 생각하면 옥잔이 들어와야 하는데 동생은 질그릇을 골랐으니."

동생 내외가 손위에 대한 예의로 그들 부부에게 큰절을 할 때, 그는 고개만 건성으로 끄덕였다. 그의 아내도 새침하고 건방지게, 형식적인 답례만 했다.

이 집에서 왕룽의 어린 손자만 아무 걱정이나 부족함이 없이 평화롭게 살고 있었다. 왕룽은 매일 멋지고 큰 침대에서 잠들었지만, 눈을 뜰 때마다 소박하고 어둠침침한 흙벽집으로 돌아갔으면 하고 바랐다. 그곳에서는 식은 차를 아무 데다 부어버려도 비싼 가구를 더럽힐까 걱정하지 않아도 됐고, 한 발짝만 나가면 자기 땅이 펼쳐져 있었다. 왕룽의 아들들도 마음 편할 날이 없었다. 장남은 인색하다고 세상 사람들의 비웃음을 사지나 않을까, 성안 사람이 와 있을 때 마을 사람이 대문을 들어서서 창피를 당하면 어쩌나 하고 걱정했다. 둘째는 돈이 쓸데없이 낭비될까 봐 걱정이었다. 셋째는 논밭에서 허송한 세월을 따라잡으려고 안간힘을 썼다.

장남의 아들만 여기저기를 뒤뚱뒤뚱 돌아다니며 자기 생활에 만족하고 있었다. 집이 작은지 큰지 따위는 알지도 못했다. 그저 자기 집인 이 집에서, 엄마와 아빠와 할아버지가 자기를 귀여워해 주면 그만이었다. 왕룽은 손자와 함께 있으면 마음이 훈훈했다. 손자를 바라보고 같이 웃고,

아이가 넘어지면 일으켜주는 일은 언제까지고 싫증나지 않았다. 그는 자기 아버지가 생전에 하던 대로 넘어지지 않도록 아이에게 끈을 달아서 걷게 하면서 좋아했다. 할아버지와 손자는 뜰에서 뜰로 걸어 다녔고, 아이는 연못에서 뛰어오르는 붕어를 손가락질하며 이것저것 알아들을 수도 없는 말을 재잘거렸고, 꽃을 마구 뜯어서 땄다. 무엇이나 하고 싶은 대로 했다. 손자의 이런 모습을 보면 왕룽은 편안해졌다.

손자는 이 아이뿐이 아니었다. 장남의 처는 규칙적으로 충실하게 아이를 배고 낳고, 또 배고 낳았다. 아이마다 몸종이 붙었다. 이렇게 해마다 아이가 늘고 종이 늘었다. 누가 "큰아드님 집안에 또 하나 늘었네요." 하고 말하면 왕룽은 그저 웃으며 말하는 것이었다.

"자꾸 낳아야지. 땅이 있으니 몇 놈이고. 쌀은 넉넉하니까."

그는 둘째 며느리가 아이를 낳았을 때도 기뻐했다. 둘째 며느리는 처음에 계집아이를 낳아서 손위 동서의 체면을 세워주었다. 왕룽의 손자는 5년 동안 사내아이 넷에 계집아이 셋으로 늘어나 손자들의 웃음소리와 울음소리로 집안이 꽉 찼다.

5년은 사람의 일생을 통틀어 본다면 긴 시간이 아니지만, 아이와 노인에게는 긴 시간이다. 5년 동안 왕룽은 손주 일곱을 얻고, 숙부 숙모를 잃었다. 사실 왕룽은 생활비와 아편값은 넉넉히 대주었지만, 그들을 거의 잊고 지냈다.

5년째의 겨울은 30년 만의 강추위였다. 해자가 얼어붙어서 그 위를 사람들이 걸어서 왕래하는 일은 왕룽의 기억에도 처음이었다. 얼음 같은 한풍이 북동쪽에서 쉴 새 없이 휘몰아쳐서 양털옷과 모피옷을 입어도 추웠다. 왕룽의 저택에서는 방마다 숯불 화로를 피웠지만 그래도 입김이 하얗게 보였다.

숙부 내외는 오랜 전부터 아편 때문에 뼈만 앙상하게 깡 말라서 밤낮 침대에 누워 있었다. 나무토막처럼 몸에 온기가 없었다. 왕룽은 숙부가 자리에서 일어나지 못하게 되고, 몸을 움직이기만 해도 피를 토한다는 말을 듣고 문병을 갔다. 그리고 숙부의 목숨이 얼마 남지 않은 것을 알았다.

왕룽은 최고급은 아니지만 꽤 쓸 만한 관을 두 개 사서 숙부 방에 들여놓았다. 노인이 사후의 휴식처가 준비되었음을 알고 안심하고 죽을 수 있게 하기 위해서였다. 숙부는 떨리는 소리로 가냘프게 말했다.

"고맙다. 너는 내 자식이야. 집을 나가 쏘다니는 친자식보다 훨씬 나아."

숙모가 입을 열었다. 숙모는 숙부보다는 아직 정신이 있었다.

"내 아들이 돌아오기 전에 내가 죽으면, 그 애가 아이를 얻도록 장가를 보내주겠다고 약속해다오." 왕룽은 약속했다.

왕룽은 숙부가 언제 죽었는지 몰랐다. 어느 저녁 때 하녀가 마실 것을 들고 방에 들어가 보니 숙부가 이미 숨져 있더라고 했다. 온 누리에 눈보라가 몰아치던 몹시 추운 날, 왕룽은 숙부의 관을 가족 묘지에 묻었다. 아버지 묘보다는 아래이고, 자기 것으로 예정한 자리보다는 위인 곳에 묻었다.

왕룽은 전 가족에게 1년 상복을 입게 했다. 그들에게 폐만 끼쳤던 이 노인의 죽음이 진심으로 슬퍼서가 아니라, 대갓집 체면상 그래야 했기 때문이다.

왕룽은 시골집에 숙모만 홀로 남겨둘 수가 없어서 성안 저택으로 데리고 와서 가장 외진 뜰의 구석방을 주었다. 그리고 여종을 붙여 주고 뚜챈에게 감독케 했다. 숙모는 밤낮으로 누워서 아편을 피우면서 매우 만족스

러워했다. 왕룽은 숙모 침대 곁에도 관을 놓아서 그녀가 안심할 수 있게
했다.

왕룽은 숙모를 보면서 묘한 기분이 들었다. 뚱뚱하고 게으르고 무섭게
소리를 질러대던 시골여편네는 사라지고, 몰락한 황 대인 집 노부인이 누
렇게 말라서 누워 있는 게 아닌가.

# 30

왕룽은 긴 생애를 살면서 이곳저곳에서 전쟁이 났다는 이야기는 많이 들어 왔지만, 남쪽 도시에서 겨울을 보내던 때 말고는 직접 전쟁을 본 일이 없었다. 어려서부터 동쪽 아니면 북동쪽에서 전쟁이 났다거나 하는 소문은 늘 돌았지만, 직접 겪은 일은 한 번도 없었다.

그래서 그에게 있어서 전쟁이란 땅이나 하늘이나 물 같은 것이었다. 왜 있는지 아무도 모르지만 하여튼 있기는 있었다. 때때로 사람들은 "전쟁하러 가자."고 했는데, 그건 그들이 굶어 죽게 되어서 거지가 되니 군인이 되는 것이 낫다는 때였고, 때로는 숙부의 아들처럼 집에 있어도 마음을 잡지 못한 경우였다. 어쨌든 전쟁은 언제나 먼 곳에서 일어나고 있었다. 그런데 어느 날, 느닷없이 몰아치는 광풍처럼 전쟁이 들이닥쳤다.

왕룽이 처음 그 이야기를 들은 것은 둘째로부터였다. 둘째가 곡물 상점에서 점심 먹으러 돌아와서 아버지에게 말했다.

"갑자기 곡식 값이 뛰었어요. 남쪽에서 전쟁이 터져서 하루하루 이쪽으로 가까이 오고 있기 때문이래요. 군대가 가까이 올수록 값이 뛸 테니 당분간 곡식을 팔지 말고 놔둬야겠어요. 나중에 비싼 값으로 팔게요."

왕룽은 밥을 먹으면서 이 말을 들었다.

"그래? 신기한 일이다. 전쟁을 한 번 볼 수 있다면 좋겠구나. 지금까지 이야기로만 들었지 본 적이 없어서 말이야."

왕룽은 강제로 전쟁에 잡혀갈 뻔했던 무서운 기억이 떠올렸다. 그러나 지금은 노인이고 또 부자다. 부자는 아무것도 겁낼 필요가 없다. 그래서 그는 다소 호기심만 느끼고 별로 마음에 두지 않았다.

"곡식은 네 생각대로 처분해라. 네게 맡긴 일이니까."

그는 마음이 내키면 손자들과 놀고, 자고 먹고 담배를 피우고, 가끔 가운데뜰 한구석에서 놀고 있는 천치 딸을 보러 가는 일로 시간을 보냈다.

초여름의 어느 날, 북서쪽에서 군대가 메뚜기 떼처럼 들이닥쳤다. 손자가 아침나절 대문간에 서 있다가 잿빛 군복을 입은 병사들이 긴 행렬을 이루고 행진하는 모습을 보고 할아버지에게 쪼르르 달려오며 소리쳤다.

"군인 구경해요, 할아버지!"

왕룽은 아이의 기분을 맞춰주려고 함께 대문께로 나왔다. 거리마다 군인들로 꽉 차 있었다. 시내를 꽉 막고 군화 소리 요란하게 발맞춰 행군하는 군인들 때문에 공기와 햇빛마저 막혀버린 것 같았다. 자세히 보니 모두들 칼을 단 묘한 무기를 갖고 있었다. 표정들이 하나같이 다 야만스럽고 사납고 거칠었다. 아직 어린아이로 보이는 소년도 있었는데, 그 소년의 표정도 그랬다. 왕룽은 얼른 손자를 끌어당겼다.

"그만 집에 들어가서 대문을 닫자. 볼 만한 사람들이 아니야, 아가."

그런데 몸을 돌리기 전에 느닷없이 행렬 속에서 누군가 왕룽을 불렀다.

"아니, 왕룽 형님이 아니오!"

사촌 동생이었다. 그는 먼지투성이 군복을 입고, 야만스럽고 야비한 표정을 지었다. 그가 너털웃음을 터뜨리면서 자기 패거리들에게 말했다.

"전우들, 여기서 묵게. 이 집은 부자고 내 친척이야."

왕룽이 무서워서 꼼짝도 못하고 있는 사이 군인들은 그의 옆을 지나

쳐서 우르르 대문 안으로 들어갔다. 그는 한복판에 갇혀서 어찌할 바를 몰랐다. 군인들은 악취나는 하수도 물처럼 저택 안으로 구석구석으로 흘러들어 넘쳤다. 마루에 벌렁 눕고, 연못물을 퍼마시고, 칼을 비싼 탁자에 함부로 던져 놓고, 아무 데나 침을 뱉고, 서로 고래고래 소리지르며 떠들었다.

왕룽은 당황해서 손자와 함께 장남을 찾으러 쫓아 들어갔다. 장남은 방에서 책을 읽고 있다가 아버지를 보고 일어났다. 왕룽이 헐떡이며 자초지종을 말하자 그는 신음소리를 내면서 밖으로 나왔다.

그러나 오촌 아저씨의 얼굴을 마주 대하고는 욕을 퍼부을지 환대할지 결정하지 못해서, 뒤따라온 아버지에게 신음하듯이 말했다.

"모두 칼을 가지고 있군요!" 그리고 공손히 대하기로 마음먹었다.

"잘 오셨습니다."

오촌 아저씨는 이를 다 드러내고 웃었다.

"손님을 좀 데리고 왔지."

"모두 환영합니다. 아저씨 친구분이라면. 출발 전에 식사를 드실 수 있게 준비하지요."

오촌은 계속 웃었다.

"그렇게 해주게. 그러나 서두를 건 없어. 우리는 전투가 시작될 때까지 여기 묵을 테니까. 대엿새가 될지, 한 달이 될지, 아니면 1,2년이 될지는 모르겠어. 어쨌든 일단 여기서 묵으면서 기다리면 돼."

왕룽과 장남은 당황한 빛을 감출 수가 없었다. 그러나 집 안 도처에서 칼이 번쩍이고 있어서 아무렇지 않은 척할 수밖에 없었다. 왕룽 부자는 간신히 억지웃음을 지어 보였다.

"영광입니다, 영광이에요."

장남은 환영 준비를 하러 가는 척하면서 아버지를 끌고 안방으로 가서 문을 잠갔다. 부자는 서로의 얼굴만 쳐다보며 어찌할 바를 몰랐다.

그때 둘째가 달려와서 문을 두드렸다. 문을 열자마자 둘째가 고꾸라지듯이 달려 들어와 숨을 몰아쉬며 말했다.

"집집마다 군인이 꽉 찼어요. 가난뱅이 집까지요. 그러니 거절하면 안 된다는 말을 해주러 왔어요. 왜냐하면 오늘 우리 가게 점원 하나가, 글쎄 저랑 책상을 나란히 맞대고 있는 사람인데, 소식을 듣고 집에 갔더니 병든 아내가 누워 있는 방까지 군인들이 들어와 있더래요. 그래서 몇 마디 항의를 했는데 그놈들이 산적꽂이를 꿰듯 그 사람을 칼로 찔러버렸답니다. 주저 없이 푹 찔러서 등까지 맞뚫렸대요. 놈들이 달라는 것은 뭐든지 주는 것이 좋아요. 될 수 있는 대로 빨리 전쟁이 딴 곳으로 옮겨지기를 빌 수밖에 없어요."

세 사람은 침울하게 서로 마주 보며 자기들의 부녀자를 저 억세고 굶주린 군인들로부터 지킬 궁리를 했다. 장남은 예쁜 제 처를 떠올리며 말했다.

"여자들은 모두 제일 안채 구석방에 숨기고 밤낮으로 지키지요. 문은 빗장을 걸되 뒷문만 도망칠 때 금방 열 수 있게 해두고요."

그들은 련화가 뚜챈이 몸종을 데리고 살던 안채에 부녀자들을 모아 넣고 불편을 참게 했다. 장남과 왕룽이 밤낮으로 감시했고, 둘째도 올 수 있을 때마다 왔다. 낮에도 밤 못지않게 세심한 주의를 기울여 감시했다.

그러나 그가 친척이다 보니 완전히 막아낼 구실이 없었다. 그는 아무 문이나 두드려서 열게 했고, 번득이는 칼날을 내보이며 온 집 안을 멋대로 돌아다녔다. 장남은 오만상을 찌푸렸지만 칼 때문에 아무 말도 못하고 뒤따라 다니기만 했다. 그는 여자들을 하나하나 보고 일일이 평을 했다.

장남의 처에게는 음흉한 웃음을 지었다.

"새침한 미인이로군. 성안 여자라서 발도 연꽃 봉오리같이 작고 말이야."

둘째의 아내에 대해서도 말했다.

"시골 출신의 소담한 홍당무야. 붉은 고기처럼 억세기도 하고."

둘째의 아내는 살집이 있고 얼굴이 붉고 체격이 크지만 보기 싫지 않았다. 장남의 아내는 오촌이 바라보면 뒤로 빼며 얼굴을 가렸지만, 둘째의 아내는 명랑하게 웃으며 활발하게 대꾸했다.

"홍당무나 붉은 고기를 좋아하는 사람도 있는걸요."

사내는 냉큼 그 말을 받았다.

"내가 그렇지." 그러고는 그녀의 손을 잡는 시늉을 했다.

장남은 말을 건네서는 안 되는 남녀가 스스럼없이 말을 주고받는 행동을 보고 창피해서 견딜 수가 없었다. 자기보다 훨씬 지체 있게 자란 아내 앞에서 오촌 아저씨와 계수의 추태가 거슬려서 아내의 표정을 살폈다. 오촌은 그런 눈치를 채자 심술궂게 말했다.

"그렇지, 나는 저렇게 차기만 하고 맛도 멋도 없는 생선보다는 붉은 고기가 먹고 싶어."

장남의 아내는 새침하게 일어나 구석방으로 들어가 버렸다. 왕룽의 사촌은 천박하게 마구 웃어대며, 담배를 피우고 있는 련화에게 다가갔다.

"성안 여자는 괜히 까다로워요. 그렇지 않나요, 마님?" 그는 련화를 물끄러미 바라보며 말을 이었다. "진짜 마님이시네요. 이렇게 살찐 부인을 보면 종형이 부자라는 것을 금방 알겠어요. 얼마나 진탕 자셨소? 부잣집 마나님이 아니고서는 이렇게 당당한 풍채가 될 수 없지."

련화는 마님이라고 불린 것이 무척 기뻤다. 그것은 대갓집 귀부인에게

만 쓰는 호칭이기 때문이다. 그녀는 살찐 목을 울리는 굵은 소리로 웃다
가, 담뱃대에서 재를 털고 몸종에게 새로 담게 하면서 뚜챈에게 말했다.

"이 사람 버릇이 없군. 농담을 그렇게 하고 말이야."

그렇게 말하면서 그에게 은근히 추파를 던졌다. 그러나 곁눈질을 해보
았자 지금은 살구처럼 탐스럽던 예전 얼굴이 아니니 전혀 요염하지 않았
다. 그는 그녀의 추파에 더 큰 소리로 웃었다.

"늙어도 여전하네!"

장남은 계속 성난 얼굴로 입을 다물고 서 있었다.

여자들을 죄다 둘러본 후에야 왕룽의 사촌은 숙모를 보러 갔다. 그는
자신이 들어가도 숙모가 잠만 자고 있자, 침대 머리맡 방바닥을 개머리
판으로 탕 때려서 깨웠다. 숙모는 눈을 뜨고도 아들을 꿈결처럼 바라보
았다.

"아들이 왔는데 언제까지고 잠만 잘 거요?"

숙모는 몸을 일으켜서 또 한번 아들을 보더니 이상하다는 듯이 말했다.

"아들이라니, 네가 내 아들……."

오래도록 그를 보고 있다가 불쑥 아편대를 내밀었다. 아편을 권하는 것
말고는 좋은 생각이 떠오르지 않은 듯했다. 숙모는 몸종에게 말했다.

"좀 담아 드려라."

아들은 어머니의 얼굴을 쳐다보았다.

"아니, 안 해요."

왕룽은 침대 옆에 서 있다가 그가 "어머니가 이렇게 누렇게 뜨고 뼈와
가죽만 남다니 대체 당신이 무슨 짓을 했소?" 하고 대들까 봐 덜컥 겁이
났다. 그래서 얼른 변명했다.

"조금씩만 하시면 좋겠는데 말이야. 이 아편 때문에 매일 은전이 한 움

큼씩 든다네. 자꾸 더 달라고만 하시는데 어른 말씀을 거역할 수도 없고 해서 말이야." 왕룽은 슬몃 한숨을 쉬며 말하고 사촌 동생의 눈치를 살폈다.

그러나 그는 말 없이 어머니의 모습을 보고만 있다가, 숙모가 다시금 잠들어버리자 총을 지팡이처럼 흔들며 발자국 소리도 요란하게 나가버렸다.

왕룽네 식구들은 바깥방 건달패보다 이 남자를 가장 미워하고 두려워했다. 그렇다고 군인들이 행패를 부리지 않은 건 아니었다. 오얏나무며 각종 꽃나무를 함부로 부러뜨렸고, 큰 구둣발로 훌륭한 조각이 된 의자를 걷어찼고, 잉어와 금붕어가 사는 연못에 똥오줌을 갈겼다. 물고기가 흰 배를 드러내며 떠올라 썩어버렸다.

왕룽의 사촌은 기분 내키는 대로 안채를 들락거리면서 계집종들에게 눈독을 들이기도 했다. 왕룽과 아들들은 거의 잠을 잘 수가 없어 여위고 움푹 꺼진 눈으로 서로의 얼굴을 바라볼 뿐이었다. 뚜챈이 이 꼴을 보고 말했다.

"방법이 딱 하나 있어요. 여기 있는 동안 계집종을 붙여 주어 기분을 풀어주는 거예요. 그렇게라도 하지 않으면 엉뚱한 짓까지 할 거예요."

왕룽은 뚜챈의 의견에 찬성했다.

"그거 좋은 생각이야!"

그는 뚜챈을 사촌 동생에게 보내서 가장 마음에 드는 계집종을 물어보게 했다. 뚜챈이 돌아와서 말했다.

"마님 잔시중을 드는 작고 예쁘장한 아이가 좋대요."

그 계집종은 리화梨華라는 아이로, 흉년이 들었던 해에 굶어 죽어 가는 모습이 가련해서 왕룽이 사들였다. 모두가 약하디 약한 그 아이를 가여워했고, 뚜챈을 거들어 련화의 담뱃대에 담배를 담거나 차를 끓이는 잔심부름만 시켰다. 그 아이에게 사촌 동생이 눈독을 들인 것이다.

모두가 안방에 모여 있을 때 뚜챈이 이 말을 했다. 리화는 련화에게 차를 따르다가 왈칵 울음을 터뜨리며 주전자를 떨어뜨렸다. 주전자가 타일 바닥에 떨어져 산산조각이 나고 차가 사방으로 흘렀지만 리화는 정신이 나가서 그것도 몰랐다. 다만 련화 앞에 몸을 내던지고 머리를 마룻바닥에 조아리며 부르짖었다.

"마님, 저는, 저는 그분이 무서워서 죽어도 싫어요······."

련화는 언짢아하며 무뚝뚝하게 말했다.

"그 사람도 한갓 사내야. 계집 앞에서는 어떤 사내도 마찬가지야. 왜 그렇게 난리법석을 떠느냐?" 그리고 뚜챈에게 말했다. "이 아이를 데려다 줘요."

리화는 두 손을 모으고 죽을 듯이 울었다. 조그만 몸이 공포로 달달 떨고 있었다. 그녀는 울면서 애원하듯이 모두의 얼굴을 차례로 보았다.

그러나 왕룽의 아들들은 아버지의 여자에게 거역하는 말을 할 수 없었다. 그들이 가만히 있자 그들의 아내들도 가만히 있을 수밖에 없었다. 셋째는 말 없이 팔짱을 끼고 서서 검고 진한 눈썹을 찌푸리며 그녀를 바라보고 있었다. 아이들과 종들도 말 없이 가만히 있었다. 어린 계집종의 무서움에 떠는 울음소리만 크게 울렸다.

왕룽은 련화에게 언짢은 소리를 듣는 것은 싫었지만, 인자한 그는 어린 계집종이 불쌍해서 어떻게 할까 하고 망설이고 있었다. 왕룽의 얼굴에서 그러한 기색을 본 리화는, 그에게 달려가 두 손으로 다리에 매달려 발에 머리를 비벼대며 흐느꼈다. 왕룽은 조그만 어깨가 떨고 있는 것을 내려다보다가, 중년을 넘긴 사촌 동생의 크고 야만스런 몸뚱이가 떠올라 견딜 수 없이 불쾌해졌다. 그래서 부드러운 소리로 뚜챈에게 말했다.

"글쎄다, 이런 어린애를 억지로 주는 것은 좋지 못하지."

그는 꽤 온건하게 말했는데, 련화가 곧 언성을 높였다.

"이 아이는 시키는 대로 해야 옳아요. 어떤 여자라도 당하는 일로 이렇게 법석을 떨다니, 못난 짓이에요!"

그러나 왕룽은 인정이 많고 인자했다. 그는 련화에게 말했다.

"다른 방법을 생각해 보지. 만일 당신이 원한다면 다른 몸종을 사 주고, 뭐든지 원하는 것도 사 주겠어. 다른 방법을 생각해 보도록 해."

전부터 패종시계와 루비 반지가 갖고 싶었던 련화는 갑자기 입을 다물어버렸다. 왕룽은 뚜챈에게 말했다.

"그 녀석에게 가서 말해. 이 애는 나쁜 난치병이 있는데 그래도 상관없다면 몰라도, 우리처럼 그 병이 무서우면 다른 튼튼한 계집종을 주겠다고."

그리고 그는 주위에 서 있는 계집종들을 둘러보았다. 종들은 부끄러운 듯 얼굴을 돌리고 킥킥 웃었다. 그 중에서 스물이 넘어 보이는 튼튼한 시골 계집아이가 얼굴을 붉히며 웃으면서 말했다.

"그분에 대한 이야기는 많이 들었어요. 저라도 괜찮다면 가보고 싶어요. 그분이 그렇게 무서운 사람이라고는 생각되지 않아요."

왕룽은 가슴을 쓸어내리며 말했다.

"그래, 네가 가거라."

뚜챈이 말했다.

"내 뒤에 꼭 붙어 와. 어쨌건 그 사람은 가까이 오는 여자는 우선 꺾고 보는 판이니까." 두 사람은 방을 나갔다.

리화는 여전히 왕룽의 다리에 매달린 채로, 울음을 그치고 사건의 추이에 귀를 기울이고 있었다. 련화는 리화에게 화가 나서 그대로 일어나서 말 없이 방을 나가 버렸다. 왕룽은 조용히 소녀를 일으켜 세웠다. 그녀는 창백한 얼굴을 떨구고 그의 앞에 섰다. 달걀형의 가냘픈 하얀 얼굴과 보드랍고 발그레한 작은 입술이 어여뻤다. 왕룽이 인자하게 말했다.

"애야, 마님의 화가 풀릴 때까지 이삼 일 눈에 띄지 말아야 한다. 그리고 그 녀석이 또 너를 달라고 하는지도 모르니까 숨어 있거라."

리화는 뜨거운 눈으로 그를 바라보다가 그림자처럼 조용히 물러갔다.

사촌 동생은 한 달 반가량 집에 머무는 내내 여종과 지냈다. 그녀가 아이를 갖자 온 집 안에 떠벌리고 다녔다. 그때 별안간 전쟁 소집이 내려졌다. 군인들은 겨가 바람에 흩날리듯 갑자기 떠나갔고, 그들의 뒤에는 오물과 파괴의 흔적만 남았다. 사촌 동생은 허리에 칼을 차고 어깨에 총을 메더니 패거리 앞에서 거들먹거렸다.

"나는 살아 돌아오지 못할지도 모르지만 나의 자식을, 어머니의 손자를 남기고 간다. 한 달여만에 아이를 남기고 가는 건 아무나 할 수 있는 일은 아니지. 이런 것이 군인 생활의 재미야. 내가 뿌린 씨지만, 싹이 트면 남이 길러 준단 말이야!"

그는 킬킬 웃으며 패거리와 함께 떠났다.

## 31

군인들이 떠난 후 왕룽과 장남과 둘째는 처음으로 의견이 일치했다. 쑥대밭이 된 집을 깨끗이 씻어내야 한다는 것이다. 그래서 목수와 석공을 다시 불렀다. 머슴들에게 뜰을 청소시키고, 목수에게 파괴된 조각품과 탁자를 고치게 했다. 연못물을 맑고 깨끗한 물로 갈고, 장남이 잉어와 금붕어를 사다 넣었다. 꽃나무도 다시 심고 남아 있는 상한 나뭇가지들을 손질했다. 그래서 1년도 못 되어 저택은 전처럼 깨끗해졌고 꽃이 만발했다. 아들들은 각자 자기네 처소로 돌아갔다. 모든 것이 예전 질서로 되돌아갔다.

사촌 동생의 아이를 가진 계집종은 여생이 얼마 남지 않은 숙모의 시중을 들고, 죽으면 관 속에 모시도록 분부했다. 계집종은 계집아이를 낳았다. 왕룽은 그것을 다행스럽게 생각했다. 사내아이를 낳았다면 계집종이 틀림없이 집안 식구 행세를 하려 들었을 텐데, 계집아이를 낳아서 여종이 여종을 낳은 것뿐이었다. 그녀는 여전히 종일뿐 가족이 아니었다.

그래도 왕룽은 공평한 사람이었기 때문에 이 계집종도 그렇게 대했다. 그래서 숙모가 세상을 떠나면 숙모의 방과 침대를 써도 좋다고 약속한 것이다. 이 저택은 방이 예순 개나 되니 방 하나 침대 하나쯤은 아무 것도 아니었다. 돈도 조금 주었다. 계집종은 만족하면서 딱 한 가지 부탁을 했다.

"그 돈을 저의 결혼 지참금으로 쓸 수 있도록 맡아 주세요. 그리고 어려운 청이 하나 있는데, 가난해도 좋으니 마음씨 착한 농부에게라도 시집을 보내주셨으면 해요. 서방님과 지내다가 밤에 혼자 지내려니 힘이 들어요."

왕룽은 흔쾌히 승낙했다. 그러면서 한 가지 생각이 스쳐갔다. 이 계집종에게 가난한 농부를 얻어 주겠다고 했는데, 내가 전에 가난한 사내로서 여자를 얻으려고 이 집에 오지 않았던가. 한동안 오란을 생각한 적이 없었다. 그래서 지금 그녀가 생각나자 슬프기보다는 침통한 애수를 느꼈다. 그녀는 아득한 옛날 일처럼 동떨어진 추억이 되어 있었다. 그는 우울하게 말했다.

"숙모가 돌아가시면 그렇게 해주마. 아편을 저렇게 빨아대니 그리 오래 사시지 못할 거다."

어느 날 아침 계집종이 와서 말했다.

"마님이 새벽에 돌아가셔서 관 속에 모셨어요. 이제 약속대로 해주세요."

왕룽은 자기 소작농 중에서 누가 좋을까 궁리하다가 칭 서방을 죽게 만든 뻐드렁니 젊은이가 생각났다.

"그렇지, 그 사람이 좋겠군. 그때 일은 사고였을 뿐, 다른 녀석들처럼 선량한 사람이야. 지금은 그 녀석밖엔 떠오르지 않는구나."

왕룽은 그 젊은이를 부르러 보냈다. 젊은이가 와서 왕룽 앞에 섰는데, 이미 훌륭한 어른이 되었는데 뻐드렁니는 여전했다. 왕룽은 충동적으로 대청마루의 큰 의자에 앉아서 두 사람을 앞에 불렀다. 돌고 도는 세상사의 야릇한 쾌감을 만끽하면서 천천히 말했다.

"잘 들어라. 너만 좋다면 이 여자를 데려가도 좋아. 내 사촌 동생 말고는 남자를 모르는 여자다."

사내는 왕룽의 말을 감지덕지해서 받아들였다. 여자는 튼튼한 시골 태생에다 마음씨도 좋았고, 더구나 가난한 그로서는 이런 여자가 아니면 아내를 얻을 길이 없었다.

왕룽은 의자에서 내려왔다. 그의 인생이 한 바퀴 다 돈 것 같은 기분이었다. 그는 일생 동안 해보겠다던 일은 모조리 이루었다. 꿈에도 할 수 있으리라고 생각지 못했던 일까지 이루었다. 그것들을 어떻게 전부 성취할 수 있었는지 자기도 잘 몰랐다. 다만 이제야 진짜 평화로운 날이 왔다고, 한가로이 양지쪽에서 졸 수 있게 되었다고 생각할 뿐이었다. 그는 예순다섯에 가까웠고, 손자들은 죽순처럼 무럭무럭 자라고 있었다. 장남은 열 살짜리 맏이를 시작으로 아들을 셋 낳았고, 둘째네는 아들이 둘이었다. 머지않아 셋째도 결혼할 것이다. 셋째 결혼식만 치르면 이제 마음에 걸릴 것은 아무것도 없었다. 여생을 평화롭게 살 수 있으리라.

그러나 평화는 이번에도 오지 않았다. 군인들이 왔다간 자리는, 흡사 땅벌 무리가 습격했다가 여기저기 침을 쏘고 물러간 것 같았다. 큰며느리와 둘째 며느리는 그때까지는 꽤 예의를 지키며 살았는데, 군인들 때문에 한 방에서 지낸 때부터 서로 지독하게 미워하고 반목했다. 같이 어울려 놀아야 할 아이들이 엄마들을 따라서 개와 고양이처럼 다퉜고, 걸핏하면 아무것도 아닌 일로 티격태격했다. 그러면 둘은 그대로 뛰어나가 자기 아이의 편을 들었다. 상대방 아이를 힘껏 때려 주고 자기 아이는 야단도 치지 않는 식이었다. 자기 아이가 어떤 싸움에서든 늘 옳다는 것이다. 둘의 반목은 갈수록 커졌다.

게다가 맏며느리의 마음에는 왕룽의 사촌 동생이 손아래 동서를 추켜세우고 자기를 비웃었던 일이 걸려 있었다. 그래서 그녀는 동서 앞을 지나갈 때 일부러 들리도록 큰 소리로 남편에게 말했다.

"뻔뻔하고 상스럽게 자란 여자가 식구라니 견딜 수 없어요. 놈팡이한테 붉은 고기라는 말을 듣고도 웃어넘기다니 말예요."

그러자 둘째의 아내도 질세라 큰 소리로 되받아넘겼다.

"형님은 사내한테 찬 생선 소리를 들었다고 나를 질투하는군요."

두 사람은 서로를 끔찍이 미워했다. 장남의 아내는 자기 체면을 지키려고 말없이 손아래 동서를 무시하면서 경멸했다. 자기의 아이들이 방에서 밖으로 나가려 하면 큰 소리로 이렇게 부르는 식이었다.

"상스럽게 자란 아이들과 놀면 안 돼!"

옆 마당에 동서가 서 있는 것이 보이기 때문에 들으라고 말하는 것이다. 그러면 둘째의 아내는 그녀대로 자기 아들에게 말하는 것이었다.

"뱀하고 놀면 안 된다. 물리니까."

두 여자의 갈등은 그 남편들이 서로 불화했기 때문에 더 깊어갔다. 장남은 성안 태생에다 집안이 좋은 아내가 자기 집안을 깔볼까 봐 늘 걱정이었고, 둘째는 씀씀이가 헤픈 형이 자신이 물려받을 유산까지 다 없애버릴까 봐 극도로 경계했다. 장남은 안 그래도 동생이 아버지의 대리인이 되면서 자기가 얼마를 썼는지까지 훤히 알고 있는 것이 굴욕적이었다. 장남은 수입에 대해 모르고, 그러니 필요할 때마다 아버지에게 가서 아이처럼 졸라대야 했다. 그래서 두 아내의 싸움은 형제 싸움으로 번졌다. 왕룽은 집안에 평화가 없음을 소리 내어 탄식했다.


왕룽 또한 런화와 갈등을 겪는 중이었다. 리화를 구해준 것 때문이었다. 그날 이후 리화는 런화의 눈 밖에 났다. 리화는 여전히 충실하게 런화

314

를 모시고 종일 그녀 옆에 붙어서 담배를 담고 이것저것 물건을 나르고 밤에 그녀가 잠이 오지 않는다고 불평하면 일어나서 팔다리를 안마했지만 련화의 마음은 풀리지 않았다.

련화는 리화를 질투했다. 그래서 왕룽이 방에 들어오면 리화를 방에서 내보냈고, 그를 리화에게 반했다고 몰아부쳤다. 왕룽으로서는 가엾어서 구해준 것뿐이어서, 천치 딸을 가엾이 여기고 돌보는 마음과 다를 바 없었다. 그런데 련화가 자꾸 나무라자 정말 그런 기분이 되어서 리화를 찬찬히 보게 되었고, 그녀의 얼굴이 배꽃처럼 곱고 하얗다는 것을 알게 되었다. 그리고 늙은 피가 다시 끓어오름을 느꼈다.

련화는 공부는 못했지만 남녀간의 일에는 정통해 있었다. 그녀는 남자가 노령에 들어가서도 잠깐 동안 청춘이 되살아난다는 걸 알고 있었다. 그래서 리화를 질투하고 찻집에 팔아버릴 생각을 했다. 그러나 한편으로는 소녀가 시중을 잘 들어 주어서 쾌적하게 지낼 수 있기 때문에 아까운 마음도 있었다. 뚜챈은 늙어서 몸이 둔해졌기 때문에 리화가 날렵하게 련화를 돌봤고, 말하기 전에 미리 살펴서 행동하는 그녀를 놓치기 싫었다. 이러한 마음의 갈등 때문에 련화는 점점 더 신경질적이 되어서, 왕룽은 그녀의 신경질이 두려워서 여러 날씩 그녀 방에 가지 않게 되었다. 그러는 동안 자기도 모르게 그 아름다운 소녀를 더 자주 떠올렸다.

그때 집안 여자들 문제만으로는 아직 모자라다는 듯이 셋째 아들까지 문제를 일으켰다. 그는 말이 없는 젊은이로 독서에만 파묻혀 지냈다. 갈대처럼 후리후리한 체격에 겨드랑이에 책을 끼고 있는 청년 뒤에는 항상 늙은 가정교사가 따라다녔다. 그러나 이 젊은이는 군인들이 저택에 묵을 때 그들에게 전쟁과 약탈과 교전의 이야기를 넋을 잃고 들었다. 그는 가정교사로부터 삼국지며 수호지를 얻어서 읽었다. 그의 머리는 새로운 꿈으로 가득 찼다. 그래서 어느 날 아버지에게 가서 선언했다.

"저는 뜻을 정했습니다. 군인이 돼서 전쟁에 나가겠습니다."

왕룽은 깜짝 놀랐다. 지금까지 그를 괴롭힌 사건 중에서도 최악의 것이라고 생각했다. 왕룽은 큰 소리로 말했다.

"미친 소리를 하는구나. 언제까지 내가 자식들 때문에 속을 썩어야 하느냐!"

그는 아들의 검은 눈썹이 한일자가 되는 것을 보고 부드럽게 타일렀다.

"옛말에 '좋은 무쇠는 못을 만들지 않고, 좋은 사람은 군인이 되지 않는다.'고 했다. 넌 나의 가장 착하고 가장 귀여운 막내둥이다. 네가 전쟁으로 이리저리 돌아다니면 내가 어떻게 편안히 밤잠을 이룰 수 있겠니?"

그러나 셋째는 단호했다. 검은 눈썹을 내려뜨리며 이렇게 말할 뿐이었다.

"그래도 저는 갑니다."

"좋아하는 학교에 보내 주마. 남쪽 대학이라도 좋고, 외국 유학도 보내 줄 수 있어. 새로운 것을 배우도록 말이다. 군인만 되지 않는다면 가고 싶다는 곳으로 보내 주마. 나처럼 돈도 많고 땅도 많은 사람이 자식을 군대에 보냈다면 지독한 수치가 아니겠느냐." 셋째가 그래도 입을 다물고 있자 그는 더욱 달랬다. "왜 군인이 되고 싶은 게냐?"

셋째의 눈이 눈썹 밑에서 번쩍 빛났다.

"지금까지 들어보지도 못한 전쟁이 일어납니다. 지금까지 없었던 혁명과 전투와 전란이 일어납니다. 그리고 우리들의 땅은 자유롭게 됩니다."

왕룽은 지금까지 세 아들 때문에 놀란 것 중에서 가장 크게 놀라며 셋째의 말에 귀를 기울였다.

"무슨 말인지 나는 전혀 모르겠구나. 땅은 이미 자유롭지 않니? 모든 땅이 자유다. 빌려 주고 싶으면 빌려 주어서 돈과 곡식을 얻고 있지 않니? 네가 먹고 입는 것이 다 그 덕택이란 말이다. 너는 이미 자유를 갖고 있어. 그런데도 더 필요하다는 거냐? 나는 모르겠구나."

셋째는 쓰디쓴 표정으로 중얼거릴 뿐이었다.

"아버지는 모르십니다. 아버지는 너무 연로하십니다. 아버지는 아무것도 모르십니다."

왕룽은 골똘히 생각하며 셋째 아들을 보았다. 고민 가득한 얼굴을 보자 속으로 생각했다.

'나는 이 아이에게 무엇이고 주었다. 생명까지도 준 것이다. 농사일을 돌볼 자식이 없어지는데도 땅에서 떠나는 것까지 허용해 주었다. 식구들 중에 글을 아는 놈이 둘이나 있어서 그 이상은 필요가 없는데도 글을 가르쳤다.'

그는 셋째 아들을 유심히 보았다. 아직 어리고 몸은 가냘팠지만 키는 벌써 다 자라 있었다. 그러나 욕정 같은 것이 아직 전혀 눈에 띄지 않았기에 그는 망설이며 중얼거렸다.

"그렇지, 곧 장가를 보내 주마."

그러나 아들은 찡그린 눈썹 밑으로 불 같은 눈빛을 아버지에게 던지며 멸시하는 투로 말했다.

"그러시면 정말로 저는 도망갑니다. 저에게는 큰형님처럼 여자가 만사의 해결이 되진 않습니다."

왕룽은 자기 생각이 틀렸음을 곧 깨닫고 당황하며 변명했다.

"아니, 그런 게 아냐, 결혼을 시키려는 것이 아니다. 내 말은 만약 네가 좋아하는 계집종이라도 있으면……."

소년은 팔짱을 끼고 거만하게 말했다.

"저는 다른 남자들과 다릅니다. 제게는 꿈이 있습니다. 저는 영광을 바랍니다. 여자 같은 것은 어디에든 있습니다."

그때 그는 잊었던 무엇을 생각한 것처럼 문득 거만한 태도를 버리고 팔짱을 풀며 보통의 목소리로 말했다.

"게다가 집에 있는 계집종들은 다들 못생겼잖아요. 그 중에서 제가 갖고 싶은 아이가 있다면, 꼭 그렇다는 건 아니지만……, 글쎄요, 안채에 있는 조그맣고 얼굴이 희고 예쁘장한 아이 정도라면……."

왕룽은 아들이 리화를 두고 하는 말인 것을 알자 야릇한 질투심을 느꼈다. 느닷없이 자기가 나이보다 더 늙은 것 같은 기분이 되었다. 자기는 백발이 성성하고 몸이 비대한 데 비해 셋째는 젊고 날렵했다. 이 순간 그들은 부자간이 아니라 두 사나이였다.

"종을 건드리면 안 돼! 내 집에서 방탕한 도련님 같은 짓은 용서치 않아! 우리는 선량하고 건강한 시골 사람이다. 품행이 올바른 사람이야. 이 집에서는 그런 짓을 용서치 않아!"

셋째는 눈을 부릅뜨고 검은 눈썹을 치뜨고 어깨를 으쓱했다.

"처음 말씀을 꺼내신 건 아버지예요," 그리고 휙 몸을 돌려 가버렸다.

왕룽은 탁자 앞에 홀로 앉아 외로움과 허전함이 밀려오는 것을 느꼈다.

'아무데도 평화가 없어.'

왕룽의 마음속에 여러 가지 노여움이 소용돌이쳤다. 그 노여움들 중에서 가장 강하게 느껴지는 것은, 셋째가 리화에게 눈독을 들인다는 사실이었다.

## 32

셋째가 리화에 대해서 한 말을 왕룽은 언제까지나 생각했다. 그래서 리화가 드나들 때마다 그녀를 지켜보았고, 저도 모르는 사이에 그녀의 생각으로 마음이 꽉 찼다. 그녀에게 송두리째 마음을 빼앗긴 것이다. 그러나 그 일을 아무에게도 말하지 않았다.

그해 초여름의 어느 날 밤, 향기롭고 따뜻한 안개가 두껍고 축축하게 내리덮이고 있었다. 그는 꽃이 핀 앞뜰 계수나무 아래서 쉬고 있었다. 달콤하고 우수어린 듯한 꽃향기가 그를 에워싸자 젊은이처럼 온몸에 피가 끓어올랐다. 그날은 대낮부터 그랬다. 그래서 밭에 나가 신발도 버선도 벗고 맨발로 대지를 느끼며 걸어보고 싶었다.

그러나 그는 지금 성안에 살고 이미 농부도 아니었다. 지주이고 부자였다. 그러니 그런 꼴을 남에게 보이면 좋지 않다. 하루 종일 마음을 잡지 못하고 뜰을 쏘다니면서도 련화가 나무그늘에서 담배를 피우고 있는 마당 쪽으로는 얼씬도 하지 않았다. 련화가 자신의 마음을 꿰뚫어볼까 봐 두려웠던 것이다. 그래서 그는 홀로 서성거렸다. 싸움만 하는 며느리들도 보고 싶지 않았고, 보통 때는 얼굴을 보는 것이 즐거운 손자들도 귀찮았다.

그래서 그 하루는 무척 길고 쓸쓸했다. 뜨거운 피가 피부 밑에서 꿈틀

댔다. 큰 키에 날씬하고 젊은이답게 늠름하게 검은 눈썹을 모으고 서 있던 셋째의 모습이 선명하게 떠오르면서, 곧이어 리화가 떠올랐다.

'둘이 비슷한 나이일 거야. 셋째는 열여덟 살이고 계집아이는 열여덟 좀 못 되었을 거다.'

그는 자기가 머지않아 일흔이 되는 것을 생각하니 뜨거운 피가 부끄러웠다. '셋째에게 그 아이를 줘야지.' 그는 몇 번이고 그렇게 중얼거렸다. 이미 아픈 마음이 중얼거릴 때마다 쑤시는 듯 더 아팠다.

몹시 길고 고독한 하루였다. 밤이 되어도 그대로 혼자서 뜰에 앉아 있었다. 친구처럼 허물없이 이야기를 나눌 상대가 이 집에는 없었다. 밤공기가 꽃향기를 품어 부드럽고 따뜻했다.

나무 밑 어둠 속에 앉아 있으려니, 그 나무에서 가까운 뜰의 문 쪽을 누가 지나갔다. 얼핏 보니 리화였다.

"리화야!" 그가 불렀다. 그 소리는 속삭이듯이 낮았다. 그녀는 우뚝 서 버리면서 고개를 갸웃하고 귀를 기울였다.

왕룽은 다시 한 번 불렀다. 목소리가 거의 목구멍에서 나오지 않았다.

"이리 오너라!"

그 말을 듣자 그녀는 문을 지나 조심조심 다가왔다. 어두워서 그녀의 모습이 거의 보이지 않았다. 그러나 그곳에 그녀가 있음이 느껴졌다. 왕룽은 손을 내밀어 그녀의 옷자락을 잡고 숨죽여 말했다.

"얘야."

그의 말은 여기서 뚝 끊어졌다. 자기는 늙은이고 리화 또래의 막내가 있는데, 사람으로서 떳떳치 못하다고 생각했기 때문이다. 그는 그녀의 옷자락만 잡고 있었다.

왕룽의 말을 기다리던 리화는 그의 열기를 느끼자 꽃잎이 떨어지듯 땅에 주저앉으며 왕룽의 발목을 부둥켜안고 엎드렸다. 왕룽의 말은 띄엄띄엄 나왔다.

"얘야……. 나는 늙은이다. 나이를 너무 많이 먹었어……."

그녀가 입을 열었다. 목소리가 계수나무의 숨소리처럼 어둠 속에서 들려왔다.

"저는 어르신이 좋아요. 영감님이 좋아요……. 영감님은 친절하세요……."

그는 약간 그녀 쪽으로 몸을 굽히며 부드럽게 말했다.

"너같이 젊은 아이는 키가 훤칠한 젊은 사내에게 가야 해. 너처럼 젊은 아이는 말이다."

그러나 나의 셋째 아들 같은 젊은 사내라고는 입 밖에 내어 말하지 않았다. 그 말을 듣고 그녀가 정말 그렇게 생각하면 견딜 수 없었기 때문이다.

"젊은 사람은 친절하지 않아요……. 거칠기만 해요."

앳되고 떨리는 목소리를 듣자 이 소녀에 대한 큰 사랑의 물결이 그의 가슴속에 끌어올랐다. 그는 다정하게 그녀를 안아 일으켜 방으로 데리고 갔다.

그는 노년의 이 정열에 스스로 놀랐다. 리화를 사랑했지만, 이제까지 알아 온 여자들을 대하던 때처럼 정신없이 빠져들지 않았다. 그는 리화를 가만히 안고서 자기의 늙고 둔한 몸에 그녀의 젊디젊은 청춘을 느끼는 것만으로도 만족했다. 그 옷에 손을 대는 것만으로도 만족했다. 밤에 그녀의 몸이 옆에서 조용히 숨쉬고 있는 것만으로도 만족했다.

리화는 정열적인 여자가 아니었다. 그녀는 아버지를 의지하듯 왕룽을 의지했다. 사실 왕룽도 그녀를 여자라기보다 아이로 여겼다.

왕룽의 이 일은 곧 알려지지는 않았다. 그가 아무 말도 하지 않았기 때문이다. 이 집의 주인인 그가 누구에게 양해를 구해야 할 필요는 없었다.

뚜챈이 제일 먼저 알아챘다. 뚜챈은 새벽에 리화가 왕룽의 방에서 살며시 나오는 것을 보자 그녀를 붙잡고 웃었다. 그녀의 눈이 늙은 매같이 빛났다.

"어쩌면, 꼭 그 황 영감 때랑 똑같군!"

방 안에서 이 소리를 들은 왕룽은 급히 옷을 걸치고 밖으로 나와서, 겸연쩍은 듯 자랑스러운 듯 웃으며 말했다.

"젊은 사내에게 가라는데도 리화는 노인이 좋다더군."

"마님에게 얘기하면 큰일나지요." 뚜챈이 심술궂게 눈을 빛냈다.

"어쩌다 이렇게 됐는지 나도 잘 모르겠어. 여자를 또 내 방에 들일 생각은 없었는데 저절로 그렇게 되었어."

"그러세요? 그래도 어차피 마님께도 말씀드려야죠."

왕룽은 련화가 화낼 것이 무엇보다도 무서워서 뚜챈에게 말했다.

"말하고 싶으면 말해. 그러나 련화가 얼굴을 맞대놓고 나한테 덤비지 않게만 잘 말해 주면 은전을 듬뿍 주겠어."

뚜챈은 짓궂게 고개를 가로젓다가 결국은 승낙했다. 왕룽은 자기 방에 들어가서 나오지 않았다. 얼마 후 뚜챈이 돌아와서 말했다.

"역시나 마님이 굉장히 화를 냈어요. 그러나 제가 오래전부터 마님이 갖고 싶어 하던, 나리께서 사 준다고 약속하신 외제 시계 얘기를 꺼냈더니, 그 시계 외에도 두 손에 하나씩 낄 루비 반지 두 개랑 그밖에도 생각나는 것 두서너 가지를 말씀하시면서 갖고 싶다고 하셨어요. 그리고 리화 대신 들일 몸종도 달라고 하세요. 리화는 두 번 다시 옆에 오지 못하게 하라고, 그리고 영감님도 당분간 보기 싫으니 오지 말라고 하셨어요."

왕릉은 기뻐하며 승낙했다.

"갖고 싶은 것은 뭐든 주지. 나는 인색하지 않아."

그는 련화의 화가 풀릴 때까지 그녀와 만날 필요가 없어져서 오히려 다행이라고 생각했다.

그러나 세 아들들에게 말할 일이 아직 남아 있었다. 리화 일을 그들에게 말하는 것이 부끄러웠다. 그는 몇 번이고 자기에게 일렀다.

'나는 이 집의 주인이다. 내가 내 돈 주고 산 계집종을 어떻게 하든 누구의 눈치도 살필 필요 없지 않은가!'

그러나 역시 부끄러웠다. 그러면서도 자신을 그저 노인 취급하던 사람들에게, 자기에게 아직 정열이 남아 있고 사내로서의 구실도 할 수 있다는 것을 보인다고 생각하니 다소 자랑스러운 마음이 없지 않았다. 그는 방에서 아들들이 오기를 기다렸다.

그들은 한사람씩 따로 왔다. 처음에 둘째가 왔다. 둘째는 논밭과 추수에 관련된 이야기, 가령 올여름은 가뭄이 들어서 수확량이 3분의 1정도밖에 되지 않을 것이라는 이야기들을 했다. 그러나 왕릉은 요즘 비와 가뭄에 전혀 관심이 없었다. 저축해 둔 돈이 있었고, 방에도 많이 감춰두었다. 곡물 상점에도 빌려준 돈이 상당히 있었고, 또 둘째가 고리로 내주고 긁어오는 돈도 상당한 액수여서 날씨 같은 것은 걱정할 필요가 없었다.

둘째는 그런 이야기를 계속하면서 슬며시 방안을 이리저리 살폈다. 소문이 사실인지 확인하려고 리화의 모습을 찾는 것이었다. 왕릉은 침실에 숨어 있는 리화를 불러냈다.

"차를 내오너라. 내 아들 것까지 말이다."

침실에서 나온 그녀는 가련한 흰 얼굴을 복숭아처럼 붉히면서 고개를 숙이고 작은 발로 조용히 걸어왔다. 둘째는 믿기지 않는다는 듯 그녀를 보았다.

그러나 둘째는 끝까지 논밭이 어떻다느니, 어느 소작인은 아편을 피워서 농사일이 시원찮다느니, 어느 소작인은 연말에 갈아 치워야겠다느니 하는 이야기만 했다. 왕룽이 손자들의 안부를 묻자, 백일해에 걸렸지만 이제 날씨가 따뜻해져서 큰 염려 없다고 대답했다. 부자는 차를 마시며 이런 이야기만 주고받았다. 둘째는 자기 눈으로 분명히 확인한 것에 만족해서 돌아갔고, 왕룽도 안도했다.

오후에는 장남이 왔다. 그는 큰 키에 잘생겼고 지긋한 나이에 풍채도 당당했다. 왕룽은 그 당당한 태도에 눌려서 처음에는 리화를 부르지 못하고 담배를 피우며 알맞은 때를 기다렸다. 장남은 점잔을 피며 어색하게 앉아 예절바르게 아버지의 건강 따위를 물었다. 왕룽은 별일 없다고 빠른 어조로 조용히 대답했다. 왕룽은 차츰 걱정이 사라졌다. 장남의 사람됨을 잘 알고 있었기 때문이다. 허우대만 멀쩡하지 성안 출신 아내를 떠받들며 대갓집 체면을 구기지 않는 일만 걱정인 아이였다. 왕룽은 자기도 모르는 사이에 대지에서 받은 꿋꿋한 힘이 마음속에 차올랐다. 그는 장남이 그렇게 두렵지 않게 느껴졌다. 그래서 불쑥 가벼운 마음으로 리화를 불렀다.

"아들이 또 한 명 왔으니 차를 갖고 오너라."

이번에는 그녀가 새침한 태도로 조용히 나왔다. 달걀형의 조그만 얼굴이 그녀의 이름인 배꽃처럼 희었다. 그녀는 눈을 내리뜨고 조용히 시키는 일만 하고 다시 침실로 사라졌다.

그녀가 차를 따르는 동안 두 사람은 말없이 있었다. 그녀가 나가고 찻잔을 들면서 왕룽은 장남의 눈을 똑바로 보았다. 아들의 눈에는 분명히 감탄하는 빛이 나타나 있었다. 한 사내가 다른 사내를 마음 깊이 부러워하는 눈빛이었다. 차를 마시고나서 장남은 착 가라앉은 목소리로 두서 없이 말했다.

"믿을 수가 없었어요."

"왜?" 왕룽은 태연하게 대답했다. "여기는 내 집이야."

아들은 한숨을 쉬고 잠시 말이 없다가 말을 이었다.

"아버지는 부자시니까 하고 싶은 대로 할 수 있지요." 그리고 또다시 한숨을 쉬었다. "어떤 남자도 한 여자로는 만족하지 못하겠지요. 그래서 언젠가 때가 오면……."

그는 말하려다 입을 다물었다. 부러움을 감출 수 없는 표정이 역력했다. 왕룽은 속으로 웃었다. 본래 정욕이 강한 장남이 언제까지나 성안 출신의 정숙한 아내에게 눌려 지내지는 않을 테고, 언젠가 반드시 본성을 드러낼 것임을 왕룽은 잘 알고 있었다. 장남은 그 이상은 더 말하지 않고 문득 볼일이 생각난 것처럼 물러갔다. 왕룽은 앉은 채 담배를 피우며 늙어서도 자기 생각대로 할 수 있다는 것이 자랑스러웠다.

셋째가 온 것은 밤이 되어서였다. 그도 혼자 왔다. 왕룽은 뜰을 바라보는 가운뎃방에서 붉은 촛불을 탁상 위에 켜놓고 앉아서 담배를 피우고 있었다. 리화는 두 손을 무릎에 모으고 맞은편에 조용하게 앉아서 가끔씩 어린애처럼 교태라곤 없이 똑바로 왕룽을 바라보았다. 왕룽은 그녀를 마주 보면서 자기가 한 일이 썩 마음에 들었다.

그때 느닷없이 어둠 속에서 셋째가 뛰어나와서 아버지의 앞에 섰다. 두 사람 다 그가 온 것을 몰랐다. 왕룽은 일순간 언젠가 마을 사람들이 산악지대에서 잡아온 표범이 떠올랐다. 그 표범은 묶여 있었지만 당장에라도 달려들 것처럼 몸을 도사리며 눈을 불꽃처럼 이글거리고 있었다. 지금 셋째의 눈이 그랬다. 먹이를 노리는 짐승처럼 잔뜩 웅크리고, 깜박이지 않고 번득이는 눈빛으로 아버지를 쏘아보았다. 그는 젊은이답지 않게 무겁고 침울해 보였다. 짙은 눈썹이 험상궂게 모아졌다. 그는 잠시 그렇게 서 있다가 이윽고 나지막하고 단호한 목소리로 말했다.

"저는 군인이 되겠습니다. 군인이 되겠어요!"

그는 아버지 쪽만 향해 서서 리화 쪽은 보지도 않았다. 왕룽은 첫째나 둘째를 두려워한 적은 없었는데, 지금까지 거의 안중에 없었던 이 셋째가 느닷없이 두려워졌다. 왕룽은 무슨 말을 하려고 더듬거리다가, 똑똑히 말할 셈으로 담뱃대를 입에서 떼어도 목소리가 나오지 않았다. 그는 그저 셋째를 노려볼 뿐이었다. 셋째는 몇 번이고 되풀이해서 말했다.

"이번에야말로 군인이 되겠습니다. 이번에야말로 군인이 되겠어요."

갑자기 셋째는 리화를 돌아 보았다. 그와 눈길이 마주친 그녀는 몸을 떨면서 두 손으로 얼굴을 가렸다. 셋째는 리화에게서 시선을 거두고 그대로 방에서 나가버렸다. 왕룽은 어두운 여름밤을 향해서 열어 놓은 문 저쪽의 네모진 어둠 속을 보았다. 아들의 모습은 보이지 않고 사방은 조용했다.

왕룽은 겨우 리화 쪽을 돌아보며 부드럽게 말했다.

"얘야, 나는 너무 늙었어. 나는 잘 알아, 나는 네게 너무 늙었어."

자랑스러운 마음은 어느새 사라지고 깊은 슬픔이 밀려들었다.

리화는 얼굴에서 손을 떼고 여태껏 들어본 적 없는 정열을 담아서 외쳤다.

"젊은 사람은 무자비해요……. 저는 노인이 좋아요!"

이튿날 아침 셋째는 아무데도 없었다. 아무도 그가 간 곳을 몰랐다.

# 33

가을이 깊어 겨울이 되기 전에 여름이 아닌가 싶은 따뜻한 날이 잠깐 있다. 리화에 대한 왕룽의 사랑도 그런 것이었다. 그 짧은 동안의 불꽃은 가라앉았다. 그는 리화를 좋아했지만 정열은 이미 사라졌다.

정열이 사라지자 그는 갑자기 늙은 기분이 들었다. 그래도 리화를 좋아하는 마음은 그대로였다. 그녀가 옆에 붙어 있으면서 어린 나이답지 않게 충실하고 참을성 있게 돌봐 주는 것이 기뻤다. 그는 그녀를 언제나 더할 수 없이 부드럽게 대했다. 그녀를 향한 애정은 차츰 아버지가 딸에게 품는 애정으로 변해갔다.

그녀는 왕룽을 위해서 불쌍한 천치 딸에게도 친절히 했다. 이것은 그를 대단히 기쁘게 했다. 그래서 그는 오랫동안 혼자 고민했던 생각을 리화에게 말했다. 왕룽은 자신이 죽은 뒤에는 천치 딸이 죽거나 말거나 아무도 개의치 않을 것을 염려해서, 약방에서 흰 독약을 한 봉지 사다가 자기가 죽을 때가 다가오면 딸에게도 먹일 작정이었다. 그러나 그것은 자기가 죽는 일보다 더 무서운 일이었다. 그러던 차에 리화를 믿을 수 있게 되자 그는 매우 기뻤던 것이다.

"내가 죽은 뒤 그 아이를 부탁할 수 있는 사람은 너뿐이구나. 그 애는 마음에 아무 괴로움도 없고 병도 없고 걱정도 없다. 내가 죽고 없어도 오랫동안 살아 있을 거야. 그러나 내가 없어지면 먹여줄 사람도 없고, 비 오는 날이나 추운 겨울에 집 안에 들이고 따뜻한 날에는 양지쪽에 내보내줄 사람도 없어. 지금까지는 줄곧 그 아이의 어미와 내가 뒷바라지를 해왔지만 저 혼자 내버려두면 아마도 한길로 나가 사방을 헤매고 다니게될 거다. 그 아이를 편안하게 해주는 길이 이 봉지 속에 있다. 내가 죽거든 이것을 밥에 섞어서 그 아이에게 먹여다오. 그러면 그 아이도 내 뒤를따라올 수 있어. 나도 안심할 수 있고 말이다."

그러나 리화는 그가 손에 든 것을 보자 물러서면서 부드럽게 말했다.

"벌레도 죽일 수 없는 제가 어떻게 사람을 죽일 수 있겠어요. 제가 그분을 돌보겠어요. 영감님이 제게 친절하게 대해 주셨으니까요. 전 난생 처음으로 이런 친절을 받아 보았어요."

왕룽은 그 말을 듣자 울고 싶어졌다. 지금껏 그의 친절을 고맙게 생각해 준 사람은 하나도 없었다. 그는 리화에게 매달리고 싶을 심정이었다.

"아무튼 이 봉지를 가지고 있거라. 너밖에 믿을 사람이 없다. 이런 불길한 말은 할 것이 아니지만 너도 언젠가는 죽을 텐데, 네가 없어지면 누가있겠니. 아무도 없다. 며느리들은 밤낮 싸움질로 바쁘고, 아들들은 사내놈들이라 그 아이 생각을 할 틈이 없을 테고."

리화는 그의 말을 알아듣고 봉지를 받았다. 그리고 두 번 다시 이 일을거론하지 않았다. 왕룽은 그녀를 믿고 천치 딸의 장래에 대해 안심했다.

왕룽은 점점 더 노쇠해가서 이제는 거의 천치 딸과 리화와 셋이서 살았다. 이따금 신경이 쓰여 왕룽은 리화에게 걱정스레 물었다.

"이런 생활이 너무 적적하지 않니?"

그러나 그녀는 진심으로 감사해하며 정답게 대답했다.

"조용하고 안전해요."

그는 또 때때로 말했다.

"나는 너에게 너무 늙었어, 아주 늙어빠졌어."

그러나 그녀는 여전히 감사해 하며 대답했다.

"영감님은 제게 정말 친절하세요. 이 이상을 누구한테 바라겠어요."

어느 때 그녀가 이렇게 말하자 왕룽은 호기심이 나서 물어본 적이 있었다.

"젊은 사내를 왜 그렇게 무서워하니?"

무슨 대답이 나올까 궁금해하며 그녀의 얼굴을 보고 있자니, 리화는 눈에 격렬한 공포의 빛을 띠며 두 손으로 얼굴을 가리고 속삭이듯 말했다.

"영감님 아닌 남자는 싫어요. 남자는 모두 싫어요. 저를 팔아버린 아버지도 미워요. 저는 남자들의 나쁜 짓만 보아왔어요. 남자는 모두 싫어요."

"내 집에서는 조용히 마음 편히 살아온 줄 알았는데."

"아니에요, 싫은 일뿐이었어요, 싫은 일뿐이요. 누구도 다 싫어요. 젊은 남자는 모두 싫어요."

그녀는 그 이상은 아무 말도 하지 않았다. 그는 생각했다. 련화가 자기의 과거 생활들을 들려주어서 그녀를 겁먹게 했나, 아니면 뚜챈이 음탕한 이야기라도 해서 그녀를 놀라게 했나, 아니면 내게는 말할 수 없는 비밀이 있나, 아니면 다른 어떤 일일까……. 그는 전혀 짐작이 가지 않았다.

그는 한숨을 쉬고 생각을 멈췄다. 지금 그는 무엇보다도 마음의 평화를 얻고 싶었다. 그리고 이 방에서 리화와 천치 딸과 지내는 것만이 소망이었다.

왕룽은 하루하루 늙어가서 전에 그의 아버지가 그랬던 것처럼 양지쪽에서 꾸벅꾸벅 졸기가 일쑤였고, 자기의 일생도 이제 끝나간다고 생각하고 만족했다.

드물게 다른 식구들의 거처에 가보는 일도 있었다. 더 드물게 련화를 보러 가는 일도 있었다. 련화는 리화의 이름을 절대 입에 올리지 않고 그를 반갑게 맞이했다. 그녀도 이제는 늙어서 즐기는 술이나 음식, 그리고 왕룽이 달라는 대로 주는 돈으로 만족했다. 그녀와 뚜챈은 주인과 하녀라기보다 친구처럼 지냈다. 이것저것 속닥거렸지만 이야기의 대부분은 옛날 사내들과 관계된 것이었다. 큰 소리로 말할 수 없는 경험담들은 소곤소곤 속삭였다. 그녀들은 먹고 마시고 자고 눈만 뜨면 그런 이야기들을 지껄이다가 다시 먹고 마시고 하는 것이었다.

아주 드물게 왕룽이 아들들의 방을 찾는 일도 있었다. 그들은 정중하게 아버지를 맞이하고 부랴부랴 차를 대접했다. 그는 최근에 태어난 손자를 보고 싶다고도 했고, 잘 잊어버리기 때문에 같은 일을 몇 번이나 물었다.

"내 손자가 몇이나 되니?"

누가 곧 대답한다.

"사내아이가 열하나, 계집아이가 여덟입니다."

그는 재미있는 듯이 웃고 말한다.

"한 해에 둘씩 불어가는구나. 나도 숫자는 아니까. 그렇지?"

그는 잠시 그곳에 앉아서 주위에 몰려든 손자들을 둘러보았다. 손자들은 이제 제법 큰 소년들이었다. 그는 손자들을 하나하나 바라보며 혼잣말로 중얼거렸다.

"저 아이는 아버지를 닮았구나. 저 아이는 바깥사돈 류 생원을 닮았어. 이 아이는 나 어릴 때와 꼭 같다."

그리고 손자들에게 물었다.

"모두들 학교에 다니지?"

"다니고 있어요. 할아버지." 모두 저마다의 목소리로 함께 대답했다.

"사서四書를 배우니?"

손자들은 구식인 할아버지를 깔보는 태도로 웃었다.

"아뇨, 할아버지. 혁명 후에는 아무도 사서 따위를 공부하지 않아요."

그는 잠시 생각한 뒤 말했다.

"응, 혁명이 났다는 이야기는 나도 들은 일이 있어. 그러나 너무 바빠서 혁명에 마음을 쓸 틈이 없었지. 늘 농사일이 바빠서 말이다."

아이들은 킥킥 웃었다. 왕룽은 자식들의 방에서도 자신이 손님에 지나지 않는다는 것을 깨닫고 일어섰다.

그 후로는 두 번 다시 자식들의 방에 가지 않았다. 그러면서도 이따금 뚜챈에게 물었다.

"이제 꽤 세월이 흘렀으니 저 며느리들도 사이좋게 지내겠지?"

뚜챈은 바닥에 침을 뱉으며 말했다.

"그 사람들이요? 마치 고양이가 서로 노려보듯 겉으로는 평화롭지요. 큰아드님은 아씨께서 너무 잔소리만 늘어놓는 통에 좀 싫증이 난 것 같아요. 늘 친정에서는 어쩌고저쩌고 그런 말을 듣고 살아야 하니 어디 남자가 견디겠어요. 큰아드님이 소실을 보신다는 소문이에요. 요즘 줄곧 찻집에 가시지요."

"그래?"

왕룽은 그 일을 더 생각해 보려다가 곧 흥미가 없어졌다. 생각은 저도 모르게 차가 마시고 싶다거나 이른 봄의 바람에 어깨가 으스스하다는 것으로 옮겨졌다.

또 어떤 때는 뚜챈에게 이렇게 물었다.

"셋째 소식은 들은 사람이 없나?"

뚜챈이 대답했다. 요즘 이 집안 일에 대해서 그녀가 모르는 일은 없었다.

"아무에게도 편지는 오지 않았지만, 요즘 남쪽에서 오는 사람에게서 소문은 가끔 들어요. 그분이 혁명인지 뭔지 하는 것 속에서 장교가 되어 대단한 세력을 떨치고 있대요. 혁명이 아마 무슨 장사인가 보지요."

왕룽은 또 "그런가?" 하고 대답했다.

셋째의 일을 생각하려고 했지만, 벌써 저녁때가 되어 해가 지고 으스스 추워져서 뼈마디가 아파왔다. 그의 마음은 멋대로 이리저리 헤맸고, 한 가지 일을 오랫동안 지속적으로 생각할 수가 없었다. 그리고 몸이 쇠약해져서 먹을 것이나 뜨거운 차에 대한 욕구가 무엇보다도 더 예민해졌다. 추운 밤에는 잠자리에서 리화의 젊고 따스한 몸을 안으며 위로를 받았다.


이렇게 봄이 몇 차례 지나갔다. 왕룽은 해가 갈수록 봄이 오는 것이 희미해졌다. 그러나 오직 하나 그의 마음속에 뚜렷하게 남아 있는 것은 흙에 대한 애정이었다. 지금 흙을 떠나서 성안 부자로 살고 있지만, 그의 뿌리는 여전히 대지에 박혀 있었다. 여러 달 대지를 잊고 있다가도 해마다 봄이 오면 그는 어김없이 밭으로 나갔다. 이미 괭이며 쟁기를 잡을 수가 없어서 다른 사람들이 밭갈이하는 것을 구경만 했지만, 그래도 그는 우겨서 밭으로 나갔다. 때로는 하인을 시켜 침대를 옮겨서 옛날 흙집, 자식들이 태어나고 오란이 죽은 그 집 그 방에서 잤다. 날이 새면 자리에서 일어나 밖으로 나가 떨리는 손을 내밀어 새잎이 나기 시작하는 버들가지나 복숭아 가지를 꺾어 종일 그것을 손에 들고 있었다.

여름이 가까이 온 늦은 봄의 어느 날, 왕룽은 어슬렁어슬렁 밭두렁길을 걷다가 그가 가족 묘지로 택해서 죽은 이들을 묻어놓은 낮은 동산 위의 흙벽을 두른 곳까지 왔다. 떨리는 몸을 지팡이에 의지하고 묘지를 보고 있으려니까 죽어간 사람들이 하나하나 머리에 떠올랐다. 그 죽은 사람들이, 천치 딸과 리화를 제외하고 집에서 같이 살고 있는 자식들보다도 더 또렷이 떠올랐다. 그는 몇 십 년 전의 옛날로 돌아가 모든 것을 똑똑히 떠올렸다. 시집가서 패 오랫동안 소식을 듣지 못한 둘째 딸이, 붉고 엷은 입술을 하고 집에 있던 시절의 소녀로 떠올랐다. 그는 그 딸도 이 흙 속에 잠들어 있는 죽은 사람들과 같게 생각되었다. 잠시 추억에 잠겨 있던 그는 갑자기 생각이 났다.

"그렇지, 다음은 내 차례야."

그는 묘지 안으로 들어가 아버지와 숙부보다는 아래쪽이고 칭 서방보다는 위쪽인 오란의 묘 가까이 자기가 매장될 곳을 내려다보았다. 자기가 누울 조그마한 장소를 보고 있자니까 이 속에 들어가서 영구히 흙으로 돌아가는 자신의 모습이 보이는 것 같았다. 그는 중얼거렸다.

"관을 준비해야겠구나."

그는 잊어버리지 않게 마음속에 단단히 새기고 집으로 돌아와 장남을 불러 말했다.

"말해둘 일이 있다."

"말씀하세요, 아버지."

그런데 막상 말을 하려니까 무슨 일이었는지 도무지 생각이 나지 않았다. 마음속에 단단히 새겨 둔 용건이 있었는데 금세 잊어버린 것이다. 그는 속이 상해서 눈물이 났다. 그래서 리화를 불렀다.

"내가 하고 싶었던 말이 뭐였니?"

리화는 차분하게 물었다.

"오늘 어디를 가셨었지요?"

"밭에 갔었지." 그는 리화의 얼굴을 보고 대답을 기다리면서 말했다.

"밭의 어느 쪽이었어요?"

그때 기억이 되살아났다. 왕룽은 눈물이 글썽해서 웃으며 소리쳤다.

"그렇지, 생각이 났어! 얘야, 오늘 내가 묻힐 곳을 골라놓고 왔단다. 아버님과 숙부님보다는 아래고 칭 서방보다는 윗자리, 네 어머니의 옆이야. 죽기 전에 내 관을 보고 싶구나!"

장남은 효도를 다해 예의바르게 큰 소리로 말했다.

"돌아가신다는 말씀은 하지 마세요, 아버지. 분부대로는 하겠습니다."

아들은 거대한 향나무로 만든 관을 사 왔다. 향나무는 무쇠처럼 단단하고 뼈보다 오랫동안 썩지 않아서 관으로만 쓰이는 것이었다. 왕룽은 안심했다. 그는 그 관을 방에 들여놓고서 매일같이 바라보았다. 그리고 어느 날, 갑자기 생각이 난 듯 말했다.

"그렇지, 관을 흙집에 갖다 두자. 그곳에서 여생을 보내다가 죽고 싶다."

그의 결심이 확고했기 때문에 가족들은 소원대로 해주었다. 그는 리화와 천치 딸과 필요한 하인을 데리고 그의 땅이 있는 흙집으로 돌아왔다. 그는 성안 저택에 식구들을 남겨두고 자신의 옛 땅으로 돌아왔다.

봄이 가고 여름이 가고 추수 때가 되어 겨울이 오기 전의 따뜻한 날씨가 되자, 왕룽은 예전에 그의 아버지처럼 양지쪽 벽에 기대고 앉아 있었다. 그는 먹는 일과 마시는 일과 밭 생각 말고는 아무것도 하지 않았다. 밭 생각도 추수량이나 뿌릴 씨앗의 선정 같은 것이 아니라, 밭 자체를 생각했다. 그는 가끔 몸을 굽혀서 흙을 손에 쥐고 그대로 앉아 있었다. 손가락 사이에서 흙이 생명으로 차 있는 듯이 느껴졌다. 그렇게 흙을 쥐고 있으면 흡족했다. 흙집이나 그곳에 놓아 둔 관을 생각하기도 했다. 자애로운 대지는 그가 흙으로 돌아가는 날을 서두르지 않고 기다리고 있었다.

아들들은 예의바르게 매일 혹은 격일로 맛있는 요리를 들고 아버지를 찾아왔다. 왕룽은 그의 아버지처럼 옥수수 죽을 가장 좋아했다. 아들들이 오지 않는 날이면 리화에게 불평했다.

"그 애들은 무엇이 그렇게 바쁠까?

"그분들은 한창 일하실 때잖아요. 큰서방님은 부자들 중에서 뽑혀서 성 안 관청 일을 보시고, 또 작은부인을 얻으셨어요. 작은서방님은 직접 큰 곡물 상점을 차렸어요."

그러나 왕룽은 귀를 기울이기는 해도 알아듣지 못했고, 밭을 바라보다가 금방 모든 것을 잊어버렸다.


그러던 어느 날 잠시 동안 머리가 명료해졌다. 마침 두 아들이 와 있었는데, 그들은 공손히 아버지에게 인사를 드리고 밖으로 나가 집 둘레의 밭을 거닐고 있었다. 왕룽은 말없이 뒤따라 걸었다. 그들이 서자 왕룽은 천천히 그들에게 다가갔다. 두 형제는 부드러운 흙 위를 걷는 아버지의 발자국 소리도 지팡이 소리도 듣지 못했다. 왕룽은 둘째가 언제나처럼 조심스러운 투로 말하는 소리를 들었다.

"이 밭과 저 땅을 팔아서 둘이 공평하게 나눕시다. 형님 몫은 내가 고리로 빌리지요. 철로가 개통됐으니 해안까지 쌀을 보낼 수도 있고, 그리고 나는⋯⋯."

노인의 귀에 들어온 것은 '땅을 판다'는 말뿐이었다. 그는 고함을 질렀다. 너무 큰 노여움 때문에 목소리가 떨리고 말이 고르지 못했다.

"바보 녀석, 이 건달놈들! 땅을 판다고?" 그는 숨이 막혀 쓰러질 것 같았다. 아들들이 양쪽에서 부축했다. 왕룽은 흐느끼기 시작했다.

형제는 아버지를 달랬다.

"아닙니다, 아닙니다. 절대로 땅을 팔지 않겠습니다."

"땅을 팔기 시작하면 집안은 끝장이야." 그는 띄엄띄엄 말했다. "우리는 땅에서 태어났어. 그리고 다시 땅으로 돌아가지 않으면 안 돼. 땅만 갖고 있으면 살아갈 수 있다. 땅은 누구도 빼앗지 못해……."

노인은 눈물 자국이 늙어서 늘어진 뺨에 하얗게 나는데도 그대로 내버려두었다. 그는 몸을 굽혀 흙을 움켜쥐고 중얼거렸다.

"만일 땅을 파는 날에는 그걸로 끝이다."

두 아들은 양쪽에서 아버지의 팔을 잡아 부축했다. 그는 따뜻하고 부드러운 흙을 손에 꼭 쥐고 있었다. 형제는 그를 몇 번이고 달랬다.

"안심하세요, 아버지, 땅은 절대로 팔지 않아요."

그러나 그들은 늙은 아버지의 머리 위에서 서로의 얼굴을 바라보며 미소 짓고 있었다.

우리는 흙에서 나서, 흙의 결실을 먹으며 살다가, 흙으로 돌아가리라!
청나라 말기 격변기를 살던 농부 왕룽의 이야기, 《대지》

이 책은 펄 벅(Pearl Sydenstricker Buck)의 '대지 3부작'—《대지 The Good Earth》(1931), 《아들들 Sons》(1932), 《분열된 일가 A House Divided》(1935)— 중 첫 번째 이야기입니다. 첫 책이 출판된 해에만 200만 부 가까이 팔려 나가며 퓰리처상을 수상했고, 그 인기에 힘입어 속편이 발표되었습니다.

'대지 3부작'은 '중국 화북 지방 농부 왕룽 일가의 이야기'로, 20세기 초반 제국주의의 침략을 받던 시기의 중국 사회와 그 속에서 살아가는 중국인들의 모습이 꽤 사실적으로 그려져 있습니다. 미국인 펄 벅이 청나라 말기 격동의 중국 사회를 그토록 잘 알았던 이유는, 그녀가 출생 직후부터 42세까지(1892~1934) 중국에서 살았기 때문입니다. 영어보다 중국어를 먼저 배웠고, 의화단 사건(1900)이나 장제스의 난징 국민당 정부 (1928) 등을 직접 겪은 그녀에게 중국은 낯선 이국땅이 아니라 그리운 고향이었습니다. 그래서 정확한 연대는 표기되어 있지 않아도 '멀리 북쪽에서 전쟁이 났다', '멀리 남쪽에서 혁명이 났다'는 식으로 격변기 중국의 상황이 이야기 속에 녹아들어 있습니다.

펄 벅은 1892년 6월 26일 미국 웨스트버지니아 주 힐즈브로에서 태어납니다. 중국 선교사였던 아버지는 펄이 태어나고 3개월만에 다시 상하이로 건너갑니다. 펄은 18세(1910)가 되어 버지니아 주 랜돌프 메이콘 여자 대학에 입학하려고 귀국하지만, 22세(1914)에 대학을 졸업하고 다시 중국으로 되돌아가서, 3년 후(1917)에 중국 농업 경제를 전공하는 존 로싱 벅과 결혼, 화북 지방으로 이주하여 신혼을 보냅니다. 그곳에서 첫아이가 태어납니다.

딸이 태어난 이듬해(1922)에 벅 부부는 난징으로 와서 대학 강단에 서는데, 딸이 네 살(1925)에 '정신박약' 진단을 받자 부부가 정확한 검진을 위해서 미국으로 건너가 1년을 보냅니다. 검진 결과는 똑같았습니다.

그들은 1926년 난징으로 되돌아가는데, 이듬해(1927) 장제스의 혁명군이 난징을 점령하면서 백인에 대한 대학살이 감행되어 온 가족이 몰살당할 뻔합니다. 친한 중국인의 도움으로 간신히 살아난 펄의 가족은 잠시 일본으로 피신했다가, 장제스의 국민당 정부가 서방 국가들과의 협조체제를 취하면서 다시 안전해지자(1928) 난징으로 돌아옵니다.

펄은 딸을 미국의 정신박약아 전문학교에 맡긴 후 허전한 마음에 《대지》 집필을 시작, 3개월만에 탈고하여 뉴욕 시 존 데이 출판사로 보냅니다. 중국에 있어서의 동서양 문명의 갈등을 다룬 장편 처녀작 《동풍 서풍 東風西風》(1930)에 이어 출간된 《대지》(1931)는 그해에 퓰리처상을 수상하고 200만 부 가깝게 팔리는 인기를 얻으며 30여 개국 언어로 번역됩니다. 이즈음 우리나라 윤봉길 의사 의거의 배경이기도 한 상하이사변이 일어나면서 전쟁이 본격적으로 확대되기 시작하자, 펄은 북경을 거쳐 미국으로 피신했고(1932), 이때 《아들들》을 출간합니다. 펄은 이듬해 난징으로 다시 돌아가지만 중국 정국은 계속 불안해져만 갔습니다. 결국 펄은 42세가 되던 1934년, 남편과 이혼하면서 미국으로 영구 귀국했고, 이듬해 '대지 3부작'의 마지막 권인《분열된 일가》(1935)를 출간함과 동시에 존 데이 출판사 사장 리차드 J. 월시와 재혼합니다. 그리고 46세(1938)에 미국의 여류작가로는 처음으로 노벨 문학상을 수상합니다.

1941년 그녀는 '동서협회'를 창설하여 '동양인과 미국인의 상호 이해와 친선'을 도모합니다. 동란에 휘말린 중국 전토와 난징에서 국민 정부군에 의해 온 가족이 몰살당할 뻔했던 위기를 몸소 체험하여 동서간의 피치 못할 균열을 깊이 자각하고 있었기 때문입니다. 사실상 이 균열의 자각과 이해가 그녀 작품 저변에 흐르는 테마입니다. 펄 벅은 이 균열을 미국인이라는 입장에 서서, 제2의 조국 중국에 대한 애착으로 평생을 두고 어떻게 해서라도 메워보고자 애썼습니다.

제2차 세계대전 후 그녀는 미국의 양심으로서 평화를 위한 집필을 계속하는 동시에, 직접 사회사업에도 뛰어듭니다. 펄 벅 재단(1949)을 세운 것을 시작으로 미군 병사들이 아시아에 남기고 간 사생아들을 돕는 일을 꾸준히 합니다. 스스로도 국적이 다른 아홉 명의 고아들을 입양했고, 장애를 가진 친딸을 기르며 겪은 체험을《자라지 않는 아이The Child Who Never Grew》(1950)로 술회합니다.

난징 대학 강단에 있을 때 처음 한국인 유학생을 만나보고 관심을 가지게 된 우리나라에 대해서는, 여러 차례 직접 내한하여 자료를 수집해서 1881년부터 제2차 세계대전이 끝날 때까지 상류 가정 4대의 변천사를 그린《살아 있는 갈대》(1963)를 집필합니다.

평생을 동서양의 상호 이해와 평화를 위해 노력했던 그녀는 1973년 3월 6일, 81세의 나이로 미국 버몬트 주 댄비의 자택에서 숨을 거둡니다.

## 《대지》간략 줄거리 소개

시대는 청나라 말기, 아편전쟁에서 진 중국 청나라 황실이 서구 열강의 제국주의적 침략에 맥없이 무너지고 있을 때입니다. 중국 화북 지방의 가난한 농부 왕룽이 대지주 황 대인 집의 여종 오란과 결혼합니다. 왕룽은 '생명의 근원'이 대지大地라고 믿으며 땅을 신성하게 생각하는 농부입니다. 왕룽과 오란은 토지를 다스리는 지신地神 앞에서 소박하게 혼례를 맺고, 성실하게 땅에서 일하고 아이를 낳아 기릅니다. 일한 만큼 조금씩 땅이 늘어납니다.

그러다가 가혹한 기근이 닥칩니다. 논밭의 곡식이 타들어가고 사람들이 굶어 죽습니다. 여섯 가구가 모여 사는 마을에서 그나마 사정이 낫다는 이유로 이웃들에게 습격당하고 망연자실한 왕룽의 앞에, 성안 부자들이 거드름을 피우며 와서 땅을 헐값에 팔라고 합니다. 완전히 절망한 왕룽은 지신을 저주하고 '풍족한 남쪽 도시'로 가기로 결심, 온 가족을 이끌고 기차를 탑니다.

남쪽 도시는 풍성한 먹거리 외에도 외국인과 혁명가와 군인 들로 넘쳐납니다. 왕룽네는 대지주 저택의 담벼락에 붙여 움막을 짓고 비럭질과 도둑질, 아니면 혹독한 노동을 하며 외국인보다 더 이방인처럼 살아갑니다. 몸이 부서져라 일해도 고향에 돌아갈 돈이 모이지 않자 왕룽은 천치 딸을 부잣집에 팔까 생각합니다. 그러다가 빈민들이 대지주 저택을 습격하던 날, 왕룽과 오란은 따라 들어가서 금화와 보석을 얻어 나옵니다.

금화와 보석을 들고 고향으로 돌아온 왕룽은 때마침 하늘이 도와서 7년 연속 대풍년이 들자, 황 대인 집의 농토를 모조리 사들입니다. 대지주 황 대인 집안이 '모든 수확이 결국 땅에서 나온다'는 것을 잊어버리고 아편과 첩을 살 '돈'만을 위해 땅을 팔아치울 때, 왕룽은 그 땅을 사들여서 새로운 대지주가 됩니다. 그러나 그때부터 땅에서 땀 흘리는 시간보다 흥정과 일꾼 관리에 보내는 시간이 점점 많아지더니, 급기야 왕룽도 부자들처럼 첩 련화를 얻습니다. 조강지처 오란은 '난 전족을 안 해서 발이 크고 못생겼기 때문에 남편의 사랑을 못 받는다'고 슬퍼하며 묵묵히 소처럼 일만 하다가 죽습니다. 오란을 땅에 묻던 날, 왕룽은 혼자서 아이처럼 엉엉 웁니다.

왕룽네는 드디어 황 대인 집 대저택으로 이사를 갑니다. 이제 성안 사람들도 모두 '왕 부잣집'이라고 부르며 왕룽을 떠받듭니다. 그런데 글을 배워서 왕룽을 자랑스럽게 했던 두 아들이 왕룽의 새로운 문젯거리가 됩니다. 큰아들은 '왕 대인'의 체면에 걸맞게 행동하려고 집이며 옷 단장에 돈을 물 쓰듯 하고, 둘째 아들은 계산에 밝아서 '형 때문에 자신에게 돌아오는 유산이 줄어든다'고 호소합니다. 이에 왕룽은 셋째 아들더러 농사꾼이 되라고 하지만, 그는 군인이 되겠다고 집을 뛰쳐 나갑니다. 왕룽은 자신의 늙음과 무기력함이 서글퍼집니다. 그래서 그는 막내아들 나이뻘인 여종 리화를 첩으로 얻고, 시골 흙집으로 돌아가서 양지쪽 담벼락에 앉아 천치 딸을 돌보는 일로 시간을 보냅니다. 하지만 큰아들과 둘째 아들은 그곳까지 쫓아와서 '땅을 팔아서 돈으로 나눠 갖자'고 의논했고, 왕룽은 그 소리를 듣고 가슴이 메여 흐느낍니다.

1892년   웨스트버지니아 주 힐즈브로에서 출생. 생후 3개월만에
       선교사인 부모를 따라서 중국으로 이주하다

1900년(8세)  의화단 사건으로 죽을 위기를 넘기다

1910년(18세) 버지니아 주 랜돌프 메어콘 여자 대학에 입학, 심리학을
       전공하다

1914년(22세) 대학을 졸업, 제1차 세계대전 발발 직후 다시 중국으로
       가다

1917년(25세) 농업 경제학자 존 로싱 벅과 결혼하여 화북으로 이주하다

1921년(29세) 첫딸을 낳다

1922년(30세) 난징으로 이주하다

1923년(31세) 중국 생활에 관한 에세이 《중국에서》를 〈애틀랜틱 맨틀
       리〉지 1월호에 발표하다

1924년(32세) 《중국에 있어서의 미美》를 〈휘어람〉지에, 《중국인 학생의
       마음》을 〈네이존〉지에 발표하다

1925년(33세) 정신박약아 딸을 위해서 남편과 함께 미국행, 코넬 대학
       에서 영문학 석사 학위를 취득하다

1927년(35세) 난징에서 장제스 혁명군의 대학살로 죽을 위기를 넘기다

1930년(38세) 《동풍 서풍》을 출판, 난징에서 《대지》 집필을 시작하다

1931년(39세) 《대지》를 출판, 퓰리처상을 수상하다

| 1932년(40세) | 《아들들》을 출판하다 |
| --- | --- |
| 1934년(42세) | 이혼과 동시에 미국으로 영구 귀국, 《대지의 어머니》를 출판하다 |
| 1935년(43세) | 《분열된 일가》를 출판. 존 데이 출판사 사장 리차드 월시와 재혼하다 |
| 1936년(44세) | 《어머니의 초상》, 《싸우는 사도》를 출판하다 |
| 1938년(46세) | 노벨 문학상을 수상하다 |
| 1946년(54세) | 《여인의 저택》를 출판하다 |
| 1949년(57세) | 펄 벅 재단을 설립하다 |
| 1950년(58세) | 〈리더즈 홈 저널〉에 정신박약아인 친딸의 이야기를 쓰고, 후에 《자라지 않는 아이》라는 제목으로 출판하다 |
| 1953년(61세) | 링턴 대학에서 명예 학위 수여, 《오라, 나의 사랑하는 사람아》를 출판하다 |
| 1960년(68세) | 한국 첫 방문, 한국 전쟁고아에 대해 관심을 가지다 |
| 1963년(71세) | 한국 근현대사를 배경으로 《살아 있는 갈대》를 출판하다 |
| 1973년(81세) | 버몬트 주 댄비의 자택에서 숨을 거두다 |

홍신세계문학 016

# 대지

초판 발행_1992년 4월 30일
개정판 중쇄 발행_2020년 12월 31일

지은이_ 펄 벅
옮긴이_ 이강빈
펴낸이_지윤환
펴낸곳_홍신문화사

출판 등록_1972년 12월 5일(제6-0620호)
주소_서울시 동대문구 안암로50-1(용두동) 730-4(4층)
대표 전화_(02) 953-0476
팩스_(02) 953-0605

ISBN 978-89-7055-816-5 04840
ISBN 987-89-7055-800-4 (세트)